Leona Deakin
Mind Games

Leona Deakin

Mind Games

Dieses Spiel wirst du verlieren

Psychothriller

Aus dem Englischen
von Ariane Böckler

GOLDMANN

Die Originalausgabe erschien 2019 unter dem Titel »Gone«
bei Black Swan, an imprint of Transworld Publishers. Transworld is
part of the Penguin Random House group of companies whose
addresses can be found at global.penguinrandomhouse.com

Sollte diese Publikation Links auf Webseiten Dritter enthalten, so
übernehmen wir für deren Inhalte keine Haftung, da wir uns diese
nicht zu eigen machen, sondern lediglich auf deren Stand zum
Zeitpunkt der Erstveröffentlichung verweisen.

Dieses Buch ist auch als E-Book erhältlich.

Verlagsgruppe Random House FSC® N001967

1. Auflage
Deutsche Erstveröffentlichung Juli 2020
Copyright © der Originalausgabe 2019 by Leona Deakin
First published as Mind Games by Transworld Publishers,
a part of the Penguin Random House group of companies.
Copyright © der deutschsprachigen Ausgabe 2020
by Wilhelm Goldmann Verlag, München,
in der Verlagsgruppe Random House GmbH,
Neumarkter Str. 28, 81673 München
Umschlaggestaltung: UNO Werbeagentur, München
Redaktion: Christiane Mühlfeld
BH · Herstellung: kw
Satz: Vornehm Mediengestaltung GmbH, München
Druck und Bindung: GGP Media GmbH, Pößneck
Printed in Germany
ISBN: 978-3-442-49051-6
www.goldmann-verlag.de

Besuchen Sie den Goldmann Verlag im Netz

Für meine Schwestern Elizabeth und Joanne

Danke, dass ihr mich zum Schreiben
inspiriert habt.

»Wir sind doch alle Würmer. Aber ich glaube, ich bin ein Glühwurm.«

Winston Churchill

Wenn nachts sich trübt der Auen Blick
Der Glühwurm seinen Funken schickt
Zu haschen den ersehnten Fang
Und Licht zu sein auf Wand'rers Gang

James Montgomery

1

Seraphine Walker war vierzehn Jahre alt und hatte niedliche blonde Locken. Sie trug einen eng anliegenden Schulpullover und einen kurzen Rock und hatte etwas unmittelbar Verführerisches an sich. Doch genau wie die Glühwürmchen, die mit ihrem hypnotischen Blinken ihre Beute anlocken, war auch Seraphine nicht ganz das, was sie zu sein schien.

Die Schulglocke läutete. Seraphine ließ den Bleistift fallen. Mit einem leisen Klicken traf er unten auf, winzige Blutströpfchen spritzten dabei von seiner Spitze über den glänzenden Holzfußboden. Neben dem Bleistift lag der Hausmeister, beide Hände um den Hals geschlungen, während sich um seinen verkrümmten Körper ein scharlachroter Kreis bildete. Höchstwahrscheinlich war er dem Tod nahe. Schön sah das aus. War der Gedanke respektlos? Wahrscheinlich. Doch danebenzustehen und zu verfolgen, wie mit jedem seiner Atemzüge Blutbläschen hervortraten, die ihm übers Kinn rannen – war das nicht ebenso respektlos?

Eigentlich hätte sie wegsehen müssen, doch sie konnte nicht. Es war faszinierend. So faszinierend, dass sie plötzlich der Impuls durchzuckte, sich hinzuknien, näher heranzugehen, um zu sehen, ob die Wunde, die ihr Bleistift seiner Haut zugefügt hatte, scharf umrissen oder schlaff und fransig war. Die Logik sagte ihr, dass Ersteres der Fall sein dürfte. Sie hatte schnell und entschlossen auf ihn eingestochen, also musste es eine saubere Wunde sein. Doch sie wollte es genau wissen. Nur ein klein wenig näher.

»Seraphine? Seraphine?« Mrs Brown rannte durch die Turnhalle. Die großen Brüste der Kunstlehrerin wippten auf und ab, während ihr Cordrock gegen die Stiefel wischte. Ihr Gesicht verriet panische Angst. Das erstaunte Seraphine. Sie hatte Wut erwartet. Seraphine sah zu Claudia hinüber, die schluchzend dasaß, die Arme um die Beine geschlungen und den Kopf auf die Knie gelegt. Mrs Brown lief an ihr vorüber, ohne sie zur Kenntnis zu nehmen. Claudia hob den Kopf und weinte lauter. Ihre Augen waren rot und ihre Wangen tränenüberströmt, doch ihr Gesichtsausdruck war seltsam. Ganz und gar nicht erleichtert.

Seraphine konnte Menschen lesen. Sie war darin richtig gut. Doch sie verstand die anderen nicht immer. Warum weinten sie? Warum schrien sie? Warum rannten sie?

Und so sah sie sehr genau hin. Studierte sie. Ahmte sie nach. Und täuschte sie.

2

Die Kaffeetasse in der Hand und noch im Schlafanzug, saß Lana an dem kleinen Schreibtisch auf dem Treppenabsatz zwischen den Stockwerken. Sie ignorierte die Aussicht auf Nordlondon und starrte stattdessen auf den Bildschirm des Laptops. Nachdem sie sich durch das an diesem Tag gehypte Facebook-Quiz – *Was für ein Kaffee bist du?* – geklickt hatte, lehnte sie sich zurück, umfasste den Becher mit beiden Händen und wartete auf das Ergebnis. Der Bildschirm war zu hell, und der Cursor pulsierte im Rhythmus ihrer schmerzenden Schläfen. Ein geduldiger Mensch hätte die Kontrolleinstellungen aufgerufen und den Kontrast angepasst, doch Lana riss einfach nur das Stromkabel heraus, woraufhin der Laptop in den Energiesparmodus überging und der Bildschirm drei Schattierungen dunkler wurde.

Das Ergebnis lautete: *Du bist ein doppelter Espresso – zu heiß und zu stark für die meisten.* Das war Musik in Lanas Ohren. Ihre Tochter benutzte Bezeichnungen für sie, die weit weniger schmeichelhaft waren – zum Beispiel verantwortungslos, verrückt, chaotisch. Jane würde sie für die Weinflasche im Küchenabfall und den Wodka neben dem Bett kritisieren. In Janes Alter hatte Lana Drogen genommen, war mit einem nach dem anderen ins Bett gegangen und hatte schon mindestens drei Festnahmen wegen irgendwelcher Bagatelldelikte hinter sich. Verglichen damit, was Lana ihrer Mutter zugemutet hatte, war eine pingelige Langweilertochter also kein großes Ding. Ein bisschen enttäuschend zwar, aber kein großes Ding.

Lana teilte das Ergebnis mit ihren Facebookfreunden und Twitterfollowern. Marj hatte ein Zitat gepostet, wonach guten Menschen Gutes widerfuhr. Siebzehn andere hatten es gelikt. Lana tippte eine rasche Antwort – *Sag das den 39 Leuten, die bei der Schießerei in dem Nachtclub in Istanbul umgekommen sind* – und klickte auf Enter. Manche Leute konnten wirklich optimistische Idioten sein. Als es an der Tür klopfte, tappte Lana barfuß nach unten und fragte sich, was für ein Mensch eine einwandfrei funktionierende Türklingel ignorierte, um mit seiner Faust kräftig gegen eine Holzplatte zu schlagen. *Instantkaffee mit massenhaft Milch und zwei Stück Zucker,* mutmaßte sie, während sie die Tür öffnete. Es stand niemand draußen. Lana sah sich nach einer Benachrichtigungskarte oder einem Päckchen auf der Treppe um, fand aber nichts dergleichen.

»Blöde Kids«, murmelte sie und ging zurück nach oben, um den Wasserkocher wieder anzuschalten.

In der Küche gab sie mehrere Löffel Kaffee in die Stempelkanne, goss Wasser darauf und spülte ihre Tasse unter dem Wasserhahn aus. Im Garten mühte sich eine große Amsel damit ab, ihr zappelndes Frühstück aus der Erde zu ziehen. Einen Augenblick lang hatte es den Anschein, als besäße der Wurm die Oberhand, doch dann bewegte die Amsel in einer Art Vogeltodestanz mehrmals hintereinander die Füße, und ping, sprang der Wurm heraus. Lana wandte sich ab, um Milch aus dem Kühlschrank zu nehmen, und da entdeckte sie es:

Im Flur, gleich bei der Tür, lag ein kleiner weißer Umschlag auf dem Teppich. Er war gegen die Wand geschoben worden, als sie aufgemacht hatte. Lana hob ihn auf und drehte ihn um. Er schimmerte bei jeder Bewegung. Ihr Name stand auf Silberfolie geprägt in Druckbuchstaben auf der Vorderseite.

In diesem Augenblick begann ihr Telefon zu klingeln. Sie kramte es heraus und sah aufs Display.

»Hi, Babe«, sagte sie und registrierte, dass ihre Stimme rau und verkatert klang.

»Ich wollte dir alles Gute zum Geburtstag wünschen«, sagte Jane.

»Nur zu«, sagte Lana.

Es entstand ein kurzes Schweigen. »Herzlichen Glückwunsch zum Geburtstag, Mum. Was hast du für heute geplant?« Das war verklausuliert für: *Verbring nicht den ganzen Tag in der Kneipe.*

Lana ignorierte die Frage ihrer Tochter. »Ist die Karte hier von dir?«

Erneutes Schweigen.

»Die Karte, die gerade gekommen ist«, fuhr Lana fort. »Ist die von dir?«

»Was für eine Karte?«

»Vergiss es. Kommst du zur üblichen Zeit nach Hause? Sollen wir zum Abendessen ausgehen?«

Jane sagte etwas mit der Hand über dem Mikrofon und wandte sich dann wieder an Lana. »Ich muss Schluss machen, Mum. Bis später. Einen schönen Tag noch.«

Ein einfacher Latte macchiato mit Magermilch – das wäre Jane. Nicht zu viel Koffein, nicht zu viel Fett; ein vernünftiger, langweiliger Kaffee. Lana griff erneut nach dem Umschlag. Sie machte ihn auf und zog eine weiße Karte heraus. Auf der Vorderseite stand: **Herzlichen Glückwunsch zum 1. Geburtstag.**

War das ein Witz? Sie verstand ihn nicht.
Sie klappte die Karte auf und las.

DEIN GESCHENK IST DAS SPIEL
TRAUST DU DICH ZU SPIELEN?

Lana lächelte. »Um was für ein Spiel geht es denn?« In der strahlend weißen Karte lag ein' langer Streifen dünnes Papier mit einer URL und einem Zugangscode. Lana schnappte sich ihr Handy, öffnete die Webseite und folgte den Anweisungen. Eine schlichte weiße Webseite ging auf. Darauf stand in der gleichen silbernen Schrift:

Hallo, Lana,
ich habe dich beobachtet.
Du bist etwas Besonderes.
Aber das weißt du ja schon, nicht wahr?
Die Frage ist nur …

Lana scrollte nach unten.

Bist du bereit, es zu beweisen?

Darunter war ein großer, roter Knopf mit der Aufschrift PLAY. Dann erschien ein weiterer Satz. Er wanderte von rechts nach links über den Bildschirm, wieder und wieder.

Ich fordere dich heraus.

Wie jeder Spieler vor ihr und jeder Spieler nach ihr drückte Lana auf den Knopf. Sie hatte keine Angst. Sie kam nicht einmal auf die Idee, an die möglichen Folgen zu denken oder über die mysteriöse Karte nachzusinnen. Sie wollte einfach nur wissen, wie es weiterging.

3

Seraphine saß in dem kleinen, fensterlosen Raum auf der Polizeiwache und überlegte, ob ihre Antworten glaubhaft klangen und ob sie normal waren. Sie hatte keine Ahnung, wie ein normaler Mensch über so etwas sprechen würde. Sie stützte sich auf Kriminalfilme, Bücher und ihre eigene Fantasie.

»Dann erzähl uns doch noch mal, Seraphine, wie es kam, dass du heute Morgen in der Turnhalle warst.« Police Constable Caroline Watkins hatte diese Frage bereits zweimal gestellt. Ihre Stimme klang hell und mädchenhaft. Sie hatte das dunkle Haar im Nacken zu einem ordentlichen Knoten zusammengebunden. Ihr Make-up war dick, aber makellos, und jedes Mal, wenn sie eine Frage wiederholte, zuckte ihr linkes Auge.

Seraphine zuckte die Achseln. »Uns war einfach langweilig«, sagte sie zum dritten Mal.

»Und du hast gesagt, der Hausmeister Darren Shaw ist dir und Claudia Freeman gefolgt?«

Seraphine nickte.

Watkins deutete mit dem Kopf auf das Aufnahmegerät.

»Ja«, sagte Seraphine.

»Und der Bleistift?«

»Den hatte ich in der Jackentasche.« Watkins sah Seraphine direkt in die Augen. »Ach ja«, sagte sie. »Vom

Kunstunterricht.« Ein winziges Lächeln umspielte ihre Lippen.

»Nein«, widersprach Seraphine. »TZ. Technisches Zeichnen.«

»Natürlich. Irrtum meinerseits.« PC Watkins tat so, als korrigierte sie ihre Notizen. »Also, Mr Shaw hat sich dann in der Turnhalle Claudia genähert. Du hast gesagt, sie war in der Klemme. Was meinst du damit?« Watkins' rechtes Auge zuckte.

Seraphine wiederholte ihre Antwort mit demselben Wortlaut wie zuvor. »Er hat sie im Nacken festgehalten und eine Hand in ihr Oberteil geschoben.«

»Und du bist sicher, dass das nicht einvernehmlich geschah?«

Seraphine hielt einen Moment lang inne, um zu überlegen, was das kleine Miststück Claudia gesagt haben mochte. Sie waren befreundet, doch Seraphine wusste, dass Claudia neidisch auf ihre Beliebtheit war. Wie weit würde Claudia gehen, um sie bloßzustellen?

»Bist du sicher, dass er Claudia gegen ihren Willen angefasst hat?«, hakte Watkins nach.

»Sie ist fünfzehn«, versetzte Seraphine, gekränkt von der stillschweigenden Unterstellung, dass sie die Bedeutung des Wortes »einvernehmlich« nicht kannte.

Watkins' Wangen färbten sich rot.

Seraphines Mutter saß schweigend dabei, so wie man sie vorher angewiesen hatte – sie war ein solch folgsames Schaf –, doch jetzt ergriff sie das Wort. »Was wollen Sie damit unterstellen?«, schimpfte sie und löste ihre verschränkten Arme. »Wir sind eine gute Familie.

Meine Tochter würde niemals jemandem etwas zuleide tun. Dieser Mann hat ihr Angst gemacht, und sie hat sich lediglich selbst verteidigt.«

»Stimmt das, Seraphine? Hattest du Angst?«, fragte Watkins.

»Ja.«

»Er hat also Claudia losgelassen und ist auf dich losgegangen?«

»Ja.«

»Und du hast mit dem Bleistift auf ihn eingestochen, wie du selbst gesagt hast, in der Absicht, ihm einen Kratzer zuzufügen?«

»Ja.« Seraphine führte die Sache nicht weiter aus.

Watkins sah Seraphine weiter unverwandt an.

Sie glaubt mir nicht, dachte Seraphine. Sie senkte den Blick und ließ die Schultern fallen, ehe sie auf dem Stuhl nach unten rutschte und an ihren Fingernägeln zupfte. *Ich bin ein vierzehnjähriges Mädchen, und ich habe Angst. Ich wollte niemanden verletzen. Ich habe nur versucht, meiner Freundin zu helfen, und jetzt werde ich verhört.*

Einen Moment lang fürchtete sie, es nicht hingekriegt zu haben. Vielleicht war ihre Haltung falsch oder ihr Gesichtsausdruck nicht ganz richtig. Polizisten waren darauf trainiert, Schwindler zu entlarven.

Doch dann faltete Watkins ihre Papiere zusammen. »Okay, das reicht fürs Erste. Wir machen eine Pause, und PC Felix zeigt euch, wo die Kantine ist.« Watkins sah Seraphines Mutter an. »Essen hilft gegen den Schock.« Dann sah sie wieder Seraphine an, ein warmes Lächeln im Gesicht. »Und dann reden wir noch mal.«

Seraphine nickte. *Ich bin ein verletzlicher Teenager unter Schock. Ich bin ein verletzlicher Teenager unter Schock.* Sie stellte fest, dass es half, die Worte in Gedanken zu wiederholen.

Watkins stand auf und wandte sich ab. Seraphine entspannte sich. Es würde ein Kinderspiel werden.

4

Der Sekundenzeiger der großen Uhr im Sprechzimmer stolperte auf die Neun zu. Dr. Augusta Bloom saß aufrecht auf ihrem Stuhl, verfolgte den Zeiger und fühlte, wie jedes Ticken ihre Ängste zerstreute und alles beseitigte, was sie davon ablenken könnte, sich eine ganze Stunde lang auf einen anderen Menschen zu konzentrieren. Diese Sitzung würde anstrengend werden. Sie hatte die Notizen gelesen und wusste, was sie zu erwarten hatte. Ein traumatisiertes Opfer, das sich für Handlungen zu rechtfertigen hatte, die nicht vorsätzlich, sondern instinktiv erfolgt waren.

Tick.

Tick.

Vierzehn. Mit vierzehn sollte man mit einem Bein noch in der Kindheit stehen. Die Unschuld sollte nach und nach schwinden: zuerst der Weihnachtsmann und die Zahnfee, dann die Erkenntnis, dass die eigenen Eltern nicht unfehlbar sind, dann, dass die Menschen manchmal egoistisch sind, und schließlich dass die Welt unendlich grausam sein kann. Die Kindheit muss sich langsam auflösen, damit der Geist sich anpassen kann. Wird sie einem in einem einzigen brutalen Augenblick weggerissen, bleiben die Umrisse von Verdrängung, Wut und letztlich Verzweiflung.

Augusta Bloom verfügte nicht über die Macht, die Uhr zurückzudrehen und das Trauma zu löschen. Doch sie konnte versuchen, das Licht im Geist eines Kindes zu verstärken und die Wucht der Belastung zu verkleinern.

Seraphine blieb in der Tür zu dem kleinen Raum stehen und taxierte Dr. Bloom, die in einem hohen Sessel mit hölzernen Armlehnen saß. Sie hatte kurzes hellbraunes Haar und trug eine schwarze Hose sowie einen grünen Pulli mit V-Ausschnitt, was insgesamt adrett und schick wirkte. Ihre Füße steckten in flachen schwarzen Schuhen, die Seraphines Mutter als zweckmäßig bezeichnet hätte. Die Füße der Psychologin reichten kaum bis zum Boden.

Sie ist genauso klein wie ich, dachte Seraphine. *Das könnte sich als nützlich erweisen.*

»Hallo, Seraphine«, sagte Dr. Bloom. »Komm rein. Setz dich.« Sie hatte die Hände im Schoß liegen und umfasste damit ein kleines schwarzes Buch. Sie wartete, bis Seraphine sich gesetzt hatte, und sprach dann weiter. »Wie geht es dir?«

Seraphine blinzelte mehrmals. »Okay«, sagte sie. Das war eine unverfängliche Antwort.

»Okay«, wiederholte Dr. Bloom. »Weißt du, warum deine Mutter mich gebeten hat, mit dir zu reden?«

»Wegen des Hausmeisters.«

Dr. Bloom nickte. »Du weißt, dass ich Psychologin bin?« Bloom wartete, bis Seraphine ihre Frage verarbeitet hatte, ehe sie weitersprach. »Ich arbeite mit Jugendlichen, denen eine Straftat zur Last gelegt wird.«

»Dann arbeiten Sie für die Polizei?«

»Manchmal. Aber hauptsächlich arbeite ich mit Anwälten und deren Mandanten zusammen oder beschäftige mich mit jugendlichen Straftätern, meist in Vorbereitung auf ein Gerichtsverfahren. Deine Mutter hat mich gebeten, mit dir zu sprechen, weil sie besorgt darüber ist, wie sich dein jüngstes Erlebnis auf dich auswirkt. Deshalb möchte ich dir helfen, damit zurechtzukommen. Das Tempo richtet sich ganz nach dir. Hier steht ein Glas Wasser, und es gibt Papiertaschentücher, und wenn du irgendwann eine Pause machen willst, dann sag es einfach, und wir machen eine.« Seraphine musterte die Schachtel mit den Taschentüchern. *Es wird erwartet, dass ich sie brauche,* dachte sie. »Wie soll ich Sie ansprechen?«

»Am besten mit Dr. Bloom. Ich habe gehört, dass du eine ziemlich gute Schülerin bist und deine Lehrer viel Potenzial in dir sehen. Gehst du gern zur Schule?«

Seraphine zuckte die Achseln.

»Deine Mutter sagt, du bist sehr sportlich. Sie hat mir erzählt, dass du im Netball-Team bist und bei Regionalwettkämpfen Badminton gespielt hast. Stimmt das?«

Seraphine zuckte erneut die Achseln.

»Und du hast in der Schultheateraufführung letztes Jahr die Hauptrolle gespielt, also hast du offenbar ganz viele Talente.«

Seraphine rutschte auf ihrem Stuhl herum. Sie musste sich zusammenreißen. Langsam benahm sie sich schon wie eine ihrer dämlichen Freundinnen. Dr. Bloom ihr gegenüber saß aufrecht da, die Füße ordentlich Seite an Seite und die Hände im Schoß. Seraphine richtete sich auf. »Ich bin gut in Naturwissenschaften und Mathe.«

Dr. Bloom nickte.

»Ich mache gern Sport.« Sie ruckelte den rechten Fuß zurecht, bis er direkt unter dem rechten Knie stand.

»Und du bist ein Einzelkind. Stehst du deinen Eltern nahe?«

»Sehr.«

»Das ist gut.« Dr. Bloom lächelte, als würde sie sich aufrichtig über diese Antwort freuen. »Kannst du mir sagen, was du mit ›sehr‹ meinst?«

Seraphine stellte ihren linken Fuß genau neben den rechten. »Und ich mag auch gern Technisches Zeichnen, weil Mr Richards ein guter Lehrer ist.« *Und weil er seine Stifte richtig, richtig scharf spitzt.*

»Aha.«

»Sind Sie Ärztin?«, fragte Seraphine und faltete die Hände auf den Schenkeln.

»Nein, aber ich habe einen PhD in Psychologie. Weißt du, was das ist?«

Seraphine nickte. »Wo haben Sie studiert? Ich weiß nicht, ob ich auf die Universität gehen will. Es kommt mir wie Zeitverschwendung vor. Ich könnte doch auch gleich Geld verdienen. Was meinen Sie?«

»Würdest du sagen, dass du deiner Mutter oder deinem Vater näherstehst?«

Weder noch, dachte sie. »Beiden«, antwortete sie. »Gleichermaßen.«

»Und sind sie seit dem Angriff für dich da gewesen?«

Füreinander. Als ob sie die blöden Opfer wären. Seraphine vertuschte ihren Ärger mit einem Lächeln. »Sie waren sagenhaft.«

»Sagenhaft?« Seraphine war sehr bewusst, dass Dr. Blooms braune Augen sie nach wie vor fixierten. »Da hast du wirklich großes Glück, Seraphine.«

Irgendetwas an der Art, wie sie das sagte, an ihrem Tonfall, ließ Seraphine vermuten, dass sie das glatte Gegenteil meinte.

»Kannst du mir in deinen eigenen Worten schildern, was in der Turnhalle passiert ist?«

Seraphine holte Luft. Darauf hatte sie sich vorbereitet. »Claudia und ich sind reingegangen, und der Hausmeister ist uns gefolgt. Tatsächlich hat er schon seit Monaten was mit Claudia. Nicht, dass sie das gewollt hätte. Er hat sie immer wieder vergewaltigt. Er hat uns also in die Halle gehen sehen und sich gedacht, er könnte es bei uns beiden versuchen. Claudia hat versucht, ihn aufzuhalten, aber er ist auf mich losgegangen und hat versucht, mich zu betatschen. Er hat mich in eine Ecke gedrängt, und ich wusste nicht, was ich tun soll. Also …« Seraphine hielt inne: Sie musste es richtig formulieren.

»Ich hatte einen Bleistift in der Jackentasche und bin damit auf ihn losgegangen. Ich dachte, ich würde ihn kratzen, ihn verletzen, damit wir davonrennen können. Aber der Stift ist direkt in seinen Hals eingedrungen, wie in Pudding, und auf einmal war da massenhaft Blut. Es war überall, und dann ist er ausgerutscht und hingefallen und nicht wieder aufgestanden. Das war alles.«

Dr. Bloom schlug ihr Notizbuch auf und schrieb drei oder vier Wörter. »Danke. Das ist sehr hilfreich. Und als der Hausmeister dich in die Ecke gedrängt hat« – sie machte sich weitere Notizen –, »bevor du den Bleistift benutzt hast. Was hast du da gedacht?«

»Ich wollte nicht, dass der Perversling mich vergewaltigt.«

Dr. Bloom sah auf. »Und wie hast du dich gefühlt?«

»Völlig verängstigt.«

Dr. Bloom nickte. »Das kann ich mir vorstellen. Und in dem Moment, was hast du da gesehen?«

»Gesehen?«

»Hast du alles mitbekommen, was in der Halle vor sich ging, oder hast du dich auf ein spezielles Detail konzentriert?«

Seraphine erinnerte sich, wie sie auf den Pulsschlag am Hals des drögen Darren gestarrt hatte. »Ich glaube nicht … ich weiß es nicht mehr.«

»Hast du geschrien oder geweint?«

»Nein.«

»Und Claudia?«

Seraphine schüttelte den Kopf.

»Warum nicht?«

»Er hatte die Türen verschlossen. Es hätte keinen Sinn gehabt.«

»Du hattest also keinen Ausweg und keine Aussicht auf mögliche Hilfe von außen?«

Seraphine nickte.

»Er hatte dich in die Ecke gedrängt und seine Absichten klar zum Ausdruck gebracht?«

»Ja.«

»Und du warst völlig verängstigt?«

»Ja.« Seraphine unterdrückte ein Grinsen. Es lief gut.

Dr. Bloom hielt inne und holte tief Luft. »Was meinst du mit verängstigt? Kannst du mir beschreiben, was für ein Gefühl das war?«

»Ähm ...«

Dr. Bloom ließ das Schweigen im Raum stehen.

»Wie viele Sitzungen werden wir haben?«, fragte Seraphine.

»So viele, wie wir brauchen.«

»Normalerweise?«

Die Psychologin lächelte. »Betrachtest du dieses Erlebnis als normal, Seraphine?«

Mist. Ich muss wirklich aufpassen, was ich sage. »Tut mir leid. Nein. Ich dachte einfach, es wäre eine bestimmte Anzahl.«

»Das weiß ich erst, wenn wir uns öfter getroffen haben.«

Dr. Bloom schlug ihr Notizbuch zu. »Es könnte für uns beide hilfreich sein, wenn du ein Tagebuch führen und deine Gedanken über dieses Erlebnis und unsere Sitzungen aufschreiben würdest. Einfach das, woran du dich erinnerst, irgendwelche Einzelheiten, die dir wieder einfallen, und wie du dich fühlst und mit alldem fertig wirst.«

Dr. Bloom nahm ein Notizbuch genau wie ihres vom Schreibtisch hinter sich und reichte es Seraphine. »Vielleicht könntest du das hier benutzen.« Seraphine lehnte sich vor, nahm das Notizbuch, legte es sich auf den Schoß und faltete darüber die Hände. Sie erwartete, dass Dr. Bloom auf diesen sehr augenfälligen Akt der Imitation reagierte. Oft hoben die Leute eine

Augenbraue oder warfen ihr ein Minilächeln zu. Doch Dr. Bloom reagierte überhaupt nicht. Sie stellte Seraphine etliche Fragen über ihr Leben zuhause und in der Schule, und Seraphine tat ihr Bestes, um abzulenken und auszuweichen.

Eine Stunde später verließ Seraphine das Sprechzimmer und sonnte sich in ihrem Talent, eine Psychologin zu manipulieren. Bis ihr auf halbem Weg den Flur entlang die Taschentücher einfielen. *Ich hätte die Taschentücher benutzen sollen.* Ein so dummer Fehler würde ihr beim nächsten Mal nicht wieder unterlaufen.

5

Augusta Bloom tastete in der Manteltasche nach ihrer Oyster-Card und ging auf die U-Bahn-Station Angel zu. Beim Anblick der vielen Pendler, die auf die Sperren zuströmten, beschloss sie, die zweieinhalb Kilometer zum Russell Square lieber zu Fuß zurückzulegen. Eine neue Patientin kennenzulernen war immer aufregend, und die frische Luft würde ihr helfen, die Sitzung gedanklich zu verarbeiten.

Sie bog nach rechts in die Chadwell Street ein und plante, am Myddelton Square entlang und durch die ruhigen Seitenstraßen zu gehen, als ihr Telefon klingelte.

»Tag, Sheila.« In Marcus Jamesons Adern floss kein australisches Blut, trotzdem begrüßte er sie Tag für Tag auf diese Weise, garniert mit einem einigermaßen authentischen Akzent.

»Tag, Bruce«, antwortete Bloom, ohne auch nur zu versuchen, ihren charakteristischen Yorkshire-Singsang zu unterdrücken.

»Was liegt an?«, fragte Jameson, jetzt mit walisischem Tonfall.

Bloom fragte sich, ob ein Mann, der in seiner Zeit beim Geheimdienst so viele Auszeichnungen eingeheimst hatte, nicht politisch sensibler sein sollte. Doch vermutlich war seine Vorliebe für verschiedene Akzente etwas ganz Ähnliches wie der beißende Humor eines

Rechtsmediziners: ein Behelfsmechanismus, um das Dunkle aufzuwiegen. Vielleicht war das aber auch nur ihre Überinterpretation. Vielleicht mochte er Akzente einfach.

»Ich bin gerade auf dem Rückweg«, antwortete sie. »In etwa zehn Minuten müsste ich da sein.«

»Wie lief's mit der Neuen?«

»Ich weiß nicht recht.«

»Schwieriger Fall?«

»Schwierige Person, glaube ich. Aber vielleicht ist das auch unfair. Sorry. Das hätte ich nicht sagen sollen.«

»Es ist in Ordnung, einen Verdacht zu haben, weißt du? Du kannst nicht in einem vorurteilsfreien Vakuum leben. Manchmal weiß dein Bauch einfach Bescheid.«

»Ja, ja. Das mag sein, doch es ist nie verkehrt, sich um Objektivität zu bemühen. Jetzt brauche ich erst mal Zeit zum Nachdenken. Bis gleich.«

»Ehrlich gesagt ... habe ich angerufen, um dich um einen Gefallen zu bitten.«

Bloom drückte sich das Handy fester ans Ohr, um den Verkehr auszublenden. Das war etwas Neues. In den fünf Jahren, die sie nun schon ihre kleine Beratungsagentur betrieben, hatte Jameson sie noch kein einziges Mal um einen Gefallen gebeten. Er war ein unabhängiger Machertyp, und deshalb arbeitete sie auch gern mit ihm zusammen. Sie beriet jugendliche Straftäter – da konnte sie nicht auch noch einen bedürftigen Kompagnon gebrauchen.

»Ich höre«, sagte sie.

»Hier im Büro ist jemand, mit dem du sprechen solltest. Sie braucht unsere Hilfe. Ihre Mutter wird vermisst, und, na ja, das Ganze ist ein bisschen seltsam.«

»Werden wir für unsere Hilfe bezahlt?« Bloom bog in die Margery Street ein.

»Nein. Keine Bezahlung. Deshalb heißt es ja auch ›Gefallen‹. Ich erkläre es dir, wenn du da bist. Ich wollte dich nur schon mal einweihen, damit du nicht das Gefühl hast, überfallen zu werden.«

Natürlich sagte Jameson nicht die Wahrheit. Er hatte sie nicht etwa deshalb angerufen, damit sie sich nicht überfallen fühlte. Er hatte angerufen, um die Saat zu streuen, weil er wusste, dass sie einem rätselhaften Fall nicht widerstehen konnte. *Ihre Mutter wird vermisst, und, na ja, das Ganze ist ein bisschen seltsam.* Es gab immer irgendeinen rätselhaften Fall. Manchmal wurden sie von Familien engagiert, die wissen wollten, was ihren Liebsten zugestoßen war, wenn die Polizei mit ihrer Weisheit am Ende war. Oder von den Strafverfolgungsbehörden oder einem Anwalt der Verteidigung, wenn die Vergehen von besonders undurchsichtiger Natur waren.

Sie hatten sich bei einer Konferenz kennengelernt. Augusta hatte einen Vortrag über die hauptsächlichen Motive für Straftaten gehalten. Jameson hatte sie angesprochen und gewitzelt, dass niemand besser geeignet war, um rätselhaften Fällen auf die Spur zu gehen, als ein Exspion und eine Kriminalpsychologin. Sechs Monate später begannen sie genau damit.

Sie waren ein gutes Team. Und sie waren verschieden. Augusta vermutete, dass Jameson in der Schule in jeder

Hinsicht herausgeragt hatte. Vermutlich war er beliebt, witzig, Klassensprecher und Kapitän des Rugbyteams gewesen. Und obwohl er der unordentlichste Mensch war, den sie kannte, besaß er genug Selbstvertrauen, um mit unerschütterlicher, ruhiger Autorität aufzutreten. Sie dagegen war von vorn bis hinten klar strukturiert.

Ihr Büro lag im Souterrain eines Hauses am Russell Square, unter einer schicken PR-Agentur. Es war klein und dunkel und angemessen diskret.

Bei Blooms Eintreffen saß Jameson an seinem Schreibtisch. Seine dunklen Haare waren etwas zu lang, und die Locken fielen ihm über die Augen. Er trug Jeans und ein Hemd und wie immer keine Krawatte. Ein Mädchen im Teenageralter saß neben ihm. Ihre engen, ausgebleichten Jeans hatten mehrere gewollte Risse. Sie hatte das lange braune Haar im Nacken zu einem Pferdeschwanz gebunden und trug einen schlichten grauen Pullover. »Jane«, sagte Jameson. »Das ist Augusta.«

Bloom stellte ihre Tasche auf dem Fußboden ab und setzte sich an ihren Schreibtisch.

»Jane wohnt oft bei meiner Schwester Claire, wenn ihre Mutter in Übersee stationiert ist«, erklärte Jameson. »Lana ist beim Militär. Daher kennen wir Jane, seit sie ganz klein war. Wir haben viele lustige Abende mit Grillen und Filmegucken verbracht, nicht wahr? Sie ist meine inoffizielle Nichte Nummer drei.« Das Mädchen lächelte ihn voller Zuneigung an. »Kannst du Augusta das erzählen, was du mir erzählt hast, Jane?«

Janes Stimme war fest, trotz ihrer rot verweinten

Augen. »Sie haben gesagt, dass sie freiwillig weggegangen ist und sie nichts tun können. Obwohl ich ihnen gesagt habe, dass das einfach nicht stimmt.«

»Die Polizei«, erklärte Jameson.

»Es geht um deine Mutter?«, fragte Bloom.

Jane nickte. »Sie haben gesagt, sie käme zurück, wenn sie dazu bereit ist, aber es geht ihr nicht gut.« Jane sah erst Jameson an, dann wieder Bloom. »Sie leidet an PTBS, also an einer Posttraumatischen Belastungsstörung. Sie hat in Afghanistan gedient und hat seither damit zu kämpfen. Sie bleibt oft über Nacht weg, aber sie kommt immer am nächsten Tag wieder.«

»Wie alt bist du?«, fragte Bloom.

»Sechzehn«, antwortete Jane.

»Und wo ist dein Vater?«

»Ich habe keinen.«

Bloom sah Jameson an.

»Wie lange ist deine Mutter denn schon weg?«, fragte er.

»Mehr als eine Woche. Sie hat unser ganzes Geld mitgenommen, mir nichts für Essen oder die Miete dagelassen, und kein Mensch hat sie gesehen. Ich habe alle gefragt.«

»Keine Anrufe? Nichts online?«, fragte Jameson.

Jane schüttelte den Kopf. »Niemand will mir helfen«, sagte sie, den Blick nach wie vor auf Jameson gerichtet. »Aber Claire hat gesagt, du würdest es vielleicht tun.«

Bloom sah, wie Jameson nickte, und fühlte sich unbehaglich. Er hatte noch nie zuvor um einen Gefallen gebeten, also wusste sie, dass es ihm wichtig war. Doch im Leben von Verwandten und Freunden zu recherchieren war voller Gefahren, wie sie nur allzu gut wusste.

»Du hast gesagt, deine Mutter war beim Militär?«, fragte sie.

Jane nickte.

»Dann helfen sie dir ... irgendwann.« Bloom wusste, dass diese spezielle Maschinerie erst anlaufen würde, wenn Lana wieder zum Dienst erwartet wurde. »Aber wenn deine Mutter die Gewohnheit hat, immer wieder plötzlich zu verschwinden, dann ist das vermutlich auch diesmal der Fall.«

»Aber ich habe euch das Seltsame noch gar nicht erzählt.« Jane zog ihre Tasche auf den Schoß und begann darin herumzukramen.

Bloom sah Jameson an und zog eine Braue hoch.

»Es gibt noch mehr davon.« Jane hielt Bloom einen Stapel Blätter hin. »Ich habe im Internet herumgefragt, ob noch andere Personen einfach so verschwunden sind, und vier Leute haben sich bei mir gemeldet.«

Bloom sprach leise: »Jede Woche verschwinden Hunderte Personen.«

Jane schwenkte die Blätter, bis Bloom die Hand ausstreckte und sie ihr abnahm.

Sie breitete die Blätter auf ihrem Schreibtisch aus. Jedes enthielt eine längere E-Mail-Korrespondenz.

»Da ist eine schwangere Frau aus Leeds, deren Verlobter mit dem Auto von der Straße abgedrängt wurde. Dann ist er einfach ausgestiegen und weggegangen, und seitdem hat sie ihn nicht mehr gesehen und nichts mehr von ihm gehört. Und ein Mann in Bristol hat gesagt, seine Frau ...«

»Wo ist der Zusammenhang?«, wandte sich Bloom an Jameson.

Jane runzelte die Stirn.

»Es gibt tatsächlich einen gemeinsamen Nenner«, entgegnete er.

»Sie sind alle an ihrem Geburtstag verschwunden«, fügte Jane hinzu, als würde das alles erklären.

»Okay«, sagte Bloom und dehnte das Wort in die Länge. Sie wollte ja nett sein.

»Zeig ihr die Karte«, sagte Jameson. Sein Blick bewies Vertrauen.

Jane reichte ihr einen weißen Umschlag. »Sie haben alle so eine bekommen, bevor sie verschwunden sind. Schauen Sie ...« Jane zeigte darauf, während Bloom den Umschlag wendete und die silberne Schrift entdeckte. »Darauf steht der Name meiner Mum. Innen steht in jeder Karte das Gleiche.«

»Herzlichen Glückwunsch zum 1. Geburtstag.« Bloom klappte die Karte auf. »Dein Geschenk ist das Spiel. Traust du dich zu spielen?« Sie drehte die Karte um, doch die Rückseite war leer. »War noch irgendetwas anderes dabei?«

Jane schüttelte den Kopf.

»Und sie haben alle die gleiche Karte bekommen?« Bloom blätterte erneut den Stapel mit der E-Mail-Korrespondenz durch.

»Der Mann in Leeds hat seine im Auto liegen lassen.

Seine Verlobte hat mir erzählt, die Polizei hätte sie auf dem Beifahrersitz gefunden.«

»Seltsam, oder?«, sagte Jameson.

»Und du hast das der Polizei gezeigt?«, fragte Bloom.

Jane nickte. »Sie haben gesagt, das würde beweisen, dass die Leute freiwillig verschwunden sind und dass Erwachsene das dürften.«

»Vielleicht haben sie es abgetan, weil von einem Spiel die Rede ist«, mutmaßte Bloom.

»Hatten wir so was schon mal?«, fragte Jameson.

Bloom musste die Frage nicht beantworten. Er kannte jeden Fall, den sie je bearbeitet hatten, in allen Einzelheiten. Unter seinem wilden Haarschopf befand sich ein enorm beeindruckendes Gehirn. Ein Gehirn, das Facetten erkennen und komplexe Gedankengänge bearbeiten konnte wie kein zweites. Sie hätte sich keinen anderen als Kompagnon vorstellen können.

»Und warum herzlichen Glückwunsch zum *ersten* Geburtstag?«, fragte Jameson.

Bloom steckte Lanas Karte wieder in den Umschlag. »Ich vermute, wenn wir die Antwort darauf wüssten, wüssten wir auch, worum es bei der Sache geht.«

»Also, was meinst du?«, fragte Jameson, nachdem er Jane weggeschickt hatte, um Kaffee zu holen. »Sie war schon immer eine schräge Person, diese Lana. Ein bisschen daneben, weißt du, nie richtig präsent. Claire hat sich ständig Sorgen um Jane gemacht. Der Krieg hat Lana schwer zugesetzt, und die Kleine hat den Preis dafür bezahlt. Wie alle Kinder.«

Er hielt mit seiner Meinung nicht hinterm Berg. Sie registrierte, wie er von diesem traurigen jungen Mädchen dazu überging, wie wichtig es sei, sich für belastete Kinder von Militärangehörigen einzusetzen, schwieg jedoch dazu.

»Ich weiß, was du sagen willst. Wir haben zu viel zu tun. Wir können es uns nicht leisten, gratis zu arbeiten, aber hier geht es um eine Freundin. Du weißt, warum ich diese Büropartnerschaft mit dir eingegangen bin ... um etwas zu verbessern oder etwas Gutes zu tun oder ... wie auch immer. Und wenn ich das nicht für meine Freunde und Verwandten tun kann, wozu dann das Ganze?«

Bloom seufzte. Sie wollte es durchdenken, sämtliche Aspekte berücksichtigen und die Risiken abschätzen. Bei ihrer Arbeit untersuchten sie oft das Privatleben eines Menschen bis ins Kleinste, erforschten dessen verborgene Ansichten, Verhaltensweisen und Beweggründe. Wie würde sich das auf Jamesons und Claires Beziehung zu dieser Lana auswirken?

»Was machen wir mit unserer anderen Arbeit, solange wir deiner Freundin helfen?«

»Das kriegen wir hin.«

»Was sagen unsere Klienten, wenn wir Termine verpassen?«

»Wir verpassen keine Termine. Wir schaffen das.«

»Hältst du es wirklich für eine gute Idee, im Leben deiner Freundin herumzuschnüffeln?«

»Lana ist nicht *meine* Freundin. Wir würden einem verletzlichen jungen Mädchen dabei helfen, seine Mutter wiederzufinden.«

»Eine verantwortungslose Mutter, die womöglich aus einer Laune heraus bald wieder verschwindet.«

Jameson stützte die Unterarme auf seine Schenkel und musterte Bloom einen Moment lang. »Aber du bist neugierig geworden, nicht wahr? Ich habe es dir angesehen. Fünf Personen, die verschwunden sind, nachdem sie identische Aufforderungen erhalten haben. Es geht nicht nur um eine flatterhafte Mutter, die durchgebrannt ist. Es ist mehr als das.«

Er würde kein Nein akzeptieren. Und er hatte recht – sie war neugierig geworden.

»Sprich mit diesen anderen Familien«, sagte sie. »Vergewissere dich, dass sie nicht einfach bloß das erzählen, was Jane hören will. Und ich spreche mit ihr.«

»Und du wirst ihr versichern, dass wir ihr helfen?«

»Nein.«

»Augusta ...«

»Nein, Marcus. Noch nicht. Erst wenn wir wissen, dass wir das auch können. Es gehört nicht zu unserem Leistungsspektrum, falsche Versprechungen zu machen.«

6

Für wen zum Teufel halten die sich? Stoßen sie herum. Sie! Die sollen sich mal lieber gut in Acht nehmen. Idioten. Verdammte Idioten.

Seraphine ging auf dem kalten Fliesenboden der Toilette auf der Polizeiwache auf und ab. Ja, sie hatte ihm mit einem Bleistift in den Hals gestochen. Ja, sie hatte eine Arterie durchbohrt. Aber der Typ war ein perverses Schwein. Er hatte es verdient.

Und jetzt wollte dieses Miststück von Polizistin wissen, ob Seraphine ihren Angriff *gezielt* ausgeführt hatte.

»Weißt du, wo die Halsschlagader liegt?« Seraphine imitierte PC Watkins' piepsige Mädchenstimme. »Hast du auf die Halsschlagader gezielt?« »Wolltest du Mr Shaw töten?«

»Ja«, übte sie in langsamem, singendem Tonfall. »Ich weiß, wo die Halsschlagader ist. Das habe ich in Biologie gelernt.« Sie wollten sie übertölpeln. Hielten die sie für dumm? Als ob sie ihnen die Wahrheit sagen würde. Vollidioten.

Seraphine presste sich ein paar Tränen in die Augenwinkel. Sie starrte auf ihr Spiegelbild und übte die Worte. »Nein, ich wollte ihn nicht töten.«

»Nein, natürlich wollte ich ihn nicht töten.« Sie erinnerte sich daran, wie gebrochen Claudias Stimme geklungen hatte, als sie vom drögen Darren angegriffen worden waren, und versuchte, diesen Effekt zu imitieren. »Nein, ich wollte ihn nicht töten.«

Geschafft, dachte sie und kehrte in den Verhörraum zurück, ehe sie vergaß, wie es ging.

7

»Hallo?« Bloom hielt sich das Telefon an die Wange und drehte das Küchenradio leiser.

Es war Jameson. Ohne jede Vorrede schilderte er ihr die Einzelheiten.

»Also, es sind drei der anderen vier verschwundenen Personen verbürgt. Ich habe mit Angehörigen und den jeweiligen Polizeidienststellen gesprochen. Alle haben an ihrem Geburtstag diese Traust-du-dich-zu-spielen-Karte erhalten, und zwar irgendwann in den letzten drei Monaten. Die erste war Faye Graham, eine Mutter von zwei Kindern, die am fünften Januar zweiundvierzig geworden ist, dann Grayson Taylor, ein Student der Politischen Wissenschaften, der am zehnten Februar zwanzig wurde, und Stuart Rose-Butler, der werdende Vater, der einfach sein Auto stehen gelassen hat. Er ist am vierundzwanzigsten Februar neunundzwanzig geworden.«

»Und Lanas Geburtstag war vor gut einer Woche?«

»Ja. Am neunten März.«

»Wie heißt sie mit Familiennamen?«

»Reid, mit ›e‹ und ›i‹.«

Bloom schrieb den Namen neben Lanas Geburtsdatum. »Und die fünfte Person?«

»Scheint ein Ablenkungsmanöver zu sein. Eine junge Frau namens Sara James hat sich über Facebook an Jane gewandt und behauptet, ihre Mutter sei auch verschwunden. Allerdings nannte sie keine weiteren Einzelheiten über das hinaus, was Jane bereits preisgegeben hatte.«

»Und Janes Message war welche?«

»Sie hat gefragt, ob jemand von einer Person gehört habe, die eine Geburtstagskarte mit einer Traust-du-dich-zu-spielen-Nachricht bekommen hat und danach verschwunden ist.«

»Ganz toll«, sagte Bloom, zog sich einen Stuhl heran und setzte sich.

»Ich weiß, aber sie ist noch jung, und so machen sie es eben heutzutage – posaunen jeden Gedanken in den sozialen Medien hinaus. Jedenfalls habe ich mich gefragt, ob diese Sara vielleicht eine Schwindlerin sein könnte. Die E-Mail kam aus einem Bürogebäude in Swindon. Ich habe mich dort erkundigt, und niemand in der Firma kennt eine Sara James.«

»Jemand, der sich an dem Drama weidet? Oder es als Aufhänger dafür nutzt, sich an andere heranzumachen?«

»Etwas in der Art. Ich halte weiter die Augen offen, aber bis jetzt haben wir vier verbürgte Verschwundene. Für Faye und Grayson könnten wir zu spät dran sein – sie sind ja schon seit ein oder zwei Monaten verschwunden –, aber Lana und Stuart sind erst ein paar Wochen weg.«

»Auch das könnte bereits zu lang sein. Und die Polizisten, mit denen du gesprochen hast: Haben sie irgendetwas unternommen?«

»Nein. Nada.«

»Irgendwelches Interesse daran, wie viele mögliche Opfer es gibt?«

»Sie meinten, ich solle sie auf dem Laufenden halten.«

»Natürlich.«

»Hör zu, ich weiß, dass du wegen unserer anderen Fälle beunruhigt bist, aber ich habe unseren Kalender durchgesehen, und wir haben in der nächsten Woche keine dringenden Termine. Der nächste im Gericht steht erst in vierzehn Tagen an. Ich habe auch mit den Anwälten und Kriminalbeamten gesprochen, die mit unserer Arbeit betraut sind, und es hat sich nichts an der Dringlichkeit geändert.«

»Ich habe noch meine jungen Straftäter zu beraten.«

»Dienstagvormittags und freitagnachmittags, richtig?«

Bloom murmelte zustimmend. Die Beratung der Minderjährigen war ihr wichtig, und Jameson wusste das.

»Das bringen wir unter. Eine Woche. Mehr verlange ich nicht. Nur um zu sehen, ob an der Sache was dran ist. Ich übernehme sämtliche Kosten.«

»Das ist nicht nötig. Wir haben genug Rücklagen.«

»Ist das ein Ja? Soll ich ein Treffen mit Stuarts Verlobter ausmachen? Sie leitet die Finanzabteilung am Flughafen Leeds-Bradford, also in der Nähe deiner alten Heimat. Und sie ist in der achtunddreißigsten Woche schwanger.«

Bloom lächelte. Jameson wusste, wie er sie herumkriegte. »Gut. Ja. Und setzen wir uns doch noch mal mit Jane zusammen und befragen sie ausführlich.«

»Abgemacht«, sagte Jameson, und die Verbindung brach ab.

Bloom stellte wieder Radio 4 an. Sie wollte zuhören, wie Ian Rankin über Colin Dexter sprach, den Schöpfer von Inspektor Morse. In jungen Jahren hatte sie zusammen mit ihrem Vater begeistert die Morse-Filme im Fernsehen verfolgt. Sie hatten gewetteifert herauszufinden, wer der Täter war, und hinterher nahm ihr Vater die Anwaltsposition ein und wies auf die logischen Fehler im jeweiligen Fall hin. Er hatte den Grundstein dazu gelegt, dass sie sich für die Denkweise von Kriminellen interessierte.

Sie erwärmte die Brokkoli-Stilton-Suppe, die sie am Sonntag gekocht hatte, und schnitt einen Laib Bauernbrot auf. Gerade in dem Moment, als Barrington Pheloungs Titelmusik zur Serie um Inspektor Morse erklang, setzte sie sich mit ihrem Essen an den Küchentisch. Die ersten Töne weckten nostalgische Gefühle in ihr. Wie gerne hätte sie noch einmal auf dem Sofa ihres Vaters gesessen, um gemeinsam mit ihm einen Abend zu verbringen.

8

Claires Wintergarten war voller achtlos abgelegter Stofftiere und halbfertiger Puzzles. Bloom sah zu, wie die beiden Kinder um die Kochinsel herumrannten und vor Freude quietschten. Immer wieder ermahnte Claire sie, ein bisschen leiser zu sein. Sie hatte eine dieser schicken Maschinen, mit der sie nun gleichzeitig Kaffee machte und Milch schaumig schlug, während sie Jameson über den neuen Job ihres Mannes informierte. Bloom beobachtete fasziniert die Interaktion zwischen den Geschwistern. Als einziges Kind zweier Intellektueller war sie nicht mit Humor und Scherzen aufgewachsen, und so empfand sie die sarkastischen Bemerkungen und das gemeinsame Gelächter als ebenso interessant wie befremdlich.

»Tut mir leid, Augusta. Ich gehe mit diesen Krachmaschinen gleich in den Park, damit ihr hier Ruhe und Frieden habt«, sagte Claire. »Mal ernsthaft, Leute, seid doch nur einen Augenblick still. Ich kriege gleich Kopfweh.«

Die Mädchen verstummten, tobten aber weiter durch die Küche.

»Jane geht es seit ein oder zwei Tagen nicht so besonders«, sagte Claire zu ihrem Bruder. Bis jetzt war Jane noch nicht aufgetaucht. Claire hatte sie gerufen, als Bloom und Jameson gekommen waren, doch das war nun schon über eine Viertelstunde her.

Jameson trug seinen Cappuccino an seinen Platz

gegenüber von Bloom und reichte ihr anschließend eine Tasse Tee. »Wie meinst du das?«

Claire sah zu der leeren Treppe hinüber und senkte die Stimme. »Sie bleibt lange auf, schläft morgens ewig und isst nichts.«

»Klingt ganz wie du als Teenager.« Jameson nahm einen Schluck von seinem Cappuccino.

»Ja, und du warst natürlich das Traumkind«, sagte Claire zu ihrem Bruder und lächelte dann Bloom zu. »Was glauben Sie, was los ist? Steckt Lana in Schwierigkeiten, oder ist sie nur vorübergehend abgetaucht?« Claire drehte sich um. »Mädchen!«

»Sorry, Mummy«, sagten die beiden im Chor.

»Es ist eine seltsame Geschichte, Schwesterherz.« Jameson hatte seinen Cappuccino schon halb ausgetrunken. »Die anderen, die solche Karten bekommen haben, werden schon seit ein paar Monaten vermisst.«

»Was glauben Sie?«, fragte Augusta. »Ist dieses Spiel etwas, was Lana spontan reizen würde?«

Claire antwortete ruhig: »Lana hat zuletzt schwere Zeiten durchgemacht. Seit Afghanistan quält sie sich. Sie war noch auf weiteren Einsätzen – diesmal nur als Fahrerin –, aber es ist nicht leicht. Ich weiß nicht, was da drüben passiert ist, aber sie tut sich schwer damit, es zu verarbeiten.«

»Glauben Sie, dass sie davonlaufen wollte?«, fragte Bloom.

»Sie würde Jane nicht alleine lassen. Sie ist eine gute Mutter.«

Jameson gab missbilligende Laute von sich. »Was

redest du denn da, Claire? Du schimpfst doch andauernd, dass sie eine miserable Mutter ist.«

Claire legte den Kopf schief, blickte in Richtung Flur, zog die Brauen hoch und zischte durch zusammengebissene Zähne: »Aber nicht, wenn ich vielleicht belauscht werde.«

Jameson sprach leiser weiter. »Okay, aber es bringt uns nicht weiter, wenn du etwas verschweigst. Wir müssen wissen, was wirklich mit Lana los ist.«

»Gut.« Claire begann im Flüsterton auf Bloom einzureden. »Lana ist sehr unterhaltsam, aber total sprunghaft. Man kann sich nicht darauf verlassen, dass sie ihre Rechnungen bezahlt oder einkaufen geht, und das hat nichts mit PTBS zu tun. So war sie schon immer, seit ich sie kenne.«

»Und wie lange ist das?«, fragte Bloom.

»Etwa zehn Jahre. Sie und Jane sind nicht lange nach Dan und mir hierhergezogen. Sie wohnen in Nummer siebzehn. Das Haus ist in einzelne Wohnungen aufgeteilt.« Claire blickte in Richtung Flur. »Sie mutet dem jungen Mädchen ganz schön was zu. Bei ihrer Trinkerei und dem ständigen Verschwinden ist es ein Wunder, dass Jane nicht auch schon auf Abwege geraten ist.«

»Sie kann von Glück sagen, dass sie dich und Sue hat«, sagte Jameson.

Claire lächelte ihren Bruder an. »Sue wohnt auf der anderen Straßenseite«, erklärte sie Bloom. »Sie und ich haben uns im Lauf der Jahre bei Jane abgewechselt, aber in letzter Zeit ist es mehr uns zugefallen. Sue und Mark lassen sich gerade scheiden.«

»Ist in jüngster Zeit irgendetwas passiert, das Ihnen das Gefühl gab, dass Lana noch mehr zu kämpfen hatte als sonst?«

Claire runzelte die Stirn und schüttelte den Kopf. »Wenn ich ehrlich bin, dachte ich eigentlich, es ginge ihr besser.«

Bloom wusste, dass Leute mit Depressionen sich in den Wochen und Tagen, bevor sie sich das Leben nahmen, besser fühlten.

»Erzähl Augusta von den Männern«, forderte Jameson seine Schwester auf.

Jane erschien in der Tür. »Hallo, Schlafmütze«, sagte Claire. »Willst du eine Tasse Tee?«

Jane nickte. Sie hatte sich ein bisschen Mühe gegeben und war immerhin angezogen, aber mehr nicht. Die Haare hingen ihr schlaff ums Gesicht, und ihre Leggings und das langärmelige T-Shirt waren nur einen Hauch besser als ein Schlafanzug.

»Wie geht's dir, junge Frau?«, sagte Jameson zu Jane. Sie reagierte mit einem matten Lächeln.

»Marcus kann Ihnen alles Weitere erzählen«, sagte Claire und führte ihre Töchter in den Flur. Sie schlüpften in Jacken und Schuhe und machten sich auf den Weg in den Park.

Jameson wandte sich an Jane. »Erzähl uns so viel wie möglich über deine Mum. Und du musst total ehrlich sein. Wir müssen alles wissen. Okay?« Jamesons Stimme klang weicher als sonst. Es war offensichtlich, dass ihm und seinen Verwandten viel an diesem jungen Mädchen lag.

Jane zog die Füße unter die Beine und nickte. »Wo soll ich anfangen?« Ihre Stimme war noch rau vom Schlafen.

»Erzähl uns einfach, wie deine Mum so ist«, schlug Jameson vor.

Jane blickte hinaus in den Garten. »Meine Mum ist ein bisschen crazy, manchmal auch komplett durchgeknallt, aber ...«

Jameson wartete.

Sie sah die beiden an. »Sie tut ihr Bestes. Dad hat sie mit leeren Händen sitzen lassen. Sie war mit einundzwanzig Jahren völlig auf sich allein gestellt – eine alleinerziehende Mutter mit einem zweijährigen Kind und ohne Job.«

In den Augen der meisten Sechzehnjährigen waren Einundzwanzigjährige uralt. Bloom vermutete, dass dies Lanas Worte waren, nicht Janes.

Jane fuhr fort: »Sie hat sich für einen Bürojob auf einer Militärbasis beworben, aber sie hat bei den Tests so gut abgeschnitten und einen so guten Eindruck gemacht, dass sie Soldatin geworden ist.« Jane zuckte die Achseln. »Deshalb war sie viel weg, und ich war dann bei Claire oder Sue. Ich habe mich auf sie gefreut, wenn sie zurückkam, aber sie war immer total durch den Wind. Sie wollte nur noch schlafen. Oder ausgehen und feiern.«

»Klingt hart«, sagte Jameson.

Jane starrte in ihre Teetasse. »Ich versuche, mich um sie zu kümmern und die Wohnung in Schuss zu halten.«

»Na klar.« Jameson lächelte Jane an. »Hat dein Dad sich je bei dir oder deiner Mum gemeldet?« Das wäre ein zentraler Ausgangspunkt bei den Ermittlungen, wenn die Polizei Lanas Verschwinden nachginge.

Jane schüttelte den Kopf. »Mum hat dafür gesorgt, dass er uns nicht findet. Er war drogensüchtig. Hat ihr Geld gestohlen. Als ich noch ein Baby war, hat sie mich mal mit ihm allein gelassen, und als sie zurückkam, hatte ich einen Bluterguss im Gesicht. Da hat sie geschworen, nie mehr zuzulassen, dass er mir wehtut.«

»Und dann ist er gegangen? Oder hat sie ihn rausgeworfen?«, fragte Bloom.

Jane runzelte die Stirn und nickte dann. Bloom nahm ihren Stift und kritzelte in ihr Notizbuch: *Vater gegangen oder rausgeworfen?*

»Und wie ging es deiner Mum, bevor sie verschwunden ist? Hatte sie einen verlängerten Urlaub?«, fragte Jameson.

»Ja, weil die PTBS schlimmer geworden war.«

»War sie in Behandlung?«, fragte Bloom.

Jane schüttelte den Kopf. »Ich glaube nicht.«

»Aber man hat ihr einen verlängerten Urlaub gegeben?«, hakte Jameson nach.

Bloom schrieb: *Urlaub ohne Behandlung?*

»Und wie ging es ihr?«, fragte Jameson erneut.

»Eigentlich okay. Sie hat immer zu viel getrunken und ist den ganzen Tag am Computer gegangen, aber sie hatte gute Laune. An ihrem Geburtstag wollte sie abends mit mir essen gehen. Das wäre schön gewesen, aber dann ...« Jane klang, als wäre sie die Mutter. Bloom fragte sich, wie lange es dauern würde, bis Jane verschwand. Kinder, die für alkohol- oder drogenabhängige Eltern die Verantwortung übernahmen, flüchteten oft, so früh es ging, und warfen nie wieder einen Blick zurück.

»Weißt du, ob sie mit irgendjemandem Ärger hatte?«, fragte Bloom.

»Nicht mehr als sonst. Du kennst ja meine Mum«, sagte Jane zu Jameson. Seine hochgezogenen Brauen und das Grinsen legten nahe, dass er diese Seite an Lana aus eigener Erfahrung kannte. Jane spiegelte sein Grinsen. Es war ein Witz zwischen den beiden. Sie wandte sich an Bloom. »Sie schreckt nie vor einem Streit zurück.«

»Niemals«, bekräftigte Jameson, und Bloom fragte sich, wie viele Auseinandersetzungen es zwischen Claire – und im erweiterten Sinne Jameson – und Lana im Lauf der Jahre gegeben hatte.

»War deine Mum wegen einer dieser Streitigkeiten besonders besorgt?«, fragte Bloom. »Hatte sie vielleicht sogar Angst?«

Jane schüttelte den Kopf. »Ich glaube, meine Mum hatte vor überhaupt nichts Angst. Wenn ich mir wegen irgendwas den Kopf zerbrochen habe, hat sie immer geschimpft, ich soll nicht so blöd sein. Wovor soll man schon Angst haben, hat sie immer gesagt.«

Vor sehr vielen Dingen, dachte Bloom. Manchmal waren diejenigen, die keine Angst hatten, die Furchteinflößendsten von allen.

9

Liebe Dr. Bloom,

heute Morgen kam PC Watkins vorbei, um uns zu sagen, dass Darren Shaw nicht tot ist. Sein Zustand ist ernst, aber stabil. Sie sagte, dies werde sich enorm günstig auf mein Verfahren auswirken. Doch dann hat die Schule angerufen und uns mitgeteilt, dass ich suspendiert sei und an keiner der bevorstehenden Klassenfahrten teilnehmen dürfe. Ich habe meiner Mutter gesagt, wie wichtig die Schule für mich ist und wie sehr ich Kunst liebe. Sie ruft jetzt den Direktor an, um ihn zu überreden, mich wieder zuzulassen. Claudia geht auch zur Schule, also verstehe ich nicht, warum man mich ausschließt. Nicht, dass ich mein Pensum nicht nachholen könnte. Ich könnte wahrscheinlich das ganze restliche Schuljahr verpassen und würde die Prüfungen trotzdem bestehen.

Ich weiß nicht, ob die Polizei und die Schule den Sinn von Gerechtigkeit richtig verstanden haben. Ich meine, an der ganzen Sache war doch der Hausmeister schuld. Ich habe ihn nicht gebeten, uns in die Turnhalle zu folgen und sich total krank aufzuführen. Also warum mich und meine armen Eltern bestrafen, die absolut nichts falsch gemacht haben?

Vielleicht recherchiere ich ein bisschen über Justizirrtümer. Ich sage Ihnen dann, was ich herausgefunden habe, denn es könnte ja hilfreich für Ihre Arbeit sein.

Seraphine

10

Jameson stellte zwei Becher Tee vor Bloom auf den Tisch. Sie fuhren gerade durch Peterborough und würden in etwa einer Stunde in Leeds eintreffen, um sich dort mit Libby Goodman, der Verlobten von Stuart Rose-Butler, zu treffen.

Bloom nahm den Deckel von einem der roten Warmhaltebecher.

»Ah«, sagte Jameson und drehte Blooms Becher um. »Ich glaube, du hast meinen.« Bloom schaute hin. Auf dem Becher stand: *Was soll ich sagen? Ich bin heiß.*

Bloom drehte den zweiten Becher zur Seite. »Das steht auf beiden.«

Jameson verzog die Miene. »Enttäuschend.«

Bloom schüttelte pikiert den Kopf. Dann trank sie einen Schluck und schaute aus dem Fenster auf die Landschaft Cambridgeshires.

»Was muss man sonst noch über Lana wissen?«, fragte sie.

Jameson kippte drei kleine Döschen Milch in seinen Tee. »Wie gesagt, ich kenne die Frau kaum. Ich habe viel Zeit mit Jane verbracht – sonntägliche Mittagessen und alles Mögliche, weil sie ständig bei Claire ist –, aber Lana habe ich nur ein paarmal gesehen. Anhand dessen, was Claire sagt ...« Er schüttelte den Kopf. »Meiner Meinung nach ist sie problematisch. Claire hat miterlebt, wie Lana Sues Mann verführt hat. Das ist so ähnlich, als würde sie sich an Dan ranmachen. Ich meine, das würde sie wahrscheinlich nicht tun, weil Claire ganz schön Stress machen kann, aber Sue ist eine so liebe, sanftmütige Frau.«

»Und deshalb lassen sich Sue und ihr Mann scheiden?«

»Genau. Und Mark war nicht Lanas erster verheirateter Mann. Claire glaubt, Lana genießt das prickelnde Gefühl zu beweisen, dass sie jeden Mann haben kann. Aber sie bleibt nie bei einem. Sie hat Mark monatelang nachgestellt, dann hat sie mit ihm geschlafen, und das war's.«

»Und sie hat es nie bei dir probiert?«

»Warum sollte sie? Ich bin nicht verheiratet. Da gibt's nichts zu beweisen.«

Bloom sann darüber nach. Lana befand sich ständig im Konkurrenzkampf – das war offensichtlich –, sonst hätte es für sie keinen Reiz gehabt, die Männer anderer Frauen zu verführen. Doch es gab viele, die die Jagd liebten. Allerdings würden nur ganz wenige alles stehen und liegen lassen, um ein bizarres Spiel zu spielen. »Was treibt Lana an? Warum will sie dieses Spiel spielen? Wenn das der Grund ist, aus dem all diese Leute verschwunden sind, müssen wir verstehen, warum.«

»Vielleicht hatte sie keine Wahl.« Jameson riss sein Päckchen Kekse auf und bot Bloom einen an.

Sie schüttelte den Kopf. »Genau. Haben sie sich freiwillig dafür entschieden, weil es sie irgendwie persönlich angesprochen hat, oder …«

»Oder wurden sie dazu gezwungen? Erpresst?«

»Oder sie wurden entführt. Die Geburtstagskarte könnte auch nichts weiter sein als eine Art Einladung. Womöglich gibt es gar kein Spiel.«

»Einfach nur ein Gestörter, der Macht will?«

Bloom machte sich ein paar Notizen. »Wenn sie aus freien Stücken die Herausforderung angenommen und sich auf das Spiel eingelassen haben, worum geht es dann? Sämtliche Teilnehmer müssten dann vermutlich stark konkurrenzorientiert und impulsiv sein. Jane hat gesagt, ihre Mutter würde keine Computerspiele spielen, aber sie könnte sich irren. Vielleicht handelt es sich um etwas, das sich an Spezialisten richtet.«

»Du meinst, sie könnten um Zugang zu dem Spiel gebeten haben?«

»Oder sie haben eine spezielle Website besucht. Hast du von diesem Blue Whale Game gehört? In Russland?«

Jamesons Miene verfinsterte sich. »Du glaubst doch nicht, dass es so etwas Ähnliches ist, oder? Unglückliche junge Leute anlocken und sie dann dazu nötigen, Selbstmord zu begehen?«

»Ich hoffe nicht. Aber Lanas PTBS könnte sie zu einer Kandidatin für so etwas machen. Lass uns versuchen herauszufinden, ob Stuart in ähnlicher Weise anfällig war, ob er Depressionen hatte. Und ob er die Gewohnheit hatte, öfter zu verschwinden oder den Kontakt abzubrechen. Ob er impulsiv oder leicht zu beeindrucken ist. Und ob irgendetwas vor sich geht, was ihn für Nötigung empfänglich machen würde.«

»Könnten die Betroffenen alle die falsche Person verärgert haben?«

»Wir müssen den gemeinsamen Nenner finden.«

Blooms Telefon vibrierte auf dem Tisch, und sie ging in den Vorraum, um den Anruf entgegenzunehmen.

Fünf Minuten später kehrte sie zurück. »Das war der Polizist, der den Autounfall von Stuart Rose-Butler aufgenommen hat.«

»Wie hast du denn den ausfindig gemacht?«

»Kontakte.« Bloom lächelte. »Er hat gesagt, anfänglich hätten sie es als böswilliges Verlassen behandelt. Doch nach ein paar Tagen haben sie mit seiner Partnerin Libby und seinem Arbeitgeber, der ASDA in Pudsey – er ist dort Regalauffüller – und ein paar Freunden gesprochen. Offenbar hat Stuart häufig den Job gewechselt. Seine Eltern sind gestorben, als er noch jung war, und sowohl Libby als auch seine Freunde kennen ihn erst seit ein paar Jahren. Der Officer hat gesagt, sie hätten es als Vermisstenfall an die Kriminalpolizei weitergegeben, seien sich aber ziemlich sicher gewesen, dass er wegen seiner bevorstehenden Vaterschaft abgehauen sei.«

»Klingt ja nach einem sehr verlässlichen Menschen. Und was ist mit dem Spiel?«

»Das ist interessant. Einer der Zeugen hat ausgesagt, er hätte gesehen, wie der Fahrer des anderen Autos nach dem Zusammenstoß Stuart die Karte in die Hand gedrückt hat.«

»Tatsächlich? Dann hat also jemand gesehen, wer dahintersteckt?«

»Möglich, aber die anderen beiden Zeugen konnten sich nicht daran erinnern, dass eine solche Übergabe stattgefunden hätte. Das andere Auto war weg, als die

Polizei kam, und sie sind der Sache nicht weiter nachgegangen.«

»Gute Polizeiarbeit«, sagte Jameson und trank den letzten Rest seines Tees aus.

Libby Goodman lebte in einem gepflegten kleinen Haus in Horsforth, einem Städtchen nahe bei Leeds. In dem hübschen Vorgarten blühten unzählige Narzissen. Bloom klopfte an die hölzerne Tür, und eine hochschwangere Frau mit dichten dunklen Locken machte auf.

»Libby Goodman? Ich bin Dr. Bloom. Wir haben telefoniert. Und das ist Marcus Jameson.«

»Ja, hallo. Kommen Sie rein.« Libby ging ins Wohnzimmer, eine Hand unter ihren Bauch gelegt. Bloom und Jameson setzten sich jeder auf einen Stuhl und überließen Libby das Sofa. Es war hilfreich, dass Libby zwischen ihnen hin und her schauen musste und immer nur einen ansehen konnte, während der andere ihre Reaktionen beobachten konnte.

»Danke, dass Sie sich Zeit für uns genommen haben, Libby«, sagte Jameson und setzte dabei sein gesamtes Charmepotenzial ein. Er schilderte die Situation von Jane und Lana, erklärte, woher er die beiden kannte und warum er und Bloom wegen Stuarts Verschwinden recherchierten. Dann bat er Libby, ihnen von dem Tag zu berichten, als Stuart verschwunden war. Sie hatten zusammen gefrühstückt, sie hatte ihm ein Geburtstagsgeschenk überreicht und ihn dann verabschiedet, ehe sie aufräumte und sich ihrerseits für die Arbeit fertig machte. Sie war verärgert gewesen, weil Stuart vergessen hatte, ihr viel Glück für eine Präsentation zu wünschen, die sie an diesem Tag halten musste. Die Polizei war direkt, nachdem sie geduscht hatte, erschienen, also etwa eine halbe Stunde später. Als sie gesehen hatte, wie sie aus dem Streifenwagen stiegen und ihre Mützen aufsetzten, wusste sie, dass es schlimme Nachrichten gab. Sie war sich sicher gewesen, dass Stuart umgekommen war, und so hatte sie den tatsächlichen Sachverhalt erleichtert aufgenommen.

»Aber Sie haben seither nichts mehr von Stuart gehört?«, fragte Jameson.

Libby sah zu Bloom hinüber und schüttelte den Kopf. »Ich habe ihm Nachrichten hinterlassen, jede Menge, aber er ist einfach verschwunden. Niemand hat etwas von ihm gehört.«

»Und ist das ungewöhnlich?«, fragte Jameson.

»Sehr.«

Bloom räusperte sich. »Verzeihen Sie meine Frage, Libby, aber war alles in Ordnung zwischen Ihnen?«

»Bestens.«

»Und ging es Stuart gut? Ist Ihnen an seinem Verhalten etwas aufgefallen, war irgendetwas anders oder ungewöhnlich?«

»Er hätte mich nicht sitzen lassen, falls Sie darauf hinauswollen. Das habe ich schon der Polizei gesagt, und ich sage es auch Ihnen. Es ging ihm gut.«

»Aber war irgendetwas ungewöhnlich an seinem Verhalten in den letzten Wochen?«, fragte Jameson noch einmal.

Libby seufzte und schüttelte erneut den Kopf. »Nein. Da war nichts Ungewöhnliches. Überhaupt nichts.«

Jameson nickte und fuhr fort: »Hat er sich wegen irgendetwas Speziellem Sorgen gemacht, oder hat er sich mit jemandem zerstritten?«

»Nein.«

»Ist er zuvor schon mal verschwunden, ohne Ihnen Bescheid zu sagen?«

Libby schüttelte den Kopf.

»Und wie lange sind Sie schon zusammen?«

»Fast zwei Jahre. Kurz nachdem ich als Leiterin der Finanzabteilung am Flughafen angefangen habe. In der Zeit war ich ziemlich einsam, ehrlich gesagt. Den anderen passte es nicht, dass ich so jung schon zur Finanzchefin befördert worden war. Stuart hat im Café gearbeitet, und er war der Einzige, der mir in die Augen gesehen und mich angelächelt hat. Er war charmant. Dann wurde ihm gekündigt, und ich war todtraurig.« Libby sah zu Bloom hinüber. »Aber drei Tage später kam ich aus der Arbeit, und er stand mit Blumen in der Hand an meinem Auto und hat auf mich gewartet. Seitdem sind wir zusammen.«

»Das klingt sympathisch«, sagte Jameson mit freundlichem Lächeln. »Wie würden Sie Stuart beschreiben, Libby? Was für ein Mensch ist er?«

»Er ist ... perfekt. Für mich, meine ich. Ich meine nicht, dass er der perfekte Mensch ist. Das natürlich nicht.« Sie lächelte. Es war das erste echte Lächeln, das sie an ihr sahen, und es verwandelte ihr Aussehen von durchschnittlich in ziemlich hübsch. »Ich bin ein bisschen zwanghaft, und er ist das glatte Gegenteil. Was funktioniert. Er bringt mich zum Lachen. Er zeigt mir, dass ich das Leben nicht immer so ernst nehmen soll. Er nimmt immer wieder Hilfsjobs an, weil er noch nicht weiß, was er wirklich will, aber er könnte alles werden. Er ist intelligent und super selbstbewusst.«

»Sie haben gesagt, Stuart wurde im Café am Flughafen gekündigt?«, sagte Bloom.

Libby wandte den Blick ab. »Das war alles ein Missverständnis.«

»Ach?«, machte Bloom.

»Sie dachten, er hätte etwas getan, was er nicht getan hat. Ich habe die Sache geklärt, aber er wollte nicht mehr zurück, nachdem sie ihn so schlecht behandelt hatten, und ich muss sagen, das kann ich ihm nicht verdenken.«

»Was für eine Art von Missverständnis?«

»Ich möchte wirklich nicht darüber reden. Es ist nicht wichtig.«

Bloom und Jameson wechselten einen Blick – einen Blick, der bedeutete, dass sie später nachhaken würden.

»Stuart ist also eher extrovertiert«, sagte Jameson. »Ziemlich cool, charmant, selbstsicher und intelligent?«

»Es klingt, als würde ich ihn toller darstellen, als er ist, stimmt's? Vermutlich tue ich das.« Libby strich mit einer Hand immer wieder über ihren Bauch. »Aber ich hoffe, das Kleine hier kommt eher nach seinem Daddy als nach seiner neurotischen Mummy.«

»Hat sich Stuart darauf gefreut, Vater zu werden?«, fuhr Jameson fort.

Libby ließ beide Hände auf ihrem Bauch ruhen. »Ja.« Sie schluckte. »Für Männer ist es anders, glaube ich. Für sie wird es erst real, wenn das Kind da ist, oder? Aber er hat sich gefreut.«

»Gibt es irgendwelche alten Freunde, bei denen er sein könnte?«, erkundigte sich Jameson.

»Er ist nicht so gut darin, den Kontakt zu Bekannten zu halten. Ganz anders als ich. Ich kenne meine beiden besten Freundinnen seit dem Kindergarten. Noch ein Punkt, an dem wir gegensätzlich sind, schätze ich. Aber ich habe alle gefragt, die mir eingefallen sind. Wie gesagt, ich bin zwanghaft.«

»Daran ist doch nichts verkehrt, oder, Dr. Bloom?« Jameson sah nicht zu seiner Kollegin hinüber, um ihre Reaktion zu taxieren, sondern konzentrierte sich geflissentlich auf seine Notizen. »Sie haben gesagt, Stuart ›hat sich darauf gefreut‹, Vater zu werden«, sagte Bloom. »Anstatt ›er freut sich darauf‹.«

Libby reckte ein paar Sekunden lang das Kinn zur Decke. Als sie Bloom wieder ansah, sammelten sich Tränen in ihren Augenwinkeln. »Ich bin nicht dumm, Dr. Bloom. Er wird jetzt seit fast einem Monat vermisst. Wie lange wartet die Polizei, bis sie ein Verbrechen vermutet? Drei Tage?«

Jameson meldete sich zu Wort. »Das ist bei Entführungsfällen so beziehungsweise bei besonders verletzlichen Personen und Kindern.«

»Er hat kein Geld mitgenommen. Keine Kleidung. Weder seinen Pass noch den Führerschein. Es ist alles noch da. Er hat sein Handy nicht benutzt, ist nicht auf den sozialen Medien gewesen und hat niemandem auch nur eine blöde Postkarte geschrieben. Er ist tot. Sie wissen das, und ich weiß es auch. Ich werde eine alleinerziehende Mutter sein. Ich weiß ehrlich gesagt nicht einmal, wozu wir überhaupt reden. Es ist zu spät. Wo waren Sie denn vor drei Wochen?« Libby stand auf, und Bloom dachte schon, sie würde sie jetzt zum Gehen auffordern, doch das tat sie nicht. Sie ging nur zum Wohnzimmerfenster hinüber und starrte hinaus.

»Dann haben Sie also nichts mit diesem Spiel zu tun, oder?«

Libby sah Jameson an.

»Sie haben Jane Reid erzählt, dass Stuart auch so eine Karte bekommen hat wie Janes Mutter. Eine Geburtstagskarte, in der er herausgefordert wurde, ein Spiel zu spielen.«

»Die habe ich nie gesehen. Die Polizei hat mir davon erzählt. Ich vermute, es ist bloß Werbung für ein blödes Computerspiel. Die hat Stuart wirklich geliebt.«

»Stuart hat gespielt?«

»Je größer die Waffen, desto besser. Vielleicht ist es doch von Vorteil, wenn er nicht da ist und das Kind beeinflusst.«

»Noch eine letzte Frage, Libby, dann lassen wir Sie auch schon wieder in Ruhe«, sagte Bloom. »Hat Stuart, soweit Sie wissen, jemals an Depressionen gelitten?«

Libby runzelte die Stirn. »Nein. Warum fragen Sie das? Warum gehen alle davon aus, dass er abgehauen ist, weil er unglücklich war? Er war nicht unglücklich. Uns ging es wirklich gut.«

»Hast du ihr geglaubt?«, fragte Jameson, als er und Bloom hinten in ein Taxi einstiegen. »Als sie gesagt hat, dass sie miteinander glücklich waren?«

»Du nicht?«

Jameson fuhr sich mit einer Hand durchs Haar. »Ich weiß nicht. Ich will ja. Sie hat einen netten Eindruck gemacht. Es wäre schön, wenn sie glücklich gewesen wären, aber ...«

»Du glaubst, sie könnte ihre rosarote Brille aufgesetzt haben?«

»Ich weiß, dass du meine Bauchgefühle nicht magst, Augusta, aber irgendetwas stimmt da nicht.«

Bloom wies den Fahrer an, sie zum Bahnhof von Leeds zu bringen. »Ich habe nur etwas gegen Bauchgefühle, die sich nicht erklären oder ergründen lassen, Marcus. Wenn du eine Ahnung hast, dann wahrscheinlich aus gutem Grund. Lass uns noch ein bisschen tiefer graben.«

Auf der anderen Seite der Pennines betrat Stuart Rose-Butler gerade das Principal Hotel, Manchesters jüngst renoviertes Haus für Geschäftsleute und reiche Touristen. Die Hände in die Taschen seiner Anzughose gesteckt, blieb er mitten in der Hotelhalle neben der lebensgroßen Statue eines Pferds stehen. Sein neues Tattoo wurde vom Ärmel seines Ted-Baker-Hemds verdeckt, während die Breitling-Uhr, die ihm Libby zum Geburtstag geschenkt hatte, unter der Manschette noch teilweise sichtbar war. Das Tattoo reichte über den halben Arm, ein großes, schmelzendes Ziffernblatt, das ihm den Sieg in der vorherigen Runde eingebracht und ihn auf Level zwei katapultiert hatte. Es lief gut für ihn.

Er behielt die Treppe im Auge und wartete. Geduld war nicht seine Stärke, doch ihm war bewusst, dass eine unkluge Entscheidung seine Gewinnsträhne beenden konnte.

Zwanzig Minuten später kam eine dunkelhaarige Frau in einem Kostüm in die Hotelhalle herunter. Sie war dünn, eher hager als athletisch und eher gestresst als sportlich. Sie war stark, aber sorgfältig geschminkt, und ihr schwarzes Kostüm wirkte maßgeschneidert und teuer. Sie trug keine Ringe. Stuart vermutete, dass im Schlafzimmer dieser reichen Mittvierzigerin schon sehr, sehr lange nichts Aufregendes mehr passiert war.

Auf dem Weg zum Empfangstresen rutschte sie mit dem rechten Fuß auf dem glatten Boden aus und glitt etwas zur Seite, ehe sie sich hastig wieder aufrichtete. Sie sah sich um – hatte irgendjemand ihr Stolpern bemerkt? – und stoppte vor dem Mann mit den Händen in den Hosentaschen, der reglos dastand.

Stuart lächelte. Er konnte eine Frau in seinen Bann ziehen, wenn er das richtige Lächeln aufsetzte. Und alles hing davon ab, dass er es perfekt hinbekam.

11

»Hallo, Seraphine. Wie geht es dir?«

Dr. Bloom saß genauso da wie beim letzten Mal: die Hände im Schoß gefaltet, den Rücken gerade, Füße und Knie aneinandergedrückt.

Seraphine setzte sich auf den Platz ihr gegenüber und imitierte Dr. Blooms Haltung: gerader Rücken, Beine zusammen, Tagebuch in den Händen auf dem Schoß. Der kahle kleine Raum enthielt nur ihre beiden Stühle, dazwischen ein Tischchen mit einer Wasserkaraffe, zwei Gläsern und einer Schachtel Taschentücher sowie eine niedrige Kommode mit zwei breiten Schubladen.

»Ich habe das Tagebuch für Sie angefangen«, sagte Seraphine und hielt Bloom das Buch entgegen.

Bloom schüttelte den Kopf. »Ich will es nicht sehen, Seraphine. Du kannst mit mir über das sprechen, was du schreibst, doch das Tagebuch ist für deine eigenen privaten Gedanken. Es soll niemand lesen außer dir.«

»Warum?«

»Damit du ganz ehrlich zu dir selbst sein kannst. Wenn wir wissen, dass jemand anders lesen wird, was wir schreiben, neigen wir dazu, den Inhalt abzuschwächen. Damit ein solches Tagebuch von Nutzen ist, musst du die Wahrheit schreiben.«

Seraphine legte sich das Tagebuch wieder auf den Schoß. Das änderte die Lage der Dinge. Sie hatte das Tagebuch eigentlich dazu benutzen wollen, um Dr. Bloom zu zeigen, wie normal sie war. Doch wenn die Frau es gar nicht lesen wollte ... Seraphine verstand den Sinn dahinter nicht. »Hast du noch weiter über dein Erlebnis mit Darren Shaw nachgedacht? Oder über deine Gespräche mit der Polizei?«

Seraphine zuckte die Achseln. Sie war sicher, dass die Polizei ihr abnahm, dass sie in Notwehr gehandelt hatte. Es brächte nichts, ihre Geschichte hier zu wiederholen.

»Ich nehme an, du hast gehört, dass sich Mr Shaw gut erholt. Wie fühlst du dich dabei?«

»Erleichtert natürlich.« Seraphine wusste, dass sie sich erleichtert fühlen sollte. »Ich wollte ihn nicht verletzen«, fügte sie hinzu. Bloom schwieg und sah Seraphine mit mehr oder weniger ausdrucksloser Miene an. Seraphine wurde nicht schlau aus ihr.

»Es hilft auch meiner Verteidigung, hat die Polizei gesagt.«

»Ja, sicher. Ohne einen Toten wird ein Mord zu einem Mordversuch und Totschlag wird zu schwerer Körperverletzung.«

»Aber ich habe mich nur gewehrt. Er ist ein Perversling. Er hat uns angegriffen.«

»Und genau das ist deine Verteidigung.«

»Sie glauben mir nicht?«

»Ich glaube, dass du in einer sehr angespannten Situation gelassen gehandelt hast. Mir ist auch aufgefallen, dass du den Vorfall sachlich geschildert hast; ohne Theatralik oder Emotionen. Aber ich sehe auch, dass es dir massiv widerstrebt, wenn jemand sagt, dass Mr Shaw das Opfer ist.«

»Weil ich das Opfer war. *Ich.*« Seraphine rutschte auf ihrem Stuhl herum und sah aus dem Fenster. »Er kann von Glück sagen, dass ich ihn nicht ernsthaft verletzt habe.«

»Das ist eine interessante Aussage.«

Manchmal passierte das. Andere griffen einzelne Wörter oder Sätze von ihr heraus. Sie hatte keine Ahnung, weshalb.

»Soweit ich gehört habe, hat die Lehrerin, die dir in der Turnhalle zu Hilfe gekommen ist, berichtet, dass du erstaunlich ruhig warst«, sagte Bloom. »Die Polizei vermutet, das käme vom Schock.«

Seraphine schwieg, da ihr keine Frage gestellt worden war.

»Aber was mich am meisten interessiert, ist, wie Claudia die Ereignisse schildert. Hat man dir erzählt, was deine Freundin ausgesagt hat?«

»Woher wissen Sie das alles? Sie haben doch gesagt, Sie arbeiten nicht für die Polizei.«

»Das tue ich auch nicht, Seraphine. Ich arbeite für dich und deine Familie. Deine Mutter hat es mir erzählt.«

Natürlich musste ihre dämliche Mutter bei der Psychologin mit allem herausplatzen; sie schreckte ja vor nichts zurück, um ein bisschen Aufmerksamkeit auf sich zu ziehen. Seraphine holte tief Luft, um ihre Wut zu unterdrücken. Hier war nicht der Ort dafür.

»Weißt du, dass Claudia deiner Aussage widerspricht?«, fragte Bloom. »Sie sagt, du hättest Mr Shaw angegriffen, bevor er überhaupt irgendein Interesse an dir gezeigt hat.«

Seraphine lächelte. Das hatte sie alles schon mit PC Watkins durchgekaut. »Ich glaube, Claudia leidet an dieser Sache, die manche Opfer gegenüber ihren Tätern entwickeln. Es passt ihr nicht, dass er mich auch wollte.«

»Das Stockholm-Syndrom?«

»Nennt man das so?«

Bloom nickte. »Sie entwickeln eine Bindung an ihren Entführer. Dann möchtest du also behaupten, dass Claudias Schilderung falsch ist?«

»Ja.«

»Sie erinnert sich auch, dass du zu Mr Shaw gesagt hast: ›Warum gehen Sie nicht auf jemanden los, der Ihnen gewachsen ist?‹ Ist das auch falsch?«

»Nein, das habe ich gesagt.«

»Warum?«

Seraphine zuckte die Schultern. »Das sagt man eben so. Es ist eine Redewendung.«

»Wolltest du damit andeuten, dass du ihm gewachsen bist?«

Seraphine setzte ihr süßestes Lächeln auf. Sie hatte es vorm Spiegel geübt. »Natürlich nicht. Ich bin ein Mädchen.«

»Ich glaube nicht, dass du es in körperlicher Hinsicht gemeint hast.« Bloom goss Wasser aus der Karaffe in beide Gläser ein. »Denkst du viel über den Vorfall nach?«, fragte sie.

»Manchmal.«

»In welcher Form?«

Seraphine verstand die Frage nicht. Sie schüttelte den Kopf.

»Sag mir, was du über den Vorfall denkst, wenn er dir in den Sinn kommt. Das ist keine Fangfrage, Seraphine. Ich versuche nur zu verstehen, was an dem Erlebnis für dich im Vordergrund stand.«

Das Blut. Das dickflüssige rote glitzernde Blut. So viel Blut. »Ich denke daran, wie er auf dem Boden lag.«

»Nachdem du ihn niedergestochen hattest?«

Seraphine nickte. »Er wand sich auf dem glänzenden Parkettboden hin und her. Mit einer Hand hat er sich an den Hals gefasst. Ich glaube, er hat versucht, die Blutung zu stoppen.«

»Noch etwas?«

»Dann ist seine Hand auf den Boden gefallen, und er hat sich nicht mehr bewegt. Ich konnte sehen, woher das Blut kam; es lief ihm seitlich aus dem Hals, aber das Loch an sich konnte ich nicht sehen.«

»Wolltest du das Loch sehen?«

Warum sollte ich das Loch nicht sehen wollen? »Ich wollte wissen, ob es glatt an den Rändern oder ausgefranst war.«

»Warum wolltest du das wissen?«

Seraphine runzelte die Stirn. Sie hatte gehofft, dass Dr. Bloom das verstehen würde, dass sie intelligenter war als der normale Durchschnittsmensch. Aber vielleicht war sie das ja gar nicht. »Weil es interessant ist.«

Bloom nickte. Jetzt hatte sie es kapiert. »Und wie oft denkst du an den Vorfall?«

Andauernd. Es ist das Faszinierendste, was ich je erlebt habe. »Ab und zu«, sagte sie.

»Hast du in der Situation daran gedacht, ihm zu helfen?«

»Er hatte keine Hilfe verdient.«

»Warum nicht?«

»Weil er ein Perversling ist. Ein Vergewaltiger.« Seraphine war sich nicht sicher, doch sie glaubte, den Hauch eines Lächelns auf Dr. Blooms Lippen zu sehen.

12

Harry Grahams Optikergeschäft bespielte schicke, großzügige Räumlichkeiten im Bristoler Viertel Clifton. Mit seinen taubengrauen Fensterrahmen und den schmalen weißen Buchstaben auf dem Firmenschild wirkte es eher wie ein Fotostudio als wie ein medizinischer Dienstleistungsbetrieb.

Bloom und Jameson trafen kurz nach siebzehn Uhr ein, als die dunkelhaarige Mitarbeiterin mit der roten FCUK-Brille am Empfang gerade ihren Tresen aufräumte. Drinnen war alles ebenso schick und minimalistisch wie außen. An den Wänden und gegenüber dem Empfangstresen standen Vitrinen, in denen die Brillengestelle wie Schmuckstücke präsentiert wurden. Die Angestellte rief ihren Chef, der daraufhin aus einem Büro im hinteren Bereich des Ladens nach vorne kam.

Harry Graham war ein großer, schlanker Mann mit hellem Haar und weichem West-Country-Akzent. »Kommen Sie mit«, sagte er mit einem Blick auf die Uhr. »Es wird ja nicht lange dauern, oder?«, sagte er. »Ich muss die Kinder abholen.« Er ging mit Bloom und Jameson in das geräumige Büro hinter dem Laden. Das Telefon auf dem Schreibtisch klingelte. Er hielt entschuldigend einen Zeigefinger hoch und nahm den Hörer ab. Er führte ein kurzes, barsches Gespräch über die Lieferung von Kontaktlinsen und legte abrupt wieder auf. »Entschuldigen Sie bitte«, sagte er. »Irgendwie haben wir diese Woche Probleme mit den Lieferanten. Das ist jetzt schon der dritte Aussetzer innerhalb von drei Tagen. Ich weiß nicht, wie manche Leute ihren Betrieb führen.« Seufzend schüttelte er den Kopf. »Hatten Sie auch schon mal so eine Woche?«

»Des Öfteren«, sagte Bloom lächelnd. »Wir werden versuchen, nicht allzu viel von Ihrer Zeit in Anspruch zu nehmen. Wir hatten gehofft, dass Sie uns ein bisschen mehr über Faye sagen könnten. Wir haben ein paar andere Personen ausfindig gemacht, die unter ähnlichen Umständen verschwunden sind, und jetzt sprechen wir mit den Angehörigen, um zu sehen, ob es eine Verbindung gibt, die uns helfen könnte, herauszufinden, was mit ihnen passiert ist.«

»Sie haben gesagt, Sie sind private Ermittler?«

Jameson antwortete: »Gewissermaßen. Wir haben uns eingeschaltet, weil ich eine der betroffenen Familien kenne.«

»Was glauben Sie, was mit ihnen passiert ist?«, fragte Harry.

»Ganz ehrlich?«, sagte Bloom. »Wir wissen es nicht. Wir glauben nicht, dass dieses Spiel, das in der Geburtstagskarte erwähnt wurde, ein Werbetrick ist; kein Spieloder Technikanbieter erklärt sich dafür verantwortlich. Also versuchen wir, eine Verbindung zwischen den Vermissten zu finden. Wir hoffen, dass so etwas Licht in die Sache kommt.«

Harry nickte. »Hören Sie. Das klingt jetzt ganz furchtbar, aber ich will absolut ehrlich zu Ihnen sein. Ich war erleichtert, als Faye verschwunden ist. Wir sind nicht glücklich miteinander. Schon seit Jahren nicht. Wir hätten uns längst trennen sollen, aber die Kinder sind noch so klein, also macht man das nicht, wissen Sie?«

»Glauben Sie, Faye ist freiwillig verschwunden?«, fragte Jameson.

»Das dachte ich, ja. Deshalb habe ich der Polizei auch keinen Druck gemacht. Ich habe sie nach einer Woche vermisst gemeldet, aber ich dachte, sie würde zurückkommen, wenn sie so weit ist.« Harry rieb sich das rechte Auge. »Sie war schon lange nicht mehr zufrieden. Ich habe versucht, ihr mit den Kindern zu helfen und mit ihr zu reden, aber ...« Er hielt inne, ließ die Hand fallen und sah die beiden an. »Ich glaube, sie war nicht gern Mutter. Sie hat die Kinder geliebt, verstehen Sie mich nicht falsch, aber der tägliche Trott und die Verantwortung, das hat sie irgendwie ... ach, ich weiß nicht.«

»Frustriert?«, fragte Jameson.

»Mehr als das. Es hat sie ...« Er wandte den Blick zur Decke. »Ich sage es jetzt einfach. Es hat sie bösartig gemacht. Unangenehm im Umgang. Sie war ständig ungehalten und aufbrausend, alles und jeder hat sie wütend gemacht – offenbar vor allem ich. Ständig hat sie gesagt, dass ihr Leben ohne mich so viel besser wäre; wahrscheinlich klinge ich wie der schlimmste aller Ehemänner. Ich weiß, dass meine Kinder ihre Mutter vermissen, aber ich glaube, die Distanz tut uns allen gut.«

»Dann haben also die Kinder Faye verändert?«, fragte Bloom.

Harry nickte. »Bevor Fred zur Welt kam, ist Faye gern gereist und hat neue Sachen ausprobiert, ganz anders als die typische Steuerberaterin. Sie war unheimlich witzig, und auf Partys haben sich immer alle um sie gerissen.« Er lächelte und versuchte, sein geringes Selbstbewusstsein zu kaschieren. »Früher war sie ganz anders. Und das Schreckliche ist, dass ich mir nicht einmal sicher bin, ob sie überhaupt eine Familie wollte. Ich jedenfalls schon, aber ich weiß jetzt gar nicht mehr, ob sie das auch wollte…«

»Sie glauben, sie hat die Kinder Ihnen zuliebe bekommen?«, fragte Jameson. Bloom war immer wieder beeindruckt, wie er diese direkten und persönlichen Fragen stellen konnte, ohne unhöflich oder aufdringlich zu klingen. Es hatte etwas mit seinem Tonfall zu tun.

Harry zögerte ein wenig. »Das will ich nicht hoffen. Ich will nicht glauben, dass es meine Schuld ist.« Eine tiefe Furche zog sich über seine Stirn.

»Glauben Sie immer noch, dass sie aus freien Stücken verschwunden ist?«, fragte Bloom.

»Es sind jetzt schon fast drei Monate. Das ist eine lange Zeit, nicht wahr? Seine Kinder nicht zu sehen oder sich zu erkundigen, wie es ihnen geht?«

In Faye Grahams Adern raste die Wut. Dieser neue Spieler – irgendein Idiot namens SRB – hatte erst vor drei Wochen mit dem Spiel begonnen und war schon auf Stufe zwei. Faye hatte fast zwei Monate gebraucht, um die zweite Stufe zu erreichen, und anhand der Zahlen, die jede Woche gepostet wurden, wusste sie, dass sie am schnellsten aufgestiegen war, bis dieser miese, kleine Emporkömmling ihr die Krone geraubt hatte.

Sie hatte den Ball nicht im Blick behalten. Im Januar war sie konzentriert und besessen gewesen. Andauernd hatte sie die Website gecheckt, die Zahlen analysiert und die Postings der anderen Spieler studiert, in denen sie ihre Erfolge beschrieben.

Für jede Aufgabe paarte einen das Spiel mit einem Gegner. Wenn man gewann, stieg man auf und spielte gegen einen Spieler aus einer höheren Stufe. Der Verlierer stieg eine Stufe ab und musste gegen einen schwächeren Spieler antreten. Es ging hart auf hart. Und es hörte nie auf. Sobald man eine Aufgabe gemeistert hatte, wartete die nächste und damit die Bedrohung durch einen Gegner, der das Ziel schneller oder besser erreichte. Es blieb keine Zeit für etwas anderes. Es war aufregend und machte süchtig. Faye hatte sich seit Jahren nicht mehr so lebendig gefühlt.

Ihr Fehler war gewesen, als Objekt für die jüngste Aufgabe ihren bescheuerten Ehemann zu wählen.

Wähle jemanden, den du kennst, und ruiniere ihn.

Sie hatte es genossen, bei seinen Lieferanten Bestellungen zu stornieren, seine Kunden anzurufen und ihnen zu erzählen, dass strafrechtlich gegen ihn ermittelt werden würde, und in beruflichen Foren Gerüchte über ihn zu verbreiten. Wenn sie das doch nur schon vor Jahren getan hätte. All diese langweiligen Tage zuhause mit den Kindern. Stattdessen hätte sie sich amüsieren können.

Doch sie hatte es zu sehr genossen. Sie hasste ihn zu sehr. Dabei hatte sie das Spiel aus dem Blick verloren.

Und jetzt hinkte sie hinterher. Das war alles Harrys Schuld. Er hatte sie ruiniert, lange bevor sie ihn ruiniert hatte. Er hatte ihren Körper ruiniert, indem er sie dazu überredet hatte, Kinder zu bekommen, und dann hatte er ihre Karriere ruiniert, indem er von ihr erwartet hatte, dass sie sich um die Kinder kümmerte. Sie hatte gedacht, er werde Erfolg haben und reich werden, doch er war ein Langweiler ohne jeden Ehrgeiz und zu allem Überfluss auch noch ein ätzender Arsch.

Sie musste dafür sorgen, dass Harry sie nie wieder ruinieren konnte.

13

Zurück im Büro, warteten Bloom und Jameson darauf, dass sich Geoff Taylor meldete und ihnen etwas über das Verschwinden seines Sohnes Grayson erzählte. In der Zwischenzeit schrieb Bloom eine Zusammenfassung des Falls auf ihrem iPad. Sie legte eine elektronische Falltafel an, mit allen Einzelheiten, die sie bisher hatten. Sie besaßen für jeden Fall eine solche virtuelle Tafel, die sie im Lauf der Ermittlungen durch neue Informationen und Theorien ergänzten. Es war ein unersetzliches Werkzeug dafür, ihre Erkenntnisse zu sortieren und wichtige Informationen miteinander zu teilen.

»Es gibt praktisch keine Gemeinsamkeiten«, sagte Jameson, der Bloom über die Schulter spähte. »Unsere Opfer sind verschieden alt, haben verschiedene Geschlechter und arbeiten in unterschiedlichen Berufen. Wir haben eine fünfunddreißigjährige Soldatin, die mit einer PTBS aus dem aktiven Dienst ausgeschieden ist, eine zweiundvierzigjährige Steuerberaterin und Mutter zweier Kinder, einen neunundzwanzigjährigen Regalauffüller und einen zwanzigjährigen Politologiestudenten, die allesamt von verschiedenen, über das Land verteilten Orten verschwunden sind. Die beiden Frauen haben Kinder, die Männer nicht – aber Stuart wird bald Vater, und wir können nicht sicher wissen, ob Grayson nicht vielleicht auch ein Kind gezeugt hat. Das wäre allerdings ein bisschen weit hergeholt. Die

Frauen sind in qualifizierten Berufen tätig, die Männer nicht.«

»Es ist eine heterogene Gruppe. Allerdings ohne Unterschiede in Bezug auf den ethnischen Hintergrund. Alle stammen aus England«, sagte Bloom.

»Also warum diese vier Personen?«

»Und warum an ihren Geburtstagen? Das ist bisher die stärkste Verbindung.«

Jameson schürzte die Lippen. »Ich habe ihre Geburtsorte überprüft, aber sie sind über ganz Großbritannien verteilt. Ich kümmere mich noch mal um ihre Fußabdrücke in den sozialen Medien. Halte Ausschau nach Freizeitinteressen. Außerdem habe ich begonnen, frühere Arbeitsplätze ausfindig zu machen, und warte gerade auf einen Anruf von einem alten Kumpel.«

Wenn Jameson von einem »alten Kumpel« sprach, wusste Bloom, dass er einen Kontakt mit einer Freigabe der höchsten Sicherheitsstufe meinte. Jemanden, der Zugang zu fast allen Details über das Leben der meisten Menschen hatte, falls er sich dafür interessierte.

Das Festnetztelefon klingelte.

»Das ist sicher Geoff Taylor«, sagte Bloom.

Jameson meldete sich, drückte den Sprechknopf und erklärte, wer er war. Er erläuterte gerade die Hintergründe des Falls, als sein auf dem Tisch liegendes Handy zu blinken begann. Bloom sah, dass die Nummer des Anrufers unterdrückt wurde, und bedeutete ihm durch ein Nicken, dass er drangehen solle. Vermutlich war es sein »alter Kumpel«. Jameson verschwand mit dem Handy im Flur, während Bloom das andere Gespräch übernahm.

»Können Sie uns bitte etwas über Graysons Verschwinden sagen?«, fragte sie.

Mr Taylor erklärte, dass sein Sohn verschwunden war, nachdem er abends mit einem Mädchen ausgegangen war. Er hatte gehofft, Grayson vergammele nur seine Zeit in ihrem Bett. Doch Freunde von Grayson hatten die Studentin ausfindig gemacht, und sie hatte erklärt, ihn zuletzt spätnachts vor einem Club gesehen zu haben.

»Hat die Polizei die Überwachungskameras ausgewertet?« Bloom konnte die Reaktionen anderer am Telefon besser einschätzen. Das Fehlen visueller Reize machte es leichter, eine Lüge zu entdecken: Die Täuschung zeigte sich eher durch den Klang einer Stimme und die Wahl der Worte als durch einen wippenden Fuß oder verstohlene Blicke.

»Ja, aber nur in dieser Straße. Sie haben gesagt, alles Weitere würde ihre Kapazitäten über Gebühr belasten. Sie haben Grayson von dem Club weggehen sehen, aber nicht, welche Richtung er dann am Ende der Straße eingeschlagen hat. Ich durfte die Aufzeichnungen nicht ansehen. Sie haben mir nur davon erzählt, und, ich zitiere: ›Da gibt es definitiv nichts Interessantes zu sehen.‹«

Bloom atmete aus. *Nichts Interessantes zu sehen.* Die Gefühllosigkeit der Polizisten machte sie wütend. Sie verstand ja, dass man mit der Zeit unsensibler wurde, doch diese Bilder könnten die letzten sein, die je von Grayson gemacht worden waren. Und wenn der schlimmste Fall eintrat, könnten sie Geoffs letzte Gelegenheit sein, seinen Sohn zu sehen.

»Dann sind Sie also sicher, dass er allein davongegangen ist?«

»So sagen sie«, antwortete Geoff.

»Erzählen Sie mir von Grayson, Geoff. Vier Menschen werden vermisst, und wir versuchen herauszufinden, ob sie irgendetwas gemeinsam haben.«

»Was wollen Sie denn wissen?«

»Was für ein Mensch ist er?«

»Er ist ein sehr intelligenter Junge. Er nimmt das Leben ernst. Als er noch jünger war, hatte ich ein paar Probleme mit ihm, kurz nachdem er seine Mutter verloren hatte, aber wir haben uns durchgekämpft, und er ist zu einem großartigen jungen Mann herangewachsen.«

»Was für Probleme?«

»Das Übliche. Was man bei einem Teenager, der seinen Kummer unterdrückt, eben so erwartet. Er bekam Wutanfälle, hat Sachen zertrümmert – aber wer würde das nicht tun, unter diesen Umständen?«

»Natürlich«, sagte Bloom. »Und er studiert Politikwissenschaft, ist das korrekt?«

»Das ist korrekt. Er ist im zweiten Studienjahr und kommt sehr gut voran. Er interessiert sich brennend dafür, wie die Welt regiert wird. Da ist er wohl wie ich. Er engagiert sich, verstehen Sie? Aber er sieht Facetten, die ich nicht erkenne. Er denkt kritisch über alles nach und begreift die dunkle Seite hinter den Motiven anderer.«

Bloom beobachtete, wie Jameson im Flur vor dem Büro auf und ab ging. Dabei stieß er mehrmals mit der rechten Hand in die Luft, und sie begriff, dass er allmählich wütend wurde.

»Hat es Grayson an der Universität gefallen?«, fragte sie.

»Oh ja. Absolut. Er ist sehr beliebt. Es sind tolle junge Leute dort. Es war fantastisch, wie sie mir geholfen haben, dieses Mädchen zu finden. Er hatte keinerlei Grund zu verschwinden, nicht den geringsten. Es muss diese blöde Mutprobe sein.«

Jameson kam wieder herein. Sein Gesicht war gerötet, und er bedeutete Bloom, dass sie mit ihrem Telefonat zum Ende kommen solle.

»Das war sehr hilfreich, Geoff. Wir werden sicher noch mal mit Ihnen sprechen müssen, aber fürs Erste dürfte das reichen.« Sie notierte sich ein paar letzte Einzelheiten, verabschiedete sich und legte auf.

»Schieß los«, sagte sie zu Jameson. »Was ist passiert?«

»Ich habe gerade erfahren, dass Lana Reid keine Soldatin ist. Weder in der Army noch in irgendeiner anderen militärischen Einrichtung. Und sie war auch noch nie Soldatin. Sie hat sich dort nicht einmal für eine Stelle im zivilen Bereich beworben. Ich meine ... was zum Teufel ist das? Meine Schwester kennt die Frau seit fast zehn Jahren. Claire passt auf ihre Tochter auf, wenn Lana in Übersee stationiert ist.« Jameson ging erneut auf und ab. »Und bevor du fragst, nein, sie ist nicht an irgendeiner Mission des Geheimdiensts beteiligt. Das habe ich überprüft.«

»Aha«, sagte Bloom.

»Es ist unbegreiflich. Ich habe sie in Uniform gesehen. An dem Tag, als sie zu ihrem letzten Einsatz aufgebrochen ist. Ich war bei Claire, als sie Jane vorbeigebracht hat. Sie hatte die ganze Ausrüstung und eine Army-Tasche im Auto. Ich hab's gesehen.«

»Und die Tasche lag offen im Auto statt unter Verschluss im Kofferraum?«, fragte Bloom. Hatte Lana alles inszeniert? Aber wenn Lana nicht beim Militär war, wohin war sie dann gegangen? Und was hatte sie gemacht? »Das ändert alles. Lana ist immer wieder verschwunden. Und sie hat auch ein großes Geheimnis. Das ist Potenzial für eine Erpressung.«

Bloom griff nach ihrem Handy, googelte die Universität Sheffield, scrollte die Seite mit den Kontaktadressen hinunter und wählte die Nummer von Graysons Fakultät.

»Fakultät für Politische Wissenschaften, mein Name ist Margaret«, meldete sich eine Frau mit weicher Stimme.

»Guten Tag. Mein Name ist Dr. Augusta Bloom. Ich gehöre zu dem Team, das wegen des Verschwindens eines Ihrer Studenten ermittelt, Grayson Taylor. Er studiert Politische Wissenschaften im zweiten Jahr. Würden Sie mir bitte die Kontaktdaten seines Tutors geben?«

»Ich weiß nicht, ob ich …«

Bloom unterbrach sie und wählte ihre Worte sorgfältig. »Mein Team leistet professionelle Unterstützung für die Polizei in ganz Großbritannien, unter anderem auch für die Polizei South Yorkshire.« Das war nicht gelogen. Sie wartete einen Moment.

»Okay«, sagte die Frau. »Ich muss nur kurz …«

Bloom notierte sich Namen und Nummer. »Danke für Ihre effiziente Hilfe, Margaret. Ich bin Ihnen sehr dankbar.« Sie legte auf, wählte die Nummer, die sie bekommen hatte, und stellte den Raumlautsprecher an.

»Hallo?«, meldete sich ein Mann.

»Ich suche Grayson Taylors Tutor«, sagte Bloom. »Habe ich da den Richtigen erwischt?«

»Ja«, antwortete er. »Wie kann ich Ihnen helfen?«

Bloom erklärte, wer sie war, und schilderte die Situation. Graysons Tutor gab ein paar höfliche Geräusche von sich.

»Wissen Sie«, sagte er schließlich, »ich weiß nicht, ob man sagen kann, dass er sehr gut vorankommt. Er ist im ersten Jahr durchgefallen, nachdem er drei Prüfungen versäumt hat. Er war gerade dabei, sie nachzuholen, als er verschwunden ist. Allerdings hat er seit Oktober keine Vorlesungen oder Seminare mehr besucht. Ich habe ihn kurz vor Weihnachten darauf angesprochen und, na ja ...«

»Sprechen Sie weiter«, sagte Bloom. »Das ist alles sehr hilfreich.«

»Er hat gesagt, wenn ich ihn zur Teilnahme drängen würde, würde er eine offizielle Beschwerde beim stellvertretenden Rektor einreichen.«

»In Bezug worauf?«, fragte Bloom.

Der Tutor zögerte ein wenig mit seiner Antwort. »In Bezug auf meine Kompetenz. Grayson hat gesagt, ich sei inkompetent.«

Jameson schüttelte den Kopf. »Reizend«, murmelte er.

Bloom dankte dem Tutor für die Auskunft und legte auf.

»Genau, wie ich gedacht habe«, sagte Bloom. »Und was sagt uns das? Zwei von ihnen lügen. Lana darüber, wohin sie in all den Jahren gegangen ist und was sie gemacht hat, und Grayson darüber, wie gut er mit seinem Studium vorangekommen ist. Faye Grahams Mann hat gesagt, dass sie unglücklich war, also haben wir es vielleicht mit einer Gruppe von Leuten zu tun, die alle davonlaufen wollten.«

»Vielleicht lügt Libby ja auch, wenn sie sagt, dass Stuart glücklich war.«

»Möglich. Aber ich denke nicht, dass Geoff mich angelogen hat. Er glaubt, dass sein Sohn erfolgreich ist, denn genau das erzählt ihm Grayson. Du vermutest aber nicht, dass Jane auch lügt, oder? Sie kann nicht wissen, dass ihre Mutter diesen Job beim Militär nur vorgetäuscht hat.«

»Gott, nein«, sagte Jameson.

»Und ich hatte auch nicht den Eindruck, dass Faye Graham ihrem Mann gesagt hat, dass ihr das Muttersein zuwider war. Es war eben seine Vermutung, ausgehend von ihrem Verhalten.«

»Dann sind die Angehörigen also ahnungslos?«, sagte Jameson.

Bloom lächelte ihn an, bis er nickte, und sprach dann weiter: »Die Angehörigen sind immer ahnungslos. Weißt du, mit wem ich gern sprechen würde?«, fügte sie hinzu. »Mit demjenigen, der Stuart Rose-Butler vor zwei Jahren gefeuert hat.«

Jameson nickte. »Ja, da hat sich Libby sehr bedeckt gehalten. Ich klemme mich gleich mal dahinter.«

»Versuch, für morgen früh einen Termin zu kriegen. Ich muss jetzt zu meiner Sitzung nach Islington.« Bloom sah auf die Uhr und begann ihre Sachen zusammenzupacken. »Mach am besten eine Videokonferenz aus, falls möglich. Ich würde gern den Gesichtsausdruck sehen, wenn wir nach Stuarts Entlassung fragen. Dann sehen wir vermutlich, was der oder die Betreffende von ihm hält.«

»Du bastelst dir gerade eine Theorie zusammen, nicht wahr?«, sagte Jameson. »Ich sehe es dir an.«

14

Seraphine saß im Sprechzimmer und lauschte dem Gespräch zwischen Dr. Bloom und ihrer Mutter auf der anderen Seite der Tür. Mum lieferte ihre gewohnte Show ab: »Es geht nur um mich, mich, mich.« Seraphine hörte sie sagen: »Was ist denn los mit ihr? Warum reagiert sie nicht darauf? Verdrängt sie irgendetwas? Ich will nicht, dass sie mit Problemen aufwächst.«

Seraphine lächelte. *Probleme.*

»Bitte seien Sie versichert, dass ich tue, was ich kann, um Seraphine zu helfen.« Dr. Bloom klang bestimmt. Seraphine nahm sich vor, diesen Tonfall auch einzuüben.

»Aber was sagt sie? Was denkt sie? Ich kriege kein Wort aus ihr heraus«, klagte ihre Mutter.

»Ich darf Ihnen leider nicht verraten, was in den Sitzungen gesprochen wird. Seraphine muss wissen, dass sie mir vertrauen kann.«

»Aber ich bin ihre Mutter – Sie müssen es mir sagen.« Sie klang weinerlich. Seraphine ahnte, dass die Tränen nicht lange auf sich warten lassen würden.

»Wenn ich Ihrer Tochter wirklich helfen soll, was ja eindeutig Ihr Wunsch ist, dann muss sie sich darauf verlassen können, dass sie mir alles sagen kann und ich es keinem Menschen weitererzähle.«

Seraphine vermutete, dass Dr. Bloom wusste, dass sie lauschte, und dass dieses Gespräch in Wirklichkeit für sie geführt wurde. Bloom fuhr fort: »Vertraut sich Seraphine Ihnen sonst immer an?«

Keine Antwort.

»Dann ist ihre Verschlossenheit also normal? Das ist doch eigentlich beruhigend. Ich wäre weitaus besorgter, wenn Ihre Tochter sich ganz anders als sonst verhalten würde.«

Wenig später zog Dr. Bloom die Tür auf und betrat das Sprechzimmer. Sie lehnte sich auf ihrem Stuhl zurück, schlug die Beine übereinander und hielt das Notizbuch auf dem Schoß umfasst.

Seraphine saß genauso da wie die letzten Male, den Rücken gerade, Füße und Knie dicht beieinander und die Hände im Schoß. Sie wusste nicht, was die neue Körperhaltung von Dr. Bloom zu bedeuten hatte, und so war sie noch nicht sicher, ob sie sie imitieren sollte.

»Guten Morgen, Dr. Bloom.« Seraphine lächelte süß. »Wie geht es Ihnen?«

»Danke, gut. Und dir?«

»Ich habe heute die Ergebnisse meines Probe-Examens in Mathe bekommen. Ich habe eine Eins mit Stern.«

»Glückwunsch. Da freust du dich sicher.«

Seraphine freute sich tatsächlich, ja, sie war euphorisch.

»Was machen die Ermittlungen?«, fragte Bloom.

»Nichts Neues. Sie warten immer noch darauf, dass der Dröge wieder zu sich kommt und ihnen seine Version der Ereignisse schildert.« Seraphine registrierte die Frage in Blooms hochgezogenen Brauen. »Wir nennen den Hausmeister den drögen Darren. weil er eben dröge ist.«

»Der dröge Darren. Wer ist auf die Idee gekommen?«

»Wir.«

»Du und deine Freundinnen?«

Seraphine nickte. »Erzähl mir von ihnen.«

»Sie sind ... normal.«

»Gut normal oder schlecht normal?«

Gibt es so etwas wie gut normal? »Einfach normal.«

»Nett?«

»Ja.« *Warum nicht?*

»Gehört Claudia zu der Gruppe?«

Pisskuh. »Ja.«

»Und stehst du Claudia nahe?«

»Wir sind in der Schule öfter zusammen.«

»Und außerhalb der Schule?«

»Ab und zu, aber ich mache gern mein eigenes Ding. Claudia und Ruby wollen immer Pyjamapartys veranstalten und sich gegenseitig schminken. Das ist langweilig.«

»Und was machst du gern?«

»Was Spaß macht.«

»Und das ist?«

Seraphine zuckte die Achseln. »Sachen machen. Sachen ausprobieren. Sachen lernen.«

»Wie siehst du dich im Vergleich zu deinen Freundinnen? Sagen wir, auf einer Skala von eins bis zehn, wobei zehn das Höchste ist, wo würdest du dich da einordnen?«

Bei zehn. »Wahrscheinlich bei sieben oder acht.«

»Und deine Freundinnen?«

»Drei.« *Abgesehen von der Pisskuh, die wäre minus drei.*

»Was macht dich zur Acht?«

»Na ja, ich bin eindeutig intelligenter ... ich kriege wesentlich bessere Noten ... und ich glaube, ich bin hübscher. Ich brauche zum Beispiel kein Make-up. Außerdem stöhnen und kreischen sie und kichern über blödes Zeug. Die meiste Zeit reden sie Quatsch.«

»Aber du nicht?«

Seraphine schüttelte den Kopf. »Ich sehe keinen Sinn darin.«

»Hast du das Gefühl, dass du anders bist, Seraphine?«

»Anders?«

»Anders als deine Freunde und Verwandten. Hast du manchmal das Gefühl, dass du die Welt besser durchschaust und klarer erfasst, wie sie funktioniert, als die Menschen um dich herum?«

Zum ersten Mal, seit sie dieses Zimmer betreten hatte, fühlte sich Seraphine unbehaglich. Hatte sie einen Fehler gemacht? Fühlten sich andere ihren Freunden nicht überlegen? Vielleicht hätte sie ihnen auch eine Sieben oder Acht geben sollen. Sie sagte nichts.

»In meiner Doktorarbeit habe ich mich auf junge Leute konzentriert, Teenager, die ganz ähnlich sind wie du und die in vieler Hinsicht außerordentlich sind. Und ich meine außerordentlich in doppeltem Sinn: Sie haben überlegene Fähigkeiten und Eigenschaften, aber sie stehen auch außerhalb der Ordnung, wie ein Zweig der Evolution, der seine eigene Richtung eingeschlagen hat.«

Seraphine hegte schon lange den Verdacht, dass sie ihren Freundinnen überlegen war. So wusste sie zum Beispiel, dass es leicht war, jemandem seinen Willen aufzuzwingen, wenn man es richtig anstellte. Ihre Mitschülerinnen schienen das nicht zu erkennen. Doch vielleicht lag das, wie Dr. Bloom gesagt hatte, daran, dass sie nicht so intelligent waren wie sie.

Dr. Blooms hellbraune Augen starrten sie an, als blickten sie direkt auf die Gedanken in Seraphines Kopf. »Hast du oft das Gefühl, dass dich Dinge gefühlsmäßig nicht berühren?«

Seraphine wusste nicht recht, ob das eine Fangfrage war, also schwieg sie.

Bloom faltete die Hände, als wollte sie beten. »Meiner Erfahrung nach ist das ein sehr starkes Merkmal. Die Art von Eigenschaft, die gesucht wird, wenn man zum Beispiel Fluglotsen einstellt, Menschen, die in einer Krise die Ruhe bewahren müssen. Würdest du sagen, dass du so bist?«

Die Vorstellung, in einer Krise Ruhe zu bewahren, gefiel Seraphine. »Ich glaube schon.«

»Abgesehen von deinem jüngsten Erlebnis mit Mr Shaw, wann hat dich das letzte Mal etwas richtig aus der Ruhe gebracht?«

Seraphine fiel nichts ein. »Ich weiß nicht. Ich weine eigentlich nie. Sie wollten mir verbieten, an der Kunstexkursion mit der Schule teilzunehmen; das hat mich geärgert, aber meine Mum hat mit ihnen gesprochen und alles geregelt.«

»Dann nimmst du jetzt also teil?«

»Nein. Sie wollten es mir nicht erlauben, solange ich nicht zur Schule gehe. Aber jetzt ist die Exkursion abgesagt worden.«

Dr. Blooms Brauen hoben sich kaum merklich und senkten sich dann wieder. »Also findet sie gar nicht statt?«

Seraphine nickte. »Meine Mum hat mit ihnen gesprochen, und jetzt fällt sie ganz aus.« Wenn sie nicht teilnehmen durfte, warum sollten dann die anderen teilnehmen? Sie war mit Abstand die Beste in Kunst.

»Du hast gesagt, du würdest eigentlich nie weinen. Was meinst du damit?«

»Na ja, meine Mum hat eine Woche lang geweint, als der Hund gestorben ist. Sie macht immer gleich aus allem ein Drama.«

»Hat es dich betrübt, dass der Hund gestorben ist?«

Seraphine dachte nach. »Er hatte ein gutes Leben.«

»Er hat dir nicht gefehlt?«

»Es hat mir nicht gefehlt, bei Regen mit ihm rauszugehen oder ihm jeden Abend Futter hinstellen zu müssen. Andererseits wurde mein Taschengeld weniger, nachdem ich diese Jobs verloren hatte, und das hat mich dann schon geärgert.«

Bloom nickte und lächelte zum ersten Mal. »Seraphine, ich glaube, du könntest auch einige der Eigenschaften dieser außerordentlichen Teenager besitzen. Wenn du einverstanden bist, würde ich unsere nächsten Sitzungen gerne dazu nutzen zu ergründen, ob das tatsächlich zutrifft. Denkst du mal darüber nach, bis wir uns wiedersehen?«

Als Seraphine den Raum verließ, fühlte sie sich ein Stückchen größer. *Ich wusste, dass ich etwas Besonderes bin,* dachte sie, als sie das Gebäude verließ und in die Sonne hinaustrat. *Ich wusste es.* Langsam wurde ihr diese Psychologin sympathisch. Dr. Augusta Bloom könnte der erste Mensch in ihrem Leben sein, der ihren Respekt verdient hatte.

15

Die Zugfahrt nach Hause verlief ruhig. Bloom stellte ihre Handtasche auf den Nebensitz und ließ die Schultern kreisen. Jameson hatte recht damit gehabt, dass sie Lanas Verschwinden nachgehen mussten. Es ging eindeutig etwas Sonderbares vor sich.

Doch die zusätzliche Arbeit strengte sie an. Bloom konnte ohne Weiteres in einem Raum voller Leute sitzen und kein Wort sagen, doch die Gedanken in ihrem Kopf verstummten praktisch nie. Es war der Fluch der Introvertierten, jeden Aspekt jeder Erfahrung endlos hin- und herzuwälzen. Ein zusätzlicher Fall versetzte das Gedankenkarussell noch heftiger in Bewegung.

Bloom nahm ihr iPad heraus, öffnete einen neuen Abschnitt ihrer Stoffsammlung und begann mit Lana. In die linke Spalte trug sie Lanas wichtigste Eigenschaften ein.

Emotional instabil mit (möglicherweise) PTBS/Depression. Impulsiv. Geht oft aus, bleibt lange weg, trinkt zu viel. Extrovertiert. Mag soziale Medien, Feiern und Kneipenbesuche.

Bloom vermutete, die beiden letzteren Punkte könnten auch symptomatisch für Alkoholismus sein. In der rechten Spalte notierte sie alles, was sie über Lanas Lebensumstände wusste.

Hat ein kleines Haus in Wembley gemietet, muss also irgendein Einkommen haben oder gehabt haben. Verschwindet über lange Zeiträume hinweg, bis zu sechs Monate lang, aber nicht mit dem Militär. Hat eine minderjährige Tochter, die sechzehnjährige Jane, und ist alleinerziehend, seit Janes Vater gegangen ist oder vielleicht von ihr rausgeworfen wurde.

Bloom hielt inne und betrachtete noch einmal den letzten Satz. Irgendetwas passte nicht zusammen. Jane hatte davon gesprochen, dass Lana verlassen worden war und sich gezwungen gesehen hatte, allein#zurechtzukommen. Dann, im nächsten Atemzug, hatte sie ihre Mutter als Heldin beschrieben, die einen zu Gewalt neigenden Vater vor die Tür gesetzt hatte. In beiden Geschichten stand Lana gut da. Was nicht unbedingt ungewöhnlich war – die meisten Menschen neigten dazu, sich selbst und jene, die einem nahestanden, auf positive Weise zu präsentieren. Allerdings wussten alle, dass Lana sprunghaft und impulsiv war. Hätte sie über die Mittel verfügt, sich allein mit ihrer kleinen Tochter ein neues Leben aufzubauen beziehungsweise sich von einem gewalttätigen Ex zu lösen?

Bloom wusste die Antwort nicht, aber natürlich durfte sie die Frage nicht ignorieren. Sie machte oft wichtige Lücken und Zusammenhänge ausfindig, lange bevor sie erklären konnte, warum sie von Belang waren. Die Kunst bestand darin, diese Bauchgefühle (wie Jameson sie nennen würde) wahrzunehmen und sie vorbehaltlos zu untersuchen.

Als der Zug in ihren Bahnhof einfuhr, machte sich Bloom eine letzte Notiz.

Janes Vater ausfindig machen.

16

In Kleinstädten und Dörfern gab es Parks voller Mütter mit Kinderwagen und Leute, die ihre Hunde ausführten. Doch am Russell Square herrschte ein anderes Tempo. Selbst die Frau, die auf dem Rasen Yoga machte, wechselte so schnell wie möglich von einer Position zur anderen. Rings um die grüne Oase des Platzes lieferte der endlos vorbeibrausende Verkehr eine hämmernde, nie endende Begleitmusik, die sich mit dem ständigen Kommen und Gehen der Spaziergänger vermischte, mit dem Gebimmel der Handys und den Wortfetzen, die sich unaufhörlich durch die Luft bewegten. Es war ein Ort der Unruhe und Unrast.

Sie sah sich um. Nur zwei Arten von Menschen hielten sich hier länger auf: die Angestellten, die im Café in der nordöstlichen Ecke für Sauberkeit sorgten und Getränke servierten, und die Beobachter. Die Beobachter saßen an den wenigen Tischen vor dem Café, nippten an Tassen mit Cappuccino oder frisch aufgebrühtem, losem Tee, während sie ihre Gedanken schweifen ließen oder einfach die Welt in einem unablässigen Strom von Füßen an sich vorbeiziehen sahen.

Eine dieser Beobachterinnen war sie selbst. Sie saß auf dem Stuhl, der am weitesten vom Eingang des Cafés entfernt war, gleich neben dem Zaun. Das war ihr Lieblingsplatz, zum einen, weil der Duft der fast zwei Meter hohen Ligusterhecke sie an den Sommer erinnerte, aber vor allem, weil sie von hier aus den besten Blick auf den Park und die Menschen darin hatte. Sie zu beobachten war eine ihrer liebsten Freizeitbeschäftigungen. War es nicht seltsam, dass Menschen, die doch mit der Gabe der Empathie gesegnet waren, einander kaum ansahen? Sie sah die anderen ständig an. Dadurch, dass man sie beobachtete, lernte man, wie man nicht auffiel.

An diesem Tag beobachtete sie nicht einfach nur – sie hielt Ausschau. Sie saß auf der Stuhlkante, die Hände oberhalb der Knie gefaltet. Schwarze Jacken, blaue Jacken, rote, violette und gelbe Jacken zogen vorüber, ein Regenbogen aus normalen Menschen, die normale Dinge taten. Immer wieder reckte sie den Hals, um auf keinen Fall ihr Zielobjekt zu verpassen. Und dann schließlich entdeckte sie es. Ein Bild der Unauffälligkeit – von ihrem mausbraunen Haar bis hinab zu den zweckmäßigen Schuhen. Es war die Frau, die sie gelehrt hatte, sich zu verstecken.

17

Bloom überquerte mit gesenktem Kopf und festem Schritt den Park am Russell Square. Am Tor blieb sie stehen, um nach dem Verkehr zu schauen. Auf der anderen Straßenseite sah sie eine junge Frau vor ihrem Büro stehen. Sie trug eine taillierte blaue Lederjacke, enge Jeans und Converse-Sneakers.

»Dr. Bloom«, schrie sie. »Wollen Sie einen Kommentar zum Fall Jamie Bolton abgeben?« Die junge Frau hielt ihr ein iPhone hin, dessen Aufnahmefunktion unübersehbar aktiviert war.

»Nein.« Bloom versuchte an ihr vorbeizugehen, doch die Reporterin schnitt ihr den Weg ab. Das Urteil im Fall Bolton war an diesem Morgen verkündet worden. Der Anwalt der Verteidigung hatte Bloom persönlich angerufen, um ihr für ihre Aussage als Sachverständige zu danken.

»Die Angehörigen sagen, Sie sind schuld, dass ein Kinderschänder wieder frei herumläuft. Was haben Sie dazu zu sagen?«

»Jamie Bolton wurde nicht für schuldig befunden«, sagte Bloom.

Die Reporterin reckte sich und hakte mit neuem Elan nach. »Aufgrund Ihres Gutachtens.«

Bloom seufzte innerlich. »Dazu habe ich nichts zu sagen.«

Sie schlug einen Haken um die Frau, um an die Tür zu ihren Büroräumen zu gelangen.

»Bleiben Sie auch dabei, wenn das nächste Kind missbraucht wird?«

Bloom wandte sich zu der Frau um und sah ihr fest in die Augen. Sie konnte kaum älter sein als fünfundzwanzig. »Waren Sie bei der Verhandlung?«, fragte Bloom. Der verständnislose Blick der Frau verriet ihr, dass sie nicht dort gewesen war. »Haben Sie korrekt recherchiert und die Begründung des Richters gelesen, bevor Sie hier auftauchen und mich belästigen? Bedeutet Ihnen die Wahrheit überhaupt irgendetwas, oder sind Sie nur auf einen billigen Skandal aus?«

»Warum haben Sie einen Kinderschänder verteidigt, Dr. Bloom?«

»Sie müssen sich selbst fragen, was für eine Art von Journalistin Sie sein wollen. Es mag ja einfacher sein, bei den Revolverblättern Arbeit zu finden, aber wollen Sie denn nicht mehr vom Leben? Wenn Sie gut schreiben und recherchieren können, dann nutzen Sie es für etwas Vernünftiges, in Gottes Namen. Machen Sie nicht einfach das, was leicht ist, sondern etwas, was einen Wert hat.«

»Warum haben Sie einen Kinderschänder verteidigt, Dr. Bloom?«

Bloom sah die Frau kopfschüttelnd an, ehe sie sich abwandte und ins Haus ging. Jameson telefonierte gerade per Videoverbindung mit dem Terminal-Manager am Flughafen Leeds-Bradford. Rasch zog sie ihre Jacke aus und nahm neben ihm Platz.

»Jerry, das ist Dr. Bloom«, sagte Jameson. »Jerry Moore hat das Sagen über sämtliche Verpflegungsbetriebe und Verkaufsstellen im Terminal des LBA.«

Der Mann auf dem Bildschirm war Mitte dreißig. Er hatte ein schmales Gesicht und einen ziemlich unkleidsamen Bart. Sein Haupthaar war dunkel und glatt, doch die Haare in seinem Gesicht waren grob und kraus.

»Guten Morgen«, sagte er. Seine Stimme klang etwas höher, als sie erwartet hatte.

»Jerry hat mir gerade erzählt, dass er sich gut an Stuart Rose-Butler erinnern kann. Und dass sie alle ziemlich schockiert waren, als sie hörten, dass er und Libby ein Paar sind«, sagte Jameson.

»Ja, das war ein richtiger Schock auf der Weihnachtsfeier. Sie ist eine so nette Frau.«

»Wie würden Sie Stuart beschreiben?«

Jerry lehnte sich zurück. »Ehrlich gesagt konnte ich den Kerl nicht leiden. Ich war noch nicht Terminal-Manager, als Stuart dort angefangen hat. Ich war sein Kollege, und so habe ich beide Seiten gesehen. Er hat sich bei jedem von der Geschäftsführung eingeschmeichelt, aber uns anderen gegenüber war er fies.«

Bloom dachte an das Bild von Stuart auf Libbys Kaminsims. Er hatte eine sportliche Figur und sah gut aus. Solche Männer setzten sich oft über die Jerry Moores dieser Welt hinweg. »Fies inwiefern?«

»Nichts so richtig Greifbares. Aber er hat ständig andere abgewertet, sich mit fremden Federn geschmückt und herumgeprahlt – Sie kennen solche Typen. Vermutlich hat es ihm gestunken, dass er im Grunde ein Niemand war. Er war stocksauer, als ich befördert wurde. Puh«, sagte Jerry kopfschüttelnd und riss dabei die Augen auf, »das hat ihn echt auf die Palme gebracht.«

»Und wodurch hat er seinen Job verloren?«, fragte Jameson.

»Das war nur eine Frage der Zeit. Er hat kaum je richtig gearbeitet, sondern ist ständig nur herumstolziert und hat die anderen aus dem Team schuften lassen. Ich wusste das, und deshalb habe ich darauf geachtet. Aber dann hat er sich echt selbst ins Knie geschossen. Er hat das Geld aus einer der Sammelbüchsen gestohlen, die wir neben der Kasse stehen haben. Hat behauptet, er habe es nur geborgt, um das Mittagessen zu bezahlen, aber im Café konnten die Mitarbeiter kostenlos essen, daher wussten wir, dass das erstunken und erlogen war.«

»Also haben Sie ihn rausgeworfen?«

»Ja. Stehlen ist grobes Fehlverhalten, also musste er gehen.«

Nach dem Telefonat mit Jerry Moore riefen sie Fayes Chef bei der Steuerkanzlei Fisher & Wright in Bristol an. Auch dieses Videogespräch war sehr aufschlussreich.

»Faye war eine phänomenale Steuerberaterin«, sagte John Fisher, einer der beiden Geschäftsführer der Firma. Er trug ein frisches weißes Hemd, eine graue Krawatte mit dickem Knoten und eine Anzugjacke. »Wir dachten, wir hätten mit ihr einen Glücksgriff getan, aber, wenn ich mal brutal offen sein darf, sie war eher ein Albtraum.« Fisher schilderte, wie sowohl Kollegen als auch Klienten sich im Lauf der Jahre über Fayes unverschämte Forderungen und ihre herablassende Art beschwert hatten. Ein Klient lehnte es ab, weiter mit ihr zu arbeiten, nachdem sich im Lauf der Jahre herausgestellt hatte, dass sie zu viele Spesen auf sein Konto gebucht hatte. Sie hatte zwar nicht direkt gestohlen, jedoch teure Mittagessen und Taxis statt Zugfahrten abgerechnet. »Ich habe es zwar nie selbst erlebt, aber meine Sekretärin Lisa hat gesagt, dass Faye ganz schön einschüchternd sein konnte. Die Leute im Büro hatten Angst vor ihr. Es war eine Erleichterung, als sie aufgehört hat, um eine Familie zu gründen. Ich denke, das hat ihr mehr entsprochen. Sie hat ständig erzählt, wie glücklich sie zuhause ist.«

Bloom registrierte Jamesons hochgezogene Augenbrauen und versuchte ihrerseits eine neutrale Miene zu wahren.

»Mit all diesen Leuten stimmt definitiv etwas nicht«, sagte sie hinterher. »Lana ist eine häufig abwesende und ziemlich verantwortungslose Mutter. Harry hat seine Frau als bösartig und ihr Chef sie als problematisch bezeichnet. Graysons Tutor hat berichtet, dass dieser ihn damit bedroht habe, ihn wegen Inkompetenz anzuschwärzen. Und Stuarts Chef hat ihn als manipulativen Fiesling beschrieben.«

Jameson erschauerte theatralisch. »Ja, aber das kommt eben dabei heraus, wenn man Menschen unter die Lupe nimmt.«

»Aha, wenn ich also dich unter die Lupe nehme ...«, sagte Bloom grinsend.

»Das erklärt, warum du so verschlossen bist. Dich darf niemand analysieren, stimmt's?«

»Ich habe keine Ahnung, was du meinst.«

»Natürlich nicht, du, die du dein Privatleben komplett unter Verschluss hältst.«

Bloom funkelte ihn an. Er kicherte und hielt die Hände in die Höhe. »Ich habe eine kleine Recherche über dich angestellt, bevor wir unsere Zusammenarbeit begonnen haben. Ich musste doch wissen, dass du eine weiße Weste hast, oder? Schau mich nicht so an. Du hast garantiert das Gleiche getan.«

»Mit Sicherheit nicht.«

Jameson kehrte an seinen Schreibtisch zurück und rief die Website eines Boulevardblatts auf.

»Du und Jamie Bolton habt also schon im Internet Furore gemacht, wie ich sehe.« Er wartete, bis Bloom auf seinen Bildschirm spähte, ehe er auf »Play« klickte. »Der Vater des Mädchens hat vor dem Gerichtsgebäude ein Interview gegeben.«

Ein rotgesichtiger Mann in einem schlecht sitzenden Anzug sprach in die Kamera. »Die Psychologin hat ihnen erzählt, dass es normal sei, wenn sich ein Fünfundzwanzigjähriger an meine zwölfjährige Tochter heranmacht, und sie haben es ihr abgekauft. Absolut zum Kotzen. Wo kommen wir denn da hin, wenn Worte von solchen Gestörten mehr zählen als Fakten?«

Bloom seufzte. »Das erklärt die Journalistin draußen vor der Tür.«

»Was? Hier?«

Sie nickte. »Es ist, als wäre keiner von denen im Gericht dabei gewesen und als hätte keiner ein Wort von dem gehört, was gesprochen wurde. Jamie Bolton besitzt nicht nur die geistige Reife eines Zehnjährigen, sondern sein Gehirnschaden bedeutet auch, dass er einen sehr schwachen oder gar keinen Sexualtrieb hat – das sind *Fakten*, die vom Neurologen stammen.« Bloom zeigte auf Jamesons Bildschirm. »Und es war das liebe, kleine Töchterchen dieses Mannes, das vorgeschlagen hat, Strip-Poker zu spielen, weil sie gesehen hat, wie ihre Eltern das ›die ganze Zeit‹ gespielt haben.« Bloom umgab die Formulierung mit gestischen Anführungszeichen. Es war ein wörtliches Zitat des angeblichen Opfers.

»Hey, du musst dein Gutachten nicht mir gegenüber rechtfertigen«, sagte Jameson. »Ich bin auf deiner Seite.«

Sein Telefon klingelte, und er meldete sich sofort.

»Alles in Ordnung, Schwesterherz?«, fragte er und lauschte einen Augenblick lang. »Mist.« Das Telefon noch in der Hand, rief er die Nachrichtenseite der BBC auf. Darauf war ein Bild von Harry Graham zu sehen, dazu die Schlagzeile:

OPTIKER IN BRISTOL IN SEINEM HAUS ERSTOCHEN

18

Chief Superintendent Steve Barker umfasste Blooms Hand mit seinen beiden: ein fester, solider Händedruck, der Vertrauen erwecken und einen zugleich an seinen Rang erinnern sollte.

»Na, Dr. Bloom, wie geht es Ihnen denn so? Ich hatte immer gehofft, Sie eines Tages wieder in unseren Breiten auftauchen zu sehen.« Barker hatte vor zwei Jahren an einem von Blooms Seminaren an der Polizeiakademie teilgenommen. Sie hatte ein Modul über Kriminalpsychologie für angehende Führungskräfte unterrichtet.

»Es geht mir sehr gut, Steve, und soweit ich gehört habe, darf man gratulieren.« Er war erst kürzlich zum Assistant Chief Constable, also zum Stellvertretenden Polizeipräsidenten der Avon and Somerset Police befördert worden.

Barker lehnte sich näher zu ihr hin und senkte die Stimme. »Danke. Niemand war erstaunter als ich.« Sein Versuch, es herunterzuspielen, stand in krassem Gegensatz zu dem Leuchten in seinen Augen. »Es ist erst in ein paar Monaten so weit. ACC Wilks geht nicht vor Ende Mai in den Ruhestand.«

Barker führte Bloom hinter den Empfangstresen des Polizeireviers, zog die Tür auf und bedeutete Bloom, dass sie ihm folgen solle.

Bloom senkte die Stimme und sprach nun ebenso leise wie er. »Mich erstaunt es überhaupt nicht, Steve.

In meinen Augen waren Sie schon immer für höhere Aufgaben bestimmt.«

»Das ist sehr freundlich von Ihnen. Aber jetzt will ich Sie mit Carly bekannt machen. Schreckliche Geschichte, das. Einfach schrecklich.«

Detective Inspector Carly Mathers vom Kinderschutzteam saß auf einem breiten Polstersessel und blickte auf ihr Telefon. Durch ein internes Fenster sah Bloom, dass das quadratische Standardbüro nebenan mit bequemen Sitzmöbeln ausgestattet und in weichen Gelb- und Grüntönen dekoriert war. In einem IKEA-Regal an der Wand standen Bücher und Spielsachen, und das Fenster war von leuchtend grünen Vorhängen umrahmt. Auf dem Boden bedeckte eine große, runde Matte im gleichen leuchtenden Grün die Hälfte des Teppichs. Eine Frau in Zivilkleidung saß auf einem der Stühle, und auf der Matte waren ein Junge von acht oder neun Jahren und ein jüngeres Mädchen damit beschäftigt, Türme aus Lego zu bauen.

»Carly, darf ich Ihnen Dr. Bloom vorstellen?«

Die Polizeikommissarin sprang auf und ließ mit einer geschmeidigen Bewegung ihr Telefon in der Jackentasche verschwinden. »Guten Morgen, Sir«, begrüßte sie ihren Chef, ehe sie sich Bloom zuwandte. »Dr. Bloom, ich bin DI Mathers.« Sie streckte ihr die Hand entgegen. Mathers war groß und hatte die Haare zu einem sachlichen kinnlangen Bob geschnitten. Sie trug eine schicke Bluse und einen Hosenanzug von guter Qualität. Bloom kannte diesen Look. Sie hatte den gleichen Ansatz gewählt, als sie sich in der Arbeit bei der Polizei den Respekt ihrer überwiegend männlichen Kollegen verdienen wollte.

Bloom schüttelte ihr die Hand. »Danke, dass ich dabei sein darf.«

»Der Chef hat gesagt, wir wären dumm, wenn wir Sie nicht dazuholen würden.«

Bloom sah den kurz aufflackernden Ärger über das Gesicht der Kommissarin ziehen. Sie konnte es ihr nicht verübeln. DI Mathers war hochqualifiziert und zweifellos sehr kompetent, und es gab nichts Ärgerlicheres, als wenn einem der Chef erklärte, wie man seine Arbeit tun musste oder, schlimmer noch, einem nahelegte, dass man Hilfe brauchen könnte. »Ich will mich keinesfalls in Ihre Ermittlungen einmischen, Detective Inspector. Ich bin hier, weil wir versuchen, Harry Grahams Frau Faye ausfindig zu machen.«

»Ja, ich habe gehört, dass Mrs Graham vermisst gemeldet wurde. Glauben Sie, es gibt einen Zusammenhang?«

»Ich habe noch keine Ahnung.«

DI Mathers nickte bedächtig. »Ich habe etwas von einem Spiel gehört. Was hat es damit auf sich? Ist es eine Art Blue-Whale-Variante?«

»Blue Whale? Was ist das?«, fragte Chief Superintendent Barker.

»Das ist ein russisches Internet-Selbstmordspiel, das mindestens hundert Tote gefordert hat«, antwortete Mathers. Bloom verwunderte es nicht, dass das Kinderschutzteam über Blue Whale im Bilde war.

»Mein Gott«, sagte Chief Superintendent Barker.

»Es laufen ein paar echt gestörte Schweine da draußen rum.« DI Mathers ließ die Schultern kreisen. »Sie verleiten die Kids dazu, Aufgaben zu erfüllen, die ihnen den Nachtschlaf rauben, und dann, wenn sie sie an der Angel haben, sagen sie ihnen, sie sollen sich umbringen.«

Bloom ergriff das Wort. »Es ist entsetzlich, und wir hoffen, dass unser aktueller Fall nichts in dieser Richtung ist, aber die Sache mit Harry Graham ...«

»Das ist hier nicht der Fall. Kein Selbstmord«, sagte Chief Superintendent Barker.

»Nein, Sir«, sagte DI Mathers. »Harry Graham hatte zahlreiche Stichwunden, zu viele, als dass er sie sich selbst beigefügt haben könnte. Und wir haben das Messer oben im Zimmer des Jungen gefunden. Mr Graham lag unten.« DI Mathers folgte dem Blick ihres Chefs in den Raum hinter dem Fenster, zu den zwei Kindern, die dort Legotürme bauten. »Wir sind uns also ziemlich sicher, dass eine dritte Person beteiligt gewesen sein muss.«

»Dieses Monster ist nach oben gegangen, um nach den Kindern zu suchen?«, fragte Barker.

DI Carly Mathers zuckte die Achseln. »Genau das müssen wir herausfinden.«

Steve knöpfte sein Sakko auf und steckte die Hände in die Taschen. »Also, womit haben wir es hier zu tun, Bloom? Ist das ein Irrer, der die Angehörigen von Spielern umbringt, die beim Spiel versagt haben?«

Bloom zuckte die Achseln. Darauf wusste sie keine Antwort. »Haben die Kinder irgendetwas gesagt?«

DI Mathers schaute durch das Fenster. »Nein. Der Chief Super wollte, dass ich auf Sie warte.«

»Dann mal los.« Bloom schüttelte Barker erneut die Hand und folgte Carly Mathers ins Nebenzimmer.

»Echt cool, Fred«, sagte Mathers. »Das ist ein super Turm.« Sie setzte sich auf den Stuhl, auf dem zuvor ihre Kollegin gesessen hatte, die nun gegangen war, und schaltete mit einer Fernbedienung den Videorecorder an. »Können wir ein bisschen reden, während ihr weiter baut?« An der Wärme ihrer Stimme und ihrer freundlichen Miene erkannte Bloom sofort, dass Mathers wusste, wie sie vorgehen musste. »Das ist Dr. Bloom.«

»Hi, Fred. Hi, Julia. Ich bin Augusta.« Bloom setzte sich. Der Junge hatte dunkles Haar und einen dunkleren Teint als seine jüngere, blonde Schwester. Er trug Jeans und ein rotes T-Shirt mit einem Flugzeug auf der Brust. Julia trug pinkfarbene Leggings unter einem violetten Kleid, das mit Einhörnern bedruckt war.

»Du heißt August«, sagte Julia kichernd.

»Genau. Und dein Name ist so ähnlich wie Juli«, sagte Bloom.

Das kleine Mädchen sah verdutzt drein.

»Augusta ist wie August, und Julia ist wie Juli.«

Julia strahlte sie an. »Ja, wie Juli!«

»Sie hat im Juli Geburtstag.« Fred sah Augusta mit großen Augen an.

»Vielleicht haben deine Eltern den Namen deshalb ausgesucht.«

Fred sah erst seine Schwester und dann wieder Bloom an. »Wann hast du Geburtstag?«

Bloom lächelte. »Ratet mal.«

»Im August«, sagten beide Kinder gleichzeitig.

DI Mathers zwinkerte Bloom zu und fing dann vorsichtig an, die beiden nach Details auszufragen. Sie begann damit, was sie am gestrigen Morgen zum Frühstück gegessen hatten und wer dabei gewesen war.

»Weetabix und nur Daddy«, sagte Fred.

Dann führte Mathers sie weiter zum Mittagessen, bei dem ihr Vater attackiert worden war, als er Käsesandwiches zubereitete und dazu Äpfel in Spalten schnitt. Bloom hörte schweigend zu, beobachtete die Szene und hoffte, dass sie nicht schon bald gegen eine Mauer des Schweigens stießen.

»Fred, wo wart du und Julia, als euer Daddy den Mittagsimbiss zubereitet hat?«, fragte Mathers.

Der Junge zögerte und hielt einen gelben Legoquader über seinen Turm. »Wir haben ihm geholfen.« Er legte den gelben Stein an seinen Platz und drückte ihn fest nach unten.

»Du und Julia wart in der Küche?«

Der Junge nickte. Julia baute unterdessen schweigend weiter an ihrem eigenen Turm.

»Kannst du mir sagen, was dann passiert ist?« Mathers lehnte sich auf ihrem Stuhl nach vorn, sodass ihre Stirn beinahe Freds Kopf berührte.

Der Junge baute weiter. »Mummy und Daddy haben sich gestritten.«

Mathers wechselte einen Blick mit Bloom. »Eure Mummy war da?«, fragte sie.

Fred nickte.

Bloom rutschte auf der Sitzfläche weiter nach vorn. Dann hatte Faye also gestern noch gelebt, drei Monate nachdem sie verschwunden war. Das war eine gute Nachricht, wenn auch etwas unerwartet.

»War noch jemand anders da außer Mummy und Daddy?«

Fred schüttelte den Kopf, stand auf und steckte zwei weitere Legosteine auf seinen Turm. »Nur ich und Julia.«

Blooms Herzschlag beschleunigte sich. Vielleicht waren es doch keine guten Nachrichten. Sie hatte plötzlich ein ganz schlechtes Gefühl.

Mathers' Stimme wurde weicher. »Woher weißt du, dass sie sich gestritten haben, Fred?«

Der Junge kniete sich neben die Spielzeugkiste, legte mehrere Steine beiseite und nahm sich stattdessen zwei andere. Bloom registrierte, dass die beiden neuen Steine rot waren. Julia werkelte unterdessen an einem undefinierbaren Bauwerk herum, das ausschließlich aus orangenen Steinen bestand.

»Fred. Woher weißt du, dass sie sich gestritten haben?« Der Junge stand auf und musterte seinen Turm. »Ist schon in Ordnung, Fred. Ich weiß, dass es schwer ist, darüber zu sprechen. Du bist sehr tapfer.«

Fred schüttelte hastig den Kopf.«

»Lass dir ruhig Zeit, Schätzchen.«

Fred schüttelte erneut den Kopf.

Mathers sah Bloom an. *Sollen wir eine Pause machen?*, sagte ihre Miene.

Bloom wollte schon zustimmend nicken, als Fred

loszusprudeln begann. Seine Worte gingen ineinander über, und es war schwer, seinem Redefluss zu folgen.

»Ich bin nicht tapfer. Daddy hat gerufen, dass wir weglaufen sollen. Ich hab Julia genommen, aber ich wusste nicht, wo wir hin sollten. Ich bin losgelaufen. Ich hatte Julia am Arm. Sie ist hingefallen, und da hab ich sie die Treppe hochgezerrt. Dann bin ich hinters Bett gekrochen und hab Julia hinter mich gezogen. Dann ist Mummy gekommen.« Zum ersten Mal sah er Mathers an. »Dann ist Mummy gekommen.«

»Alles gut, Fred. Du bist hier bei uns in Sicherheit. Alles gut«, sagte Mathers.

Fred schaute auf seinen Legoturm.

»Dann ist Mummy gekommen …?«, wiederholte Mathers leise.

Fred schwieg mindestens eine Minute lang. Es war ein beklemmendes Schweigen. »Ich hatte Angst«, flüsterte er schließlich.

»Wovor, Fred?«

Freds Augen füllten sich mit Tränen. »Mummy hat Daddy wehgetan.«

Oh nein. Konnte Mord die ultimative Mutprobe bei diesem kranken Spiel sein? Wer dachte sich so etwas aus? Wer ließ sich auf so ein Spiel ein? Wenn das zutraf, waren sie und Jameson überfordert. Sie ermittelten, nachdem ein Verbrechen geschehen war. Sie verhinderten es nicht im Vorfeld.

Mathers schluckte und legte dem kleinen Jungen eine Hand auf den Arm. »Hast du gesehen, wie deine Mummy deinem Daddy wehgetan hat?«

Der kleine Junge nickte. »Ich hatte Angst.«

Mathers sah Bloom an, ließ aber ihre Hand bei dem Jungen und streichelte mit dem Daumen seinen Arm.

»Ich hab geweint«, sagte Fred.

»Das ist okay. Viele Leute weinen, wenn sie Angst haben, Schätzchen. Du bist sehr tapfer.«

Fred sah zu seiner Schwester hinüber. Julia spielte immer noch mit ihren Legosteinen und schien das Gespräch, das kaum einen Meter neben ihr stattfand, gar nicht zu registrieren. »Ich bin nicht tapfer«, wiederholte er.

»Es ist sehr tapfer von dir, dass du mir das erzählst, Fred. Sehr tapfer.«

Fred begann zu weinen und heftig zu schluchzen. Dabei wandte er den Blick nicht von seiner Schwester ab.

»Darf ich was fragen?«, sagte Bloom zu Mathers, ehe sie Fred ansah. »Fred, warum denkst du, dass du nicht tapfer warst?«

Der Junge sah sie an.

»Du hast deine Schwester mitgenommen und sie hinter dir versteckt. Ist das nicht tapfer?«

Fred schüttelte den Kopf.

»Warum nicht?«

»Weil ...« Er sah erneut zu Julia hinüber. »Weil ich geweint habe.« Seine Stimme bebte, und der Atem blieb ihm im Hals stecken.

»Das reicht jetzt erst mal«, sagte Mathers, wobei ihr Tonfall eindeutig auf Bloom ausgerichtet war.

Bloom ignorierte sie und musterte den Jungen, der

wiederum seine Schwester anstarrte. »Was hat denn Julia gemacht?«

Der Junge starrte Bloom mit großen Augen an. »Sie hat Tigger gegen Mummy geschwenkt.«

»Tigger?«

Fred nickte.

Bloom griff nach einem kleinen Plüschtier, einem Tiger mit einem Kleidchen. »Kannst du mir zeigen, was Julia gemacht hat?«

Der Junge nahm den Tiger und hielt ihn vor sich, in Richtung auf Bloom. »Grrrrrr«, sagte er und schüttelte das Tierchen hin und her.

»Und du denkst, das war tapfer von Julia?«

»Ja«, sagte Fred und schaute auf seine Füße. »Weil ... Mummy dann aufgehört hat.«

Bloom schnürte es den Brustkorb zusammen. »Mummy hat aufgehört, was zu tun, Fred?«

Der Junge blickte auf. »Uns zu jagen.«

»Du glaubst, eure Mummy hat euch gejagt?«, fragte Mathers.

Bloom setzte ihre Befragungsstrategie fort. »Und als Julia Tigger nach deiner Mummy geschwenkt hat, hat sie damit aufgehört?«

»Ja.«

Bloom sah zu Julia hinüber, die ihren orangefarbenen Legoturm am Rand einer grünen Matte baute. Sie war klein für eine Sechsjährige, hatte ein Engelsgesicht und honigblonde Rattenschwänze. Bloom musste spontan an die elfengleiche Seraphine Walker denken, die sich gegen einen potenziellen Vergewaltiger zur Wehr gesetzt hatte. Erneut sah sie Fred an. »Und was hat deine Mummy dann gemacht?«

Fred sah Julia an. »Sie hat gesagt: ›Na, dann viel Glück.‹«

DI Mathers sah Bloom stirnrunzelnd an. Bloom hatte das entsetzliche Gefühl, dass sie wusste, was Faye gemeint hatte. Es blieb nur noch ein Detail zu klären. »Fred?« Sie wartete, bis ihr der kleine Junge in die Augen sah. »Als deine Mummy das gesagt hat ... hat sie da euch beide angesprochen oder nur Julia?«

»Nur Julia«, sagte er wie aus der Pistole geschossen.

»Was glauben Sie?«, fragte DI Mathers, als sie in der kleinen Teeküche standen und darauf warteten, dass das Wasser kochte. »Es ist doch unwahrscheinlich, dass ein Kind eine so düstere Geschichte erfindet, oder? Anscheinend hat Faye Graham ihren Mann vor den Augen ihrer Kinder erstochen.«

Bloom goss sich heißes Wasser in die Tasse.

»Sie muss irgendwie verrückt sein. Das ist doch kein Spiel mehr«, fuhr Mathers fort.

Oder es war ihr einfach egal, dachte Bloom, beschloss aber, diese Hypothese für sich zu behalten. Sie wollte sicher sein, ehe sie etwas sagte. Zuerst musste sie mit Jameson darüber sprechen und die Sache von allen Seiten beleuchten, denn wenn sie recht hatte, dann war dieses Spiel noch viel, viel schlimmer als alles, was sie befürchtet hatten.

»Das Spiel begann mit einer Herausforderung«, sagte sie. Sie musste Mathers irgendetwas an die Hand geben. »Auf der Karte stand: *Traust du dich zu spielen?* Also muss es sich um eine Reihe von Aufgaben handeln, die letztlich in Mord gipfeln. Wenn die Aufgaben von Mal zu Mal härter werden, werden die Spieler vielleicht immer unsensibler dafür, was sie da in Wirklichkeit treiben.«

»Man kann doch Menschen nicht zum Mord anstiften, nur indem man ihnen eine Reihe von Aufgaben stellt. Da sind die Menschen doch sicher vernünftiger, oder?«

»Kommt auf den Einzelnen an.«

»Wenn also die Blue-Whale-Typen junge Leute ködern, die bereits selbstmordgefährdet sind, dann könnte dieses Spiel Leute anlocken, die jemanden umbringen möchten?« Die Polizistin reckte sich, als ihre Theorie Fahrt aufnahm. »Vielleicht fehlt einem das Know-how oder der Mumm, um den eigenen Ehemann zu töten, also macht man bei diesem Spiel mit.«

»Die Grahams hatten Eheprobleme, wie Sie sicher bei Ihren Ermittlungen herausfinden werden«, sagte Bloom.

»Aber würden Sie ihren Mann vor den Kindern ermorden?« Mathers lehnte sich gegen die Arbeitsfläche. »Das ist der Aspekt, den ich nicht begreife.«

»Wenn man das Spiel braucht, um die Motivation zum Töten aufzubringen, dann heißt das ja, dass man vorher gewisse Hemmungen hatte. Allerdings passt es dann nicht, so etwas erbarmungslos vor den Augen der eigenen Kinder zu tun.«

»Genau. Also muss sie verrückt gewesen oder komplett durchgedreht sein, wie ich schon sagte.«

Bloom trank einen Schluck von ihrem heißen Wasser. »Oder sie hatte vor, auch die Kinder zu töten.« Sicher war Mathers dieser Gedanke auch schon gekommen. Sie war eine erfahrene Ermittlerin und Verhörspezialistin, und Freds Angst war unverkennbar gewesen. »Wahrscheinlich wissen Sie das, aber es gibt fünf Schlüsselmotive für jedes Verbrechen: Notwendigkeit: Sie musste es tun, um zu überleben. Not: Gier nach Geld oder Drogen vielleicht. Gewohnheit. Emotionen – aber ich glaube nicht, dass dies ein Mord aus Leidenschaft war. Und Persönlichkeit, was alles umfasst – von Wahnsinn bis dahin, dass jemand Lust dabei empfindet.«

»Ist sie einfach eine Irre?«, mutmaßte Mathers. »Und was ist mit Drogen? Was, wenn ihr jemand etwas gegeben hat, wovon sie Wahnvorstellungen bekommen hat?«

»Trotzdem würde ich einen Auslöser erwarten. Sagen wir mal, sie hat irgendetwas genommen – warum geht sie dann nach Hause zurück? Sie war fast drei Monate fort.« DI Mathers nickte.

»Also: Das sind alles nur Hypothesen. Ich würde die Sache nach wie vor unter sämtlichen Aspekten betrachten. Ich kann nur sagen, dass Menschen Lebewesen sind, die aus einer Motivation heraus handeln. Wir haben praktisch immer einen Grund für unser Tun, und wenn wir die wahrscheinlichste Motivation für Faye Graham herausfinden, besteht die Chance, dass wir diesem Spiel Einhalt gebieten können.«

»Falls es etwas mit dem Spiel zu tun hat.«

»In der Tat«, sagte Bloom, während sie dachte: *Oh, es hat ganz eindeutig mit dem Spiel zu tun.*

19

»Also, was liegt an?« Jameson war noch mit einem halb aufgegessenen Schinken-Käse-Baguette beschäftigt, und vor ihm auf dem Tisch stand eine Flasche Orangenlimonade.

»Mit Janes Vater schon Erfolg gehabt?«, fragte Bloom. Sie hatte während der gesamten Rückfahrt nach London ihre Theorie auf den Prüfstand gestellt, jedoch keine Lücken gefunden. Selbst wenn sie ihre Hypothese noch nicht ausgesprochen hatte, wusste sie, dass sie stimmte.

»Nein. Jane weiß nicht einmal seinen Nachnamen. Es ist eine Suche nach der Nadel im Heuhaufen.«

Bloom zog seufzend den Mantel aus und setzte sich. Jameson schwieg. Er wusste, wie man sie zum Reden brachte.

Sie holte tief Luft. »Faye Graham ist nach Hause zurückgekehrt, um ihren Mann und die Kinder zu töten. Ich habe zwar keine Beweise dafür, dass sie es auch auf die Kinder abgesehen hatte, aber ich bin mir sicher, dass sie das wollte. Sie hat den Vater der Kinder erstochen und die beiden dann mit einem Messer nach oben verfolgt. Sie hat erst Halt gemacht, als ihre Tochter einen Tiger nach ihr geschwenkt und geknurrt hat.«

»Klar, so hält man eine Psychopathin natürlich auf«, sagte Jameson.

Bloom sagte nichts.

Jameson sah sie an und riss die Augen auf. »Das ist

nicht dein Ernst. Du glaubst, Faye ist eine Psychopathin?«

»Vier Personen sind verschwunden. Sie haben nichts gemeinsam, scheinen allerdings dasselbe Spiel zu spielen. Aber warum? Wer tut so etwas? Sicher kein herzlich zugetaner Verlobter und werdender Vater oder die liebevolle Mutter zweier kleiner Kinder. Ein Student könnte dumm genug sein, aber die anderen? Dazu braucht es schon besondere Voraussetzungen. Oder eine bestimmte Art von Persönlichkeit.«

»Nein, da hast du recht. Aber willst du wirklich unterstellen, dass sie alle ...«

»Stuart war der perfekte Partner. Grayson der erfolgreiche Sohn. Lana, die überforderte, aber tapfere alleinerziehende Mutter. Und Faye, die begabte Steuerberaterin. Aber wenn man ein bisschen tiefer gräbt, ist alles nur Fassade. Stuart ist ein Kollegenschwein, Grayson ein Studienabbrecher, Lana eine Lügnerin, und Faye ist bösartig.«

»Und inwiefern unterscheiden sie sich von uns anderen? Du bist eine erfolgreiche Psychologin, aber sozial gesehen eine Katastrophe. Ich bin ein unterhaltsamer Charmeur, aber ein Karriereaussteiger. Menschen sind gut *und* schlecht. Das bläust du mir doch ständig ein. Faye mag ja darauf aus gewesen sein, ihre ganze Familie zu töten, sodass sie möglicherweise eine Psychopathin ist, das heißt aber nicht, dass die anderen es auch sind.«

»Du meinst Lana?«

»Ja. Ich meine Lana.«

Bloom legte die Hände vor sich auf den Tisch und

sprach dann leise weiter: »Ausgehend von allem, was du über Lana weißt, würdest du sagen, dass sie einen gewissen Grad von Verantwortungslosigkeit an den Tag gelegt hat?«

»Du weißt, dass ich das bejahen würde, aber ...«

»Wie steht's mit der Neigung, auf Kosten anderer zu leben? Die Tochter das Haus in Schuss halten lassen zum Beispiel oder ihr Kind von Freunden aufziehen zu lassen?«

»Ja, okay ...«

»Würdest du sie als impulsiv oder schnell gelangweilt beschreiben?«

Jameson runzelte die Stirn. »Manchmal. Claire würde das sicher bejahen.«

»Was ist damit, dass sie keine Verantwortung für ihre Handlungen übernommen oder wiederholt gelogen hat?«

Jameson gab keine Antwort.

»Und haben du oder Claire bei Lana ein schlechtes Gewissen oder irgendwelche Gefühle von Schuld dafür wahrgenommen, wie sie Jane behandelt hat?«

»Das ist doch Wahnsinn, Augusta. Komm schon. Du übertreibst. Bestimmt.«

»Hattest du je den Eindruck, dass Lana Reid über oberflächlichen Charme verfügt oder ein überdurchschnittliches Selbstwertgefühl oder eine geringe Gefühlstiefe an den Tag legt oder ...«

»Ich weiß, ich weiß. Einen Mangel an Empathie. Ich hab's verstanden. Viele der Kriterien treffen auf sie zu.«

Bloom wartete, bis der Gedanke im Gehirn ihres

Kompagnons Wurzeln geschlagen hatte. Dann sagte sie: »Herzlichen Glückwunsch zum ersten Geburtstag.«

Jameson lehnte sich zurück,

»Es liegt im Grunde auf der Hand«, sagte sie.

Jameson begann, den Kopf zu schütteln, ließ es dann wieder sein und sah sie fragend an.

»Es gibt zwei Formulierungen, die man oft auf Karten für Einjährige findet: Herzlichen Glückwunsch zum ersten Geburtstag und …«

»*You are one*«, sagte Jameson.

»*You are one* – Du bist eins, eine oder einer«, sagte Bloom. »Du bist ein was? Einer von uns? Einer von ihnen? Ich glaube, dass diese Leute aus einem bestimmten Grund anhand ihrer Persönlichkeit ausgeforscht und ausgewählt wurden. Und da etwa ein Prozent der Bevölkerung psychopathische Züge aufweist, gibt es – wenn ich richtigliege – noch mehr Teilnehmer an diesem Spiel.«

Jameson ging an der U-Bahn-Station Russell Square vorüber und betrat das Marquis Cornwallis Pub. Er brauchte einen Drink. Blooms Theorie machte ihm zu schaffen. Sie neigte nicht zu abgehobenen Hypothesen und verschrieb sich selten einer Idee, wenn sie sie nicht gründlich durchdacht hatte. Doch dies erschien ihm seltsam überhastet. Wie etwas, das er normalerweise als Scherz abtun würde. Etwas, worüber sie normalerweise spotten würde. Ein Haufen Psychopathen, die ein Spiel spielten? Zusammen? Und zu welchem Zweck? Jameson dachte an die Pläne für Terroranschläge, über denen er in seiner Zeit beim MI6 gebrütet hatte, und erschauerte. Das waren normale Menschen gewesen, die radikalisiert worden waren, damit sie irrsinnige Taten verübten. Wozu mochte jemand bereit sein, der kein Gewissen hatte?

Trotz seiner dunklen Böden, der viktorianischen Kamine und der massiven Holztische war das Cornwallis hell und luftig. Die Sitze an den Fenstern waren von großen Gruppen gut gekleideter Gäste besetzt. Jameson sah Steph am Tresen stehen. Er hob eine Hand und winkte. Steph arbeitete im Büro der Britischen Ärztevereinigung BMA gleich um die Ecke und war an Werktagen abends oft hier zu finden. Sie war klein und kess, hatte lockige rote Haare und eine dreckige Lache. Sie hatten ein paar Nächte zusammen verbracht – nichts Ernstes, nur Spaß, was ihm gut gepasst hatte. Nachdem er bis etwa Mitte dreißig jeder Frau, mit der er ausging, seinen Beruf hatte verheimlichen müssen, war er zu einem Freund unverbindlicher, lockerer Beziehungen geworden. Er hoffte, Steph werde dazu beitragen, die Spannungen seines Arbeitstags abzubauen.

»Was läuft?«, fragte Steph und imitierte dabei einen grässlichen walisischen Akzent.

Jameson grinste. Es gefiel ihm, dass sie es versuchte. »Lust auf einen Drink?«, fragte er. »Ich hatte einen beschissenen Tag.«

»Klingt aufregend. Ich bin dabei.« Steph hielt dem Barmann zwei Finger hin. »Peroni, bitte.« Sie drehte sich zu Jameson um. »Willst du darüber reden?«

»Lieber nicht.«

»Gut.« Als das Bier kam, stießen sie miteinander an. Jameson hob seine Flasche an die Lippen und stoppte mitten in der Bewegung. Eine Frau kam an die Bar, fädelte sich hinter Steph ein und legte ihr eine Hand auf die Schulter.

»Ich gehe jetzt, Steph«, sagte sie. »Danke für die Einladung.«

Jameson wollte die Frau ansehen, aber nicht dabei ertappt werden.

Steph drehte sich auf ihrem Barhocker herum. »Bist du sicher? Wir fangen doch gerade erst an. Nachher wollten wir noch essen gehen.« Steph sah Jameson an. »Hast du auch Lust, Marcus?«

Ehe Jameson antworten konnte, sagte die Frau: »Das ist sehr nett. Aber vielleicht lieber nächstes Mal.« Jameson konnte den Blick nicht von ihren blauen Augen abwenden. Ein winziges Lächeln umspielte ihre Lippen. »Nett, Sie kennenzulernen«, sagte sie. Drei Wörter, die eindeutig für ihn bestimmt waren.

Jameson sah der Blondine nach, während Steph begann, von einem Schauspieler zu reden, den sie im Zug gesehen hatte.

»Wer war das?«, fragte er, indem er Steph mitten in ihrer Geschichte unterbrach.

»Eine der Ärztinnen, die an die BMA abgeordnet wurden. Sarah Soundso. Den ganzen Namen weiß ich nicht mehr. Sie ist nett. Ein bisschen langweilig, aber ganz sympathisch.«

Jameson trank sein Bier und plauderte mit Steph, hoffte aber nicht mehr auf eine Einladung zu ihr nach

Hause. Dieses sexy Lächeln und das »Nett, Sie kennenzulernen« hatten ihn davon abgebracht. Und so dachte er daran, dass es schön sein könnte, Dr. Sarah Soundso mal wieder über den Weg zu laufen. Sogar sehr schön.

20

Chief Superintendent Steve Barkers Anruf kam um 7:30 Uhr, gerade als Bloom von ihrer morgendlichen Joggingrunde zurückkehrte. Sie hatte ihm am Vorabend eine E-Mail geschickt – eine Zusammenfassung ihrer bisherigen Ermittlungsergebnisse –, und so hatte sie damit gerechnet, von ihm zu hören.

»Ich stelle bezüglich des Todes von Harry Graham eine Sondereinheit zusammen«, sagte er. »Ich habe mir das angesehen, was Sie mir über dieses Spiel geschickt haben, und ich kann ein paar zusätzliche Leute abstellen, die dabei helfen, weitere Spieler ausfindig zu machen. Ich will nicht noch mehr Todesfälle in unserem Umfeld haben.«

Bloom stand an der Spüle, ließ sich ein Glas Wasser einlaufen und trank einen großen Schluck. »Danke, Steve«, sagte sie. »Ist die Sondereinheit dann in Ihrem Revier angesiedelt?«

»Anfangs schon. Ich habe mit meinem Amtskollegen in London gesprochen, und wenn wir nachweisen, dass die Sache von nationalem Interesse ist, sind sie vielleicht sogar bereit, ihr oberste Priorität einzuräumen, aber für den Moment müssen Sie mit mir vorliebnehmen.«

»Ist überhaupt kein Problem. Marcus und ich können gerne später zu einem Briefing vorbeikommen, wenn Sie möchten. Und dann davon ausgehend weiterarbeiten.«

»Sie haben in Ihrer E-Mail geschrieben, Sie hätten eine Arbeitshypothese?« Bloom hatte eine Theorie erwähnt, aber nicht explizit Psychopathen erwähnt.

»Ja, haben wir, aber die würde ich lieber von Angesicht zu Angesicht durchsprechen. Sie ist ein bisschen heikel und ziemlich kontrovers.«

»Gut. Dann erwarte ich nichts weniger als das, Dr. Bloom. Soll ich für heute Morgen ein Briefing anberaumen?«

Drei Stunden später trafen Bloom und Jameson im Polizeipräsidium der Avon and Somerset Police in Portishead ein. Bloom hatte Jameson unterwegs von seiner Wohnung in Wembley abgeholt. Er hatte sich erboten zu fahren, doch sie wollte nicht, dass er sie zuhause abholte. In den fünf Jahren, die sie mittlerweile zusammenarbeiteten, war er kein einziges Mal bei ihr zuhause gewesen. Sie wusste, dass ihm das zu schaffen machte.

Am Empfang wartete bereits DI Carly Mathers auf sie. Bloom stellte ihr Jameson vor, ehe sie in den vorgesehenen Besprechungsraum gingen. Dort saß Chief Superintendent Barker mit sechs Beamten in Zivil. An der gegenüberliegenden Wand hingen Fotos von Faye und Harry Graham, Lana Reid, Grayson Taylor und Stuart Rose-Butler an einem Whiteboard. Unter einem Foto, auf dem Faye und Harry in die Kamera lächelten, hingen zwei schreckliche Bilder von Harrys blutüberströmter Leiche. Darunter lachten Fred und Julia von einem Schulfoto, auf dem ihre unschuldigen Gesichter noch nichts von den bevorstehenden Gräueltaten ahnten.

»Wie geht es Fred und Julia?«, erkundigte sich Bloom bei Mathers.

»Der Sozialdienst hat sie bei Pflegeeltern untergebracht. Fayes Mutter ist schon seit Jahren tot, und ihr Vater lebt in einem Heim. Harrys Eltern wohnen in Spanien. Sie treffen heute Nachmittag mit dem Flugzeug ein, also nehmen sie die beiden vielleicht auf.«

»Guten Morgen«, sagte Barker auf eine Art, die Aufmerksamkeit forderte. »Willkommen, Dr. Bloom – und das muss Mr Jameson sein.« Barker schüttelte Jameson die Hand. »Freut mich, dass Sie in dieser Sache mit uns zusammenarbeiten.« Natürlich gehörte der Fall jetzt der Polizei. Hochrangige Beamte rissen die Sache stets an sich, wenn es interessant wurde.

Barker fuhr fort: »Ich stelle Ihnen mal das Team vor. Detective Inspector Mathers kennen Sie ja schon. Dann haben wir da DS Phil Green.« Barker wies auf einen großen, dünnen Mann in einem grauen Anzug, der farblich genau seinen kurz geschnittenen Haaren entsprach. DS Green nickte zur Begrüßung. »DC Craig Logan, unser Technik-Crack. Bei allem, was mit Internetkriminalität zu tun hat, ist er unser Mann. Er hat soeben ein Praktikum bei der Abteilung für Internetkriminalität der National Crime Agency absolviert.«

»Guten Morgen«, sagte DC Logan, die mit Abstand jüngste Person im Raum. Er konnte nicht älter als fünfundzwanzig sein, und seine von Narben übersäte Haut ließ vermuten, dass er als Teenager an schwerer Akne gelitten hatte.

Barker wies auf zwei weitere Beamte, einen Mann

und eine Frau, die hinter ihm an Schreibtischen saßen. »Und zu guter Letzt haben wir hier noch DC Raj Akhtar und DC Kaye Willis, zwei unserer erfahrensten Kriminalbeamten.« Die beiden älteren Polizisten lächelten Jameson und Bloom zu. »Also, wie ich gerade gesagt habe – Dr. Bloom hält einen unserer beliebtesten Kurse an der Polizeiakademie über Kriminalpsychologie. Ich habe das Seminar vor drei Jahren besucht; es war faszinierend, und ich habe viele Denkanstöße erhalten. Dr. Bloom ist außerdem Sachverständige für die Staatsanwaltschaft und liefert zusammen mit Mr Jameson hoch qualifizierte Ermittlungshilfe bei Kriminalfällen. Stimmt das so in etwa?« Er sah Bloom an.

»Perfekt. Vielen Dank, Steve.« Bloom sprach leitende Beamte gezielt mit dem Vornamen an, wenn sie mit der Polizei zusammenarbeitete. Zivilpersonen mussten Beamte nicht mit ihrem Dienstgrad ansprechen; außerdem erinnerte es das Team daran, dass Bloom und Jameson nicht der gewohnten Hierarchie unterstanden.

»Ich konnte nicht viel über Ihren Hintergrund finden, Mr Jameson«, sagte Barker.

Jameson lächelte. »Ex-MI6«, sagte er.

Bloom spürte, wie sich das übliche Knistern nervöser Energie im Raum ausbreitete. Gerade die Polizei beäugte Jamesons geheimdienstliche Vergangenheit häufig mit Argwohn.

Nachdem Steves persönliche Assistentin alle mit Tee, Kaffee und Keksen versorgt hatte, stieg Bloom in den Ring.

»Wir wissen, dass Faye Graham als Erste eine dieser Geburtstagskarten erhalten hat. Das war am fünften Januar. Wahrscheinlich haben Sie das Foto gesehen, das ich gestern Abend geschickt habe, aber noch mal der Vollständigkeit halber: Vorne drauf steht ›Herzlichen Glückwunsch zum ersten Geburtstag‹ und drinnen dann: ›Dein Geschenk ist das Spiel. Traust du dich zu spielen?‹ Weitere Informationen gibt es nicht, aber unten auf der Karte ist ein Klebepunkt, daher vermuten wir, dass dort ursprünglich etwas aufgeklebt war.«

»Warum ›Herzlichen Glückwunsch zum ersten Geburtstag‹?«, fragte Barker, der auf der Kante eines Schreibtischs hockte und einen seiner auf Hochglanz polierten Schuhe auf einen Stuhl gestellt hatte.

»Oh, darauf kommt sie noch«, sagte Jameson.

Bloom wusste, dass Jameson ihrer Hypothese reserviert gegenüberstand, daher interessierte es sie, wie das Team reagieren würde. »Faye Graham ist noch am selben Tag verschwunden und hat sich nicht mehr gemeldet, bis sie Anfang der Woche im Haus ihrer Familie aufgetaucht ist. Aus den Aussagen ihres Sohnes Fred schließen wir, dass sie dann Harry Graham erstochen hat.« Das war dem Team sichtlich nicht neu.

»Gab es irgendwelche Telefonverbindungen von Faye Graham, während sie verschwunden war?«, fragte DC Kate Willis.

»Sie hat sich weder bei ihrer Familie noch bei ihrem Arbeitgeber gemeldet. Und wir bräuchten eine richterliche Anordnung, um Zugriff auf ihre Telefondaten zu bekommen«, sagte Bloom.

»Ich kümmere mich darum«, sagte Willis.

»Und wir sollten auch die Telefondaten der anderen überprüfen«, sagte Jameson. »Ich habe mir die Social-Media-Konten aller vier Personen angesehen, und seit sie vermisst werden, gab es dort keine Aktivitäten, aber wir brauchen eine gründlichere Untersuchung ihrer Aktivitäten etwa über den Zeitraum des letzten Jahres. Ich will wissen, ob sie irgendwelche speziellen Gruppen oder Seiten besucht haben, die von Interesse sein könnten.«

»Geht klar«, sagte DC Craig Logan und machte sich eine Notiz.

»Danke«, sagte Bloom. »Grayson Taylor, ein zwanzigjähriger Student der Politischen Wissenschaften an der Universität Sheffield, hat die gleiche Karte bekommen und ist verschwunden, nachdem er ausgegangen war, um seinen Geburtstag am zehnten Februar zu feiern. Stuart Rose-Butler, ein neunundzwanzigjähriger Lagerauffüller aus Leeds, verschwand am Morgen seines Geburtstags am vierundzwanzigsten Februar vom Schauplatz eines Auffahrunfalls.«

»Wir haben einen Augenzeugen, der angibt, er habe gesehen, wie der Fahrer des anderen Wagens Stuart eine weiße Karte in die Hand gedrückt hat, ehe er davongefahren ist«, erläuterte Jameson.

Bloom ergriff wieder das Wort. »Wir haben die West Yorkshire Police gebeten, uns die Kontaktdaten aller drei Augenzeugen des Unfalls zu schicken, aber wenn Sie die Sache beschleunigen könnten, wäre das hilfreich.«

»Ich spreche mit ihnen«, sagte DC Raj Akhtar.

Bloom nickte. »Zu guter Letzt haben wir das Verschwinden von Lana Reid am neunten März, wiederum ihrem Geburtstag, und ab diesem Punkt sind wir auf den Plan getreten. Lanas Tochter Jane hat uns um Hilfe gebeten.«

»Ich kenne Jane von klein auf«, erklärte Jameson. »Meine Schwester hat sich oft um Jane gekümmert, wenn Lana Reid mit dem Militär in Übersee stationiert war. Nur dass wir neulich erfahren haben, dass Lana in keiner Funktion jemals für das Militär tätig war.«

»Was hat sie dann gemacht?«, fragte Barker.

»Wir haben keine Ahnung.« Jameson griff sich einen Stift vom Schreibtisch hinter ihm und drehte ihn in der Hand hin und her. »Es ist ein Rätsel.«

»Und was sind unsere Arbeitshypothesen?«

Jameson sah Bloom an. Offenbar hatte er nicht vor, sich an diesem Teil des Briefings zu beteiligen.

»Soweit wir wissen«, begann Bloom, »gibt es nichts, was die vier Vermissten rein zufällig miteinander verbinden würde. Sie sind verschieden alt, haben verschiedene Geschlechter und unterschiedliche Berufe. Manche haben Kinder, andere nicht. Ihre Geburts- und Wohnorte sind verschieden, und laut ihren Angehörigen kennen sie sich nicht. Es gibt die Vermutung, dass sie alle unglücklich waren, aber wir haben keine Hinweise auf gravierende Probleme wie Schulden, Depression oder psychische Probleme. Was wir allerdings wissen, ist, dass sie sich alle in einer Lebenslüge verstrickt haben. Wie Marcus schon erwähnt hat, war Lana überhaupt nicht beim Militär, Grayson hatte sein Studium in den Sand gesetzt, über Stuart ist nichts bekannt, was über die zwei Jahre mit seiner Verlobten hinausgeht, und Faye hat ihren Arbeitgebern erzählt, sie sei glücklich zuhause, aber ihr Mann hat gesagt, sie sei bösartig gewesen.«

»Standard«, sagte DS Green.

Jameson schmunzelte.

Bloom fuhr fort: »Was ich mich gefragt habe, ist, warum sie sich auf eine Herausforderung einlassen, nur weil eine Geburtstagskarte von einem Unbekannten sie dazu auffordert. Warum lassen sie ihr Leben hinter sich, um dieses Spiel zu spielen? Ich glaube, es gibt drei Möglichkeiten. Die erste wäre Erpressung. Jemand hat ihre Geheimnisse entdeckt und droht damit, sie aufzudecken. Vielleicht hat Faye Graham beschlossen, den Erpresser zu zwingen, die Karten auf den Tisch zu legen, indem sie ihren Ehemann tötet.«

»Krass, aber ich habe schon verrücktere Sachen gesehen«, sagte DI Mathers. »Am besten nehmen wir die Vergangenheit der Vermissten mal genauer unter die Lupe und schauen, was für Schmutz wir dort finden.«

Bloom nickte. »Die zweite Theorie ist, dass diese Leute das Spiel spielen, weil es ihnen etwas verspricht. Wenn wir die Theorie an Faye festmachen, dann könnte es sein, dass sie ihren Mann umbringen wollte und das Spiel sie mental und körperlich auf diese Herausforderung vorbereitet hat.«

»In welchem Fall wir mit einem weiteren unschuldigen Opfer rechnen müssen. Und die dritte Theorie?«, fragte Chief Superintendent Barker.

»Hier wird es ein bisschen beklemmender«, sagte Bloom.

»Das ist also Ihre umstrittene Theorie.« Chief Superintendent Barker blickte in die Runde, um sich zu vergewissern, dass alle zuhörten.

»Mir ist aufgefallen, dass unsere Spieler allesamt gewisse Charakterzüge gemeinsam haben; Züge, die mich beunruhigen.« Bloom stand auf, griff sich einen Stift von der Ablage unter dem Whiteboard und schrieb eine Liste mit mehreren Stichwörtern auf, während sie weitersprach. »Stuart, Faye und Grayson wurden uns alle als gesellig und charmant beschrieben. Wir wissen auch, dass alle vier Spieler und geübte Lügner waren. Stuart wurde von seinem früheren Arbeitgeber als manipulativ und unkollegial bezeichnet, und wir wissen, dass Lana über einen langen Zeitraum hinweg ihre eigene Tochter und Leute wie Jamesons Schwester getäuscht hat. Als wir mit Harry Graham gesprochen haben, hat er gesagt, dass seine Frau oft wütend und aggressiv war. Und wir haben die Aussage von Graysons Tutor, dass er gedroht hat, ihm das Leben schwer zu machen, wenn er ihn zwänge, in Vorlesungen zu gehen. Dazu kommen der parasitäre Lebensstil und die Weigerung, Verantwortung zu übernehmen. Lana hat sich darauf verlassen, dass andere ihre Tochter aufziehen, und Stuart hat wie die Made im Speck bei seiner wohlhabenden Verlobten gelebt, während er selbst nicht einmal in Hilfsjobs zurechtkam. Dann haben wir natürlich das Maß an Verantwortungslosigkeit und Impulsivität, das man braucht, um einfach sein Heim, seine Familie, seinen Job und sein Leben aufzugeben, um sich auf eine Mutprobe einzulassen ... Wir haben also eine Liste von Eigenschaften, die beunruhigend vertraut klingen.« Sie las die Wörter auf dem Whiteboard laut vor. »*Charmant, lügnerisch, manipulativ, böswillig, parasitär, verantwortungslos, impulsiv.* Wir können der Liste ohne Weiteres die *Neigung, schnell gelangweilt zu sein* und das *Fehlen realistischer Ziele* hinzufügen, da wir Anzeichen dafür bei allen vier Vermissten gefunden haben.«

»Klingt wie eine Beschreibung des durchschnittlichen kriminellen Abschaums«, sagte DS Green.

Bloom nickte. »Mag sein.« Sie nahm sich einen anderen Stift von der Ablage, diesmal einen roten, und schrieb eine zweite Spalte mit Wörtern daneben: *aufgeblähtes Ego, mangelnde Gefühlstiefe, Abwesenheit von Schuldgefühlen, Fehlen von Empathie*. Sie musterte die Gesichter im Raum. Carly Mathers runzelte die Stirn, DS Green sah finster drein.

»Haben Sie schon einmal von der Antisozialen Persönlichkeitsstörung gehört?«, fragte Bloom und zeigte auf die zweite Liste. »Denn wenn wir diese letzten vier Charakterzüge noch hinzufügen, dann ist das genau das, was auf dieser Tafel skizziert wird.«

»Sind das nicht ...?«, setzte DI Carly Mathers an.

»Genau«, unterbrach sie Jameson mit ausdruckslosem Tonfall und ebensolcher Miene. »Psychopathen.«

»Man schätzt, dass einer von hundert Menschen antisoziale Persönlichkeitszüge aufweist. Diese Leute leben mit verblüffender Alltäglichkeit mitten unter uns«, sagte Bloom.

»Einer von hundert?«, sagte DS Green. Er war eindeutig der Skeptiker der Gruppe; es war immer hilfreich, wenigstens einen solchen in der Runde zu haben.

»Es ist ein Spektrum. Vermutlich haben wir alle manche dieser Eigenschaften, und bei manchen von uns ist das eine oder andere, sagen wir mal Impulsivität, womöglich extremer ausgeprägt als andere Züge. Aber manche Leute besitzen eben alle diese Eigenschaften auf extrem hohem Niveau. Es ist wie bei allen Unterschieden zwischen den Menschen. Es heißt nicht, dass sie alle Serienmörder sind, und die meisten von ihnen werden nie ein Verbrechen begehen.«

»Aber ... was dann? Sie tun einfach nichts?«, fragte DS Green in sarkastischem Tonfall.

»Ganz ähnlich wie wir anderen, ja.« Bloom legte den roten Stift wieder ab. »Manche wissen, dass sie anders sind, und verbergen es, manche halten sich auch einfach für normal und bilden sich ein, andere Menschen würden genauso denken und fühlen wie sie.«

»Ich würde sagen, die letztgenannten Charakterzüge, die in Rot, sind die wahren Eigenschaften eines Psychopathen. Und Sie haben keinerlei Belege für einen davon bei unseren Vermissten«, wandte DI Carly Mathers ein.

Chief Superintendent Barker antwortete anstelle von Bloom. »Weil sie wesentlich schwerer festzustellen sind. Sie zeigen an, wie jemand fühlt: kein schlechtes Gewissen, mangelnde Empathie, ein großes Ego.«

»Genau«, sage Bloom. »Diese Dinge können wir nicht beurteilen, ohne mit den Personen selbst zu sprechen.«

DS Green nickte, doch die finstere Miene blieb. »Sagen wir einfach mal, sie sind alle vier Psychopathen. Warum zum Teufel sollen sie ein blödes Spiel spielen?«

»Menschen, die diese antisozialen Züge besitzen, empfinden Gefühle weniger intensiv als wir anderen. Sie fühlen sich selten durch Angst oder Zwang dazu motiviert, sich anzupassen, daher basieren ihre Entscheidungen auf Grundlage der Frage: *Was bringt mir das?* Für sie ist das Leben ein Spiel. Sie sind oft äußerst wettbewerbsorientiert, fühlen sich ihren Mitmenschen überlegen und treffen Entscheidungen von einer total egoistischen Warte aus.«

»Dann würde sie ein Spiel also mehr ansprechen als normale Menschen?«, sagte DC Kaye Willis.

Bloom beschloss, das Konzept, dass es so etwas wie normale Menschen gibt, nicht infrage zu stellen. »Mehr noch. Wenn ich recht habe, dann wurde dieses Spiel speziell für sie konzipiert. Ich glaube, jemand hat Menschen mit diesen Zügen ausgewählt und sie zum Spielen aufgefordert.«

»Wie ausgewählt?«, fragte Barker.

»Ich weiß nicht. Dazu brauche ich Ihre Hilfe.« Bloom musterte DC Logan. »Könnte es etwas im Internet sein? Etwas, was ihre Entscheidungen und Verhaltensweisen überwacht? Oder sie sogar dazu bringt, einen Psychotest zu machen?«

»Wie zum Teufel macht man das, ohne dass die Leute Verdacht schöpfen?«, fragte DS Green.

»Die Leute machen andauernd Psychotests«, erwiderte DC Logan. »Für Marketingzwecke. Dann diese ganzen Pop-Quizze. ›Was für ein Tier bist du?‹ Sachen, die in den sozialen Medien angesagt sind. Die sind alle dazu gemacht, unsere persönlichen Daten zu sammeln.«

»Dann könnte also jemand seinen eigenen Psychotest ins Rennen schicken, um Psychopathen ausfindig zu machen?« Jameson schien sich allmählich für die Theorie zu erwärmen.

»Möglich. Ich kann mir die Internet-Aktivitäten der vier Personen anschauen und checken, ob sie an irgendwelchen Quizspielen oder Psychotests teilgenommen haben«, sagte Logan.

»Perfekt«, sagte Bloom.

»Und wie sicher sind Sie sich Ihrer Theorie?«, fragte Chief Superintendent Barker. »Wie viel Mühe sollen wir in diese Theorie stecken, im Verhältnis zu den anderen beiden?«

»Ich glaube, es wäre sinnvoll, zugunsten einer offenen Herangehensweise alle drei zu verfolgen. Aber es gibt noch ein Element, das meines Erachtens der dritten Möglichkeit zusätzliches Gewicht verleiht.« Bloom fasste in ihre Handtasche und zog eine Karte heraus, die sie an der Tankstelle erstanden hatte. Darauf war ein Häschen in einer roten Lokomotive abgebildet, und darüber stand YOU ARE ONE. »Ich glaube, ›Herzlichen Glückwunsch zum ersten Geburtstag‹ ist ein Wortspiel, vielleicht sogar ein Scherz. Ich glaube, damit wird eine Botschaft vermittelt, nämlich: ›Ich habe dich beobachtet und erkannt: *You are one* – du bist einer.‹ Auserwählt zu sein, würde die Herausforderung für einen egozentrischen, stark wettbewerbsorientierten und risikofreudigen Menschen nur noch berauschender machen.«

DC Kaye Willis lehnte sich vor. »Wollen Sie damit sagen, dass wir es mit vier Psychopathen zu tun haben, die da draußen irgendein krankes Spiel spielen und nicht wissen, warum?«

Jameson lächelte Willis an und wandte den Blick dann zu Bloom. »Oh nein. Was Dr. Bloom damit sagen will, ist, dass jemand Psychopathen auswählt, die ein Spiel spielen sollen, und dass schätzungsweise ein Prozent der Bevölkerung Psychopathen sind. Es gibt also noch viel mehr Spieler da draußen. Natürlich nur, wenn sie recht hat.«

Absolute Stille senkte sich über den Raum.

21

Die Mädchen waren in der Schule, und in Claires Küche sah es gleich viel ordentlicher aus: keine Spielsachen auf dem Fußboden oder verstreut auf dem Tisch liegende Buntstifte.

»Und wo ist Jane abgeblieben?«, erkundigte sich Jameson.

»Mit ihren Freundinnen in der Stadt beim Shoppen. Nicht, dass sie Geld hätte, das arme Ding. Ich habe ihr zwanzig Pfund gegeben, aber dafür kriegt sie ja nicht viel mehr als ein Mittagessen, oder? Sag mal, was soll denn die ganze Heimlichtuerei? Warum *Ich muss dich unbedingt unter vier Augen sprechen?*«, fragte Claire, indem sie eine ziemlich überzeugende Imitation ihres Bruders ablieferte.

Jameson unterdrückte seine aufwallende Panik. Es gefiel ihm nicht, dass Jane unbeaufsichtigt unterwegs war. Faye hatte ihren Mann umgebracht. Könnte Lana ihrer eigenen Tochter etwas antun?

»Es geht um unsere jüngste Theorie. Es wäre denkbar, dass Lana aufgrund ihrer Persönlichkeitsstruktur für dieses Spiel ausgewählt wurde.«

»Was meinst du damit?«

»Du weißt doch, all die Dinge, über die du immer geklagt hast? Dass sie eine verantwortungslose Mutter ist, dass sie zu viel trinkt und verrückte One-Night-Stands hat. Es könnte noch mehr dahinterstecken.«

»Und weiter.« Claire schlürfte geräuschvoll an ihrem Tee, genau wie ihre Mutter.

»Das wird dir jetzt nicht gefallen, Sis, aber Lana lügt seit Jahren. Sie ist noch nie vom Militär in Übersee stationiert worden, weil sie nie bei der Army war oder bei der Navy oder der Royal Air Force oder sonst irgendeiner militärischen Organisation.« Claire hielt abrupt in der Bewegung inne, die Tasse schwebte unter ihrem Mund. »Was? Wie bitte?«

»Sie war nie beim Militär oder der Regierung angestellt, weder offiziell noch im Geheimen. Ein alter Kollege, mit dem ich beim Geheimdienst zusammengearbeitet habe, hat sämtliche Datenbanken durchsucht. Er hat Lanas Daten durch all ihre Systeme gejagt, unter Verwendung von persönlichen Angaben, Fotoerkennung und Biometrie wie Fingerabdrücke und DNA – ohne Ergebnis.«

»Aber sie hat mir Bilder aus Afghanistan geschickt.« Claire stand auf und schnappte sich ihr iPad von der Arbeitsfläche. »Sie war dort bei fünf Einsätzen. Bei dreien davon habe ich auf Claire aufgepasst.« Claire reichte ihrem Bruder das iPad. Das Bild auf dem Bildschirm zeigte Lana in Tarnhose und einem sandfarbenen T-Shirt neben zwei männlichen Kameraden. Alle drei hielten eine Zigarette in der Hand und lächelten in die Kamera.

»Kannst du mir das schicken?«

Claire nahm das iPad und tippte ein paarmal darauf herum. »Schon erledigt.«

»Das klingt jetzt seltsam – und ich möchte nicht,

dass du panisch wirst –, aber würdest du sagen, dass Lana irgendwie unheimlich ist?«

»Unheimlich?«

»Du weißt schon. Finster und verschlagen. Gestört. So etwas.«

»Sie ist auf jeden Fall finster und verschlagen. Und auch ein bisschen gestört – sie konsumiert Alkohol und Drogen ohne Ende –, aber ich dachte immer, dass sie eben an PTBS leidet. Sie hat gesagt, sie hätte PTBS. Sie hätte schreckliche Dinge erlebt, und das würde einen Menschen verändern.«

»Aber sie hatte nichts erlebt. Hatte sie jemals ein schlechtes Gewissen?«

Claire zuckte die Achseln. »Bestimmt hatte sie das.«

»Aber hat sie es gezeigt?«

»Worauf willst du hinaus, Marcus? Hör auf, in Rätseln zu sprechen, und spuck's aus.«

Jameson schüttelte den Kopf. »Ich kann nicht, Sis. Erst wenn wir mehr wissen. Es wäre nicht fair gegenüber Lana oder Jane. Nur noch eine letzte Frage: Was weißt du über Lanas Vergangenheit? Wo hat sie gelebt, bevor sie hierhergezogen ist? Ich habe versucht, Janes Vater ausfindig zu machen, aber ich weiß ja nicht mal seinen Namen.«

»Ich habe seinen Namen irgendwo. Lana hat mir schon vor Jahren Janes Geburtsurkunde gegeben. Ich musste ihr einen Pass ausstellen lassen.«

Jameson hob fragend die Brauen.

»Sie hat einmal den Sommer über bei uns gewohnt, und wir wollten verreisen. Warte mal einen Moment.

Ich glaube, ich habe sie noch irgendwo oben.« Claire stand auf und ging hinaus.

Jameson wartete und hoffte, nicht zu viel verraten zu haben. Es bestand immer noch die Möglichkeit, dass Bloom sich damit irrte. Dann mussten sie Jane nicht sagen, dass ihre Mutter eine Psychopathin war.

Claire kehrte zurück, in der Hand ein langes pinkfarbenes Formular. »Da ist sie. Ich wusste, dass ich sie noch habe.«

Jameson nahm die Geburtsurkunde entgegen und wünschte, er wäre so organisiert wie seine Schwester. Ihre Mutter war genauso. Er überflog die Seite, und da, neben dem Wort »Vater«, stand »Thomas Lake«.

Als Jameson die Tür seines Autos öffnete, sah er eine vertraute Gestalt auf der Mauer vor dem Nachbarhaus sitzen.

»Claire hat gesagt, du wärst mit deinen Freundinnen in die Stadt gegangen.«

Jane musterte ihn aus roten geschwollenen Augen.

Er setzte sich neben sie auf die Mauer und legte ihr einen Arm um die Schultern. »Was ist denn passiert?«

»Ich habe gehört, wie Claire vorhin mit dir telefoniert hat. Du wolltest mit ihr sprechen, ohne dass ich dabei bin. Meine Mum ist tot, oder?«

»Oh, Jane.« Er umarmte sie ein bisschen fester. »Es gibt leider keine Neuigkeiten über deine Mum, weder gute noch schlechte.«

»Warum wolltest du dann allein mit Claire sprechen?«

»Pass auf, Schätzchen, du weißt, für Claire und Dan gehörst du zur Familie, genau wie für mich, also hast du ein Zuhause, egal, was passiert.«

»Beantworte meine Frage. Ich will wissen, was los ist. Sie ist meine Mutter.«

Jameson holte tief Luft. Jane hatte ein Recht darauf, zu erfahren, was sie wussten, aber er würde sich strikt an die Fakten halten. »Wir haben herausgefunden, dass deine Mum nicht beim Militär ist und es auch nie war.« Er hielt inne, damit sie das verarbeiten konnte.

Jane schwieg ein paar Augenblicke. »Woher kam dann unser Geld?«, fragte sie schließlich.

Jane war praktisch veranlagt. Er hatte einen Sturm entrüsteten Leugnens erwartet. »Das wissen wir nicht«, sagte er.

Jane runzelte die Stirn. »Warum sollte sie denn lügen?«

Die Eine-Million-Dollar-Frage. »Wir wissen es nicht.«

»Und was wisst ihr?«

»Wir wissen ...« Jameson zögerte. Er wählte seine Worte mit Bedacht. »Wir wissen, dass Faye Graham drei Monate nach ihrem Verschwinden noch lebt. Also ist sehr wahrscheinlich, dass deine Mum und die anderen auch noch am Leben sind.«

»Aber jemand hat ihren Mann umgebracht. Das habe ich in den Nachrichten gesehen. Woher wollt ihr wissen, dass er dasselbe nicht auch mit Faye gemacht hat?«

»Wir sind uns ziemlich sicher, dass Faye noch am Leben ist.«

»Woher wollt ihr das wissen? Ist sie zuhause?«

»Es tut mir leid, Jane. Wir bemühen uns wirklich sehr, und inzwischen werden wir auch von einem Team der Polizei unterstützt. Wir werden alles tun, um deine Mum zu finden, und in der Zwischenzeit werde ich auch versuchen, deinen Vater ausfindig zu machen.«

Jane sprang von der Mauer. »Nein!«, rief sie. »Das will ich nicht! Ich will ihn nicht sehen. Außerdem hast du gesagt, dass ich hier immer ein Zuhause haben würde. Ich will ihn nicht in meinem Leben haben. Ich will meine Mum.«

»Okay, okay.« Jameson hielt die Hände in die Höhe. »Keine Angst. Ich muss ihn aber auf jeden Fall finden. Ich muss ihm ein paar Fragen über die Vergangenheit deiner Mum stellen.«

Jane schlug sich die Hände vor den Mund. Ihre Augen wurden groß. »Du glaubst, er war es, oder? Du glaubst, er hat sie!«

»Nein, Jane. Nein. Das glauben wir ganz und gar nicht.«

Jane sah ihn an. »Ich glaube dir nicht. Du lügst.«

Jameson verschwieg mehr, als er sagte. Er stieß sich von der Mauer ab und legte beide Hände auf Janes Schultern. »Du hast uns um Hilfe gebeten, und wir tun, was wir können, aber du musst mir vertrauen. Kannst du das?«

22

27. März

Liebes Tagebuch,

dieses Miststück Claudia wird es noch bereuen, dass sie sich mit mir angelegt hat. Sie wird nicht erfahren, was ich getan habe – dafür bin ich zu schlau. Aber sie wird sich wünschen, sich zurückgehalten zu haben.

Sie hat gedacht, sie könnte die Sache zu ihrem Vorteil nutzen. Sie dachte, sie könnte die Gruppe auf ihre Seite ziehen. Sie hat ihnen erzählt, ich sei eine Gestörte, ein Monster oder so was, obwohl ich es war, die sie davor gerettet hat, erneut vergewaltigt zu werden. Nicht gerade die Art von Dankeschön, die ich mir erhofft hatte.

Aber ich weiß schon was. Sie muss lernen, vorsichtig zu sein. Der dröge Darren Shaw weiß es bereits – der Bleistift in seinem Hals hat einen Schlaganfall ausgelöst, also ist er jetzt mehr oder weniger Gemüse –, und bald wird Claudia es auch wissen.

Ich musste gar nicht viel tun. Nur ein paar Anrufe bei den anderen Mädels. Ich habe ihnen gesagt, wie sehr es mich verletzt hat, dass Claudia gelogen hat. Jeder von ihnen habe ich erzählt, dass ich nur *sie anrufe, dass sie meine beste Freundin ist, und sie haben es mir alle abgekauft, weil sie mich lieben. Dann habe ich ihnen ein paar von den Dingen erzählt, die ich Claudia zum drögen Darren habe sagen hören. Zum Beispiel wie sehr sie ihn liebt und wie sehr sie ihn will. Natürlich alles gelogen, aber ein wenig Zweifel war schon genug ... und die arme kleine Claudia wurde zur Ausgestoßenen.*

Und glaubt mir, es kommt noch mehr auf diese kleine Verräterin zu.

Seraphine lehnte sich zurück und las ihren Tagebucheintrag noch einmal durch. Dr. Bloom hatte recht. Es war befreiend, einfach für sich selbst zu schreiben. Sie konnte all ihre Siege in einem kleinen Buch vereinen und sie erneut durchleben und genießen, wann immer sie Lust dazu hatte.

23

Bloom saß mit untergeschlagenen Beinen auf dem breiten Sessel in der Ecke ihres Schlafzimmers und las *Gehe hin, stelle einen Wächter,* als ihr Telefon klingelte. Es machte ihr nichts aus, unterbrochen zu werden. Sie wusste nicht einmal, ob ihr das Buch gefiel. Es war kein *Wer die Nachtigall stört.*

»Bloom«, sagte sie anstelle eines Grußes.

»Augusta. Hier spricht Steve Barker. Entschuldigen Sie die späte Störung, aber ich hatte einen Anruf von unserem Chief Constable, und er will wissen, warum wir in dieser Geburtstagskarten-Vermisstensache ermitteln.«

»Wie haben sie denn davon erfahren?«

»Als DC Logan anfing, im Internet nach relevanten Hinweisen zu suchen, ging eine Alarmglocke los.«

»Dann waren sie bereits über den Fall informiert?«

»Ja und nein. Offenbar wird auch jemand aus unseren Reihen vermisst: ein DCI von der Polizei Merseyside. Er ist drei Schichten nacheinander nicht zum Dienst erschienen, also hat sein Chef zwei Beamte losgeschickt, damit sie bei ihm zuhause nachschauen. Dort haben sie eine dieser Karten gefunden.«

»Wann?«

»Letzte Woche. Am Mittwoch. Der Kollege hat eine etwas schillernde Geschichte. Es wurde dreimal gegen ihn ermittelt. Als junger Polizist geriet er wegen der

Vertuschung der Hillsborough-Sache unter Verdacht. Dann stand vor zehn Jahren der Vorwurf der versuchten Vergewaltigung im Raum. Er kam von einer Zeugin in einem seiner Fälle. Sie hat die Anzeige schließlich zurückgezogen. Und erst kürzlich wurde erneut gegen ihn ermittelt. Es gab Gerüchte, er hätte von einem kriminellen Familienclan aus der Gegend Bestechungsgelder angenommen und im Gegenzug ein Auge zugedrückt.«

»Aha.« Bloom klappte ihr Tablet auf. »Können Sie mir auch seinen Namen nennen?«

»Detective Chief Inspector Warren Beardsley.«

»Sonst noch was von Ihrem Polizeipräsidenten?«

»Dass wir aufpassen sollen, was wir sagen. Und wem wir es sagen. Seine Priorität ist unser Bild in der Öffentlichkeit.«

Einen Moment lang wurde es still in der Leitung, doch dann sagte Barker noch etwas. »Ich habe das schreckliche Gefühl, dass Sie in dieser Sache richtigliegen könnten, Augusta.«

Während Bloom mit Chief Superintendent Barker sprach, bemühte Lana Reid sich darum, es sich unter einer gestohlenen Decke, die nach abgestandenem Bier und Urin stank, in einem Ladeneingang bequem zu machen. Sie hatte schlechte Zielobjekte ausgewählt; das war das Problem. Einen Banker und einen Anwalt. Das war zu ehrgeizig gewesen. Sie waren nicht begeistert von ihrer Trinkerei – man ging früh zu Bett und am Morgen zur Arbeit –, und sie waren auch erbarmungslos. Der Anwalt hatte sie vor zwei Stunden rausgeworfen und sich geweigert, ihr die Sachen zu geben, die sie im Lauf der letzten zwei Wochen angesammelt hatte. Er meinte, das sei die Entschädigung für die Ärgernisse, die er über sich ergehen lassen musste. Sie hätte ihn eigentlich ausnehmen, sein Geld stehlen und ihn manipulieren sollen.

Es war die Trinkerei. Sie musste damit aufhören. Sie war besser als das. Eigentlich müsste sie dieses Spiel mit links meistern.

Manchmal ertrug sie die Langeweile des Lebens einer alleinerziehenden Mutter im Vorort einfach nicht mehr. Dann nahm sie Reißaus – nur für ein paar Monate – und schuf sich ein separates Leben. Sie suchte sich einen Mann, hielt ihn hin, manipulierte ihn, lebte von ihm, wie auch immer man es nennen wollte. Sie war gut darin, emotional bedürftige wohlhabende Männer zu finden, die auf ihre spezielle Art von Sexyness standen – die verletzliche Heldin. Sie genoss diese Rolle in vollen Zügen. Doch sie konnte Jane nie ganz verlassen. Jane war ihr Kind, ihre Verantwortung, und so kehrte sie jedes Mal irgendwann wieder nach Hause zurück.

24

Jameson erwog, auf dem Weg zur Arbeit über die Hauptstraße zu gehen, am Gebäude der Britischen Ärztevereinigung vorbei, doch stattdessen nahm er Blooms gewohnte Route, indem er links von der Euston Road abbog und durch die ruhigeren Seitenstraßen ging. Es war eine glückliche Wahl. Ein paar Minuten vom Büro entfernt stieß er auf ein kleines Café namens Fork. Mit seinen gefliesten Trennwänden, der hellen Holztäfelung und den hohen Bogenfenstern erinnerte es ihn an die Cafés auf dem Kontinent. Und dort, in der Schlange vor dem Tresen, stand Dr. Sarah Soundso. Sie trug ein schlichtes schwarzes Kleid und schwarze Absatzschuhe, die ihre trainierten Waden zur Geltung brachten. Das blonde Haar hatte sie zu einem ordentlichen Knoten hochgesteckt.

»Hallo noch mal«, sagte Jameson und stellte sich auch in die Schlange.

Sie wandte sich um. »Oh«, sagte sie verwirrt. »Hallo.«

»Marcus Jameson. Wir haben uns neulich im Marquis kennengelernt. Sie waren mit Steph Chambers dort.« Es enttäuschte ihn nur minimal, dass sie sich nicht an ihn erinnerte.

»Tut mir leid«, sagte sie lächelnd. »Ich habe in letzter Zeit so viele neue Leute kennengelernt, dass sie alle zu einer einzigen Person verschmolzen sind!« Damit wandte sie sich wieder dem Tresen zu und bestellte einen Flat White.

Autsch, dachte Jameson.

»Ja?«, sagte das Mädchen hinter dem Tresen.

»Einen großen Latte macchiato zum Mitnehmen, bitte«, sagte er.

»Nur Einheitsgröße.« Das Mädchen hatte einen starken osteuropäischen Akzent. Sie zeigte mit der Hand auf die Tafel hinter ihr.

Sarah nahm ihren Kaffee vom Tresen. Gleich würde sie gehen. Er reichte der Tresenfrau einen Fünfer und rief dann Sarah nach: »Ist der Kaffee gut?«

Sie drehte sich zu ihm um. »Wie bitte?«

»Ist er gut? Der Kaffee? Ich war noch nie hier.«

»Ja.« Sie zog die Tür auf.

»Dann sehe ich Sie ja hier vielleicht wieder«, sagte er.

Mit einem kleinen Nicken verschwand sie.

Jameson nippte an seinem Kaffee. Sie hatte recht. Er schmeckte ziemlich gut. Ein zweiter Grund, das hier zu seinem Stammcafé zu machen.

»Gut' Morgen, Sheila«, sagte Jameson, als er das kleine Büro betrat.

»Gut' Morgen, Bruce«, antwortete Bloom. »Setz dich. Das musst du hören.« Jameson hockte sich auf die Kante seines Schreibtischs. »Wir haben noch einen Mitspieler. Einen Kripomann aus Merseyside. Er ist letzte Woche verschwunden, und Kollegen haben die Karte in seiner Wohnung gefunden.«

»Ein Polizist?«

»Noch dazu ein ziemlich zwielichtiger. Es wurde bereits wegen allem Möglichen gegen ihn ermittelt, von Korruption bis hin zu versuchter Vergewaltigung.«

Jameson pfiff durch die Zähne.

»Es ist keine Seltenheit, dass sich in den oberen Riegen beruflicher Hierarchien Menschen mit psychopathischen Charakterzügen befinden. Ich nehme also an, dass das nicht unser letzter Spieler sein wird, der eine einflussreiche Stellung bekleidet.«

»Da habe ich in früheren Zeiten auch unter einigen gearbeitet«, sagte Jameson und schaltete seinen Laptop ein. »Ich habe den Namen von James' Vater. Thomas Lake. Claire wusste ihn schon die ganze Zeit.«

»Wie hat sie die Neuigkeit aufgenommen?«

»Über Lana? Sie konnte es nicht fassen. Sie hat mir ein Foto gezeigt, das ihr Lana aus Afghanistan geschickt hat. Ich warte auf eine E-Mail von ... Mhm. Laut meinem Fachmann mit Photoshop bearbeitet. Er hat das Original gefunden.« Jameson lehnte sich näher zu seinem Bildschirm. »Sie hat ihren eigenen Kopf eingefügt. Hat es sogar ziemlich gut gemacht.«

»Sie ist clever. Das lässt sich nicht bestreiten.«

»Aber wo zum Teufel war sie dann in all den Jahren?«

»Es ist nicht ungewöhnlich für Psychopathen, ein Doppelleben zu führen – oder sogar ein Dreifachleben. Sie könnte noch eine andere Familie parallel laufen haben. Manche männlichen Psychopathen haben Dutzende von Kindern aus mehreren Ehen, manchmal über die ganze Welt verstreut. Sie sind wirklich beeindruckend und wissen ihre Spuren zu verwischen.«

»Du stehst auf Psychopathen, was?«

Bloom tat entrüstet. »Ich habe ein gesundes Interesse an ihnen. Und es ist mein Job. Außerdem«, fuhr sie fort, »ist es nützlich, Personen zu verstehen, die sich schwer damit tun, wie wir zu denken und zu fühlen.«

Jameson wandte sich wieder seinem Laptop zu. »Wie gesagt, du stehst auf sie. Während es mich fertigmacht, dass die Gewissenlosen da draußen rumlaufen und ihre Angehörigen abschlachten.«

»Das wissen wir nicht. Mir fällt es schwer zu glauben, dass Faye als Erste mit dem Spiel begonnen und es als Erste abgeschlossen hat. Es muss noch andere geben.«

»Mag sein. Aber Morde passieren andauernd. Vielleicht hat die Polizei die Verbindung übersehen. Wir sollten Schutz für Jane und die anderen Familien beantragen. Wenn wir die Polizei nicht dazu überreden können, die Kosten zu übernehmen, dann habe ich auch ein paar alte Kumpel, die jetzt auf eigene Rechnung arbeiten.«

»Ich glaube, da tust du unseren Freunden und Helfern unrecht. Wenn es andere Todesfälle in diesem Zusammenhang gegeben hätte, wüssten wir bestimmt davon.«

»Dürfen wir dieses Risiko eingehen? Wir sollten davon ausgehen, dass andere Spieler es Faye nachtun werden.«

»Gut, dann sprich mit der Polizei.«

»Und was hat dich auf die Idee gebracht, dass Faye eine Psychopathin ist? Doch nicht die Kleine, die den Tiger geschwenkt hat?«

»Doch. Mir waren aufgrund unserer Befragungen ein paar gemeinsame Charakterzüge aufgefallen, aber nichts allzu Beunruhigendes. Aber als Fred Julias mangelnde Angst erwähnt hat, hat es bei mir klick gemacht. Ich habe mich selbst gefragt, warum Julias Furchtlosigkeit Faye aufgehalten hat. Faye muss gesehen haben, dass Freddie Angst hatte. Sie hat diese Angst sicher erkannt, aber ich glaube nicht, dass sie sie verstanden hat. Doch als Julia fauchend auf sie zugegangen ist – das hat sie verstanden.«

»Sie hat sich selbst in Julia gesehen?«

»Ich glaube, die meisten Sechsjährigen wüssten instinktiv, dass etwas nicht stimmt. Julia hat vielleicht den Mord an ihrem Vater nicht mit angesehen, aber ihre Mutter muss voller Blut gewesen sein und ein Messer in der Hand gehalten haben.«

»Doch sie hatte keine Angst.«

»Genau.«

Jameson sah entsetzt drein. »Kann ein Kind überhaupt schon ein Psychopath sein?«

Bloom atmete langsam aus. »Manche würden das bejahen. Ich persönlich glaube, dass wir mit bestimmten Tendenzen zur Welt kommen, die durch unsere Erfahrungen entweder verstärkt oder geschwächt werden. Aber es könnte ein paar Charakterzüge geben, die von Geburt an festliegen.« Sie dachte an Seraphine. Das Mädchen hatte seine Eltern mehrmals als »sagenhaft« bezeichnet, doch das Attribut hatte immer zu übertrieben gewirkt, um ehrlich gemeint zu sein, und sie konnte es auch nie mit irgendwelchen Beispielen dafür untermauern, inwiefern sie sagenhaft waren. Das wahre Wesen von Seraphines Familienleben blieb ein Geheimnis.

»Dann können potenziell psychopathische Züge also unter den geeigneten Umständen unterbunden werden?«

»Das habe ich nicht gesagt. Es gibt Belege dafür, dass das Gehirn eines erwachsenen Psychopathen ganz anders funktioniert als das von anderen Erwachsenen, doch es ist unmöglich zu sagen, ob diese Unterschiede angeboren sind. Manche teilen deine Befürchtung und sagen, dass Psychopathen von Natur aus die Raubtiere der Spezies Mensch sind – aber sie sind auch unsere wildesten Abenteurer, unsere Risikofreudigen, diejenigen, die bereit sind, über einen Ozean zu segeln, ohne zu wissen, was auf der anderen Seite ist.«

»Dann würdest du also sagen, dass sie etwas beitragen? Dass sie wichtig sind?«

»Sie arbeiten als Ärzte, Soldaten, Feuerwehrleute und Unternehmer. Viele leisten einen positiven Beitrag zur Gesellschaft. Sicher, manche stehlen, manche töten, aber die meisten nicht. Ich glaube, das Problem hier ist, dass dieses Spiel zu antisozialen Entscheidungen ermuntert.«

»Wir müssen aufhören, über das Spiel nachzudenken.«

»Wie bitte?«

»Du hast gesagt, dass das Spiel zu antisozialen Entscheidungen ermuntert. Aber es ist nicht ›das Spiel‹, oder? Es ist die Person, die hinter dem Spiel steht.«

»Das stimmt.«

»Weil er oder sie auch ein Psychopath ist. Das denkst du doch, oder?«

Bloom sah Jameson an. Ihr gefiel, dass er schnell war; das war eine seiner wertvollsten Eigenschaften. »Ich nehme es an. Um latente Psychopathen zu rekrutieren ...«

»Und sie zu korrumpieren?«

Bloom nickte. »Man braucht ein umfassendes Wissen darüber, was sie motiviert.«

»Und was ist das Motiv? Glaubst du, sie werden für irgendetwas trainiert?«

»Das ist meine Befürchtung.«

»Mein Gott, Bloom!«

»Sie alle nach Hause zu schicken, damit sie ihre Ehemänner oder Ehefrauen umbringen, ist zu ... langweilig. Was hätte denn der Strippenzieher davon?«

»Macht?«

»Mag sein«, sagte Bloom. »Aber ich glaube, es steckt mehr dahinter. Dieses Spiel ist ehrgeizig, und es ist ausgefallen. Es geht um mehr als Macht.«

25

»Dr. Bloom hat recht«, sagte DC Craig Logan.

Jameson verdrehte die Augen. Bloom zuckte die Achseln. Sie konnte es sich nicht verkneifen.

Sie befanden sich in einer Telefonkonferenz mit Chief Superintendent Barker, DC Logan, DI Carly Mathers und DC Kaye Willis. DC Logan hatte das Internet nach Fragespielen durchforstet, die Psychopathen ansprechen könnten, und etliche passende gefunden. Es gab einen auf Psych Central – »Der Psychopathentest« –, während einige andere auf verschiedenen Social-Media-Plattformen herumgeisterten: »Welcher Achtzigerjahre-Film wärst du?« und »Bist du ein Genie?«

»Und ich habe leider noch weitere vierzig Personen gefunden, die verschwunden sind, nachdem sie eine dieser Karten bekommen haben«, fuhr DC Logan fort. »Tendenz steigend.«

»*Vierzig?*«, hakte Barker mit blecherner Stimme nach. »Wie in vier-null?«

»Ja, Sir. Vier-null. Ich habe Jane Reids Internet-Ansatz wiederholt und nachgefragt, ob irgendjemand verschwunden ist, nachdem er oder sie eine seltsame Geburtstagskarte bekommen hat. Die Anfrage habe ich über mehrere Accounts auf verschiedenen Plattformen gepostet. Und es wurden mir mindestens vierzig weitere Vermisstenfälle bestätigt.«

»Aber hoffentlich nicht als Polizeibeamter, oder?«, fragte Barker.

»Nein. Mit einer falschen Identität. Als junger Mann, der nach seiner Schwester sucht. Ich habe keine speziellen Einzelheiten erwähnt – das Aussehen der Karte, den genauen Wortlaut oder das Vorhandensein einer Klebestelle –, damit ich die Schwindler aussortieren kann.«

»Wann hat die erste Person eine Karte erhalten?«, fragte Jameson.

»Das ist ja das Merkwürdige. Die erste Person ist vor über einem Jahr verschwunden.«

»Und was ist nun der nächste Schritt?«, fragte Barker.

»Craig und ich werden weiter die Reaktionen überwachen«, sagte DI Mathers. »Und wenn Dr. Bloom und Mr Jameson vielleicht einen Blick auf die Psychotests werfen könnten?«

»Das machen wir gleich«, erklärte Bloom. »Wurden welche davon von unseren ersten vier Spielern ausgefüllt?«

»Ja«, antwortete DC Logan. »Ich schicke Ihnen eine Liste, auf der steht, wer was gemacht hat, aber kurz gesagt haben alle vier mindestens einen der Psychotests bearbeitet.«

»Haben Sie im Darknet gesucht, Craig?«, fragte Jameson.

»Ja«, sagte DC Logan. »Dort finden sich keine Hinweise auf das Geburtstagskartenspiel, soweit ich es beurteilen kann. Wenn es eine Website oder ein Forum gäbe, hätte ich mittlerweile etwas entdeckt.«

»Apropos«, meldete sich DC Kaye Willis zu Wort. »Ich habe ein Update in Bezug auf Faye Grahams Telefonnutzung. Da ist auch nicht viel zu finden. Kurz nachdem sie verschwunden ist, hat sie 315 Megabytes Datenvolumen verbraucht, doch seitdem sind keine Aktivitäten verzeichnet.«

»Wahrscheinlich werfen sie ihr bisheriges Handy weg und besorgen sich ein unregistriertes«, sagte DC Logan. »Damit können sie dann auf alles zugreifen, was sie für das Spiel brauchen.«

»Können wir herausfinden, wofür die 315 Megabytes verbraucht wurden?«, fragte Jameson.

»Ich habe die Telefongesellschaft schon um Details gebeten. Die müssten wir heute oder morgen bekommen«, sagte Willis.

»Gute Arbeit«, sagte Barker. »Reden wir morgen noch mal.«

»Jetzt haben sie ihm also einen Namen gegeben«, sagte Jameson, nachdem sie die Telefonkonferenz beendet hatten. »Geburtstagskartenspiel. Griffig.«

»Oder auch nicht.«

»Vierzig Mitspieler.«

»Tendenz steigend«, sagte Bloom.

Die nächsten Stunden verbrachten sie damit, die Fragebögen von DC Logan zu analysieren. Die, welche offen als Psychopathentests auftraten, waren zu offensichtlich und daher viel zu leicht durch die Testpersonen manipulierbar. Für den Fragesteller wäre unerlässlich, dass die potenziellen Spieler die Fragen ehrlich beantworteten, weshalb sie das Motiv hinter den Fragen nicht erkennen durften. Die Psychotests in den Sozialen Medien waren da schon vielversprechender. Dazu zählten »Wie überzeugend bist du?«, »Der Fünf-Minuten-Persönlichkeitstest« und Blooms persönlicher Liebling »Welcher griechische Gott wärst du?« Der Letztere umfasste kluge Fragen, mit denen Rachsucht und Rücksichtslosigkeit festgestellt werden konnten. Die vier Spieler, die Bloom und Jameson ausgeforscht hatten, hatten jeder mehrere ähnliche Fragespiele gemacht und ihre Ergebnisse im Internet gepostet. Bloom markierte die Tests und sandte sie an DC Logan zurück, versehen mit der Bitte, weitere ähnliche ausfindig zu machen. Für ein aussagekräftiges Profil bräuchte man mehrere bearbeitete Tests.

26

Jameson hatte sich in den letzten Tagen ein wenig mit Alina, der lettischen Barista, angefreundet, doch Dr. Sarah Soundso war nicht wieder erschienen. Er saß da, blätterte die *Metro* durch und hoffte, dass sie auftauchte, doch er musste ins Büro, um gemeinsam mit DC Akhtar die Zeugen von Stuarts Autounfall telefonisch zu befragen. Mit etwas Glück könnten sie bis zum Abend eine Beschreibung ihres Strippenziehers haben.

»Danke, Alina«, rief er und ging hinaus.

Am Ende des Häuserblocks kam ihm jemand entgegen – Dr. Sarah Soundso.

»Hallo«, sagte sie. Ihr Tonfall klang höflich, doch ihre Augen schrien *Stalker*.

»Sie hatten recht mit dem Kaffee«, sagte Jameson. »Nur der Name ist blöd.« Er grinste zum Schild des Cafés hinauf.

Sarah folgte seinem Blick und sah fragend drein.

»Die Besitzer sind keine Engländer«, sagte er. »Sie wissen nicht, dass ›Fork‹ leicht klingen kann wie – na ja, Sie wissen schon.«

»Verstehe«, sagte Sarah und blickte erneut zu dem Schild hinauf.

»Wie auch immer«, sagte er, »einen schönen Tag noch.« Er drehte sich um und ging davon, so schnell er konnte.

Die telefonischen Ermittlungen verliefen absolut unbefriedigend. Die erste Befragte war der festen Überzeugung, dass ein großer, schlanker Mann mit bräunlichem Teint und in einem teuren Anzug aus dem anderen Auto ausgestiegen sei und Stuart einen weißen Umschlag überreicht habe, während dieser noch in seinem beschädigten Fahrzeug saß. Sie sagte, es seien keine Worte gewechselt worden und der große Mann sei zu seinem weißen Land Rover Discovery zurückgegangen und davongefahren. Sie vermutete, es habe etwas mit Drogen zu tun. Der zweite Zeuge äußerte sich erheblich anders. Er war mit seinem Transporter unterwegs gewesen und hatte fest auf die Bremse treten müssen, um nicht gegen Stuarts Wagen zu prallen, als dieser sich in seinen Weg schob. Er erinnerte sich an einen hellhäutigen, mittelgroßen Mann, der aus einem weißen Land Rover Discovery ausgestiegen sei und mit Stuart Daten ausgetauscht habe. Er erinnerte sich, dass ein kleines Stück Papier übergeben worden war. Er hatte es für eine Visitenkarte gehalten. Der dritte Zeuge hatte den Zusammenstoß gesehen und war rechts rangefahren, um die Polizei zu verständigen. Als er dann aus seinem Auto stieg, war der weiße Land Rover verschwunden. Er ging auf Stuart zu, um ihm zu sagen, dass die Polizei schon unterwegs sei. Er hatte Stuart nicht davongehen sehen.

»Die Leute sehen nie das Gleiche«, sagte DC Akhtar. »Das Beste, was man sich erhoffen kann, ist, dass sie einander nicht komplett widersprechen.«

»Genau das haben sie aber getan«, sagte Jameson

frustriert. Der einzige Konsens bestand darin, dass ein weißer Land Rover gegen Stuarts Auto geprallt war und beide Fahrer vom Unfallort verschwunden waren, ehe die Polizei eintraf. »Wie machen wir diesen Typen ausfindig?«

»Niemand hat das Kennzeichen des Land Rovers aufgeschrieben. Die Kollegen der West Yorkshire Police checken die Überwachungskameras, aber darauf würde ich nicht setzen.«

»Bevor Sie auflegen«, sagte Jameson, »darf ich Sie bitten, in Ihrer Datenbank nach jemandem zu suchen? Er heißt Thomas Lake. Alter schätzungsweise zwischen fünfunddreißig und fünfundvierzig. Er könnte vor etwa fünfzehn Jahren mal im Großraum London wegen Trunkenheit oder Drogen festgenommen worden sein.«

»Thomas Lake. Ist notiert.«

»Und schauen Sie auch nach häuslicher Gewalt oder irgendwelchen anderen Gewaltvergehen. Soweit ich gehört habe, gilt er als aufbrausend.«

»Wer ist er? Ein weiterer Spieler?«

»Ich hoffe nicht. Er ist Jane Reids Vater. Ich habe im Wählerverzeichnis für Groß-London nachgesehen, und da steht er nicht mehr drin, also muss er umgezogen sein.«

»Ich werde sehen, was ich tun kann.«

Während Jameson und DC Akhtar die Zeugen seines Unfalls befragten, saß Stuart Rose-Butler in einem gemieteten BMW auf einem Parkplatz nahe der Entbindungsstation des Airedale Hospitals in Yorkshire. Er hatte Libby über Facebook im Auge behalten und gestern Nachmittag die Glückwünsche eintreffen sehen. Offenbar hatte er einen Sohn.

Eigentlich hatte er hineingehen wollen, doch während der Fahrt war er von diesem Vorsatz wieder abgekommen. Er war in der Spielertabelle rasch aufgestiegen, und sein Leben war ein Traum. Nun lebte er in der schicken Wohnung von Harriet Goodway, der Frau, die er in der Halle des Principal Hotels aufgegabelt hatte, und zapfte nach und nach Geld von ihrem Sparkonto ab. Er hatte ihren kleinen Freundeskreis infiltriert und sorgte dort für so viel Streit und Chaos wie möglich. Außerdem war er sich ziemlich sicher, dass er Harriets engste Freundin ins Bett kriegen würde.

Es war befreiend, nach seinen eigenen Regeln zu leben und endlich seine Talente einzusetzen. Geradezu schwachsinnig wäre es, in sein altes Leben mit Libby zurückzukehren. Dann müsste er diese Freiheit aufgeben und auf den Nervenkitzel verzichten. In den Augen seiner Konkurrenten wäre er somit ein Abbrecher. Und er wollte nie wieder ein Abbrecher sein.

Und so saß er mit einem tief in die Stirn gezogenen Hut auf dem Parkplatz und wartete. Er wollte nur einen Blick auf seinen Sohn werfen, dann würde er wieder fahren.

27

Als könnte sie kein Wässerchen trüben. Das hatte ihre Oma andauernd gesagt, doch Seraphine hatte es bisher nicht verstanden.

»Ich weiß, was Sie mit ›außerordentlich‹ meinen«, sagte Seraphine. »Ich habe Ihre Doktorarbeit gefunden.«

Sie hatte eine Entschuldigung erwartet. Das war das, was normalerweise geschah, wenn sie jemanden ertappte. Doch Bloom saß einfach da und lächelte, *als könnte sie kein Wässerchen trüben.*

»Ich habe gesagt, ich weiß, was Sie meinen. Ich weiß, was Sie gemacht haben.«

»Und was ist das, Seraphine?«, fragte Dr. Bloom, die ungerührt weiterlächelte.

»Sie haben versucht, mich zu überrumpeln. Sie wollten mich reinlegen.«

Dr. Bloom neigte den Kopf ein wenig nach links. »Und warum sollte ich das tun?«

Sie war so gelassen. Warum? Seraphine wurde immer ärgerlicher. »Damit Sie es meinen Eltern und meinen Lehrern und wahrscheinlich der Polizei erzählen können.«

»Verstehe«, erwiderte Dr. Bloom. »Sei versichert, dass ich nichts dergleichen tun werde.«

Seraphine starrte sie an, doch Dr. Bloom reagierte nicht. Auch das war ungewöhnlich. Andere Leute wandten sich fast immer von Seraphines starrem Blick ab.

Dr. Bloom lehnte sich vor. »Was glaubst du denn, was ich mit ›außerordentlich‹ meine?«

»Dass ich eine Art Monster bin.«

»Und warum sollte ich das denken?«

»Weil das Ihr Spezialgebiet ist ... psychisch gestörte Serienmörder.«

Bloom lehnte sich zurück und runzelte schließlich die Stirn. »Nein, das stimmt nicht. Ich habe mich mit Teenagern und jungen Erwachsenen mit speziellen Charakterzügen beschäftigt. Das waren keine Serienmörder; keiner von ihnen hatte je einen Mord begangen.«

»Warum?«

»Mich interessiert, was zum Menschsein dazugehört. Und ich will einen extremen Aspekt des Menschseins untersuchen, einen, den ich für sehr aufschlussreich halte.«

»Nein. Nicht das. Ich meine, warum haben sie niemanden ermordet?«

»Weil sie sich dagegen entschieden haben.«

»Oder vielleicht, weil niemand sie wütend genug gemacht hat.«

Bloom schürzte ganz leicht die Lippen. »Oder auch das – ja.«

»Und Sie glauben, ich bin eine von diesen Gestörten, nur weil ich mich verteidigt habe?«

»Es ist völlig unwichtig, was ich glaube. Wichtig ist, was *du* glaubst oder was du über dich weißt und darüber, inwiefern du dich von anderen Menschen unterscheidest. Du hast gesagt, ich hätte dich reingelegt, aber ich habe dir nichts Neues offenbart. Du hast längst gewusst, dass du anders bist. Du strengst dich sehr an, um es zu kaschieren, und – wenn ich das so sagen darf – das schaffst du mit einem beeindruckenden Maß an Selbstbeherrschung für ein so junges Mädchen.«

»Warum bin ich dann hier, wenn Sie mir nur das sagen, was ich schon weiß?« Gab sie zu viel preis? »Falls das überhaupt zutreffen sollte.«

»Damit du eine Person hast, die auf deiner Seite steht und bereit ist, dir zu helfen.«

»Mir wobei zu helfen?«

Bloom sah sie an. »Dir dabei zu helfen, eine Wahl zu treffen, Seraphine«, sagte sie.

28

Chief Superintendent Steve Barker hatte tägliche Telefonkonferenzen festgesetzt. Bloom wählte sich ein und lauschte der Musik in der Leitung. Eigentlich hatte sie nach ihrer Einzelsitzung schnell zurückkehren und sich gemeinsam mit Jameson einwählen wollen, doch der Termin hatte länger gedauert als geplant.

Sie setzte die Kopfhörer auf, überflog beim Warten ihre E-Mails und öffnete die Nachricht von der Staatsanwaltschaft. Ihrem Klienten wurde schwere Körperverletzung zur Last gelegt. Es gab allerdings keine Beweise für einen Verletzungsvorsatz.

Als sich Barker meldete, schloss Bloom ihren E-Mail-Account.

In einem ernüchternden Update teilte DC Logan den anderen mit, dass das Geburtstagskartenspiel mindestens 109 Spieler hatte. Tief im Darknet hatte er endlich die Website des Spiels ausfindig machen können, doch bis jetzt verweigerte sie sich sämtlichen Zugriffsversuchen. DC Kaye Williams wartete noch auf Nachricht hinsichtlich der Datennutzung von den verschiedenen Telefonanbietern, doch sie konnte bereits bestätigen, dass Stuart, Grayson und Lana in den ersten Stunden nach ihrem Verschwinden alle etwas Ähnliches heruntergeladen hatten. Während Barker die Prioritäten für die nächsten Tage erläuterte, gingen bei Bloom drei verpasste Anrufe von derselben Londoner Nummer ein.

Irgendjemand wollte sie dringend sprechen. Sie hörte ihre Mailbox ab. Ein Dr. Claude Fallon von der Verwaltungskammer für Gesundheits- und Heilberufe bat sie, ihn baldmöglichst zurückzurufen.

Der Dachverband für Psychologen war eine passive Regulierungsbehörde. Bloom hatte noch nie einen Anruf von dort bekommen, seit der Verband die Aufgaben der Britischen Psychologenvereinigung übernommen hatte. Doch sie kam der Bitte nach und rief zurück.

»Dr. Claude Fallon.« Der Mann hatte eine tiefe Stimme und einen selbstsicheren Tonfall. Bloom schätzte ihn auf Mitte fünfzig, vielleicht sogar älter.

»Hier ist Dr. Bloom, Sie haben mich um Rückruf gebeten.«

»Ah ja, Dr. Bloom. Es gibt leider ein Problem. Bei uns ist eine ziemlich gravierende Beschwerde hinsichtlich Ihrer fachlichen Eignung eingegangen.«

»Wie bitte?«

»Ja. Wir haben sie an unser Schiedsgericht für Gesundheits- und Heilberufe weitergeleitet, das HCPTS.«

»Ohne zuerst mit mir zu sprechen? Worum geht es überhaupt?«

»Es ist eine ziemlich heikle Angelegenheit, daher waren wir der Meinung, dass die Sache in diesem Stadium von den Experten bearbeitet werden sollte. Ich würde Ihnen raten, sich selbst auch sachkundige Beratung zu besorgen ... oder vielmehr juristischen Beistand.«

Blooms Schock wich dem Ärger. »Wer hat die Beschwerde eingereicht? Und worum geht es genau?«

»Ich kann Ihnen leider am Telefon nicht mehr sagen.«

»Sie können mich vor ein Schiedsgericht zitieren, aber Sie können mir nicht sagen, weshalb? Das ist ja lächerlich. Ich verlange eine Auskunft.«

»Das HCPTS wird sich bei Ihnen melden, um Ihnen das Verfahren zu erläutern und Sie über die erforderlichen Einzelheiten zu informieren. Ich rufe Sie nur aus Höflichkeit an.«

»Aus Höflichkeit?«

»Wie gesagt, das HCPTS wird sich bei Ihnen melden«, sagte Dr. Claude Fallon, und schon war die Verbindung unterbrochen.

Es war unbegreiflich. Mit wem hatte sie in letzter Zeit beruflich zu tun gehabt? Wer könnte derartige Einwände gegen ihre Beratungstätigkeit haben? Wer könnte ihr dermaßen grollen?

Sämtliche Fragen führten nur zu einer einzigen Antwort: Dave Jones, der Mann, der den asexuellen Jamie Bolton beschuldigt hatte, sich an seine zwölfjährige Tochter Amy herangemacht zu haben. Das hatte ihr gerade noch gefehlt.

29

Lana gestand es sich nur widerwillig ein, doch ihr jüngster Gegner spielte in einer anderen Liga. PV hatte bereits Beweise für seinen neuesten Triumph gepostet, Bilder einer schlafenden alten Dame, die er übers Ohr gehauen hatte und deren Auge ein großer violetter Bluterguss zierte. Angehängt hatte er auch ein Foto des Bargelds, das er ihr für irgendeinen noch unerledigten Pseudojob abgeknöpft hatte, sowie einen Kontoauszug, der eine Überweisung von 42 300 Pfund von ihrem Bankkonto auf sein Phantomkonto belegte. Lana hatte noch nicht einmal ein Zielobjekt aufgetrieben. Sie würde – schon wieder – in der Spielertabelle abrutschen und einen Gegenspieler aus einem niedrigeren Level zugeordnet bekommen, jemanden, der sie wie PV locker weghauen würde. Warum konnte sie nicht aufhören zu trinken? Dreizehn der letzten vierundzwanzig Stunden hatte sie an die Flasche verloren.

Die Antwort kam ihr mit absoluter Klarheit.

Sie schaffte es nicht allein. Ihr Wille allein genügte nicht, um nüchtern bleiben. Sie brauchte Hilfe.

Jameson stand vor dem Café Fork und versuchte, Zugang zum Spiel zu bekommen. *Einhundertneun bestätigte Spieler,* dachte er, während er dem Link und den Anweisungen folgte, die ihm DC Logan zugesandt hatte. Er lud den Tor-Browser herunter, den er brauchte, um mit seinem Smartphone Zugang zu verschlüsselten Websites zu bekommen. Die Seite öffnete sich mit einem leuchtend weißen Display und drei Kästchen, in die man seinen vollständigen Namen, sein Geburtsdatum und die individuelle Nutzerkennung eingeben musste. Der einzige andere Inhalt bestand aus drei Zeilen silberner Schrift unten auf der Seite, die lautete:

HERZLICHEN GLÜCKWUNSCH ZUM
ERSTEN GEBURTSTAG.
DEIN GESCHENK IST DAS SPIEL.
TRAUST DU DICH ZU SPIELEN?
DU HAST EINE CHANCE, UND
ZWAR NUR EINE.
DAS SPIEL MUSS HEUTE BEGINNEN.

»Guten Morgen.«

Jameson sah auf und erblickte Dr. Sarah Soundso.

»Dr. Sarah Soundso.«

Ihr Lachen war leise und rauchig. Es gefiel Jameson. Sehr.

Er zuckte die Achseln. »So hat Steph Sie mir vorgestellt.«

»Aha.«

»Es klingt, als wären Sie eine Nebenfigur in einem Comic.« Warum redete er so albernes Zeug?

»Sie sehen beschäftigt aus«, sagte sie und nickte zu seinem Telefon hin.

»Ja. Die Arbeit. Es geht momentan ein bisschen verrückt zu.« Die Untertreibung des Jahrhunderts.

»Was arbeiten Sie denn?«

Es war ihr erstes richtiges Gespräch, und schon nach ein paar Sätzen kam seine erste Lüge. »Ich bin in der Forschung«, antwortete er.

»An der Universität?«

»Freiberuflich.«

Sie sah ihn an. Ihre hellblauen Augen waren hinreißend. »Haben Sie Lust auf einen Kaffee?«, fragte sie.

»Nein, danke«, erwiderte Jameson. »Ich muss …« Er hielt das Telefon in die Höhe, er musste das hier fertig machen.

»Kein Problem. Ich hole Ihnen einen zum Mitnehmen. Was möchten Sie?«

»Nur einen Latte.«

»Dann also nur einen Latte, James.«

»Jameson. Marcus Jameson.«

Sie streckte die Hand aus. »Soundso. Sarah Soundso.«

Jameson lachte und schüttelte ihr die Hand, wobei ihn die Berührung elektrisierte. Er fragte sich, ob sie ebenso empfunden hatte.

Sie zog die Tür zum Café auf, und er rief ihr nach: »Falls Ihnen mulmig geworden ist – ich stalke Sie nicht. Ich mag nur den Kaffee.«

Kurz bevor sich die Tür hinter ihr schloss, hörte er sie sagen: »Wie enttäuschend.«

»Warum lächelst du?«, fragte Bloom, als Jameson mit einem Kaffeebecher und einer kleinen Papiertüte im Büro eintraf.

»Weil heute ein guter Tag ist, Sheila«, sagte er. »Ich habe Croissants gekauft.«

»Hast du die E-Mail von Logan gesehen?«

»Mhm.« Jameson setzte sich und schob ein *pain au chocolat* über den Tisch.

»Ohne Zugangscode kommen wir nicht weiter. Es ist niet- und nagelfest abgesichert.«

»Der Name gefällt mir nicht«, sagte Jameson, den Mund voller Croissant. »Geburtstagskartenspiel klingt wie etwas für Kleinkinder. Ich wäre dafür, dass wir es umbenennen. Der Psychopathensammler vielleicht? Vielleicht kriegt es dann mehr Aufmerksamkeit.«

»Warum sollten wir uns Aufmerksamkeit wünschen?«

»Nicht vonseiten der Öffentlichkeit. Vonseiten der Polizei.« Jameson fuhr sich mit einer Papierserviette über den Mund. »DC Akhtar hat von den Kollegen in West Yorkshire kein Filmmaterial aus den Sicherheitskameras im Umfeld von Stuarts Unfall bekommen. Offenbar hat die Sache keine Priorität. Tja, vielleicht würden sie den Fall wichtiger nehmen, wenn sie wüssten, dass wir nach Hunderten von Psychopathen suchen.«

Bloom nickte und biss von ihrem Croissant ab. »Danke für das hier.«

Jameson zwinkerte ihr zu.

»Was hast du denn heute?«, fragte sie. »Du bist ganz ... seltsam.«

»Ich habe ein Date.«

»Oh, verstehe. Tja, solange dein Privatleben in bester Ordnung ist ...« Auf einmal war sie irgendwie grundlos verärgert. Selbstverständlich durfte er ein Date haben. Doch angesichts dessen, womit sie es zu tun hatten, kam ihr Romantik im Moment reichlich unwichtig vor.

»Hey! Reagier jetzt bloß nicht missmutig auf mich, weil du ein einsamer Single bist. Freu dich lieber, dass ich etwas gefunden habe, um diesen Dreck hier auszugleichen.«

»Ich bin kein einsamer Single.«

»Aber Single schon.«

»Ja, und glücklich damit, vielen herzlichen Dank.«

»Bist du dir da ganz sicher?« Jameson aß sein Croissant auf und fegte die Krümel in den Papierkorb. »Wann war denn deine letzte Beziehung?«

Bloom wandte sich wieder ihrer Arbeit zu. Dieses Gespräch würde sie nicht führen. »Ich muss dir etwas sagen«, wechselte sie das Thema. »Ich habe gestern einen Anruf von der Verwaltungskammer für Gesundheits- und Heilberufe bekommen. Bei ihnen ist eine Beschwerde hinsichtlich meiner beruflichen Kompetenz eingegangen, und jetzt ermitteln sie gegen mich. Heute Morgen habe ich das offizielle Schreiben bekommen.«

»Mann«, sagte Jameson. »Dabei dachte ich, du willst mir gleich gestehen, dass du lesbisch bist.«

Bloom sah ihn an. Jetzt war sie wirklich verärgert. »Und wäre das ein solches Problem?«

Jameson hielt die Hände in die Höhe und schenkte ihr sein Nicht-böse-sein-Lächeln. »Ganz und gar nicht. Einige meiner Lieblingsfrauen sind lesbisch.«

»Das kannst du besser, Marcus.«

»Sorry, Mum.« Er grinste und trank einen Schluck von seinem Kaffee. »Machst du dir Sorgen? Ist an dieser Beschwerde irgendetwas dran?«

Bloom reichte ihm das Schreiben. »Davy Jones glaubt, ich hätte eine unangemessene Beziehung zu seiner Tochter gehabt. Er behauptet, ich hätte sie inoffiziell außerhalb der Praxisräume und sogar bei mir zuhause getroffen.«

»Grundgütiger.«

»Das hab ich aber nicht.«

»Ja, nein. Natürlich nicht. Du bist ... Bloom.«

»Du brauchst jetzt nicht schlau daherzureden.«

»Tu ich nicht. Ich sage nur, dass du der geradlinigste, moralischste Mensch bist, den ich kenne. Selbst unser Dorfpfarrer ist ethisch anfechtbarer als du.«

Bloom zog die Brauen hoch.

»Ich war mal Chorknabe. Das hast du nicht gewusst, was? Mein Dad war ein großer Fan vom lieben Gott.«

Bloom konnte sich ein Grinsen nicht verkneifen. Jameson war das beste Heilmittel für einen schrecklichen Tag. »Sie werden keine Beweise finden, weil es keine gibt, aber ich werde mit dem Verfahren beschäftigt sein.«

Er reichte ihr den Brief zurück. »Das kriegen wir schon hin. Aber ich hätte noch eine Frage, die mir schon länger Kopfzerbrechen bereitet. Diese Website ist eine Festung, oder? Und unsere psychopathischen Spieler verschwinden letztlich alle. Also warum der Aufwand mit den Karten? Warum bekommen die Leute nicht einfach eine E-Mail? Oder eine SMS? Oder noch besser, eine WhatsApp? Dieses verdammte Ding ist wasserdicht verschlüsselt, also werden wir nie herausfinden, was abgelaufen ist.«

»Das habe ich mich auch schon gefragt. Offenbar will der Urheber, dass wir wissen, was er treibt. Ohne die Karten wüssten wir auch nicht, dass die verschwundenen Personen in einer Verbindung zueinander stehen oder wie viele Spieler es gibt. Die Empfänger werden angewiesen, etwas von der Innenseite der Karte zu entfernen – was auch immer an dem Klebepunkt befestigt war. Ich würde vermuten, eine Anweisung für den Zugang zur Website sowie die individuelle Nutzerkennung. Also warum werden sie nicht angewiesen, die Karte ebenfalls zu vernichten? Der letzten Zählung zufolge haben wir einhundertneun Personen, die die Karte einfach offen liegen lassen haben.«

»Es ist also doch eine Visitenkarte.«

»Es ist eine *Sieh mich an, bin ich nicht schlau?*-Karte. Nichts anderes.«

»Der Urheber prahlt. Irgendwann macht er vielleicht einen Fehler.«

»Wir haben es hier mit einem hochfunktionalen Psychopathen zu tun, also wahrscheinlich nicht. Die meisten Menschen machen Fehler, wenn sie emotional werden und vergessen, sich an ihre eigenen Regeln zu halten…«

»Aber Psychopathen werden nicht emotional.«

»Nicht so oft, nein. Was wir allerdings als Ansatzpunkt haben, ist das Ego. Der Strippenzieher könnte sich von seiner eigenen Brillanz überwältigen lassen und nachlässig werden. Die Frage ist nur, wie bringen wir ihn dazu?«

Jameson überlegte einen Moment. »Wir lassen ihn glauben, dass er gewinnt. Er soll sich einbilden, dass wir nichts haben und nichts wissen, weil er einfach zu clever ist. Es ist ein Romanoff-Spiel.«

»Romanoff?«

»So haben wir beim MI6 Einsätze genannt, bei denen psychologische Manipulation erforderlich war. Der Begriff stammt aus *Black Widow* – dem Marvel-Comic. Natascha Romanoff? Hast du die Szene in *Marvel's The Avengers* gesehen, wo sie an einen Stuhl gefesselt ist und verhört wird, wobei in Wirklichkeit sie die anderen verhört? Ich sehe dir an, dass du den Film nicht gesehen hast, aber du begreifst, worauf ich hinauswill.«

Bloom begriff, was er meinte, doch solange sie nicht wussten, wer hinter dem Spiel stand, war jede Taktik sinnlos.

30

In Yorkshire verließ Stuart Rose-Butler – oder Stuart Lord, wie er sich jetzt lieber nannte – den Bahnhof Leeds und spazierte auf den im Bankenviertel gelegenen Park Square zu.

Die Straßen um den Park waren ruhig, abgesehen von einem gelegentlich vorbeifahrenden Auto, und als Stuart dort ankam, war die Anlage menschenleer. Auf beiden Seiten des Parks standen Häuser im georgianischen Stil, alle mit hohen Fenstern und repräsentativen Türen. Die meisten beherbergten Notariate und Anwaltskanzleien. Stuart las die Nachricht noch einmal.

Wir sind sehr beeindruckt.
Wir treffen uns morgen um 13:30 Uhr am Park Square in Leeds.

Das war alles. Kein Name. Keine Beschreibung. Stuart sah auf die Uhr: 13:28 Uhr. Er setzte sich auf eine Bank und wartete.

Exakt zwei Minuten später kam ein großer, dünner Mann mit bräunlichem Teint in den Park geschlendert. Stuart erkannte ihn augenblicklich. Er erhob sich, als der andere näher kam.

»Guten Nachmittag, Sir.« Der Mann streckte die Hand aus, und sein Händedruck war so fest, dass es schmerzte. »Sebastian Forbes.«

Sebastian trug ein Tweedsakko und eine marineblaue Krawatte mit einer Nadel, die mit Diamanten besetzt zu sein schien. Stuart war froh, dass er seinen neuen Armani-Anzug anhatte. »Guten Nachmittag«, sagte Stuart und bemühte sich um eine möglichst vornehme Aussprache. Sicher wusste Sebastian über seine Herkunft Bescheid, doch er hatte sich weiterentwickelt und wollte, dass sie das sahen.

»Und mit welchem Namen soll ich Sie ansprechen?«

Stuart war schon vor mehreren Aufgaben angewiesen worden, seine Identität zu wechseln. Er hatte lang und intensiv über seinen neuen Namen nachgedacht. »Stuart Lord.«

»Vom Butler zum Lord. Sehr gut. Bitte kommen Sie mit, Mr Lord. Es gibt da ein paar Personen, die Sie gerne kennenlernen möchten.«

Sebastian Forbes führte Stuart zu einem wenige Straßen entfernt liegenden Haus. Draußen gab es weder Schilder noch eine Klingel, sondern lediglich eine glänzende schwarze Tür. Forbes klopfte fest, nur ein einziges Mal, und wartete. Ein paar Sekunden später ging die Tür automatisch auf. Die beiden Männer traten in eine imposante Diele. Der Fliesenboden reichte bis zu einer breiten Treppe, und als die Tür hinter ihnen ins Schloss fiel, hörte Stuart oben Leute reden.

»Was ist das für ein Haus?«, fragte Stuart, als sie die Treppe hinaufstiegen.

»Dies ist ein Haus, das nicht existiert. Es ist ein Ort, an dem Sie nie gewesen sind und an dem Sie Menschen begegnen werden, denen Sie nie begegnet sind.« Sebastian Forbes blieb am oberen Ende der Treppe stehen und sah sich nach Stuart um, der zwei Stufen unter ihm stand. »Verstehen Sie, was ich meine?«

»Sicher. Ich bin niemals hier gewesen.« Stuart hatte Erfahrung mit der kriminellen Unterwelt; er hatte vor diesem hier schon viele Häuser vergessen.

Der große, sonnige Raum im vorderen Teil des Hauses roch nach Geld, trotz des dezenten Dekors. Ledersessel in Zweier- und Dreiergruppen standen um Echtholztische herum, während am anderen Ende quer über die ganze Wand ein Bartresen aus schwarzem Glas verlief. Dahinter war ein Mann mit roter Fliege und weißem Hemd gerade dabei, in einem gläsernen Mixbecher einen Drink zu mixen. Vor der Bar standen drei Männer und zwei Frauen. Sie unterbrachen ihr Gespräch und sahen Stuart an. »Darf ich Ihnen Mr Stuart Lord vorstellen?«, sagte Sebastian Forbes und nahm den Drink vom Barmann entgegen.

Stuart schüttelte ihnen die Hände. Jeder von ihnen sagte: »Willkommen, willkommen«, doch keiner nannte seinen Namen.

Die jüngere Frau reichte Stuart ein Glas kaltes Lagerbier. »Ihr bevorzugtes Getränk, glaube ich?« Er nahm das Glas von ihr entgegen. »Noch gehören Sie nicht zu uns, Mr Lord«, sagte sie, »aber Sie haben großes Potenzial bewiesen, einen gewissen Stil in Ihrer Vorgehensweise.«

Einen kurzen Augenblick lang kam Stuart sich dumm vor. Er war so in sein neues Leben und in die reine, unverfälschte Freude eingetaucht, die er aus jeder einzelnen Herausforderung gewonnen hatte, dass er gar nicht darüber nachgedacht hatte, *warum* man ihn eingeladen hatte, bei dem Spiel mitzuspielen. Er reckte sich zu seinen kompletten eins achtundachtzig und straffte die Schultern. Es war eine Einstellungskampagne. Natürlich. Und das hier war das letzte Bewerbungsgespräch.

31

Es war fast Mitternacht. Bloom klopfte an die Tür.

»Jane wird vermisst«, sagte Jameson, als er aufmachte.

»Ich weiß«, sagte Bloom und betrat Claires Flur. »Seit wann?«

»Sie hat um die Mittagszeit die Schule verlassen, weil sie in den Sandwichladen wollte, und ist von dort nicht mehr zurückgekommen. Die anderen dachten, sie sei nach Hause gegangen, und diese hirnlosen Lehrer haben es nicht überprüft, weil sie wussten, dass sie zurzeit eine schwere Phase durchmacht.«

»Sie hat die Schule allein verlassen?«

»Anscheinend. Dan und ich ziehen gleich mal los und suchen die Straßen ab. Claire hat alle ihre Freundinnen angerufen, wir werden aber trotzdem bei einigen vorbeischauen. Die Krankenhäuser haben wir schon abgeklappert.«

»Habt ihr die Polizei verständigt?«

»Claire hat sie angerufen, aber sie sagen, es seien ja erst ein paar Stunden, und die meisten Teenager kämen wieder nach Hause.«

»Hat Claire ihnen das von Lana erzählt?«

»Schon, aber Claire weiß nicht alles, oder?«

»Okay. Geh du mal los. Ich rufe Barker an und bleibe dann bei Claire.«

»Danke.«

Bloom zückte ihr Telefon und rief Steve Barker an. Sie würde ihn aufwecken, aber es war dringend.

»Hallo?«, meldete er sich verschlafen.

»Steve«, sagte sie, »hier ist Augusta. Lana Reids Tochter wird seit etwa zwölf Stunden vermisst.«

»Was?«

»Jane Reid wird vermisst.«

Es entstand eine kurze Pause. »Was brauchen Sie?«, fragte Barker schließlich.

»Vor allem muss die örtliche Polizei die Sache ernst nehmen. Sie müssen wissen, wer Lana ist und wozu sie imstande sein könnte. Als Nächstes rufe ich Superintendent Briggs von der Metropolitan Police an, aber ich werde ihr alles sagen müssen.« Briggs war ebenfalls eine der Absolventinnen von Blooms Seminar und eine der beeindruckendsten Polizistinnen, die sie je kennengelernt hatte.

»Ich kenne Briggs. Sie ist eine vernünftige Kollegin. Sagen Sie ihr, was Sie ihr sagen müssen, und ich spreche dann morgen mit ihr, damit das alles unter Verschluss bleibt.«

Bloom dankte ihm und rief dann Grace Briggs an, die glücklicherweise hellwach war, da sie es gerade mit einem schweren Schusswaffen-Zwischenfall zu tun hatte. Bloom informierte sie, so schnell es ging – über den Psychopathensammler, die Familie Graham, das Verschwinden von Jane Reid –, und Briggs versprach, sämtliche Beamten per Rundruf von der hohen Dringlichkeit der Sache zu unterrichten.

Bloom ging in die Küche. Claire tigerte ruhelos um die Kochinsel herum.

»Claire?«, sagte Bloom leise, um sie nicht zu erschrecken.

»Augusta. Danke, dass Sie gekommen sind.«

»Ist doch selbstverständlich. Was kann ich tun? Haben Sie etwas gegessen?«, fragte Bloom und schaltete den Wasserkocher ein.

Claire schüttelte den Kopf.

»Darf ich Ihnen ein paar Fragen stellen?«

»Bitte. Alles, was Sie wollen.«

»Wann haben Sie zuletzt mit Jane gesprochen?«

»Heute Morgen beim Frühstück. Sie hilft mir immer mit den Mädchen.«

»Und wie hat sie auf Sie gewirkt?« Bloom hängte zwei Teebeutel in zwei Tassen.

»Normal – ganz normal. Ich habe mir schon den Kopf zerbrochen, ob ich irgendetwas übersehen habe, aber da war nichts. Ich weiß, dass sie letzte Woche niedergeschlagen war, aber sie ist hart im Nehmen für ihr Alter.«

»Würde sie irgendwohin gehen, ohne es Ihnen zu sagen?«

»Jane ist das reifste junge Mädchen, das ich kenne. Sie sagt mir immer, wohin sie geht und mit wem. Sie bleibt nie länger aus als bis halb neun, und vor allem spricht sie mit mir. Sie hat mir erzählt, dass es sie aufregt, dass Sie und Marcus nach ihrem Dad suchen. Sie erzählt mir alles.«

»Hat sie gesagt, was sie daran aufregt?«, fragte Bloom.

»Er ist eine Niete, oder? Sie will nichts mit ihm zu

tun haben, und ich nehme an, sie hat Angst, dass er, falls ihre Mum nicht zurückkommt, irgendwelche Ansprüche auf sie erhebt.«

»Könnte sie das zum Weglaufen veranlasst haben?«

Clara seufzte. »Wir haben alles durchgesprochen, und es schien ihr gut zu gehen. Ich habe gesagt, niemand würde sie zwingen, ihn zu treffen, und dass Dan und ich dafür sorgen würden, dass sie die Wahl hat, wenn es zum Äußersten kommt. Ich dachte, das hätte sie beruhigt.« Claire begann erneut auf und ab zu gehen. »Ich weiß nicht, was ich tun soll, verstehen Sie? Wie kann ich ihr helfen? Was, wenn ich das Falsche gesagt habe?«

»Wir finden sie«, beruhigte Bloom sie. »Haben Sie sich mal überlegt, wohin Lana mit Jane gegangen sein könnte, falls es das ist, was geschehen ist?«

Claire blieb wie angewurzelt stehen. »Glauben Sie, dass das passiert ist? Marcus hat mir neulich jede Menge seltsame Fragen über Lana gestellt, ob ich fände, dass sie finster ist, aber er wollte mir nicht sagen, warum.«

»Aha«, sagte Bloom.

»Ich finde, ich sollte die ganze Geschichte kennen, finden Sie nicht auch?«

»Setzen wir uns mal«, sagte Bloom und reichte Claire eine Tasse Tee. »Ich verspreche, ich sage Ihnen alles. Aber warten wir lieber, bis Marcus zurückkommt.«

Schweigend saßen sie da, umfassten ihre Henkeltassen und spähten immer wieder verstohlen auf die Uhr. Eine Stunde später ging die Tür auf, und Jameson und Dan kamen herein.

Claire sprang auf. »Habt ihr sie gefunden?«

Dan schüttelte den Kopf, wobei ihm die blonden Locken in die Augen fielen. »Tut mir leid, Schatz. Wir sind zurückgekommen, um zu schauen, ob es etwas Neues gibt.«

Claire setzte sich wieder. »Nein. Aber Augusta hat versprochen, dass du mir erzählst, was hier wirklich los ist.«

Jameson nickte knapp. Sie wussten beide, dass es jetzt keinen Sinn mehr hatte, die Wahrheit zu verbergen.

»Claire«, sagte Bloom, »wir glauben, dass die Leute, die ausgewählt wurden, um bei diesem Spiel mitzuspielen, psychopathische Charakteristika aufweisen könnten.«

Dan setzte sich auf die Armlehne von Claires Stuhl. Niemand sagte etwas, und so sprach Bloom weiter: »Viele Leute besitzen solche Anteile, und die meisten von ihnen funktionieren ziemlich normal. Manchmal überraschen sie uns vielleicht mit ihren Handlungen oder Ansichten, aber das tun die sogenannten Normalen unter uns ja auch. Das herausragendste Merkmal von Psychopathen ist aber, dass ihnen ein Gewissen ebenso fehlt wie Empathie. Sie erleben Gefühle dumpfer als wir anderen. Das macht sie auf der einen Seite rationaler, auf der anderen aber auch gleichgültiger in Bezug darauf, welche Wirkung sie auf andere haben.«

»Und warum wählt sie jemand aus? Wer jagt denn schon Psychopathen?«, fragte Claire.

»Wir wissen es nicht genau. Wir sind auch noch nicht über den Inhalt dieses Spiels im Bilde. Aber meine Vermutung ist, dass diese Leute für etwas Bestimmtes herangezogen werden, etwas, was mit ihren speziellen Talenten zusammenhängt.«

»Wir wissen von einer Mitspielerin, die aus diesem Spiel herausgekommen ist ...«, sagte Jameson.

»Bist du sicher, dass du das erörtern willst?«, fiel ihm Bloom ins Wort. Jameson funkelte sie an. »Entschuldige, sprich weiter«, sagte sie.

»Faye Graham, die im Januar verschwunden ist, ist letzte Woche im Haus ihrer Familie aufgetaucht.«

»Das ist doch erfreulich, oder nicht?«, sagte Claire.

»Den Namen kenne ich«, sagte Dan gleichzeitig.

»Sie hat ihren Mann erstochen«, sagte Jameson.

»Mein Gott, Marcus!« Claire stand auf. Einen Moment lang fürchtete Bloom, sie werde ihrem Bruder den Tee ins Gesicht schütten. »Scheiße«, sagte sie mit tonloser Stimme und setzte sich wieder.

Dan nahm Claires Hand. »Und was unternimmt die Polizei?«

»Sie hilft uns, aber es ist nicht leicht. Letztlich sind diese Leute alle aus freien Stücken verschwunden, und abgesehen von Faye haben wir keine Hinweise auf irgendwelche Straftaten.«

»Eine Frau hat ihren Mann erstochen!« Dans Blick spiegelte Wut.

Bloom lehnte sich vor. »Ja, und die Polizei fahndet nach ihr.«

»Wird Lana etwa Jane das Gleiche antun?«, fragte Claire.

»Nicht, wenn ich irgendwie eingreifen kann«, erwiderte Jameson.

»Faye Graham hat zwei Kinder, die heil und unversehrt sind, obwohl sie zum Zeitpunkt der Tat zuhause waren«, sagte Bloom. Sie spürte, wie Jameson den Blick auf sie richtete. Er kannte ihre Theorie darüber, warum die Kinder verschont worden waren, und dass sie dieses Detail gezielt aussparte.

»Also, was ist der Plan?«, fragte Dan.

»Ich muss in dieses Spiel reinkommen.« Jameson wandte sich an Bloom. »Du musst mich in das Spiel einschleusen. Ich muss einer von ihnen werden, ausgewählt werden und dann sehen, was zum Teufel sich da abspielt.«

»Wie soll ich das denn anstellen?«, fragte Bloom. Als ob *sie* die Macht hätte, ein Spiel zu manipulieren, das tief ins Darknet eingebettet war.

»Wir haben sämtliche Fragebögen und Psychotests. Ich fülle so viele wie möglich davon aus, als wäre ich ein Psychopath. Du kannst mir sagen, wie ich antworten muss.«

Bloom schüttelte den Kopf. »Die Hintermänner benutzen nicht nur die Psychotests. Sie schauen sich bestimmt auch deine gesamte Internet-Geschichte an, was für Entscheidungen du getroffen und was für Ansichten du geäußert hast. Das würde ich jedenfalls tun.«

»Siehst du! Du weißt, wie sie sich verhalten würden, also kannst du mich einschleusen.«

»Wir müssten eine ganze Person erfinden, einen kompletten Hintergrund, ganz zu schweigen von einem Geburtstag, der bald bevorsteht.«

»Wir lassen uns von DC Logan helfen.«

»Es ist zu riskant. Wir haben keine Ahnung, was man von dir verlangen würde.«

Claire meldete sich zu Wort. »Marcus kann das. Er hat es schon öfter gemacht. Er hat sogar Medaillen dafür bekommen.«

»Was?«, sagte Jameson perplex.

»Du hast es Dad erzählt.«

»Auf seinem Sterbebett«, stieß Jameson durch zusammengebissene Zähne hervor.

»Tja, er hatte noch ein bisschen Zeit, um mit deinen Medaillen zu prahlen, ehe er ins Gras gebissen hat. Er war stolz. Und das bin ich übrigens auch.«

»Es hat seinen Grund, warum es Geheimdienst heißt, Claire.«

»Dann hättest du deine große Klappe halten sollen.«

»Er lag im Sterben.«

»Und du musstest trotzdem noch angeben.«

»Ich habe nicht angegeben. Ich habe ihm erklärt, warum ich ständig weg war und warum ich so reserviert gewesen bin. Ich fand, er hatte es verdient, das zu wissen.«

Claire ignorierte die Empörung ihres Bruders und sah Bloom an. »Er kann das. Sie müssen es ihn machen lassen.«

Bloom sah Jameson an. Es war eine törichte Idee. Und bestenfalls ein Schuss ins Blaue. Aber vielleicht – und nur vielleicht – würde es funktionieren.

32

Der Tag, an dem Jamesons Unfall geschah, fing eigentlich gut an.

Die Polizei rief bei Claire an, weil ein Mädchen, das auf Janes Beschreibung passte, am Bahnhof King's Cross gesehen worden war. Sie konnten nicht sagen, ob sie allein gewesen war, da es um sie herum von Pendlern wimmelte, doch sie waren sicher, dass sie durch die Bahnhofshalle gegangen war. Nun überprüften sie die Aufzeichnungen der Sicherheitskameras, um sich zu vergewissern, dass sie keinen Zug bestiegen hatte.

Jameson sah ein, dass er nichts anderes tun konnte, als zu warten, und so setzte er sich auf sein Fahrrad und fuhr los. Das Kortisol machte ihn nervös und gereizt. Wenn er als Psychopath durchgehen wollte, musste er wissen, wie diese Leute agierten, was sie dachten und was sie fühlten. Bloom hatte ihm mehrere Bücher empfohlen, vor allem *Without Conscience* von Robert Hare, eine Studie über Psychopathen von dem Mann, der eine Methode entwickelt hatte, um sie zu identifizieren, dann *Confessions of a Sociopath* von M. E. Thomas, ein von einer US-amerikanischen Anwältin verfasster autobiographischer Einblick in das Leben einer Soziopathin, und *Psychopathen: Was man von Heiligen, Anwälten und Serienmördern lernen kann* von Kevin Dutton, einem Psychologieprofessor an der Universität Oxford. Jameson stellte sein Fahrrad ab und lud sich *Confessions of a Sociopath* auf sein Smartphone.

Zwei Stunden und fünfzig Seiten später kehrte er nach Hause zurück. Es gab keine Neuigkeiten über Jane. Was zum Teufel hatte sie am Bahnhof King's Cross gemacht? Die Polizei hatte versucht, ihr Handy zu orten, doch es war abgeschaltet. Jameson hatte ein schlechtes Gefühl. Jane war nicht der Typ, der einfach davonlief. Sie war verantwortungsbewusst. Weglaufen passte einfach nicht zu ihr. Nachdem er geduscht hatte, fuhr Jameson in die Stadt, um sich mit Sarah zu treffen. Er war versucht gewesen, ihr abzusagen – er war sich nicht sicher, ob er eine angenehme Gesellschaft sein würde –, letztlich hatte er sich dann aber doch fürs Hingehen entschieden. Er hatte schon lange keiner Verabredung mit einer Frau mehr so entgegengefiebert wie dieser. Außerdem würde er ohnehin nur zuhause sitzen und auf Nachrichten warten, also warum nicht die Zeit mit ihr verbringen? Das würde ihn vielleicht ein bisschen ablenken.

In der U-Bahn dachte er über die ersten Kapitel von *Confessions of a Sociopath* nach. Er wusste nicht genau, was er davon halten sollte. Die Autorin, die sich selbst als Soziopathin bezeichnete, konnte sich gut ausdrücken, war intelligent und gelegentlich sogar witzig. Doch im Hintergrund schwang ein entsetzlich beklemmender Unterton mit. Es lag etwas erschütternd Distanziertes darin, wie sie die Welt und die anderen Menschen sah, als wären sie Bauern in einer komplizierten Schachpartie.

Jameson trat hinaus in die kalte Märzsonne und ging auf das Café Fork zu. Sie wollten sich dort treffen und dann in ein nahe gelegenes Pub gehen. Als er um die Ecke bog und das Fork in Sichtweite kam, sah er Sarah schon dort stehen. Sie trug einen gut geschnittenen weißen Mantel und dazu kniehohe schwarze Stiefel. Lächelnd sah sie ihm entgegen. Er hatte richtig entschieden. Sie würde ihn aufheitern; in ein paar Stunden würde es ihm schon viel bessergehen.

Doch dazu kam es nicht.

Zu spät sah Jameson den Radfahrer, der sich mit hohem Tempo in die Kurve legte. Kraftvoll trat er in die Pedale, als er die Kontrolle verlor. Er schrammte über den Randstein und prallte mit vollem Tempo frontal gegen Jameson, sodass er hart zu Boden fiel und das Bewusstsein verlor.

33

»Sitzt du bequem?«, fragte Dr. Bloom. Ihre Stimme klang weicher als sonst.

Seraphine rutschte herum, um die beste Position zu finden. Sie saß auf einem großen Polstersessel, die Füße standen flach auf dem Boden, die Hände lagen auf den Schenkeln, ihre Augen waren geschlossen. Sie lauschte Dr. Blooms Stimme und folgte ihren Anweisungen. Ihr Körper fühlte sich schwer an, während sie sich allmählich entspannte. Sie war hellwach und ganz aufmerksam, doch irgendwie fühlte sich alles anders an. Sie registrierte das Gewicht ihrer Hände auf ihren Beinen, und als sie sich aufs Ein- und Ausatmen konzentrierte, nahm sie ihren Körper intensiver und den Raum um sich herum weiter entfernt wahr.

»Als Erstes möchte ich, dass du dir einen Ort vorstellst, an dem du dich sicher und glücklich fühlst, Seraphine. Es kann ein Haus sein oder ein Park oder ein Strand. Du hast die freie Wahl. Doch es muss ein Ort sein, an den du gehen kannst, wenn du Freiraum und Ruhe brauchst. Du sollst dir den Ort selbst aussuchen, ob er nun real ist oder nur ausgedacht, und ihn studieren. Was siehst, hörst und riechst du?«

Seraphine wählte den Spielplatz, auf dem sie als Kind oft gewesen war, weil sie sich dort nie anders gefühlt hatte, sondern nur froh und glücklich. Sie stellte sich vor, wie sie in seiner Mitte stand und sich um sich selbst drehte, um die große rote Rutschbahn zu sehen, die in eine Eisenbahn hineingebaut war, das gelbe Karussell, an das sie sich geklammert hatte, und die Schaukeln, zwei für Kleinkinder, zwei für größere Kinder. Sie erinnerte sich daran, dass man die Ketten an den großen Schaukeln umeinander wickeln konnte, sodass man sich hoch in der Luft um sich selbst drehte, wenn sie sich wieder voneinander lösten. »Wenn du dich an deinem Ort wohlfühlst, heb den kleinen Finger«, sagte Dr. Bloom mit ihrer weichen, aus der Ferne kommenden Stimme.

Seraphine konzentrierte sich auf das Wetter im Park. Es war warm und sonnig und roch nach Pommes. Sie erinnerte sich an die Eisbecher aus dem Café mit ihren bunten Soßen: rot, gelb, blau und sogar schwarz. Es war kein anderer Mensch zu sehen. Der Park gehörte ihr allein. Sie hob den kleinen Finger.

»Gut«, sagte Dr. Bloom. »Und jetzt möchte ich, dass du intensiv an das denkst, was dich anders macht, und wie du dich dabei fühlst.«

Seraphine sah sich selbst auf dem Karussell sitzen.

»Vielleicht fällt es dir manchmal schwer, deine Gefühle zu identifizieren, Seraphine, doch das heißt nicht, dass sie nicht da wären. Sie sind einfach leise gestellt. Aber hier an deinem sicheren Ort kannst du üben, die Lautstärke hochzudrehen und zu erforschen, wie es sich anfühlt, traurig oder einsam zu sein oder Angst zu haben.«

Seraphine dachte an die ersten Wochen in der weiterführenden Schule, als sie begriff, dass sich alle anderen verändert hatten. Sie führten Gespräche, denen sie nicht folgen konnte. Es gab Dramen, Liebesgeschichten und blöde Streitereien über blödes Zeug. Sie sah vor sich, wie sie mit dem Rücken zur Wand im Korridor stand und diese lachenden, quiekenden, kreischenden Wesen vorbeirennen sah, während sie regungslos zusah. Sie hatte angenommen, dass sie mit ihnen gleichziehen würde. Wenn sie reifer wäre, wäre sie genau wie die anderen. Doch die Jahre vergingen, und sie stand immer noch an dieser Wand, sah zu und verlor allmählich die Geduld. Nicht mit sich selbst. Die Dramen, Liebesgeschichten und Streitereien der anderen waren Unfug. Sie waren weder logisch noch brachten sie etwas ein und waren deshalb sinnlos. Sie wollte nicht wie die anderen sein.

Den anderen war es wichtiger, als Sieger einer Auseinandersetzung zu *gelten*, als tatsächlich Sieger zu sein. Sie dachte an Mr Potts, den Geschichtslehrer. Er war ein Tyrann. Er dachte sich nichts dabei, die Hausaufgaben eines Schülers zu zerfetzen oder die ganze Klasse in der Mittagspause dazubehalten, um einen Störer zu bestrafen. Und wenn man in seiner Stunde schwätzte, schlich er sich von hinten an und drückte einem sehr unsanft die Schultern. Das durfte er eigentlich nicht, aber niemand wagte, etwas zu sagen. Bis Jamie Parker und Lucas Kane beschlossen, den Spieß umzudrehen. Sie redeten immer lauter in seinen Stunden, störten immer hemmungsloser, erschienen nicht zum Nachsitzen und machten ihre Hausaufgaben nicht. Jamie schlich sich sogar eines Morgens von hinten an Mr Potts heran und drückte ihm unsanft die Schulter. Sie wurden die Helden der Klasse, weil die anderen mitbekamen, dass sie sich wehrten. Doch am Ende zogen sie den Kürzeren. Ihre Eltern wurden einbestellt, sie wurden wegen schlechten Benehmens bestraft, und Mr Potts machte genauso weiter wie zuvor.

Deshalb schlich sich Seraphine eines Morgens, als Mr Potts zu seiner gewohnten Kaffeepause ins Lehrerzimmer gegangen war, in seinen Klassenraum und steckte einen Mädchenslip ins Reißverschlussfach seiner Schultasche. Das Höschen hatte sie extra gekauft. Dann ging sie in den Computerraum, richtete ein anonymes Yahoo-Konto ein und schrieb eine E-Mail: *Ich bin in der siebten Klasse und habe Mr Potts als Lehrer, und er hat mich nachsitzen lassen und von mir verlangt, dass ich meine Unterhose ausziehe und sie ihm gebe. Ich wusste, dass das falsch war, aber ich hatte Angst und wusste nicht, was ich tun sollte.* Sie schickte die Mail an den Schuldirektor und an Mr Potts' Frau, die als Sportlehrerin an der Schule arbeitete. Und damit war Mr Potts Geschichte.

»Deine Persönlichkeitsstruktur hat viele Vorteile, Seraphine«, sagte Dr. Blooms entfernte Stimme. »Du wirst vermutlich keine solche Angst empfinden wie andere Leute und angesichts von Gefahr nicht in Panik ausbrechen. Das kann dich mutig und tatkräftig machen. Es kann dich aber auch rücksichtslos machen und dich mögliche Gefahren übersehen lassen. Manche Leute werden dich ausnutzen, dich manipulieren oder dich in einen Konkurrenzkampf verwickeln wollen. Du solltest nie vergessen, deinen Verstand zu nutzen. Logik und Intelligenz sind deine Stärken, also musst du danach streben, sie gezielt einzusetzen.«

Seraphine hätte am liebsten gelacht. Sie wusste, dass niemand sie manipulieren konnte. Dazu waren die anderen schlicht und einfach nicht clever genug.

Dr. Bloom fuhr fort: »Du wirst vielleicht zu hören bekommen, dass Menschen wie du keine Gefühle haben, aber du kannst Glück und Traurigkeit fühlen, Stolz und Ärger. Allerdings könnte es dir schwerfallen, Scham oder Schuld bezüglich jener Handlungen zu empfinden, die für andere negative Folgen haben. Doch dies heißt wiederum nicht, dass du nicht rational verstehen könntest, dass solche Handlungen falsch sind. Nur weil du es nicht fühlen kannst, heißt das nicht, dass du es nicht weißt. Und das ist der Punkt, an dem du die Wahl hast.«

Dr. Bloom wäre wahrscheinlich der Ansicht, dass das, was sie Mr Potts angetan hatte, falsch war. Aber war es das? Der Mann war ein Tyrann. Es war eindeutig, dass er Teenager weder mochte noch verstand. Ist das Mittel zum Zweck jemals gerechtfertigt?

Und während sie noch darüber nachdachte, wie sie mit Mr Potts verfahren war, fühlte Seraphine etwas höchst Seltsames. Sie konzentrierte sich darauf. Sie versuchte, den Pegel zu steigern. Es fühlte sich warm an und ... sie rang darum, das richtige Wort dafür zu finden ... *sicher* vielleicht? Nein, das stimmte nicht. Es fühlte sich ... sie fühlte sich ... *akzeptiert*. Zum ersten Mal in ihrem Leben saß sie einer Person gegenüber, die genau wusste, wie sie funktionierte, die aber weder über sie urteilte noch Angst vor ihr hatte. Auf Seraphines Gesicht erschien ein Lächeln.

34

»Marcus? Marcus, hörst du mich?« Die Stimme kam von weit her, als läge er selbst auf dem Grund eines Brunnens. »Er ist schon seit vier Minuten bewusstlos«, sagte dieselbe Stimme. »Er heißt Marcus.«

»Marcus, mein Name ist John«, sagte eine zweite Stimme vom oberen Rand des Brunnens. »Hören Sie mich?«

»Ein Radfahrer hat ihn gerammt, und er hat sich den Kopf am Randstein angeschlagen.«

Sarah. Die erste Stimme gehörte Sarah.

»Er kommt zu sich«, sagte John. »Okay, Marcus, ich will nur kurz Ihre Vitalzeichen überprüfen. Wo ist der Radfahrer? Ist er auch verletzt?«

»Er ist verschwunden.« Sarahs Stimme zitterte, wurde aber ein bisschen deutlicher, als hätte man sie näher zu ihm herabgesenkt.

Jameson spürte Johns Hände auf seinem Hals und versuchte zu sprechen.

»Ich lege Ihnen eine Halsmanschette an, Marcus. Es ist nur eine Vorsichtsmaßnahme, weil Sie hart aufgeschlagen sind«, erklärte John.

Jameson schlug die Augen auf. Das helle Licht tat weh, und in seinem Hinterkopf pochte ein brennender Schmerz.

»Hey, alles gut.« Sarahs Antlitz gelangte in sein Sichtfeld, und ihre Haare streiften sein Gesicht.

Erneut versuchte er zu sprechen, doch es kam kein Ton hervor.

Eine Hand nahm seine und drückte sie fest. »Keine Angst. Ich begleite dich. Nicht gerade das ideale erste Date, aber wenigstens kann ich mich ein bisschen wichtigmachen.«

Jameson versuchte zu lächeln.

35

Die Besuchszeit hatte gerade erst begonnen, also war sonst noch niemand da. Jamesons Verletzungen rechtfertigten eigentlich kein Einzelzimmer, da die Station jedoch voll belegt war, hatte man ihm trotzdem eines gegeben. Bloom trat ein und fand ihn schlafend vor, die Arme auf die Bettdecke gelegt. Sein linker Arm war von Blutergüssen übersät und die linke Gesichtshälfte voller Schürf- und Schnittwunden. Sein Kopf war verbunden. Claire sagte, er habe einen geschlossenen Bruch am Hinterkopf, aber glücklicherweise keine inneren Blutungen. Bloom zog sich einen Stuhl heran.

Jameson schlug flackernd die Augen auf und starrte an die Decke, ehe sein Blick zu ihr wanderte.

»Ich habe dir Trauben und Lucozade mitgebracht«, sagte sie.

»Ich liebe Lucozade.« Seine Stimme war rau, doch sein Sarkasmus war unüberhörbar. Er zog eine Grimasse und rieb sich den Schädel »Kannst du mir etwas gegen diese Kopfschmerzen besorgen?«

Ein paar Minuten später kehrte Bloom mit einer Schwester namens Lucy zurück, die sein Krankenblatt überprüfte und ihm schließlich eine Dosis Schmerzmittel verabreichte.

»Also, was ist passiert?«, fragte Bloom.

»Ein Radfahrer hat die Kontrolle verloren und mich umgeworfen.«

»Bist du sicher, dass es ein Unfall war?«

»Ja, ja. Der Typ ist zu schnell um die Kurve gerast, und ich war zur falschen Zeit am falschen Ort.« Er lachte halbherzig auf. »Fast wäre ich nicht hingegangen.«

»Aber Claire hat gesagt, der Radfahrer sei nicht stehengeblieben.«

Jameson schloss die Augen. »Wahrscheinlich hat er Panik bekommen.«

»Seit wann bist du so großmütig?«

»Es war ein Unfall, Augusta. So was passiert.«

Sie bedrängte ihn nicht weiter, doch sie wusste, dass sie beide das Gleiche dachten. »Und was haben die Ärzte gesagt?«

Er wandte ihr das Gesicht zu und schlug die Augen wieder auf. »Du meinst, wann sie mich hier rauslassen, damit ich mich wieder an die Arbeit machen kann?«

»Offen gestanden hatte ich vor, dir die Arbeit hier reinzubringen.«

Er lächelte und zuckte dann zusammen.

»Aber mal ehrlich, was haben sie gesagt?«

»Es ist eine leichte Kopfverletzung – ich habe Glück gehabt.«

»Aber du hast einen Schädelbruch?«

»Eine weitere Kriegsverletzung. Das heilt schon. In ein, zwei Tagen bin ich wieder draußen. Du weißt doch, wie dringend sie die Betten brauchen.«

»Überstürz es bloß nicht mit dem Rauskommen. Und scheuch die Leute nicht in pampigem Ton herum. Üb dich in Geduld.«

»Ja, Mum.« Er blickte zur Decke und schloss die Augen wieder.

Bloom registrierte das Logo des Café Fork auf den beiden Pappbechern auf dem Tisch. »Hast du Claire losgeschickt, damit sie dir Designerkaffee holt? Ich kann dir gern auch welchen mitbringen.«

»Ich könnte schon von Glück sagen, wenn Claire mir was bei Costa holen würde. Das hat Sarah besorgt.«

»Sarah ist deine Date-Lady?« Jameson sah sie an.

»Ja, sie ist meine Date-Lady. Du weißt wirklich mit Worten umzugehen, Augusta.«

Bloom ignorierte seinen Spott und tätschelte ihm, so sanft sie konnte, die Hand. »Dann lasse ich dich mal ruhen.«

»Wie läuft's mit unserem Fall? Und mit Jane?«

Bloom stand auf. »Wir haben alles im Griff, Marcus. Werd du einfach nur wieder gesund.«

Die Zugfahrt nach Bristol dauerte anderthalb Stunden. Bloom saß im Ruheabteil, an einem Vierertisch neben einem Geschäftsmann, der sich auf einer ausgedruckten Power-Point-Präsentation Notizen machte. Sie sah nachdenklich aus dem Fenster. Irgendetwas war faul. Ihr berufliches Renommee war das Wichtigste in ihrem Leben, und Jameson war enorm stolz auf seine körperliche Fitness. Beides war innerhalb von vierundzwanzig Stunden unter Beschuss geraten. Das konnte kein Zufall sein. Jamesons Unfall und die Ermittlungen gegen sie mussten gesteuert worden sein. Psychopathen waren unglaublich geschickt, wenn es darum ging, die

Schwächen eines Gegners zu erkennen und mit ihnen zu spielen. Bloom musste unwillkürlich an Seraphine denken.

Zwei Stunden später traf Bloom am Bristoler Polizeipräsidium ein. Sie hatten vereinbart, sich dort zu treffen statt in Portishead. Sie ging zu Chief Superintendent Barkers Büro, wo sich das Team versammelt hatte.

»Tut mir leid, das mit Mr Jameson«, sagte Barker. »Wie geht es ihm?«

Bloom hängte ihre Jacke an die Lehne des einzigen freien Stuhls und nahm ihr iPad und ihre Notizen aus der Tasche. »Offen gestanden ziemlich schlecht. Er glaubt, er kommt in ein paar Tagen raus, aber ich habe ihn heute Morgen besucht und bin mir da nicht so sicher.« Sie setzte sich und sah die anderen an. »Eine kurze Frage, ehe wir anfangen: Hat irgendjemand sonst in den letzten Tagen schlechte Nachrichten bekommen oder etwas Unerfreuliches erlebt?«

Die Teammitglieder sahen sich an, schüttelten die Köpfe und murmelten alle leise: »Nein.«

»Warum fragen Sie?«, erkundigte sich DC Akhtar.

»Ich habe gestern einen Anruf von meiner Berufsvereinigung bekommen. Offenbar wurde eine massive Beschwerde gegen mich eingereicht.«

»Glauben Sie, Jameson wurde gezielt ins Visier genommen?«, fragte DS Green.

»Möglich. Wer auch immer diese Psychopathen zusammenschart, ist schlau. Es würde mich wundern, wenn der Strippenzieher nicht ahnen würde, dass wir ihm auf der Spur sind.«

»Sie glauben, er weiß, dass wir es sind?«, fragte Barker.

»Ich halte nicht viel von Bauchgefühlen, Steve, aber ich finde, wir sollten vorsichtshalber alle auf der Hut sein.«

»Ich kann Ihnen da vielleicht weiterhelfen«, sagte DC Logan. »Auch wenn hundertneun Spieler noch aktiv sind, gibt es offenbar auch ein paar, die nach Hause zurückgekehrt sind.«

»Und über ihre Angehörigen hergefallen sind?« Barkers Worte klangen angstvoll.

Logan schüttelte den Kopf. »Nein. Eine Person hat mich kontaktiert, um mir zu sagen, dass ihr Vater eine dieser Karten bekommen hat, eine Zeitlang verschwunden war und dann einfach wieder aufgetaucht ist.«

»Was? Wirklich?«, sagte DS Green. »Als wenn nichts gewesen wäre?«

»Mhm«, bestätigte Logan.

Alle sahen Bloom an.

»Wie passt das zu Faye Graham?«, fragte Barker.

Bloom überlegte. »Wir müssen mit dem zurückgekehrten Spieler sprechen. Können Sie das arrangieren?«, fragte sie Logan.

Er nickte. »Kein Problem. Ich weiß ja, wer es ist.«

»Gut«, sagte Bloom. »Wir müssen herausfinden, worum es bei dem Spiel eigentlich geht.«

36

Jameson wachte auf und hatte Hunger – ja, einen regelrechten Bärenhunger, was er für ein gutes Zeichen hielt. Und seine Kopfschmerzen waren so dumpf, dass er sie ignorieren konnte. Er stieg aus dem Bett, zog Socken und einen blauen Pullover an, den ihm Claire gebracht hatte, und machte sich auf den Weg zu einem Raum am Ende des Korridors, um sich Frühstück zu holen. Es war eine triste kleine Auswahl von Frühstücksflocken, Joghurts und Toast, doch er war zu hungrig, um sich zu beklagen. Er nahm einen Erdbeerjoghurt, drei Scheiben Toast und eine Portionspackung Schwarze-Johannisbeer-Marmelade. Dann bat er die Frau hinter dem Tresen, deren linker Arm von einem imposanten Rosentattoo bedeckt war, um eine große Tasse Tee.

Zurück in seinem Zimmer, verfolgte er beim Essen die Morgennachrichten. Als er fertig war, hatten seine Kopfschmerzen wieder Fahrt aufgenommen. Er steckte sich die Kopfhörer in die Ohren und lauschte dem Hörbuch von Professor Kevin Duttons *Psychopathen*. Es handelte vorwiegend davon, wie nützlich psychopathische Charakterzüge sein konnten. Wie vorteilhaft es zum Beispiel für Chirurgen oder Bombenentschärfer war, wenn sie ihre Emotionen unterdrücken und ruhig und überlegt handeln konnten. Und für Spione und Serienkiller, wenn sie ihre Opfer mit Charme einlullen und ihre wahren Beweggründe kaschieren konnten. In seinen abschließenden Bemerkungen beschrieb Dutton ein häufiges psychopathisches Verhaltensmuster: Egal, ob solche Leute nun Heilige, Spione oder Sünder waren, sie alle einte ihre endlose Suche nach neuen, außergewöhnlichen Erlebnissen. Welche Bedeutung hatte das für das Leben, das diese Leute führten? Jameson hatte schon etliche riskante Situationen durchlebt und liebte Sportarten, die einen Nervenkitzel boten – diese berauschende Kombination aus Gefahr und Endorphinen –, doch er war nicht ständig auf der Suche nach neuen Kicks.

Zum ersten Mal sah er Psychopathen einfach als »anders« statt als »verkehrt«.

»Mein Gott«, sagte er zu dem leeren Zimmer. Das war es, worauf Bloom so herumgeritten hatte. Psychopathen waren unvermeidlich. Es war ein Vorteil für Menschen, furchtlos, abenteuerlustig, gelassen, gefühllos oder egoistisch zu sein. Es war sinnvoll, dass manche Menschen all diese Karten zugeteilt bekamen. Das nannte man Evolution.

»Okay, du Schlafmütze. Wach auf.«

Etwas Weiches, aber Kompaktes traf ihn ins Gesicht. Jameson öffnete die Augen und klaubte das frische Sockenpaar von seinem Brustkorb. »Zartfühlend wie immer«, sagte er zu seiner finster dreinblickenden Schwester.

»Was läuft hier ab, Marcus?«

Jameson setzte sich auf und sah auf die Uhr. Viertel nach zwölf am Mittag. »Worum geht's, Schwesterherz?«

»Jane ist jetzt schon seit vier Tagen verschwunden.«

Jameson wartete, dass Claire weiterredete, doch das tat sie nicht. »Was soll ich sagen?«

»Ich will, dass du etwas tust und nicht nur hier rumliegst und dir deine dämliche Musik anhörst.« Sie zeigte auf die Kopfhörer, die nach wie vor in seinen Ohren steckten. Er nahm die Ohrstöpsel heraus. »Ich bin nicht die Polizei, Claire. Und außerdem liege ich gerade mit einer ziemlich schweren Kopfverletzung im Krankenhaus.«

»Ach, reiß dich zusammen. Dir geht's gut.«

Jameson widersprach Claire lieber nicht, wenn sie auf dem Kriegspfad war. Er hatte im Lauf der Jahre schon viele fruchtlose Auseinandersetzungen verloren. Also wartete er schweigend ab, während sie im Zimmer auf und ab tigerte.

»Wir müssen sie finden. Wir können nicht einfach dasitzen und Däumchen drehen. Wir müssen etwas tun. Ich muss etwas tun.« Tiefe Sorgenfalten überzogen ihre Stirn. »Ich habe jede Stunde bei der Polizei angerufen, und sie sagen einfach nur jedes Mal dasselbe. Nichts Neues, nichts Neues, nichts Neues. Sie halten mich für verrückt. Und sie weisen immer wieder darauf hin, dass sie mir keine Auskunft erteilen müssen, weil ich keine Angehörige bin. Du kannst dir vorstellen, was ich darauf gesagt habe, diese unverschämten Mistkerle.«

Jameson lächelte. Er hatte auch keine Lust, sich mit seiner Schwester anzulegen. War Wut ihr psychopathischster Charakterzug?

»Was grinst du denn? Was zum Teufel gibt es da zu grinsen?«

»Sprich leiser, Lästermaul. Es sind Kinder in der Nähe.« Claire sah verdutzt drein. »Im Nebenzimmer liegt jemand, der jeden Tag Besuch von seinem kleinen Sohn bekommt.«

»Wen juckt das schon, zum ...«

Jameson warf mit den Socken nach ihr und rieb sich den schmerzenden Schädel. »Augusta sagt, sie planen, im Fernsehen einen Aufruf wegen Jane zu senden. In den sozialen Medien macht es schon die Runde, und in den Bahnhöfen King's Cross und St. Pancras hängen Plakate, genau wie im Umfeld ihrer Schule. Doch bis jemand sie sichtet, ist es wie die Suche nach einer Nadel im Heuhaufen.«

»Ich verzeihe es dir nie, wenn ihr irgendetwas zustößt.«

»Mir? Was hab ich denn getan?«

»Sie hat dich um Hilfe gebeten. Ich habe ihr gesagt, du würdest alles regeln.«

»Tja, dann hängt die Sache an dir.«

Claire stiegen die Tränen in die Augen, und er bereute seinen Satz augenblicklich.

»Pass auf«, fügte er hinzu. »Lana mag ja eine miese Mutter gewesen sein, aber sie hat Jane nie wehgetan oder sie Gefahren ausgesetzt, oder? Also hoffen wir einfach, dass es dabei bleibt und sie irgendwo zusammen sind.«

Claire setzte sich auf den Stuhl neben seinem Bett. Jeglicher Kampfgeist hatte sie verlassen, und so stützte sie den Kopf in die Hände und weinte.

37

Ganz im Südwesten Surreys, nicht weit von Haslemere, fuhren Bloom und DC Logan eine Privatstraße entlang, die der Familie Llewellyn gehörte.

Freya Llewellyn hatte DC Logans Internet-Alter-Ego Craig Hogan kontaktiert und ihm mitgeteilt, dass ihr Vater Clive vor acht Monaten verschwunden war, nachdem er diese Geburtstagskarte erhalten hatte, nur um sechs Wochen später wieder aufzutauchen. Es freute sie sehr, dass Craig vorbeischauen wollte, um mit Clive zu reden. Sie sagte, sie hege die Hoffnung, dies werde ihn beruhigen; sie sei zuversichtlich, dass seine Schwester bald wieder nach Hause kommen werde.

Und nun waren sie hier.

»Wow«, sagte Logan leise, als zwischen den Bäumen ein stattliches Herrenhaus in Sicht kam. Die in einen Bogen eingelassene Haustür war von Efeu umwuchert, der bis zur vollen Höhe des Hauses hinaufwuchs. »Als Firmenanwalt verdient man offenbar gut«, sagte er, während die Autoreifen über die gekieste Zufahrt knirschten. Er stellte den Wagen ab und machte den Motor aus.

Eine Frau Anfang zwanzig öffnete ihnen die Tür und kam heraus, um sie zu begrüßen. Sie hatte glänzende, professionell geföhnte Haare und war perfekt geschminkt. Ihre enge Jeans und das gestreifte T-Shirt sollten lässig wirken, sahen aber teuer aus. Ihre Nägel waren leuchtend pink lackiert.

»Denken Sie daran, was ich Ihnen gesagt habe«, flüsterte Bloom. »Gehen Sie vorsichtig vor, und wenn Sie nicht weiterwissen, folgen Sie meinen Vorgaben.«

»Freya?« Craig ging auf die junge Frau zu und schüttelte ihr die Hand. Er trug Jeans und ein verwaschenes T-Shirt mit dem Foto einer Band. Bloom vermutete, dass er das für cool hielt, doch er sah damit aus wie der ultimative Nerd. Was nicht schlecht war.

Freya Llewellyn ließ ihre strahlend weißen Zähne blitzen. »So nett, dich kennenzulernen, Craig. Und das ist sicher deine Tante?«

»Alice«, sagte Bloom.

»Ich wollte meiner Mutter keine Hoffnungen machen, indem ich sie mit hierher nehme«, sagte Logan und hielt sich damit an ihre abgesprochene Hintergrundgeschichte, »aber Tante Alice wollte mitkommen und mich moralisch unterstützen.«

»Sicher. Kommt rein. Ich bringe euch gleich zu Daddy. Er ist die vergangene Woche in New York gewesen, aber heute Morgen ist er zurückgekommen, und ich bin sicher, dass er euch beruhigen kann.« Sie führte die beiden durch die große Eingangshalle, vorbei an einer breiten Freitreppe zu einem Balkon, der sich im Halbrund um die Halle schwang. »Er hat sogar gesagt, es sei eine belebende Erfahrung gewesen. Eine Auszeit, die es ihm ermöglicht hat, seine Prioritäten neu zu setzen.«

»Und er ist bereit, mit uns darüber zu reden?«, fragte Bloom.

Vor einer geschlossenen Eichentür machten sie Halt. Sie zeigte einen aufwendig verzierten Türknauf in Form eines Drachen, dessen Augen mit Rubinen besetzt waren.

»Ich finde, um Verzeihung statt um Erlaubnis zu bitten, ist die beste Strategie bei meinem Vater.« Freya zog die Tür auf und führte Bloom und Logan hinein.

Sie eilte auf den großen Schreibtisch auf der anderen Seite des Zimmers zu. »Daddy, hier sind zwei Freunde von mir, die dich dringend sprechen müssen.«

Bloom und Logan blieben in der Tür stehen. Der Mann, der auf einem Stuhl saß und aus dem Fenster sah, drehte sich um, als er den Gruß seiner Tochter vernahm. Er war groß, hatte dichtes schwarzes Haar, breite Schultern und kobaltblaue Augen. Seine Tochter drückte ihm einen Kuss auf die Wange, und er lächelte sie freundlich an, ehe er sich seinen Besuchern zuwandte.

»Das sind Craig und seine Tante Alice. Craigs Schwester ist verschwunden, weil sie auch an diesem Spiel teilgenommen hat, bei dem du mitgemacht hast. Ich habe ihnen gesagt, dass du unversehrt zurückgekommen bist und sie sich keine Sorgen machen sollen, aber ich hoffe, dass es sie beruhigt, wenn sie dich sehen und mit dir sprechen können.«

Bloom erschrak über Freyas Naivität. Die junge Frau ahnte definitiv nichts von der wahren Natur ihres Vaters und wusste nichts über das Spiel. Clive Llewellyn war offenbar ein Meister der Vertuschung. Ohne zu zögern, stand er auf und winkte Bloom und Logan zu sich.

»Natürlich. Natürlich. Kommen Sie herein. Nehmen Sie Platz. Freya, sag doch Mrs Burns, sie soll uns Tee machen und etwas von diesem leckeren Ingwerkuchen mit heraufbringen.«

Bloom und Logan setzten sich auf zwei Stühle gegenüber dem großen Schreibtisch. Llewellyn schüttelte Logan die Hand und klopfte ihm herzhaft auf die Schulter, ehe er mit warmer Verbindlichkeit beide Hände um Blooms Hände schloss. Sein ganzes Auftreten sagte: *Entspannt euch, ihr seid bei Freunden.*

»Wie alt ist Ihre Schwester, Craig?«, fragte Llewellyn, als er zu seinem Stuhl auf der anderen Seite des Schreibtischs zurückkehrte.

»Dreiundzwanzig.«

Llewellyn schüttelte den Kopf und schnalzte entrüstet mit der Zunge. »Ihre arme Mutter muss ja am Durchdrehen sein.« Er sah Bloom an. »Sind Sie die Schwester der Mutter, Alice?«

»Ja«, sagte Bloom. Llewellyn benutzte ihre Vornamen mit der Vertraulichkeit eines alten Freundes. »Ich weiß nicht, was wir tun würden, wenn Freya zu so einer kleinen Spritztour verschwinden würde.«

»Eine kleine Spritztour?«, wiederholte Bloom.

Llewellyn lehnte sich zurück und lächelte. Er hatte die gleichen strahlend weißen Zähne wie seine Tochter. »Eine Spritztour, eine Entdeckungsfahrt, eine Reise der Selbsterkundung. Jeder braucht mal eine Auszeit, um die Batterien wieder aufzuladen und sich neu zu fokussieren, finden Sie nicht?«

»Vielleicht in unserem Alter«, sagte Bloom. »Aber meine Nichte ist ja noch ein halbes Kind.«

Llewellyn nickte, als würde er zustimmen, doch dann

widersprach er. »Manche von uns sind alte Seelen, selbst wenn sie noch jung an Jahren sind.«

»Wissen Sie, wo meine Schwester ist?«, fragte Logan mit einem ziemlich überzeugenden verzweifelten Unterton.

»Wo auch immer sie sein will, würde ich vermuten.«

»Wollen Sie damit sagen, dass sie aus freien Stücken fortgegangen ist?«, sagte Bloom. »Niemand zwingt sie dazu?«

Llewellyn verschränkte die Hände hinter dem Kopf. »Lassen Sie sich von mir eine kleine Geschichte erzählen. Ich bin ein reicher Mann, wie Sie wahrscheinlich schon bemerkt haben, und zwar, weil ich ein verdammt guter Anwalt bin. Wenn Sie Ihre Firma für ein paar Millionen verkaufen wollen, bin ich Ihr Mann. Wenn Sie gegen die machthungrigen Marktführer ankämpfen wollen, die Ihre Firma verschlucken wollen, bin ich Ihr Mann. Wenn Sie die kleinen Fische auffressen wollen, die Ihnen die Kunden wegschnappen, bin ich Ihr Mann. Gegen mich gewinnt keiner – es hat noch nie einer gewonnen, und es wird auch nie einer gewinnen. Aber was habe ich davon?«

Bloom kämpfte gegen den Drang an, die Arme in den Raum zu schwenken und zu sagen: *Ein großes Haus, eine verwöhnte, auf Privatschulen ausgebildete Tochter, irgendwo eine Vorzeigefrau und einen Stall voller schneller Autos.* »Undankbare Kleingeister beschweren sich bei mir. *Ich wollte mehr, Llewellyn. Sie müssen es für weniger machen, Llewellyn.* Dabei haben sie weder den Verstand noch den Mumm, um es selbst zu machen. Verstehen Sie?«

»Was hat das mit meiner Schwester zu tun?«

Llewellyn sah Logan einen Moment lang an. »Nichts«, sagte er.

Das Schweigen wurde unterbrochen, als eine Frau mittleren Alters in Dienstmädchenkluft hereinkam, mitsamt weißer Schürze und Häubchen. Sie schob einen silbernen Servierwagen mit einer Porzellanteekanne, dazu passenden Tassen und drei Tellern, auf denen sich die Kuchenstücke türmten. Das Dienstmädchen – vermutlich Mrs Burns – schenkte in alle drei Tassen Tee ein und stellte sie vor Llewellyn, Logan und Bloom, ehe sie die Teller neben die Tassen und ein Milchkännchen sowie eine Zuckerdose in die Mitte des Tischs platzierte. Bloom und Logan dankten ihr, Llewellyn nicht. Die Hausangestellte ging wieder hinaus, ohne ein Wort zu sagen.

»Warum soll meine Nichte verschwinden, um ein Spiel zu spielen, ohne ihrer Familie zu sagen, wo sie ist oder ob es ihr gut geht?«, sagte Bloom. »Es tut mir leid, aber das erscheint mir überhaupt nicht plausibel.«

»Ist es ein Spiel oder nur eine andere Realität?«, sagte Llewellyn in lässigem, philosophischem Ton.

»Das wissen wir nicht«, sagte Bloom mit einer ordentlichen Prise Genervtheit. Sie sah erst Logan, dann Llewellyn an. »Aber Sie wissen es. Sie wissen genau, was das Spiel – diese alternative Realität – ist. Also bitte … bitte sagen Sie uns, was sich abspielt und wo sie ist.«

»Ist Ihre Schwester intelligent?«, fragte Llewellyn Logan.

»Ich denke schon.«

»Tja, intelligente Menschen kommen immer klar, egal, worin die Herausforderungen bestehen.«

Bloom setzte sich aufrechter hin. »Was für Herausforderungen?«

Llewellyn nahm die Hände hinter dem Kopf hervor. »Leben. Liebe. Verlust.«

»Ist sie in Gefahr?«, fragte Logan.

»Craig, mein lieber Junge, wir sind alle permanent in Gefahr. Es ist eine Illusion, etwas anderes zu glauben.«

»Okay, okay. Aber im Besonderen – verleitet einen dieses Spiel dazu, gefährliche Dinge zu tun? Könnte sie verletzt werden?«

Llewellyn beugte sich nach vorn und stützte die Arme auf die Schreibtischplatte. »Niemand kann einen zu irgendetwas zwingen, was man nicht tun will, oder, Alice?« Er warf Bloom ein Lächeln zu und zwinkerte, als bestünde zwischen ihnen ein geheimer Bund.

Bloom ergriff die Gelegenheit, um auf ihn einzuwirken. »Hören Sie. Wir wollen einfach nur wissen, dass Sally in Sicherheit ist, dass sie nicht irgendetwas tut, was riskant wäre oder sie in Schwierigkeiten brächte.« Sie sprach mit ihrem eigenen Unterton der Verzweiflung. »Als Vater können Sie das doch sicher nachvollziehen?«

»Das Risiko des einen ist der Alltag des anderen. Was dem einen Schwierigkeiten bereitet, ist für den anderen Normalität.«

»Aber wie steht es mit echten Straftaten?«, fragte Logan. »Sie sind Anwalt. Wenn meine Schwester aus freien Stücken verschwunden ist, was macht sie dann? Verstößt sie gegen das Gesetz?«

Llewellyn lächelte, und Bloom stellte sich einen riesigen Computer in seinem Gehirn vor, der daran arbeitete, die passende Antwort auszuspucken. »Sie haben gesagt, die Erfahrung hätte Ihnen geholfen«, sagte Bloom. Sie hoffte, ihn durch die Aufforderung, über sich selbst zu sprechen, bei der Stange zu halten. »Wie ging das vor sich?«

»Sie hat mir nicht geholfen. Sie hat mir geholfen, mir selbst zu helfen.«

»Aber in Bristol hat eine Frau ihren Mann umgebracht, nachdem sie drei Monate lang bei diesem Spiel mitgemacht hatte«, sagte Logan. »Also bitte, läuft meine Schwester Gefahr, zu kriminellem Verhalten gezwungen zu werden?«

Logans Worte verrieten zu viel. Er verwendete nicht nur zu viel Polizeijargon, sondern auch, dass Faye Harry ermordet hatte, war noch nicht öffentlich bekannt. Llewellyn blieb völlig reglos sitzen, das Lächeln nach wie vor wie festgeklebt im Gesicht, doch in seinen Augen veränderte sich etwas. Er starrte Logan mit durchdringendem, kaltem Blick an. DC Logan rutschte auf seinem Stuhl zurück. Er wandte sich von Llewellyn ab, sah auf den Boden und dann wieder zu Llewellyn.

»Wer zum Teufel sind Sie?«, herrschte Llewellyn sie an, wobei sein ganzer Charme von ihm abfiel.

«Detective Constable Logan, Avon and Somerset Police. Wir ermitteln im Tod von Harry Graham.«

Llewellyns Blick wanderte langsam von Logan zu Bloom. »Und Sie?«

»Sind Sie wirklich die Tante von dieser Sally? Nein. Natürlich nicht. Es gibt überhaupt keine Sally, richtig?« Er sah wieder Logan an. »Zeigen Sie mir Ihren Dienstausweis.«

Das war keine gute Idee. Llewellyn hatte zwar womöglich bereits Logans Namen und seine Dienststelle abgespeichert, doch Bloom hoffte, dass dies nicht der Fall war. Sie schaltete sich ein: »Wie wurden Sie ausgewählt? Die Leute werden namentlich eingeladen, also woher konnten die Veranstalter wissen, dass Sie ein geeigneter und williger Kandidat waren?«

»Gute Frau«, sagte Llewellyn, »wir leben in einer Welt der permanenten und vollständigen Überwachung.«

»Aber wie wurden speziell Sie ausgewählt?« Bloom konnte sich nicht vorstellen, dass Llewellyn auf Facebook Psychotests ausfüllte.

»Stellen Sie sich vor, an einem Strand aus Kieselsteinen gibt es eine Handvoll wertvoller Edelsteine. Wie würden Sie sie finden?«

»Sie wissen es nicht«, sagte Bloom. »Verstehe.« Dann sah sie Logan an. »Ich glaube, Mr Llewellyn hat die Grenzen seiner Nützlichkeit für uns erreicht.« Sie stand auf, und Logan folgte ihr.

»Ein netter Versuch, mich aus der Ruhe zu bringen, Alice oder wie auch immer Sie heißen, doch ich fürchte, es wird nicht funktionieren.«

»Ich versuche nicht, Sie aus der Ruhe zu bringen. Ich bin lediglich tief enttäuscht. Ausgehend von Ihrem Beruf, Ihrem Haus und Ihrer unübersehbaren Intelligenz hatten wir gehofft, in Ihnen einem der Vordenker zu begegnen, vielleicht sogar dem Gehirn hinter dem Spiel, aber nun steht fest, dass Sie nichts wissen.«

Auf Llewellyns Stirn zeigte sich ein winziges Zucken. Psychopathen mochten gegenüber Angst und Empathie immun sein, aber Wut und Ego standen auf einem ganz anderen Blatt.

Auf einmal flog die Tür auf, und Chief Superintendent Barker mit DS Green im Schlepptau stürmten herein. Sie hatten ein Stück weiter weg geparkt und mitgehört, allerdings versprochen, nicht einzugreifen, solange Bloom und Logan nicht in unmittelbarer Gefahr waren – was definitiv nicht der Fall war. Bloom sah Llewellyn lächeln. Er hatte ihr die Enttäuschung angesehen, ehe sie sie kaschieren konnte.

»Sie haben keine Ahnung, mit wem Sie es zu tun haben, oder?«, flüsterte er.

Freya Llewellyn entschuldigte sich unter Tränen bei ihrem Vater, als er auf dem Rücksitz von Superintendent Barkers Auto Platz nahm. Widerwillig hatte er sich bereiterklärt, die Polizisten aufs Revier zu begleiten, um ihnen bei ihren Ermittlungen zu helfen.

»Ich habe Sie doch gebeten, nur zu kommen, wenn es gefährlich wird«, sagte Bloom zu Barker, der zu ihrem Ärger ziemlich selbstzufrieden dreinsah.

»Er hat Ihre Tarnung aufgedeckt. Wir mussten schnell handeln. Jetzt gehen wir der Sache auf den Grund.«

»Sie haben keine Ahnung, mit wem Sie es zu tun haben, oder?«, sagte Bloom, indem sie Llewellyns Worte wiederholte. Barker runzelte die Stirn. Er musterte Llewellyn, der auf dem Rücksitz des Streifenwagens saß, seelenruhig Fotos auf seinem iPhone-Display durchsah und seine weinende Tochter ignorierte. »Diese Leute sind keine Pitbulls. Sie beißen nicht, wenn man sie mit einem Stock traktiert, weil sie darauf nicht programmiert sind. Sie sind Alligatoren, die unter der Oberfläche lauern. Sie warten, bis du eine Schwäche zeigst, und dann greifen sie an. Sie haben es vermasselt, Steve. Jetzt kriegen Sie kein Wort mehr aus ihm heraus. Er weiß, wie dringend wir das wissen wollen, was er weiß, und deshalb wird er viel reden, aber ich wette, er wird sehr wenig sagen.«

Barker schob den Unterkiefer hin und her. »Und warum haben Sie dann wertvolle Polizeiressourcen vergeudet, indem Sie uns in dieses alberne Spielchen hineingezogen haben?« Barker war eindeutig mehr Pitbull als Alligator.

»Weil er trotz seines Talents für Ausflüchte immer noch ein Mensch ist, und Menschen machen Fehler, wenn man sie überrumpelt.«

»Er hat aber keinen Fehler gemacht.«

»Er hat enthüllt, dass er einer der gefährlichsten Psychopathen weit und breit ist und dass er sowohl sich selbst als auch die Menschen um sich herum voll und ganz unter Kontrolle hat.«

Barker rieb sich mit der Rechten das Kinn und verfolgte, wie DC Logan Freya Llewellyn streng dafür zurechtwies, dass sie Fremde, die sie nur aus dem Internet kannte, in ihr Haus gelassen hatte.

»Trotz allem war es keine Vergeudung wertvoller

Ressourcen, Steve«, fuhr Bloom fort. »Auch wenn es mich frustriert, dass Sie unser Gespräch mit ihm unterbrochen haben, kann ich Ihnen sagen, dass Llewellyn durchaus Fehler gemacht hat, und zwar nicht nur einen.«

38

Jameson schlief vollständig angezogen auf dem breiten Sessel in der Ecke seines Zimmers. Der Fernseher war stumm gestellt, und Untertitel liefen über den Bildschirm.

»Jameson?«

Er schlug die Augen auf.

»Wie geht es dir?«

»Offenbar verpasse ich so einiges.«

Bloom lächelte und stellte den Latte macchiato ab, den sie im Café Fork besorgt hatte. Dann setzte sie sich auf den Plastikstuhl am Bett. »Hast du dir die Datei angehört, die ich dir geschickt habe?«

»Weißt du, ich dachte eigentlich, es sei ein Witz, als du gesagt hast, du würdest mir meine Arbeit in die Klinik bringen.« Er griff nach dem Becher. »Für mich?«

Sie nickte. »Sag mir, was du gehört hast.« Sie hatte ihm eine Aufzeichnung des Gesprächs mit Clive Llewellyn gemailt.

»Danke«, sagte er und trank einen Schluck Kaffee, ehe er nach dem Spiralnotizbuch auf seinem Nachtschränkchen griff. »Er ist ein glitschiger alter Fisch, das steht mal fest. Keine einzige Frage hat er aufrichtig beantwortet. Er hat uns nur philosophisches Gelaber und blumige Phrasen serviert, aber meine Recherchen sagen mir, dass das wohl zu erwarten war.«

Bloom nickte. »Die meisten Psychopathen lieben es,

in Gesprächen Spielchen zu spielen, um die anderen zu kontrollieren und zu manipulieren.«

»Aber er hat dir deine Sorge um deine vermisste Nichte abgenommen, zumindest eine Zeitlang. Ich glaube, er hat gleich zu Beginn einiges preisgegeben.«

Sie wusste, dass Jameson die Ausrutscher registrieren würde, doch es war immer gut, wenn ihre hohen Erwartungen bestätigt wurden. »Sprich weiter«, sagte sie.

»Er hat nicht bestritten, bei dem Spiel mitgemacht zu haben. Er ist ein egozentrischer Narzisst mit einem Ego vom Umfang seines Kontostands. Gepaart mit der Charmeoffensive und den ausweichenden Antworten weist alles stark darauf hin, dass er ein Psychopath ist.«

»Du klingst schon fast wie ein Psychologe.«

Jameson schaute mit erhobenen Brauen von seinem Notizblock auf. »War das ein Witz, Dr. Bloom?«

Sie tat seine Bemerkung mit einer Handbewegung ab. »Er war die ganze Zeit völlig gelassen. Zuerst hat er uns behandelt wie alte Freunde, bis es auf einmal schlagartig damit vorbei war. Und dann schauen einen solche Leute mit diesem starren Blick an, der so kalt und leer ist. Craig wurde ganz mulmig.«

Jameson nickte. »Also gibt es keine Zweifel mehr. Das Spiel zielt auf Psychopathen ab.«

»Würde ich sagen. Warum er allerdings nach sechs Wochen nach Hause zurückgekehrt ist, während andere monatelang verschwunden geblieben sind, ist sonderbar...«

»Okay. Es ist also ein Spiel für Psychopathen. Oder angehende Psychopathen, Leute mit psychopathischen

Charakterzügen. Und was auch immer es beinhaltet, es macht ihnen Spaß. Das ist das zweite große Ding, das er verraten hat.«

»In der Tat. Mit reichlich blumigen Worten.«

Jameson las von seinem Block ab. »*Spritztour, Entdeckungsfahrt, Reise der Selbsterkundung, die Batterien wieder aufladen, sich neu fokussieren.* Er hat gesagt, es ginge um Leben, Liebe und Verlust. Und dass das Spiel umso leichter wäre, je intelligenter man sei.«

»›Intelligente Menschen kommen immer klar, egal, worin die Herausforderungen bestehen‹«, zitierte Bloom. »Ich glaube, die Herausforderungen sind die zentrale Komponente.«

»Es handelt sich also um mehrere Herausforderungen?«

Bloom überlegte. »Damit dieser Persönlichkeitstyp Lust auf einen Wettkampf bekommt, muss das reale Gefühl, etwas erreicht zu haben, am Ende stehen. Dazu müsste das Spiel stark konkurrenzorientiert sein … Damit die Spieler entweder glauben, dass sie gegen andere Personen gewinnen oder dass beträchtliche Belohnungen winken. Es muss etwas dabei herausspringen.«

»Irgendwas von Barker gehört?«, fragte Jameson.

»Sie haben weiter nichts von Llewellyn erfahren. Barker will es mit einem der anderen zurückgekehrten Spieler erneut versuchen, aber meine Vermutung ist, dass Llewellyn, sowie er das Polizeirevier verlassen hat, sofort alle gewarnt hat. Die Schotten werden dicht sein. Wir werden es nicht schaffen, das Spiel zu infiltrieren. Ausgeschlossen, dich da einzuschleusen.«

»Schau«, sagte Jameson und drehte die Lautstärke des Fernsehers auf.

»Die Polizei ist sehr besorgt wegen des Verschwindens der sechzehnjährigen Jane Reid«, sagte der Nachrichtensprecher. »Sie wurde zuletzt gesehen, als sie am vergangenen Freitag zur Mittagszeit ihre Schule in Wembley verlassen hat. Sie war zu Fuß unterwegs und trug ihre Schuluniform. Jeder, der Jane in den letzten Tagen gesehen oder etwas von ihr gehört hat, soll sich bitte unverzüglich bei der Polizei melden.« Ein paar Augenblicke lang schwebten die Kontaktdaten unter einem Foto von Jane über den Bildschirm. Dann machte der Nachrichtensprecher weiter mit einem Beitrag über einen Streik der Londoner U-Bahn.

39

»Sie entlassen dich heute«, sagte Sarah, als sie Jamesons Zimmer betrat. »Dein Arzt sagt, dass dein Kopf gut heilt und sie die Schmerzmittel reduzieren konnten.«

Bei ihren letzten Besuchen war er im Krankenhausnachthemd im Bett gelegen, deshalb war es ein gutes Gefühl, angezogen zu sein und im Sessel zu sitzen.

»Von wem ist der Kaffee?«, fragte Sarah und zeigte auf den Fork-Kaffeebecher auf dem Nachttisch.

»Von meinem Kompagnon.«

»Ich dachte, du bist Freiberufler?«

»Sind wir. Wir sind zu zweit.«

»Und ist er auch in der Forschung?«

»In gewissem Sinne ist sie das, ja.«

Sarah lächelte und setzte sich ans Ende des Betts. »Du sprichst nicht gern über deine Arbeit, oder?« Ihr Kleid hatte vorn einen Schlitz, und als sie sich setzte, blitzte ein kleines Stück ihres Oberschenkels auf.

»Ich habe gelernt, dass es am besten ist, nicht zu früh zu viel zu verraten.«

»Warum das?«

Jameson lächelte.

»Was ist das große Geheimnis? Es passt doch gar nicht.«

»Wozu?«

»Zu deinem Charakter. Du bist so freundlich und locker. Aber wenn das nur ein großer Schwindel ist, dann möchte ich es lieber gleich wissen. Ich habe nämlich keine Geheimnisse.«

»Oh, das kauf ich dir nicht ab.«

»Nein, ehrlich. Was du siehst, ist, was du kriegst. Ich bin ein Mittelschichtsmädchen aus Yorkshire. Ein Einzelkind. Meine Mutter war Buchhalterin, mein Vater Leiter einer Firma, und ich bin Ärztin. Ich habe mein ganzes Leben in derselben Gegend verbracht, bis zu dieser jüngsten Abordnung hierher. Ich bin jeden Sonntag in die Kirche gegangen. Ich bin ein braves Mädchen. Das war's. Das ist alles, was man über mich wissen muss.«

»Willst du damit sagen, dass du eines dieser braven Mädchen bist, die bis zur Ehe warten?«

Sarah machte die Augen schmal, und ihre Mundwinkel umspielte ein Lächeln. »So brav nun auch wieder nicht«, sagte sie.

»Gott sei Dank.«

»Und wie kommst du darauf, dass diese Information irgendwie nützlich für dich sein könnte?«

Jameson hielt eine Hand in die Höhe. »Sorry, da hast du ganz recht. Ich habe nur laut gedacht.«

Sarah nickte. »Und was ist mit dir? Wo bist du aufgewachsen?«

»In Berkshire – nicht weit von Ascot. Mein Vater war beim Militär, und meine Mutter ist Psychiaterin. Ich habe eine jüngere Schwester namens Claire – sie wohnt in Wembley. Wenn du lange genug dableibst, wirst du sie wahrscheinlich kennenlernen. Sie kommt immer gegen Mittag vorbei.«

»Würde mich freuen.«

»Sei dir da nicht so sicher. Wenn sie erfährt, dass ich mich mit einer Frau treffe, lädt sie dich zu jedem Familienfest ein und spricht dich auf Babys an, ehe du auch nur ans zweite Date gedacht hast.«

Sarah hob die Brauen. »Okay.«

Jameson versetzte sich in Gedanken selbst einen Tritt. Warum brachte ihn diese Frau immer wieder dazu, solch dummes Zeug zu reden? »Apropos zweites Date, hättest du das gern? Ohne Drama mit Sanitätern und Krankenwagen.«

Sarah nickte. »Wie wäre es am Samstag mit einem Picknick im Hyde Park? Das Wetter soll schön werden. Meinst du, du schaffst es in die Innenstadt? Ich weiß ja nicht, ob du schon fahren darfst.«

»Ich fahre nie in der Innenstadt.«

»Ist das ein Ja?«

»Das ist ein Ja.«

Auf einmal fühlte sich das Zimmer kleiner an, als schlösse sich eine Blase um sie und zöge sie enger zueinander hin.

»Okay, du hast den Starrwettkampf gewonnen«, sagte Sarah schließlich und wandte sich ab.

Jameson lachte. »Was dir fehlt, ist ein Geschwister, weißt du? Ich war der ungeschlagene Familienchampion, drei Jahre lang, von zwölf bis fünfzehn.«

»Und was ist dann passiert?«

»Claire hat Jungs und Schminke entdeckt und sich geweigert, dumme Spielchen mit ihrem dummen Bruder zu spielen.«

Sarah sah belustigt drein. »Verständlich.«

»Es muss langweilig gewesen sein, ohne Spielkameraden aufzuwachsen.«

»Ich hatte massenhaft Freunde, es ist mir gar nicht aufgefallen.« Sie sah auf die Uhr. »Ich muss los. Ich habe um elf Uhr einen Termin.« Sie stand auf, beugte sich vor und küsste ihn auf die Wange. Er umfasste ihr Handgelenk, und sie verharrte in der Position, ihr Gesicht direkt über seinem.

Da schwang die Tür auf. »Dann mal los, junger Mann. Höchste Zeit, dass Sie gewaschen und gebürstet und fit für die Außenwelt gemacht werden.« Schwester Janet hatte einen roten Haarwust und lustige Augen. Die Spannung im Raum registrierte sie nicht.

Sarah richtete sich auf. »Dann also bis Samstag. Um zwölf an der Serpentine Gallery?«

Jameson drückte ihr einen Kuss auf den Handrücken und ließ ihr Handgelenk los. »Bis dann.«

40

Die erste Besprechung am Schiedsgericht für Gesundheits- und Heilberufe verlief absolut frustrierend.

»Sie bestreiten also jegliches Fehlverhalten in Bezug auf die Interaktionen, die Sie in der Zeit zwischen dem zwölften Oktober 2016 und dem vierten Dezember 2016 mit der zwölfjährigen Amy Jones hatten?«, sagte Keith Timms, der Mitarbeiter mit dem schlecht sitzenden Anzug und den schütteren Haaren, der damit betraut war, Bloom hinsichtlich ihres angeblichen Fehlverhaltens ins Bild zu setzen.

»Absolut«, antwortete sie.

Timms drehte sein Tablet um, sodass Bloom auf den Bildschirm blicken konnte. »Können Sie mir sagen, ob Sie dieses Anwesen kennen, Dr. Bloom?«

»Natürlich. Das ist mein Haus.«

Er klickte zum nächsten Foto weiter. »Und wer ist das vor Ihrem Haus?«

»Das bin ich. Aber wer hat diese Bilder gemacht und wann?«

Timms klickte weiter zum nächsten Bild. »Irgendwann zwischen dem zwölften Oktober 2016 und dem vierten Dezember 2016.«

Bloom starrte auf das dritte Foto. Es war unbegreiflich.

»Können Sie mir sagen, wer auf diesem Foto ist?«, fragte Timms. »Die zwei Personen, die den Weg zur Tür des Hauses entlanggehen, von dem Sie vorhin bestätigt haben, dass es Ihr Haus ist?«

»Das kann ich, aber das Foto ist nicht echt. Amy Jones ist nie in meinem Haus gewesen. Ich habe sie nie außerhalb meiner Praxis getroffen.«

»Aber Sie können bestätigen, dass die hier fotografierten Personen Sie und Amy Jones sind?«

Bloom nickte. Es war so realistisch. Sie erkannte sich selbst mitten im Gehen in schwarzer Hose und einem Wintermantel, und nur wenige Schritte hinter ihr sah man unverkennbar das Abbild Amys in Jeans, pinkfarbenen Sneakers und ihrem grauen Dufflecoat. Bloom erkannte Amys Mantel und ihre Sneakers wieder. Sie hatte sie bei ihren Sitzungen getragen, hatte den Mantel beim Kommen ausgezogen und war beim Gehen wieder hineingeschlüpft.

»Wie erklären Sie das dann?«, fragte Timms.

Bloom sah ihm in die Augen. »Ich schlage vor, Sie fragen einen Fotoexperten, der das Bild kriminaltechnisch unter die Lupe nimmt. Jemand hat es manipuliert, um mich zu belasten.«

»Und das ist Ihre Verteidigung.« Es war keine Frage. Timms seufzte, als hätte er die gleiche lahme Ausrede schon tausendmal gehört. Er drehte sein Tablet wieder um und sammelte seine Papiere zusammen. Die Besprechung war beendet.

Nach der Besprechung war Bloom mit Professor Mark Layton in einem nahe gelegenen Café verabredet. Als sie eintraf, saß er an einem Tisch am Fenster. Er war an der Universität Sheffield ihr Psychologieprofessor gewesen und anschließend ihr Mentor, als sie sich ihre fachlichen Qualifikationen erarbeitet hatte. Er war ein Experte für die Erstellung von Täterprofilen und einer der ersten Psychologen gewesen, die der Polizei zuarbeiteten. Layton hatte Bloom bereits gefördert, als sie noch Studentin gewesen war und keine klaren Ziele vor Augen hatte. »Wie geht es Ihnen?«, fragte er Bloom.

»Vor allem kann ich es einfach nicht fassen. Haben Sie schon gewählt?«

Professor Layton nickte, und Bloom winkte dem Kellner.

»Ich nehme das, was er nimmt, und dazu ein Glas Leitungswasser, bitte.« Sie klappte die Speisekarte zu und reichte sie dem Kellner.

»Für mich bitte Eier Benedict und einen Americano mit heißer Milch.«

»Danke, dass Sie sich Zeit für mich genommen haben«, sagte Bloom. »Ich wollte keinen Anwalt mitnehmen, weil das gleich den Eindruck vermittelt hätte, als hätte ich mich irgendwie schuldig gemacht. Aber ich bin froh, dass ich mich mit jemandem besprechen kann, dem ich vertraue.«

Sie erörterten die Ermittlungen und den ursprünglichen Fall. Dann sprachen sie über Professor Laytons jüngste Studentengruppe, die er als faul und ungehobelt bezeichnete – was nichts Neues war, denn er hatte die unteren Semester schon immer so genannt.

»Wenn ich Sie schon vor mir habe, möchte ich die Gelegenheit nutzen, um Ihr Wissen in einer anderen

Sache anzuzapfen, wenn ich darf«, sagte Bloom, als sie fast zu Ende gegessen hatten.

Professor Layton nickte. »Aber sicher.«

»Wenn Sie eine Reihe von Aufgaben entwerfen müssten, die Psychopathen ansprechen – eine Art Spiel sozusagen –, wie würden Sie das anstellen?«

»Warum sollte ich das tun?« Er wischte sich den Mund mit seiner Serviette ab.

»Um sie für etwas zu rekrutieren.«

»Ich will also testen, wie psychopathisch sie sind?«

»So könnte man es sagen.«

»Und welche Art von Psychopathen? Kriminelle oder funktionale?«

»Vorwiegend funktionale. Das Ziel wäre, sie in der allgemeinen Bevölkerung ausfindig zu machen und sie dazu zu bringen, ihr Leben hinter sich zu lassen, um an dem Spiel teilzunehmen.«

Layton rümpfte die Nase, ein Anzeichen dafür, dass er nachdachte. »Warum fragen Sie das, Augusta?«

»Es ist nur ein Projekt. In erster Linie theoretisch.«

»Und es muss ein Spiel sein, ja?«

»Was wäre die Alternative?«

»Ein simpler Anreiz oder eine Wette.«

»Wie eine Mutprobe?«

»Psychopathen fühlen sich generell zu hochriskanten Aktivitäten mit potenziell hohen Gewinnen hingezogen«, sagte Professor Layton. »Denken Sie nur an die Studien über Psychopathen und Glücksspiel. Sie leben im Augenblick, also können sie jeden Einsatz als isoliertes Ereignis wahrnehmen. Nicht-Psychopathen könnten vielleicht auch mit einer Nichts-zu-verlieren-Haltung anfangen, aber wenn wir anderen ein paar Runden gewonnen oder verloren haben, werden wir bewahrend und vorsichtig. Unsere vorangegangenen Erfahrungen wirken sich auf unsere zukünftigen Entscheidungen aus. Aber Psychopathen machen immer weiter mit den hohen Einsätzen, als wäre jede Runde die erste. Es ist außerdem eine gute Strategie: Sie gewinnen öfter.«

»Das Risiko ist hoch – sie verlassen ihr bisheriges Leben und so weiter –, also muss doch ein recht imposanter Gewinn winken?«

Layton nickte und sah aus dem Fenster. Es hatte zu regnen begonnen, und die Passanten spannten Schirme auf, zogen Kapuzen hoch oder hielten sich Zeitungen über die Köpfe. »Vielleicht bräuchte man auch eine Reihe aufeinander folgender Gewinne. Wie beim Glücksspiel. Psychopathen brauchen immer mehr Stimulation, um dieses Wohlgefühl zu erleben, weshalb sie ja auch zu solchen Extremen neigen. Aber ein anhaltender Strom von schnellen Gewinnen würde genauso gut funktionieren wie ein aufgeschobener größerer Gewinn. In den meisten Fällen sogar besser, würde ich vermuten.«

»Wie bei Scientologen und ihren Initiationsstufen. Ihre Anhänger gieren ständig nach mehr, weil sie permanent auf die nächste Stufe der Mitgliedschaft hinarbeiten.« Allmählich bekam Bloom eine Vorstellung davon, wie ein solches Spiel aussehen könnte.

»Und wie bei allen der besten Videospiele«, sagte Layton und stellte Tasse und Untertasse auf seinen Teller, ehe er das Besteck danebenlegte.

»Ich habe mir auch überlegt, dass man solche Leute am besten findet, indem man entsprechend ausgefeilte Fragebögen über die sozialen Medien verbreitet«, sagte Bloom.

Layton rümpfte erneut die Nase. »Na ja, damit bekäme man ein Sortiment von Psychopathen, die sich gern in den sozialen Medien tummeln. Aber ich würde meinen, dass man zum Diagnostizieren von Psychopathen schon mehr Daten bräuchte.«

»Genau. Dazu müsste man ihr gesamtes Internet-Profil auswerten.«

»Die Leute geben im Internet viel zu viel preis. Und wenn sie auf Facebook und Twitter sind, sehen wir zwei Seiten ihrer Persönlichkeit. Facebook zeigt ihr idealisiertes Selbst – ›Ich, wie ich von der Welt gesehen werden möchte‹.«

»Die Fassade?«

»Genau«, sagte Layton. »Und daneben bietet Twitter ein anonymeres Forum, wo sie ihre wahren Gedanken ausdrücken können, sei es nun Ärger, Verbitterung, Vorurteile oder Freude.«

»Das private Selbst.«

»Es wäre nicht ganz einfach sicherzustellen, dass sich ausschließlich Psychopathen angesprochen fühlen. Viele Menschen haben aus allen möglichen anderen Gründen ein dunkles Innenleben.«

»Die Missbrauchten, die Zornigen oder die Geknechteten könnten allesamt ähnliche Profile aufweisen.«

Layton lehnte sich vor und gestikulierte beim Sprechen. »Aber unseren Psychopathen würde der emotionale Kontext fehlen. Ihre Sprache wäre anders und ihr Verhalten rationaler.«

»Dann würden Sie also einen entsprechenden Filter einbauen?«

Er lehnte sich zurück und atmete aus. »Es ist ein großes Unterfangen, Augusta. Ein kompliziertes Verfahren und mit Sicherheit nichts, was eine durchschnittliche Universitätsabteilung leisten könnte, falls es das ist, worauf Sie hinauswollen.«

Bloom schüttelte den Kopf. »Und nichts, was eine Einzelperson allein in die Wege leiten könnte.«

Layton runzelte die Stirn. »Sie haben doch nicht etwa vor, so etwas umzusetzen, oder? Wozu sollte das gut sein?«

»Guter Gott, nein. Ich führe nur eine Machbarkeitsstudie durch. Wie gesagt, es ist reine Theorie.«

Layton bestand darauf, die Rechnung zu übernehmen. »Sie dürfen nächstes Mal bezahlen«, sagte er, schob die Karte in das Gerät und tippte seine PIN ein. Bloom legte ein Trinkgeld auf den Tisch, und sie holten ihre Mäntel vom Garderobenständer neben der Tür. Draußen fiel der Regen aufs Straßenpflaster.

»Funktionale Psychopathen ausfindig zu machen ist eine Sache, Augusta«, sagte Layton, als sie aus dem Lokal traten. »Aber was in aller Welt fangen Sie mit ihnen an, wenn Sie sie gefunden haben?«

Genau das frage ich mich auch, dachte Bloom.

41

»Bist du sicher, dass du schon fit genug bist?«, fragte Bloom, als sie zur täglichen Telefonkonferenz im Büro eintraf.

»Mach dir keinen Kopf.« Jameson saß an seinem Schreibtisch, vor sich ein Sandwich und ein Getränk. Er hatte weder das eine noch das andere bislang angerührt. Selbst seine Sommersprossen sahen heute blass aus. »Erzähl mir noch mal, was Barker gestern gesagt hat.«

»Nur, dass er den Posten als stellvertretender Polizeipräsident ein bisschen früher als geplant antreten werde und daher in Zukunft nicht mehr so verfügbar sei.«

»Und was hast du gesagt?«

»Ich habe ihm gesagt, dass es ein sonderbarer Zufall sei, dass er nun auf einmal woanders gebraucht würde. Und er hat gemeint, so was würde eben manchmal passieren.«

»Genau wie die Infragestellung deiner beruflichen Kompetenz und dass ich von einem wild gewordenen Radfahrer krankenhausreif gefahren werde.«

»Du hörst dich auf einmal anders an.«

»Ich hatte Zeit nachzudenken.«

»Wenn die Person, die dieses Spiel dirigiert, vor Llewellyn nichts von uns wusste, dann weiß sie es jetzt auf jeden Fall. Es ist also keine Paranoia, sich zu fragen, warum unser ranghöchster Kriminalbeamter nun auf einmal woanders gebraucht wird. Er behauptet, die

Polizei könne nicht von Außenstehenden beeinflusst werden, aber schau dir doch DCI Warren Beardsley an.«

»Der Polizist, der bei dem Spiel mitspielt? Du glaubst, er beeinflusst die Ermittlungen?«

»Vielleicht nicht direkt. Aber das Spiel hat zumindest einen potenziellen Psychopathen innerhalb der Polizei ausfindig gemacht, und ich bin mir ziemlich sicher, dass es noch andere gibt. Es ist eine typische Berufswahl für Leute, die gern Macht ausüben.«

Jameson drehte seinen Bürostuhl so, dass er sie direkt ansah.

»Wer auch immer diese Sache dirigiert, wollte bemerkt werden«, fuhr sie fort. »Wie du gesagt hast, sie hätten das gesamte Rekrutierungsverfahren auch im Verborgenen stattfinden lassen können, doch das haben sie nicht getan. Ich glaube nicht, dass die Hast-du-den-Mut-es-zu-spielen-Aufforderung ausschließlich für die Psychopathen gedacht war. Ich glaube, sie ist ebenso für uns und die Polizei gedacht.«

»Dann spielen wir also auch mit?«

»Wir sind irgendwie ein Teil davon, zweifellos. Ich habe mit Professor Layton gesprochen.« Jameson nickte wissend. Er und Layton waren sich ein paarmal begegnet. »Wir haben uns unterhalten, und ein solches Spiel zu entwickeln wäre ein gewaltiges Unterfangen. Man bräuchte Unsummen von Geld und massenhaft Zeit. Und technisches Können. Es würde mich wundern, wenn es das Werk einer Einzelperson wäre.«

»Arbeiten Psychopathen denn zusammen? Sind sie

nicht alle selbstsüchtige Egozentriker, die nur ihr eigenes Ding verfolgen?«

»Das ist zumindest die gängige Theorie. Aber was, wenn sie falsch ist? Oder sich etwas verändert hat?«

»Dass sie sich zu Herdentieren verwandelt haben?«

Bloom warf ihm einen missbilligenden Blick zu. »So schnell ist die Evolution nicht. Das hier wird von etwas Menschlicherem angetrieben.«

Sie wählte sich in Barkers Telefonkonferenz ein und stellte den Raumlautsprecher an, damit Jameson mithören konnte. Nach ein paar Minuten endete die Musik, und die Stimme von DS Phil Green erklang.

»Guten Nachmittag, alle beide. Heute sind nur ich, Kaye und Raj dabei. Die anderen wurden alle zu einem Vorfall in der Stadt gerufen.«

Jameson sah Bloom mit erhobenen Brauen an. Offenbar standen ihre Ermittlungen nicht mehr ganz oben auf der Prioritätenliste.

»Hallo an alle«, sagte Bloom. »Also, Folgendes wissen wir bisher. Hundertneun Personen haben eine Geburtstagskarte erhalten und sich auf die Herausforderung eingelassen. Craig hat mir gesagt, dass er inzwischen vier Spieler ermittelt hat, die nach etwa einem Monat wieder nach Hause zurückgekehrt sind, darunter Clive Llewellyn und Faye Graham, obwohl Faye wieder verschwunden ist, nachdem sie ihren Ehemann getötet hat. Alle anderen werden zwischen wenigen Wochen bis zu einem Jahr vermisst. Es hat sich niemand gemeldet, der eine Karte bekommen, aber die Aufforderung nicht angenommen hat.«

Bloom hielt inne, um zu sehen, ob irgendjemand Einwände hatte. Es kamen keine.

»Wir laden die anderen beiden zurückgekehrten Spieler zur Vernehmung vor«, sagte DS Green.

»Gut«, sagte Bloom. »Obwohl ich damit rechne, dass sie genauso aalglatt und unkooperativ sein werden wie Llewellyn.«

»Unterschätzen Sie uns nicht.« DS Green klang gekränkt.

Bloom ging nicht darauf ein, sondern setzte das Briefing fort. »Letzten Freitag ist dann Jane Reid – die Tochter von Lana Reid, einer unserer vermissten Spielerinnen – ebenfalls verschwunden, und zwar in der Nähe ihrer Schule. Man hat sie am Samstagmorgen auf den Aufzeichnungen der Sicherheitskameras am Bahnhof King's Cross erkannt, doch seitdem hat sie niemand mehr gesehen oder von ihr gehört.«

»Da fällt mir ein«, fiel ihr DC Raj Akhtar ins Wort, »ein Thomas Lake hat sich gestern gemeldet. Er hat die Aufrufe wegen Jane Reid gesehen. Ich maile Ihnen seine Nummer. Es klingt alles sauber, und er ist kein Krimineller. Er ist Zahnarzt und lebt in Manchester.«

»Was?« Jameson sah auf.

Bloom wandte sich zu ihm und sprach leise, damit es sonst niemand hören konnte. »Bist du immer noch der Meinung, dass Lana eine vertrauenswürdige Quelle ist, Marcus?« Dann sagte sie: »Danke, Raj, wir kümmern uns darum.«

»Ein paar weitere Punkte noch«, ergänzte Jameson. »Augusta muss sich wegen angeblichen beruflichen

Fehlverhaltens einem Schiedsgericht ihres Berufsverbands stellen, und ich wurde von einem mysteriösen Fahrradfahrer niedergemäht und landete im Krankenhaus. Beides letzte Woche. Dann wurde gestern das ranghöchste Mitglied unserer Einsatzgruppe wegbefördert, und auf einmal ist die Hälfte des Teams zu beschäftigt, um an dieser Telefonkonferenz teilzunehmen.«

»Sie glauben, es hängt alles zusammen, was?«, sagte Green mit seiner eigenartigen Stimme.

»Ich konstatiere nur Fakten.«

Bloom setzte ihre Zusammenfassung fort. »Unsere zentrale Theorie ist, dass das Spiel für funktionale Psychopathen angelegt ist. Das beruht auf Erkenntnissen aus Gesprächen mit Personen, die Lana, Faye, Stuart und Grayson kennen, und auch auf unserem Treffen mit Clive Llewellyn.«

»Wir haben weiter nichts gesehen als einen eingebildeten Affen, oder?«, sagte Green.

»Ich habe die Aufzeichnung analysiert«, sagte Jameson, »und Llewellyns Verhalten lässt auf psychopathische Tendenzen schließen. Er benutzt zum Beispiel oberflächlichen Charme, Manipulation und Irreführung.«

»Wie gesagt, eben ein typischer Krimineller«, sagte Green.

»Psychopathen eignen sich sehr gut als Kriminelle, da haben Sie recht«, sagte Bloom, »und ich nehme Ihre Bemerkung zur Kenntnis. Wenn sich das Spiel nicht an ausgemachte Psychopathen richtet, dann zumindest an Leute mit einem Potenzial dafür, Straftaten zu begehen und sich einer Festnahme zu entziehen.«

»Apropos«, sagte Jameson, »während ich mich auf Kosten des Staatlichen Gesundheitsdiensts erholte, habe ich verfolgt, welche Straftaten regional und national gemeldet wurden. Selbst wenn wir sämtliche terroristischen Aktivitäten ausklammern, gibt es Brandstiftung, Einbruch, Belästigung, Einschüchterung – es ist einiges geboten. Und jede Menge Betrug. Menschen, die um ihre lebenslangen Ersparnisse gebracht werden oder deren Bankkonten im Internet gehackt werden. Und die meisten dieser Taten wurden noch nicht einmal geahndet.«

»Tja, nun, das ist das Wesen des Verbrechens. Worauf wollen Sie hinaus?«, fragte Green.

»Dass unsere Spieler da draußen rumlaufen und Verbrechen begehen könnten, ohne entdeckt zu werden.«

»Warum klammern Sie terroristische Aktivitäten aus? Was, wenn der Islamische Staat beschlossen hat, geborene Killer zu radikalisieren?«, warf Kaye Willis ein.

Bloom und Jameson sahen sich an.

»Sagen Sie bloß nicht, daran haben Sie nicht gedacht?«, sagte Green angesichts ihres Schweigens.

»Doch, haben wir«, antwortete Jameson. »Aber radikalisierter Terror ist hoch emotional und beruht auf einem Gefühl der Ungerechtigkeit oder geht auf tief verwurzelte religiöse Überzeugungen zurück.«

»Dem durchschnittlichen Psychopathen liegt einfach nicht genug an anderen Menschen«, ergänzte Bloom. »Es dreht sich alles nur um ihn oder sie. Wenn sie kriegen, was sie wollen, ist alles gut. Es ist höchst unwahrscheinlich, dass sie sich für einen höheren Zweck interessieren sollten, ganz zu schweigen davon, sich selbst dafür zu opfern.«

»Und was ist mit organisiertem Verbrechen?«, fragte Akhtar.

»Da kommen wir der Sache schon näher«, sagte Jameson.

»Das trifft den Kern dessen, was wir wissen müssen«, sagte Bloom. »Warum macht jemand das überhaupt? Dieses Spiel zu erschaffen verschlingt enorme Ressourcen, also muss es entsprechend viel einbringen. Wer würde davon profitieren, hundert Trickbetrüger, Manipulatoren und moralisch bankrotte Gauner ohne Gewissen an der Hand zu haben?«

»Darauf würden mir einige Antworten einfallen«, sagte Green lachend.

»Mir auch«, sagte Jameson, doch ihm war es beängstigend ernst damit.

42

Thomas Lake lebte mit seiner Frau Suzanne und den Zwillingen Lucas und Jacob in einem großen, einzeln stehenden Haus in Didsbury, einem südlichen Vorort von Manchester. Als Jameson und Bloom auf die Haustür zugingen, machte sich Jameson auf eine Enttäuschung gefasst. Dies konnte nicht derselbe Thomas Lake sein, den Jane beschrieben hatte.

Ein großer Mann mit blonden Haaren und gebräunter Haut machte ihnen auf. Er trug Jeans, ein kurzärmeliges Karohemd und Hausschuhe mit Dennis-the-Menace-Motiv. Bloom erklärte ihm, dass sie gekommen waren, weil er sich wegen Jane gemeldet hatte, und er bat sie herein.

Lake setzte sich auf die Kante eines türkisfarbenen Zweiersofas. Bloom und Jameson nahmen gegenüber auf einem tiefblauen Samtsofa Platz. »Lana? Das war meine Ehefrau. Und Jane ist meine Tochter.«

»Ihre Ehefrau?« Jameson konnte sein Erstaunen nicht verhehlen.

»Achtzehn Monate lang. Was ist mit Jane passiert? Es kam in den Nachrichten, und die Polizistin, mit der ich gesprochen habe, hat gesagt, dass sich jemand bei mir melden würde. Können Sie mir sagen, wo sie ist?«

»Leider nein, Mr Lake«, sagte Bloom.

»Thomas, bitte.«

»Wir glauben, sie könnte bei Lana sein. Lana wird

seit ein paar Wochen vermisst. Aber abgesehen davon, dass Jane am Samstagmorgen am Bahnhof King's Cross gesehen wurde, haben wir keine weiteren Informationen.« Suzanne Lake kam mit einer Kaffeekanne und einem Teller Keksen herein und stellte alles auf den Couchtisch. Sie war hübsch, hatte lange rote Haare und freundliche Augen. Sie drückte ihrem Mann den Arm, ehe sie wieder hinausging.

»Wir glauben, Lana könnte von jemandem angeworben worden sein«, sagte Bloom.

»Wie darf ich das verstehen?«

»Wann haben Sie Jane das letzte Mal gesehen?«, fragte Jameson.

Thomas Lake senkte den Blick. »Das ist schon viel zu lange her.«

»Warum? Warum haben Sie sich nicht mehr um sie bemüht?« Jameson wich Blooms Blick geflissentlich aus, er wollte ihre warnende Miene nicht sehen.

»Zwischen mir und Lana war alles sehr kompliziert. Sie hat ziemlich schlimme Anschuldigungen gegen mich vorgebracht.«

»Dass Sie ein gewalttätiger Drogenkonsument seien, der sein eigenes Kind verletzt hat?« Jameson hatte eigentlich nicht ganz so abwertend klingen wollen.

»Wie bitte?« Lake blickte zwischen Bloom und Jameson hin und her. »Denkt Jane so von mir?«

Jameson gab ihm keine Antwort.

»Ich fürchte ja«, sagte Bloom. »Stimmt es nicht?«

»Ich würde Jane nie etwas antun – oder überhaupt irgendeinem Kind –, und ich habe nie Drogen konsumiert.«

Jameson nahm ihm das nicht ab. »Was haben Sie dann damit gemeint, dass zwischen Lana und Ihnen alles kompliziert war?«

Lake atmete aus und schaute auf seine Hände. »Ich war jung und naiv, als ich Lana kennengelernt habe. Ich dachte, sie sei die Erfüllung all meiner Bedürfnisse. Sie mochte die Dinge, die ich auch mochte, dieselben Sportarten, dieselben Clubs, dieselbe Musik und dieselben Filme. Ich dachte, ich hätte meine Seelenverwandte gefunden. Meine Eltern waren außer sich, als sie erfuhren, dass wir verlobt waren. Sie meinten, ich würde alles überstürzen – aber ich war verliebt. Oder ich dachte, ich wäre verliebt. Ich war vernarrt. Und binnen weniger Monate war sie schwanger. Wir haben im Rathaus geheiratet, als sie im vierten Monat war. Ich dachte, wir würden ein Leben lang zusammenbleiben.«

»Aber?«, hakte Bloom nach.

Lake schaute zur Decke und dann wieder zu Bloom. »Nichts davon war echt. Sie war … Ich kann es nicht beschreiben. Sie war innerlich irgendwie leer.« Er nahm sich einen Keks und brach ihn entzwei. »Sie hat sich einfach ausgeklinkt. Ich bekam keine Reaktion mehr von ihr. Sie konnte kein Gespräch führen, ohne mich zu beschimpfen. Ich dachte, es seien die Schwangerschaftshormone, aber nach Janes Geburt wurde es noch schlimmer. In Lanas Augen war das Baby ihr Privatbesitz. Ich hatte nichts zu sagen und keinerlei Rechte. Das Einzige, was sie wollte, war mein Geld. Sie drängte mich dazu, mir einen besseren Job zu besorgen. Sie wollte ein schöneres Haus, schickere Klamotten, Urlaub im Ausland. Sie hat mich fertiggemacht. Und als ich nicht mehr konnte, hat sie ...« Thomas schaute auf den zerbrochenen Keks in seinen Händen. Er legte die beiden Hälften wieder auf den Teller und wischte sich die Krümel von den Händen. Dann sah er Jameson an. »Kennen Sie Jane?«

Jameson nickte. Wie hatte Lake das erraten?

»Geht es ihr gut? Ich meine, abgesehen davon, dass sie vermisst wird ... war sie glücklich?«

»Sie ist ein tolles Mädchen, sehr reif und selbstständig, wahrscheinlich, weil sie ihre Mutter bemuttern musste.«

Thomas runzelte die Stirn. »Wir glauben, Lana könnte eine Psychopathin sein«, sagte Jameson.

Thomas Lakes verblüffte Miene spiegelte sich auf Blooms Gesicht wider. Sie hielt eindeutig nichts von Jamesons plumper Erklärung, doch Jameson wollte, dass der Mann wusste, was für eine verflucht schreckliche Entscheidung es gewesen war, seine Tochter bei Lana zu lassen.

»Tut mir leid, Thomas«, sagte Bloom und lehnte sich weiter vor. »Marcus meint, dass wir vermuten, Lana könnte einem extremen Persönlichkeitstyp angehören. Wir halten sie nicht unbedingt für gefährlich, wir glauben einfach nur ...«

»Nein, ich bin ganz Ihrer Meinung.« Lake sah erst Bloom und dann Jameson an. »Ich habe es noch nie jemandem gesagt, nicht einmal Suzanne, aber ich habe schon immer vermutet, dass meine erste Frau eine Psychopathin ist. Es ist eine Erleichterung, das auch von Ihnen zu hören.«

Jameson ballte die Fäuste und rang um Beherrschung. Dann sprach er so ruhig er konnte: »Und trotzdem haben Sie Jane bei ihr gelassen?«

»Guter Gott, nein. Das hätte ich niemals getan. Aber Lana hat Jane mitgenommen, als sie ins Frauenhaus gegangen ist. Sie hat behauptet, ich hätte sie geschlagen. Offenbar haben sie ihr geglaubt, denn sie haben ihr geholfen, eine einstweilige Verfügung gegen mich zu erwirken. Ein Jahr lang habe ich dagegen angekämpft, aber Lana war hartnäckig und infam. Vor den Sozialarbeiterinnen oder bei Gericht hat sie sich lieb und nett gegeben, und wenn wir alleine waren, wurde sie zu einem Monster. Sie hat mir Angst gemacht. Und sowie sie vom Gericht das alleinige Sorgerecht zugesprochen bekommen hatte, war sie verschwunden. Nach diesem Tag habe ich sie nie wiedergesehen.« Lake sah Jameson an. »Aber ich habe die Suche nie aufgegeben.«

»Ich weiß, dass es schon lange her ist, Thomas«, sagte Bloom, »aber haben Sie irgendeine Idee, wohin Lana mit Jane gegangen sein könnte?«

»Wenn ich eine Idee hätte, glauben Sie nicht, dass ich sie dann mittlerweile gefunden hätte?«

Schweigend kehrten sie zum Auto zurück. Jameson wusste, was jetzt käme. Er setzte sich auf den Beifahrersitz und legte den Sicherheitsgurt an. Dann lehnte er sich zurück und richtete den Blick starr geradeaus, nicht zu Bloom.

»Was war das denn?« Sie drehte sich zur Seite, um ihn anzusehen. »Marcus?«, sagte sie, als er nicht reagierte.

Dann schaute sie wieder aufs Lenkrad und ließ den Motor an. »Ich weiß, dir und deiner Familie liegt viel an Jane, aber du kannst nicht derart auf Angriffskurs gehen. Der arme Mann ist nicht dafür verantwortlich, dass Jane verschwunden ist.«

»Nein?« Er vernahm seine eigene Gereiztheit.

»Nein.« Bloom fuhr aus der Parklücke. »Er ist genauso ein Opfer von Lana wie Jane. Er hat gesagt, er hat all die Jahre nach den beiden gesucht.«

»Tja, dann hat er nicht gründlich genug gesucht.«

Bloom seufzte. »Selbst wenn er sie gefunden hätte, Lana hatte das alleinige Sorgerecht. Was hätte er schon machen können?«

Jameson starrte aus dem Fenster. Er wusste, dass Bloom recht hatte. Und er wusste, dass es gut war, dass sie Janes Vater gefunden und einen so freundlichen und anständigen Mann angetroffen hatten. Wäre es ihm wirklich lieber gewesen, er hätte sich als Drogensüchtiger entpuppt? Nur weil er so verdammt wütend war und seine Frustration an irgendjemandem auslassen musste. Gott stehe Lana bei, wenn er sie eines Tages in die Finger kriegte.

43

Jameson lag auf der Seite und sah Sarah beim Schlafen zu. Am liebsten wäre er ihr mit dem Finger die Wange hinab und über die Lippen gefahren. Doch sie sah so friedlich aus, also beobachtete er sie nur. Ihre Verabredung war ein großer Erfolg gewesen – wie man sah. Sie hatten sich wie abgemacht an der Serpentine Gallery getroffen. Sarah hatte eine Picknickdecke und eine Tasche voller Leckereien von Marks and Spencer mitgebracht, und er hatte eine Flasche gekühlten Sancerre und frisch gebackene Schokoladenbrownies beigesteuert. Sie war beeindruckt gewesen. Er hatte erklärt, dass das Rezept von seiner Großmutter stamme und normalerweise für seine Nichten reserviert sei, er jedoch für sie eine Ausnahme gemacht habe.

»Ich fühle mich geehrt«, hatte sie gesagt und in ein Brownie gebissen. »Herrlich.«

»Ich oder die Brownies?«, hatte er versetzt.

Mit dem Wetter hatte sie recht behalten. Fast. Sie genossen etwa eine Stunde warmen Sonnenschein, ehe die ersten Regentropfen fielen. Rasch hatten sie zusammengepackt und Schutz gesucht. Sarah hatte gekichert, als sie gemeinsam durch die Pfützen platschten. Jameson wusste noch, wie er ihre Hand genommen und sie ihre Finger mit seinen verflochten hatte.

Sie verbrachten den Nachmittag in einer Bar, und als er schon dachte, sie werde eine Ausrede anbringen und verschwinden, hatte sie vorgeschlagen, essen zu gehen. Danach waren sie zu ihm gegangen. Der Rest, wie es so schön heißt, war Geschichte. Sarah schlug ein Auge auf und lächelte. »Hi.«

»Morgen«, sagte er. »Wie fühlst du dich?«

»Behaglich.«

»Gut. Ich mag es, wenn sich die Frauen in meinem Bett behaglich fühlen.«

Sarah schloss die Augen. »Das klingt ja, als wären schon Dutzende von Frauen hier gewesen.«

»Letzte Nacht ist mir etwas klar geworden«, sagte er, indem er klugerweise die unausgesprochene Frage in ihrer Äußerung ignorierte. »Du bist überhaupt kein braves Mädchen.«

Sarah drehte sich auf den Rücken und lächelte. »Ich weiß gar nicht, was du meinst.«

Später, als sie am Frühstückstresen saßen und getoastete Hefebrötchen mit Butter aßen, kam der Aufruf nach Jane im Radio. Jameson drehte das Gerät lauter. Es gab nichts Neues, nur wieder dieselbe Bitte um Informationen.

»Sie ist eine Freundin der Familie«, erklärte Jameson, als er die Lautstärke wieder reduzierte.

»Das tut mir leid.« Sarah stellte ihre Tasse ab. »Was glaubt man, was passiert ist?«

»Wir glauben, dass ihre Mutter sie mitgenommen hat. Sie macht gerade eine harte Phase durch. Es ist schwer zu erklären.«

»Ist sie krank?«

»Tja, normal ist sie jedenfalls nicht, das steht mal fest.« Er musterte Sarahs Miene und führte die Sache weiter aus. »Sie hatte immer wieder mit Alkohol und Drogen zu tun. Und sie war nicht gerade eine verantwortungsvolle Mutter.«

»Na ja, aber wenigstens ist es bei ihrer Mutter besser« – Sarah hielt inne –, »als wenn jemand anders sie entführt hätte.«

»Ich hoffe wirklich, du hast recht.« Jameson drückte Sarah einen Kuss auf den Kopf. »Lass uns das Thema wechseln. Ich will mehr über die Geheimnisse erfahren, die du nicht hast.«

»Hängt es mit deiner Arbeit zusammen? Mit deinen Nachforschungen?«

»Wie kommst du darauf?«, fragte er.

»Du bekommst so einen angestrengten Gesichtsausdruck, wenn du über deine Arbeit sprichst – oder vielleicht sollte ich besser sagen, wenn du *nicht* über deine Arbeit sprichst –, und genau den hast du jetzt auch wieder.«

Anscheinend ließ er allmählich nach. Früher war er geschickter gewesen. Vielleicht lag es aber auch an Sarah. Er ertappte sich dabei, dass er sich ihr anvertrauen wollte, und das war ihm noch nie zuvor passiert.

»Du fängst jetzt aber nicht wieder so einen Starrwettkampf an, oder? Ich muss dich nämlich warnen, Marcus, ich habe geübt.«

Beim Klang seines Namens auf ihren Lippen zog sich sein Magen zusammen.

»Mit wem geübt?«

Ihre Lippen zuckten. »Das wäre Verrat.«

»Also haben wir alle beide Geheimnisse. Ich wusste es.«

»Du gibst zu, dass du Geheimnisse hast?«

Fast hätte er sich an seinem Tee verschluckt. »Dir entgeht aber auch gar nichts, oder?«

»Wäre dir das lieber?«

Sie legte ihm eine Hand in den Nacken und zog ihn zu sich her. Vor ihnen auf dem Tisch begann sein Telefon zu vibrieren. Sie ließ nicht los. Die Spannung in seinem Magen verschob sich in seinen Unterleib, und er machte sich los, solange er noch dazu imstande war.

»Eine Minute«, sagte er.

Es war Claire. Vielleicht gab es Neuigkeiten. Er setzte sich auf und meldete sich. »Hey, Schwesterherz. Warte mal kurz.« Er legte eine Hand über das Mikrofon. »Ja, Janes Verschwinden hat etwas mit meiner Arbeit zu tun.« Es war ein seltsam befreiendes Gefühl, die Wahrheit zu sagen.

»Entschuldige, Claire«, sagte er ins Telefon. »Alles okay?«

»Ich habe eine Nachricht von Jane bekommen.«

Jameson erhob sich. »Was? Wann?«

»Sie hat mir gestern Morgen über den Facebook-Messenger geschrieben. Ich gehe nie auf Facebook, deshalb habe ich es erst heute gesehen, als mir Dan die Fotos vom Baby seiner Cousine gezeigt hat.« Sie klang aufgeregt.

»Alles gut. Beruhige dich. Mach dir keine Vorwürfe. Jetzt hast du es ja gesehen. Was steht denn drin?«

Jameson spähte zu Sarah hinüber. Sie zog die Brauen hoch und fragte mit lautlosen Mundbewegungen: »Schlechte Nachrichten?« Jameson schüttelte den Kopf.

»Da steht: ›Hi, Claire. Hier ist Jane. Ich bin bei Mum. Mir geht es gut, aber sie hat mich auf dem Dachboden in einem Haus in der Nähe von Leeds eingesperrt ...‹«

»Was? Wie sind sie denn nach Leeds gekommen?«, fragte Jameson. Die Polizei hatte doch gesagt, sie sei in keinen Zug gestiegen. Idioten.

Claire fuhr fort: »›Wir sind etwa eine halbe Stunde mit einem Taxi gefahren und dann in eine Stadt gekommen. Ich weiß nicht, wie sie heißt, aber ich kann mich an eine Kirche erinnern. Ich glaube, sie hieß All Saints Church. Und an einen Majestic-Weinladen. Sorry. Sonst weiß ich nichts mehr. Das Haus, in dem wir sind, ist ein dreistöckiges Reihenhaus in einer Seitenstraße.‹«

Jameson machte sich auf der Rückseite eines Umschlags Notizen: *30 Minuten von Leeds, All Saints Church, Majestic-Weinladen, dreistöckiges Reihenhaus in Seitenstraße.* »Es geht noch weiter«, sagte Claire. »›Ich bin nur an Mums Handy rangekommen, weil wir heute Morgen miteinander gerangelt haben und sie es hat fallen lassen, also könnte das meine einzige Nachricht sein. Sie benimmt sich seltsam, und ich will nach Hause. Bitte sag Marcus, dass er mich finden muss.‹«

Jameson hörte auf zu schreiben und schluckte den Kloß in seinem Hals hinunter. Wie sollten sie sie finden? Ein Haus ohne Nummer, ohne Straßennamen und ohne eine Ahnung, um welches Städtchen in der Nähe von Leeds es sich handelte.

»Was meint sie damit, sie haben *miteinander gerangelt?*«, sagte Claire. »Lana wird ihr doch nichts tun, oder? Sag mir, dass sie ihr nichts tut.«

Jameson wusste, dass er diesem Wunsch nicht nachkommen konnte. »Lass mich erst Augusta anrufen.«

»Du musst sie finden, Marcus.«

»Wir tun unser Bestes, Claire. Ich versprech's.« Er legte das Telefon weg.

»Ich verschwinde mal und lasse dich deine Arbeit machen«, sagte Sarah. »Das hört sich wichtig an.«

»Es tut mir leid.«

»Muss es nicht.« Sie kam herüber und küsste ihn sanft.

Instinktiv bedeckte er seine Notizen mit der Hand.

Sarah wich zurück und kniff die Augen zusammen. »Wow, du hast echt Vertrauensprobleme, oder?«

Es war nicht das erste Mal, dass eine Frau so etwas zu ihm sagte. »Macht der Gewohnheit. Sorry. Ich war früher beim Geheimdienst.« Er zwinkerte ein paarmal. Warum hatte er das gesagt?

»Oh«, sagte Sarah. »Verstehe.« Sie fuhr sich mit einer Hand durchs Haar, zog sich die Strähnen über die Schulter und strich sie über ihrer linken Brust glatt. »Das erklärt einiges.« Sie blieb einen Augenblick reglos stehen, als müsste sie es erst verarbeiten, ehe sie wieder lebhaft wurde. »Ach, das habe ich ganz vergessen«, sagte sie. »Ich habe etwas für dich.« Sie durchquerte sein Schlafzimmer und kehrte kurz darauf mit ihrem Mantel und ihrer Handtasche zurück. Sie stellte die Tasche auf den Tisch und nahm eine Papiertüte heraus.

»Hier«, sagte sie.

»Ein Buch?«, fragte er und machte die Tüte auf.

»Ich habe eine Freundin im Verlag. Es ist ein Vorabdruck. Ich weiß, dass du gern Fahrrad fährst, und mir hat es wirklich gefallen.«

»*The Hardmen: Legends of the Cycling Gods*«, las Jameson vom Titel ab. Dann sah er Sarah an. »Und du hast das gelesen?«

Sarah nickte. »Es geht um die verrücktesten, tapfersten Radfahrer der Geschichte. Ich fahre auch gern Rad, weißt du? Vielleicht können wir mal zusammen ein paar Runden drehen?«

»Ich dachte, das hätten wir bereits?«

»Okay, du Frechling«, sagte sie und schob erst den einen und dann den anderen Arm in ihre Mantelärmel. »Dann zieh aus und sei ein Held. Ruf mich an, wenn du wieder bereit bist, dich unter die gewöhnlichen Sterblichen zu mischen.«

Jameson umfasste ihr Gesicht mit beiden Händen. »Ich bin kein Held. Und du bist diejenige, die Leben rettet.«

»Nur ein bisschen Forschung, hast du gesagt.«

Diese Frau war heiß, intelligent, fuhr gerne Fahrrad und war seinem Witz mehr als gewachsen. Konnte es noch besser werden? Zum ersten Mal in seinem Leben war er ernsthaft in Gefahr, sich zu verlieben.

Unterdessen war Bloom nach Harrogate gefahren, ihre Heimatstadt, wo der Stress Londons im Nu versandete. Sie lief hier schneller, atmete die frische Luft ein und fühlte sich so jung und frei wie die ganzen letzten Monate nicht.

Die Freude war von kurzer Dauer.

Sie wurde vom Telefon unterbrochen.

»Ich bin's«, sagte Jameson. »Bist du noch in Yorkshire und besuchst deine Mutter?«

»Ja«, antwortete Bloom und wischte sich mit dem Ärmel den Schweiß aus dem Gesicht.

»Claire hat eine Nachricht von Jane bekommen. Sie ist auf einem Dachboden irgendwo in der Nähe von Leeds eingesperrt. Ich bin gerade auf dem Weg nach King's Cross und komme um halb drei in Leeds an. Kannst du mich abholen?«

»Steig in Leeds in einen Zug nach Harrogate. Ich hole dich am Bahnhof ab. Im Haus ist massenhaft Platz.«

»Bist du sicher? Ich gehe auch gern in ein Hotel.«

»Ich geistere hier eh nur herum. Es wird mir guttun, Gesellschaft zu haben, und wir können das Haus als Einsatzzentrale nutzen.«

Bloom joggte zurück. Das Haus war ein einzeln stehendes Gebäude mit fünf Schlafzimmern in einem der besseren Viertel von Harrogate. Ihr Vater war Anwalt gewesen und ihre Mutter Herzchirurgin, und beide waren total in ihrer Arbeit aufgegangen. Sie verreisten nie und gingen nie auswärts essen. Das Einzige, worauf sie Zeit und Geld verwendet hatten, war ihr Heim gewesen.

Jameson würde sich über die Einladung wundern. Er war noch nie in ihre Wohnung in London gebeten worden, aber das hier war anders. Zuerst einmal gehörte es nicht ihr. Zumindest noch nicht. Nicht, solange ihre Mutter noch lebte. Und hier war sie auch anders. Ihre Arbeit hatte sie paranoid gemacht und die Wahrung ihrer Privatsphäre an vorderste Stelle katapultiert. Schon zu oft hatte sie gesehen, wie Leute auf die Gutherzigkeit anderer vertraut und den Preis dafür bezahlt hatten. Sie dachte an den Stalker, der ihr fröhlich erklärt hatte, wie enorm eine Lauf-App es ihm erleichterte, die Frauen zu finden, denen er auflauerte. »Ich brauche nur ein paar Tage lang in einer Gegend laufen zu gehen, schon sehe ich sämtliche Frauen, die dort joggen, und weiß, wo sie wohnen. Auf den meisten Accounts gibt es sogar Klarnamen und ein Foto.« Dann tauchte er bei ihnen zuhause auf und gab sich als früherer Arbeitskollege oder Mitschüler aus. Und dann ging es los. Bloom hatte sämtliche Lokalisierungsdienste auf ihrem Handy ausgeschaltet und hielt sich von den sozialen Medien fern. Big Brother beobachtete einen mithilfe clever gestalteter Überwachungsinstrumente, denen sich die Leute freiwillig unterwarfen.

Sie schloss die Haustür auf und zog die Laufschuhe aus, ehe sie das Parkett betrat. Ihre Mutter duldete keine Schuhe im Haus. Nach einer raschen Dusche bestellte sie einen Mietwagen und rief eine alte Freundin von der West Yorkshire Police an. Caroline würde ihr helfen. Sie war auch vor all den Jahren da gewesen, als Bloom ihren ersten Fehler gemacht hatte und die Welt um sie herum zerbrochen war. Caroline würde ihr helfen.

44

Jameson verließ den Bahnhof Harrogate und trat hinaus in eine unerwartet hübsche Stadt. Blühende Bäume säumten die Straßen in alle Richtungen, während gegenüber ein imposantes Gebäude stand, ein Halbrund aus karamellfarbenem Stein, das sich um einen großen Platz voller bunter Blumenbeete zog.

»Marcus?« Bloom kam in einer weißen Baumwollbluse und Blue Jeans auf ihn zu. Er hatte sie noch nie in Jeans gesehen. An ihr sah sogar Denim ziemlich elegant aus. »Wir können zu Fuß zum Haus gehen«, sagte sie. »Es ist nicht weit.«

»Gut«, sagte er und folgte ihr durch eine Straße mit Nobelboutiquen und Filialen hochpreisiger Marken. »Hier bist du also aufgewachsen?«

»Ja. Ich hatte einen ziemlich schweren Start«, sagte sie.

»Schon wieder ein Scherz, Augusta? Allmählich wird es ein bisschen langweilig.«

Die Straße mündete auf eine große Kreuzung. Zur Linken zog sich ein breiter Grünstreifen an einer Reihe stattlicher viktorianischer Häuser entlang, und vor ihnen erhob sich aus der Mitte einer von Frühlingsblumen übersäten Verkehrsinsel ein spitz zulaufendes Kenotaph. Als sie die Straße überquerten und auf eine weite Grünfläche zugingen, erspähte Jameson ein teuer wirkendes Café.

»Betty's«, sagte er. »Habe ich davon schon gehört?«

»Wahrscheinlich«, antwortete sie. »Es ist berühmt. Touristen stehen stundenlang Schlange, um einen Tisch zu ergattern.«

»Lohnt es sich?«

»Meine Mutter hat immer gesagt: ›Es ist nur blöder Tee‹, aber offen gestanden ist es sehr gut.«

Bloom war hier lockerer. In London erwähnte sie ihre Mutter fast nie, außer wenn sie von einem bevorstehenden Besuch sprach. Vielleicht würde er hier ein bisschen mehr über sie erfahren. Er respektierte Blooms Privatsphäre – er wusste, dass ihr viel daran lag –, jedoch brannte er auch darauf zu erfahren, was Augusta Bloom zu der Frau gemacht hatte, die sie heute war.

Jameson pfiff durch die Zähne, als sie sich Blooms Elternhaus näherten. Auf einem eigenen Grundstück gelegen und umgeben von einer niedrigen Mauer, über die sich eine akkurat gestutzte Ligusterhecke erhob, stand ein Haus mit großen Erkerfenstern auf beiden Seiten der Eingangstür und Türmchen auf dem Dach. »Jetzt verstehe ich, warum deine Mutter hierbleiben wollte.«

Bloom schloss die Tür auf. »Sie ist jetzt in einem Heim.«

»Tut mir leid. Das wusste ich nicht.«

»Demenz. Du kannst deine Tasche in das erste Zimmer links oben nach der Treppe stellen. Ich setze mal Teewasser auf und zeige dir, was ich bisher herausgefunden habe.«

Jameson hätte beinahe erneut gepfiffen, als er die Tür zu seinem Zimmer aufmachte. Alles war mit floral gemusterten Stoffen und Tapeten dekoriert. Es gab zwei große Fenster, eines mit Blick auf den Garten, das andere zeigte zur Einfahrt. Er stellte seine Tasche auf das Schlittenbett aus Mahagoni und spähte in das angeschlossene Badezimmer. Es war wie in einem Landhaushotel.

Unten hatte Bloom eine Porzellanteekanne mit den passenden Tassen auf den Küchentisch aus Eiche gestellt. Daneben lag eine aufgeschlagene Landkarte, in deren Mitte ein großer roter Kreis eingezeichnet worden war.

»Dreißig Minuten in alle Richtungen. Das ist von Knaresborough hier in der Nähe bis nach Tadcaster und Sherburn in Elmet bei drei Uhr, Darton und Holmfirth bei sechs Uhr bis zu Hebden Bridge und Howarth bei neun Uhr. Und dazu noch alles, was dazwischenliegt. Es ist ein Riesengebiet.« Sie reichte ihm eine Tasse Tee.

»Gibt es in einem dieser Orte eine All Saints Church und einen Laden von Majestic Wine?«

»Eine All Saints Church gibt es in Bradford, Kirkby Overblow, Ilkley, Sherburn, Batley und Bingley.«

»Und Majestic Wine?«

»Fünf Läden in West Yorkshire: in Leeds, Huddersfield, Wakefield, Harrogate und Ilkley.«

»Also ist Jane in Ilkley.« Jamesons Telefon vibrierte einmal.

»Jane ist in Ilkley«, bestätigte Bloom.

»In einem Haus, dessen Nummer wir nicht kennen, in einer Straße, deren Namen wir nicht wissen. Wie groß ist Ilkley?«

»Zu groß. Wir werden Hilfe brauchen. Ich habe eine Kontaktperson bei der Polizei von West Yorkshire, und sie hat bereits dafür gesorgt, dass die Beamten in Ilkley ein paar Erkundigungen einziehen. Ich habe ihnen Bilder von Jane und Lana geschickt.«

»Da warst du ja richtig fleißig.« Jameson fischte sein Telefon aus der Tasche. »Danke, Augusta. Und wenn ich an jede Haustür in Ilkley klopfen muss, ich tue es.«

»Sollen wir rüberfahren?«

»Ja, lass uns aufbrechen.« Jameson las die eingegangene Nachricht. Es war eine Verkehrsmeldung von Google. Noch mehr Spam.

Bloom fuhr, während Jameson Claire anrief. Sie hatte eigentlich mitkommen wollen, doch er hatte es ihr ausreden können.

Sie meldete sich nach dem ersten Klingeln und klang extrem aufgeregt. Immer wieder schärfte sie ihm ein, dass er sich beeilen und Jane schleunigst finden solle – als würde er nicht ohnehin sein Möglichstes tun. Er schaffte es, seinen Ärger unter Verschluss zu halten. Schließlich wusste er ja, wie hilflos sie sich fühlte.

»Gibt es eine Touristeninformation in Ilkley?« Jameson legte sein Telefon neben das von Bloom in die Schale hinter dem Schalthebel.

»Ich war schon eine Zeitlang nicht mehr dort, aber ich glaube, es gibt eine gegenüber dem Bahnhof.«

»Lass uns erst mal dorthin fahren. Wenn sie einen Stadtplan haben, können wir ihn in Quadranten aufteilen und dann eine Sektion nach der anderen absuchen.« Sie hielten an einer Ampel vor einer BMW-Vertretung. »Weißt du, wo die Polizei ihre Ermittlungen vornimmt?«

Bloom zog die Handbremse an und musterte ihn. »Caroline hat gesagt, sie würden zuerst am Zug- und am Busbahnhof fragen, dann am Taxistand und dann bei Banken und Supermärkten.«

»Sie gehen also nicht von Tür zu Tür?«

Es wurde Grün. »Ich glaube nicht. Ich habe Barker ausrichten lassen, dass er sich mit Carolines Chef in Verbindung setzen und ihm verdeutlichen soll, wie dringend unser Anliegen ist, aber ich habe noch keine Rückmeldung von ihm.«

»Er weiß doch, was hier los ist. Statt in der Welt der Polizeipolitik herumzueiern, soll er lieber mal tätig werden.«

Am Kreisverkehr bog Bloom nach links in eine Straße ein, die sich zwischen Feldern und idyllischen Dörfern entlangzog. Als sie an einem Pub neben einem Hofladen vorbeifuhren, summte ihr Telefon. »Das könnte Caroline mit einem Update sein. Geh mal dran.«

Jameson griff nach Blooms iPhone und tippte nach ihren Anweisungen ihre PIN ein. »Das ist ja seltsam«, sagte er, als er die Nachricht gelesen hatte.

»Was?«

»Diese Verkehrsmeldung auf meinem Telefon. Darin wurde die kürzeste Route zu einem Ort beschrieben, von dem ich noch nie gehört hatte. Ich habe es für Spam gehalten. Aber du hast gerade eine Nachricht von Trainline bekommen, in der derselbe Ort genannt wird.«

»Was für ein Ort?«

»South Milford. Kennst du das?«

Bloom trat so fest auf die Bremse, dass Jamesons Sicherheitsgurt blockierte und ihn auf den Sitz zurückriss. Sie nutzte eine winzige Lücke im Gegenverkehr und bog abrupt in eine Tankstelle ab.

»Lass mal sehen.« Sie riss ihm das Telefon aus der Hand. Dabei veränderte sich ihr Gesicht auf befremdliche Weise. Bis auf die tief geröteten Wangen war sie bleich wie Milch.

»Augusta?«

Sie blickte zu ihm auf, den Mund leicht geöffnet, die Augen voller Panik.

»Sag doch was«, bat er.

Sie tippte aufs Display und hielt sich dann das Telefon ans Ohr.

Nach ein paar Sekunden fluchte sie kaum hörbar und sagte dann: »Caroline, hier ist Augusta. Ich glaube, wir haben eine Gefahrensituation am Bahnhof South Milford.« Sie sah auf die Uhr. »Es ist jetzt fünfzehn Uhr fünfunddreißig. Ruf mich so bald wie möglich zurück.« Sie beendete das Gespräch und reichte Jameson das Telefon. »Geh auf die Website von Trainline. Ich muss wissen, wann der nächste Expresszug von Leeds nach Hull durch South Milford fährt.« Sie legte einen Gang ein und fuhr wieder hinaus auf die Straße.

Jameson tat wie geheißen. »Augusta? Was ist denn los? Was hat es mit diesem South Milford auf sich?«

Waren das Tränen in Blooms Augen? So hatte er sie noch nie gesehen.

»Augusta?«

»Dort ist mein Leben in die Brüche gegangen.«

45

Jameson hatte Fragen – selbstverständlich hatte er die –, doch er hütete sich davor weiterzufragen. Blooms Verhalten sagte ihm, dass es um etwas Schwerwiegendes ging. Er tippte »Von Leeds nach Hull« in den Reiseplaner ein und schaute dann die Haltepunkte für jeden Zug durch, bis er South Milford gefunden hatte. »Es gibt einen Zug, der um fünfzehn Uhr zweiundfünfzig in Leeds abfährt und um sechzehn Uhr fünfzehn in South Milford ankommt.«

Bloom schüttelte den Kopf. »Nicht die Züge, die dort halten. Wir brauchen die Expresszüge, die durchfahren.«

Jameson sah auf. »Du meinst ...«

Bloom sah in den Rückspiegel und scherte aus, um den Ford Transit vor ihr zu überholen. »Ich meine einen Zug, vor den man springen kann.«

»Scheiße. Was meinst du ...? Wer ...?« Er brauchte die Frage nicht auszusprechen. »Lana«, sagte er kaum hörbar. »Okay, es gibt einen Zug, der um fünfzehn Uhr achtunddreißig in Leeds abgefahren ist und mit nur einem Zwischenhalt um fünfzehn Uhr achtundfünfzig in Selby ankommt.«

»South Milford liegt keine zehn Minuten von Selby entfernt.«

Jameson sah auf die Uhr: 15:42. »Das sind noch sechs Minuten.«

Bloom nickte einmal. »Ruf den Notruf an.«

Er tat wie geheißen. Bloom hielt vor einem Tor zu einem Feld an und nahm ihm das Telefon ab.

»Hier ist Dr. Augusta Bloom. Ich bin Psychologin und habe aus sicherer Quelle erfahren, dass jemand heute Nachmittag im Bahnhof South Milford vor einen Zug springen will. Der nächste Express kommt in fünf oder sechs Minuten durch.« Bloom lauschte. »Ein sechzehnjähriges Mädchen namens Jane Reid und ihre Mutter Lana Reid.« Sie lauschte erneut. »Vielleicht nur eine von ihnen, vielleicht auch alle beide. Ich weiß es nicht. Und nein, ich weiß nicht, vor welchen Zug. Ich habe nur einfach eine Nachricht bekommen, die mich glauben lässt, dass sie das vorhaben. Ich bin zwanzig Minuten entfernt.« Bloom lauschte erneut und nannte dann ihre Kontaktdaten. »Wenn Sie mit Inspector Caroline Watkins vom Revier Weetwood sprechen, sie ist über die Sachlage informiert.« Bloom dankte der Beamtin und legte auf. »Sie schickt einen Streifenwagen.«

»Schaffen sie es, bevor der Zug kommt?«

Bloom fuhr wieder auf die Straße hinaus. »Sie schien ganz zuversichtlich.«

Jameson betrachtete die Uhr am Armaturenbrett. Sie klickte von 15:46 auf 15:47. Immer wieder wurde er nach links und dann nach rechts geworfen, während Bloom sie rasant über die kurvige Landstraße chauffierte. Würde Lana Jane wirklich etwas antun? Er hatte keine Ahnung, aber Bloom fuhr, als hinge ihr Leben davon ab. Und Bloom kannte sich mit Psychopathen aus. Die Uhr sprang auf 15:48 Uhr. Der Zug würde jetzt jede Minute South Milford passieren. Er äugte auf Blooms Telefon. Es klingelte nicht. Die Uhr zeigte 15:50.

»Soll ich noch mal anrufen?«, fragte er.

Beim Klang von Blooms Klingelton zuckten sie beide zusammen. Jameson griff danach. »Dr. Blooms Telefon.«

»Ist sie da? Hier ist Caroline.«

»Sie fährt. Warten Sie kurz, ich stelle den Raumlautsprecher an.«

»Caroline«, sagte Bloom. »Kannst du mich hören? Ich sitze im Auto, also habe ich keine Hand frei.«

»Ich höre dich. Ein Streifenwagen fährt nach South Milford und hält Ausschau nach Selbstmordkandidaten. Alles okay bei dir?«

Carolines Tonfall wurde bei der letzten Frage weicher. Offenbar wusste sie etwas.

»Alles gut«, sagte Bloom in einer Art, die das glatte Gegenteil vermuten ließ. »Gibt es etwas Neues?«

»Der Einsatzort ist unauffällig. Es ist niemand dort außer unseren Kollegen.«

»Lass sie dort ... bitte.«

»Die Expresszüge von und nach Hull sind beide durch, und es dauert eine Stunde bis zum nächsten. Wir fahren um halb fünf wieder hin.«

»Okay. Wir sind gleich da.«

»Ist das klug, Augusta?«

»Es ist ein Bahnhof, Caroline. Ich komme schon klar. Schließlich war ich letztes Mal nicht dabei, oder?«

»Ich weiß, aber ...«

Es wurde still in der Leitung, und Jameson sah Bloom an. Den Kiefer verkantet, blickte sie stur auf die Straße.

»Ich habe heute Nachmittag eine Besprechung«, sagte Caroline, »aber ich kann mich loseisen, wenn du mich dort brauchst.«

»Das wird nicht nötig sein.«

»Ich werde sehen, was ich tun kann«, sagte Caroline und legte auf.

»Sie will dich beschützen.« Jameson legte Blooms Telefon neben seines. Bloom sagte nichts. »Wer ist gesprungen?«

Bloom starrte weiter auf die Straße und hielt das Lenkrad fest umklammert. »Jemand, der mir sehr wichtig war ... Jemand, an dem mir etwas lag. Ich hätte eigentlich ...« Sie kam an eine Kreuzung und bog links ab. »Ich habe die Person im Stich gelassen, und das werde ich mir nie verzeihen.«

»Wann?«

»Vor fünfzehn Jahren.«

Jameson rechnete. Da musste sie Ende zwanzig gewesen sein. Hatte sie einen Freund gehabt? Hatte sie jemandem das Herz gebrochen? Er sah sie an. War sie deshalb so entschlossen Single geblieben? Es wäre einleuchtend.

46

In South Milford gab es nicht viel mehr als eine Tankstelle und zwei Pubs. Bloom parkte den gemieteten Seat auf dem kleinen Bahnhofsparkplatz. Es standen nur vier weitere Autos dort. Der Bahnhof hatte zwei Bahnsteige und war menschenleer. Jameson überprüfte die vier Autos: In keinem saß jemand.

»Und was jetzt?«, fragte er.

»Lass uns zur Hauptstraße runtergehen, für den Fall, dass sie dort geparkt haben.«

Doch dort waren nur weitere leere Autos und weitere leere Straßen. Sie kamen gerade wieder am Bahnhof an, als ein Streifenwagen vorfuhr. Eine Polizistin stieg auf der Beifahrerseite aus und ging auf sie zu. Sie stellte sich als PC Fisher vor und erklärte, dass jede Stunde mit wenigen Minuten Abstand zwei Expresszüge durchfuhren. Sie schlug vor, dass Bloom mit ihrem Kollegen auf dem Bahnsteig Richtung Osten wartete, während Jameson sie auf die andere Seite begleiten würde.

»Wer ist das, von dem Sie glauben, dass er springen könnte?«, fragte PC Fisher, als sie durch die Unterführung zum Bahnsteig Richtung Westen gingen. Es war nicht zu überhören, dass sie den Einsatz für Zeitverschwendung hielt.

Jameson war versucht, einen alten Geheimdienstspruch über die Wissenden und die Unwissenden anzubringen, verkniff es sich jedoch. »Ein junges Mädchen und seine Mutter«, sagte er stattdessen. »Die Mutter, Lana, ist psychisch instabil.«

»In der Zentrale hat es geheißen, Sie seien ihr Psychologe.«

»Dr. Bloom ist Psychologin«, sagte Jameson. Er hörte den ersten Zug ratternd näher kommen und sah ihn schließlich in der Ferne. Hätte er die Absicht, vor einen Zug zu springen, und würde gleichzeitig glauben, jemand wolle ihn daran hindern, dann würde er sich verstecken. So lange, bis der Zug näher gekommen war. Und dann würde er loslaufen. Wieder sah er sich auf dem Bahnsteig um. Der Zug kam näher, wurde lauter. Auf dem Parkplatz war niemand. Auch auf dem Weg hinter ihm nicht. Der Zug ratterte immer lauter und donnerte mit rasender Geschwindigkeit über die Gleise. Jameson trat vom Bahnsteigrand zurück, als er vorüberraste. Jeder Waggon sandte einen Luftstoß aus, blies ihm die Haare aus der Stirn und brachte den Stoff seiner Kleider zum Flattern.

Er sah den Zug davonjagen und atmete auf. Als er Blooms Blick vom anderen Bahnsteig her auffing, spiegelte ihre Miene seine eigene Erleichterung wider. Und dann, noch ehe er das Gefühl hatte auskosten können, hörte er den zweiten Zug kommen.

Die Lichter des Zuges in Richtung Hull blinkten in der Ferne. Jameson taxierte den Parkplatz und die Felder auf beiden Seiten der Gleise. Wenn Lana hier war, wäre sie dann nicht vor den ersten Zug gesprungen? Oder beobachtete sie die Szenerie, um zu sehen, wie er, Bloom und die Leute von der Polizei sich verhielten? Das wäre naheliegend. Wenn Lana sie wirklich im Visier hatte, würde sie das andere Ende des zweiten Bahnsteigs anpeilen. So weit weg wie möglich von der Person, die am ehesten eingreifen könnte. Er blickte zurück zu dem dahinrasenden Zug. Die Zeit reichte nicht, um hinüberzulaufen. Der einzige Weg auf den anderen Bahnsteig führte über die Gleise. Das zu riskieren, wäre dumm. Es gab keinen konkreten Grund zu vermuten, dass Lana und Jane dort waren.

Und dann sah er es. Ein Aufblitzen am anderen Ende des Bahnsteigs gegenüber, genau dort, wo er springen würde, wenn er an Lanas Stelle wäre. Er rannte los, rief nach Bloom und dem Polizisten und zeigte auf die betreffende Stelle. Bloom rannte los, der Polizist nicht.

Sie kann nur eine aufhalten, nicht beide, dachte Jameson.

Er lief an PC Fisher vorbei. »Ich habe dort hinten etwas gesehen!«, brüllte er. Der Zug kam immer näher. Er erkannte das violett-blaue TransPennine-Muster des ersten Wagens, war sich aber ziemlich sicher, dass die Zeit reichte.

Wieder erspähte er eine Bewegung, ein rotes Aufblitzen zwischen den Bäumen. Er hörte Bloom etwas rufen, verstand jedoch die Worte nicht. Erneut warf er einen Blick nach hinten auf den Zug. Mittlerweile war er fast am Ende des Bahnsteigs angelangt. *Tu es,* sagte er sich selbst.

Bloom schrie erneut. »Bleib da! Bleib da!« Ihre Stimme war schrill.

Sie kann nur eine aufhalten, wiederholte er in Gedanken wie ein Mantra. Der Zug ließ sein Signal ertönen, und Jameson stürmte, ohne zu zögern, über die Gleise auf Blooms Bahnsteig zu.

Lana Reid schlenderte in dem knöchelhohen Gras auf und ab. In der letzten Nachricht hatte es geheißen, sie seien unterwegs. Doch jetzt stand sie hier mitten in der Scheiß-Pampa und hatte weder Empfang noch irgendeine Ahnung, was los war oder wie lange sie warten musste. Und alles nur, weil sie sich von Jane hatte helfen lassen wollen. Sie hatten ihr gesagt, sie sei disqualifiziert – Hilfe sei nicht erlaubt –, es sei denn, sie tat, was man ihr sagte. Sie sah hinüber zu der Gestalt, die sich zwischen die Bäume duckte. Jetzt gab es kein Zurück mehr. Sie musste es durchstehen, bis die Aufgabe erledigt war. Der Ausdruck auf Marcus' bescheuerter Fresse wäre ein Hochgenuss.

47

Schweigend saßen sie nebeneinander im Auto. Bloom hatte Marcus noch nie angeschrien, doch er hatte ihr wirklich wahnsinnig Angst gemacht. Sowie er es von den Gleisen zu ihr auf den Bahnsteig geschafft hatte, war sie ausgerastet. Sie hatte aus voller Kehle geschrien. Dass er ein hirnverbrannter Idiot sei, ohne Respekt vor dem eigenen Leben.

Natürlich hatte er sie ignoriert. Absolut auf sein Ziel konzentriert, hatte er ihr Gebrüll ausgeblendet, ebenso den Expresszug, der hinter ihm vorbeigedonnert war. Stattdessen hatte er sich den Weg durch die dichten Büsche am Rand des Bahnsteigs gebahnt, um schließlich eine Plastiktüte zu finden, die jemand weggeworfen haben musste und die nun wie ein höhnisch grinsendes Fanal an einem Ast hing. Da waren ihm die Knie schließlich doch weich geworden. War es Erleichterung oder die Erkenntnis, dass er sein Leben für eine Tragetasche von TK Maxx aufs Spiel gesetzt hatte, die ihn nun umwarf? Bloom war das egal gewesen. Sie war auf ihn zugelaufen und hatte ihm einen heftigen Stoß versetzt.

»Mach *nie wieder* etwas so Schwachsinniges«, hatte sie gefaucht. Dann war sie davongegangen, damit er sich ein paar noch strengere Worte von der Polizei anhörte.

»Danke«, flüsterte sie jetzt.

Jameson wandte sich zu ihr um. Er hatte an der Tankstelle etwas zu essen geholt, doch sein vakuumverpacktes Sandwich lag noch unberührt auf seinem Schoß. »Wie bitte?«

»Ich weiß, dass du nach Ilkley willst, aber ich muss hierbleiben, bis der letzte Zug durchgefahren ist.«

Die Polizisten hatten erklärt, sie hätten Dringenderes zu tun

»Das ist doch das Mindeste, was ich tun kann.« Er zupfte an der Verpackung. »Was ist damals passiert, Augusta? War es ein Freund?«

»Es war ein Kind«, sagte sie, ehe sie hastig hinzufügte: »Nicht meines. Aber ich hatte eine Fürsorgepflicht.«

Bloom sah ihre Mutter vor sich, wie sie in der Tür ihres Hauses stand, während die Frau draußen kreischte: »*Wo ist sie? Sag mir, wo sie ist!*«

»Augusta?« Jameson legte ihr eine Hand auf den Arm.

Sie schob die Erinnerung beiseite. »Tut mir leid. Es fällt mir schwer, darüber zu sprechen.« Sie holte tief Luft. »Und daran zu denken.«

Jameson nahm seine Hand beiseite, was hieß, dass sie sich ruhig Zeit lassen solle.

Sie gönnte sich eine Minute, um sich zu fassen. »Meine Mutter hatte eine Freundin namens Penny. Sie kannten sich seit der Grundschule. Ihre Tochter …« Sie musste die Bilder, die in ihr aufstiegen, abblocken und sich auf die Fakten konzentrieren. »Ihre Tochter war zwölf Jahre jünger als ich. Penny hatte lange darum gekämpft, ein Kind zu bekommen.« Sie hielt inne. War das wichtig? Ja, natürlich. Sich sehnlichst ein Kind zu wünschen und es dann zu verlieren, machte die Tragödie nur noch schlimmer. »Pennys Tochter hatte Ärger in der Schule, und Penny bat mich, mit ihr zu sprechen.« Ein kleines, ersticktes Lachen drang aus ihrer Kehle. »Ich dachte, ich könnte mein neues Wissen anwenden und vor meiner Mutter brillieren, die offen gestanden fand, dass der Beruf der Psychologin nur einen Schritt davon entfernt war, Partygäste zu hypnotisieren und sie wie Hunde bellen zu lassen.«

Jameson gab einen entsprechenden Laut von sich, um ihren Versuch, einen Witz zu machen, zu honorieren. »Ich hatte keine Ahnung, welchen Schaden ich anrichten konnte.«

Sie schwiegen. Dann ergriff Jameson das Wort. »Das erste Blut an meinen Händen kam von einem jungen Landarbeiter in der Ukraine. Wir vermuteten, dass eine kriminelle Organisation den Bauernhof dazu benutzte, um Waffen zu verstecken. Mir war klar, dass die Organisation skrupellos und gefährlich war, aber ich habe diesen Jungen überredet, für uns zu spionieren, und ihm eine Belohnung versprochen. Ich wusste, dass er eine Schwester hatte, die sich Hoffnungen auf die britische Staatsbürgerschaft machte, und ich habe angedeutet, dass ich da nachhelfen könnte. Sie haben ihn in den Kopf geschossen und seine Leiche an einen Zaun im nahe gelegenen Dorf gehängt, damit alle sie sahen. Danach habe ich nicht mehr gut geschlafen, bis ... na ja, eigentlich nie mehr.« Er sah Bloom an. »Keiner von uns weiß, welchen Schaden wir anrichten können, wenn wir jung und unerfahren sind, Augusta.«

Sie sah ihn aus tränennassen Augen an. Er hatte den Geheimdienst nach einem Trauma zu viel verlassen, doch er hatte noch nie darüber gesprochen. Sie fasste neuen Mut. »Ich dachte, ich könnte ihr helfen. Ich dachte, wir machten Fortschritte. An dem Morgen, als es passiert ist, wollte ich sie eigentlich um Erlaubnis bitten, das Ganze als Fallstudie aufzuschreiben ... als Erfolgsgeschichte.«

»Du kannst dich nicht für die Entscheidungen anderer verantwortlich machen.«

»Oh doch. In diesem Fall schon.«

Bloom dachte daran, wie Penny an ihrer Mutter vorbei die Treppe hinaufgestürmt war, dorthin, wo sie selbst stand. Ihre Gesichter waren nur wenige Zentimeter voneinander entfernt gewesen. Penny sprach leise. Sie zischte fast, und ihre Stimme war voller Hass. »Meine Kleine hat sich vor einen Zug geworfen.« Sie erinnerte sich, wie sie selbst daraufhin in sich zusammengesunken war, die Beine hatten unter ihr nachgegeben und aus ihrer Lunge war sämtliche Luft entwichen, als sei ihr die Fähigkeit zu atmen genommen worden. Penny sprach – brüllte – weiter, doch sie hatte nur ein schrilles Pfeifen gehört, keine Worte. *Meine Kleine hat sich vor einen Zug geworfen.* Sie wusste noch, dass sie auf ihre Hände gestarrt hatte. Ihre Finger schienen taub zu sein. Sie versuchte, sie zu bewegen, doch sie blieben auf ihren Knien kleben. Ihre Mutter stand neben ihnen, einen Arm um Penny gelegt. »Komm mit, Pen. Komm mit mir.«

Doch Penny wollte nicht gehen. Unentwegt schwenkte sie einen Briefumschlag hin und her.

»Ich werde dir nie verzeihen«, hatte sie dann gesagt.

»Es ist nicht Augustas Schuld, Penny. Komm jetzt.« Ihre Mutter sprach mit ruhiger Stimme, als spräche sie übers Wetter.

Penny wandte sich zu Blooms Mutter um. »Wirklich?«, sagte sie und reichte ihr das Papier. »Nicht ihre Schuld?«

Bloom sah zu, wie ihre Mutter den Umschlag entgegennahm, ein Blatt daraus hervorzog und es ein paar Sekunden lang betrachte, bevor sie fassungslos murmelte: »Ach du liebe Zeit.«

Sie sah Augusta an, und ihr Blick drückte all das aus, was sie nie aussprechen würde: *Ich bin enttäuscht. Ich bin blamiert. Ich schäme mich.*

Dann nahm sie selbst das Blatt an sich und sah zu, wie ihre Mutter Penny die Treppe hinunter in die Küche führte. Nur zwei Zeilen waren auf dem Blatt zu lesen, doch sie sollten sie für den Rest ihres Lebens verfolgen.

Ich bin nicht wie die anderen. Aber ich will kein Monster sein.

Sie haben gesagt, ich soll wählen. Und ich habe gewählt.

48

Bloom hatte sich jahrelang verboten, an diesen Tag zu denken, und die Einzelheiten waren im Lauf der Zeit nebulös und vage geworden. Doch als sie die Ereignisse in Gedanken Revue passieren ließ, wurde ihre Erinnerung klar, und ihr fiel alles wieder ein.

Sie nahm ihr Smartphone, öffnete Google Maps und zoomte South Milford heran. Dann suchte sie die Bahntrasse und verfolgte sie zuerst bis Selby und dann bis Leeds. Da, wo die Gleise sich mit einer Straße kreuzten, wechselte sie auf die Satellitenansicht und suchte nach etwas ganz Bestimmtem. Als sie es endlich gefunden hatte, überprüfte sie den Standort noch einmal, reichte Jameson das Telefon und ließ den Motor an.

»Aber der letzte Zug kommt erst in zwanzig Minuten«, wandte Jameson ein.

Bloom fuhr aus dem mittlerweile verlassenen Parkplatz heraus. »Der Pathologe hat gesagt, wenn die Götter gnädig gewesen wären, wäre sie bereits durch den Sturz bewusstlos geworden, ehe der Zug sie überfuhr. *Druch den Sturz.*«

Jameson schaute auf das Telefon und zoomte das Bild näher heran. »Sie ist von einer Brücke gesprungen?«

»Das ist die einzige in der Nähe von South Milford.«

»Es sieht aus wie ein Forstweg.«

Bloom nickte. »Kannst du mich hinlotsen?«

Inzwischen war es dunkel geworden, und die fehlende Straßenbeleuchtung erschwerte die Sicht. Bloom schaltete das Fernlicht ein, während sie an Feldern und dichten Waldstücken vorüberfuhren. »Fahr langsamer«, sagte Jameson. »Bahntrassen haben oft bewaldete Böschungen.«

Er hatte recht. Da war es. Bloom fuhr an den Straßenrand und parkte. Sie stiegen aus und gingen zu Fuß zur Brücke.

Bloom konnte die parallel verlaufenden Bahngleise darunter nur schemenhaft erkennen. Hier war es. Dies war die Stelle, wo es passiert war. Die Stelle, an der das Mädchen gesprungen war. Ausgeschlossen, dass ein so kurzer Fall sie hatte bewusstlos werden lassen. Der Pathologe hatte sie nur schonen wollen.

»Augusta?«, rief Jameson mit dringlichem Tonfall.

Am anderen Ende der Brücke stand eine Frau, die nun langsam auf sie zukam. Als man ihr Gesicht erkennen konnte, legte Bloom eine Hand auf Jamesons Unterarm. Seine Muskeln verspannten sich, und sie wusste, dass er die Fäuste ballte.

Bloom trat vor. »Lana?«

Lana blieb stehen. »Warum habt ihr so lange gebraucht?«

»Wer hat Ihnen von diesem Ort erzählt?«, fragte Bloom. Wer wusste darüber Bescheid und konnte sie hierher beordern? Der Pathologe? Die Polizei? Penny?

Lana lächelte.

»Wo ist Jane?«, fragte Jameson, der seine Wut kaum zu bändigen vermochte.

Lana kam auf sie zu. »Bei Freunden.«

»Was für Freunde? Wo?« Jameson ging einen Schritt weiter.

»Auf einer Brücke«, sagte Lana, den Blick auf Jameson gerichtet.

Die Angst ließ Blooms Herz jagen. »Auf welcher Brücke?«

»Über einer Bahnstrecke«, sagte Lana mit fast roboterhafter Stimme. Jameson ging auf Lana los. Er war zu schnell – Bloom konnte ihn nicht aufhalten. Er packte Lana bei den Schultern und hielt ihr Gesicht dicht vor seines.

»Sag mir genau, wo sie ist, du verrücktes Dreckstück, sonst werfe ich dich eigenhändig vor den nächsten Zug.«

»Oh, Marcus«, flötete sie. »Wie männlich du bist.«

»Marcus.« Bloom legte ihm eine Hand auf den Rücken.

»Glaub bloß nicht, dass ich es nicht mache«, sagte Jameson. »Jane und der Rest der Welt wären ohne dich besser dran. Wo zum Teufel ist sie?« Als Lana nicht antwortete, zerrte er sie in die Mitte der Brücke. Seine Knöchel, die sich um ihre Schultern krallten, waren weiß. Er schleifte sie an den Rand und sah auf die Uhr. »Du hast zwei Minuten.«

Bloom musterte ihren Kompagnon. Sie war sich zu beinahe hundert Prozent sicher, dass er es nicht tun würde. Er war ein anständiger, ein gesetzestreuer Mensch. Aber er hatte ihr gerade eben vom *ersten* Toten erzählt, für den er verantwortlich gewesen war. Es gab also noch weitere.

»Marcus.«, sagte sie noch einmal. Falls er bluffte,

würde er es ihr nicht danken, dass sie ihm die Show ruinierte. Doch wenn sie genau das richtige Maß Angst an den Tag legte ... »Mach nichts Dummes, Marcus.«

»Wo ist sie?« Jamesons Stimme klang leise und bedrohlich. So hatte sie ihn noch nie gehört.

»Wie willst du sie finden, wenn du mich runterwirfst?« Lanas Tonfall war nach wie vor völlig ruhig.

»Sie hat recht, Marcus«, sagte Bloom. »Lass dir von deinem Hass nicht das Urteilsvermögen vernebeln. Dir gehen ja noch die anderen nach, die schon durch deine Hand gestorben sind.« Lana reagierte mit einem Anflug von Panik, und Bloom empfand leise Genugtuung. Auf einmal wehrte sich Lana gegen Jamesons Griff. Sterben wollte sie nicht.

»Was bringt es uns«, fuhr Bloom ruhig fort, »wenn Lana vom Zug überfahren wird? Dann ist sie nicht mehr hier, atmet, denkt und redet nicht mehr.«

Jameson hielt Lana fester umfasst, während sie versuchte, sich zu befreien. »Sag mir, wo Jane ist, und ich lasse dich gehen. Es ist ganz einfach.«

Er ging auf das Spiel ein. Offenbar konnte er noch klar denken.

Lana hörte auf, sich zu winden. In der Ferne hörte Bloom das leise Rattern des nächsten herannahenden Zuges.

»Entscheide dich schnell, Lana«, sagte Jameson und drückte sie weiter über die Kante.

»Weißt du, ich konnte dich noch nie leiden.« Lana reckte den Hals, um sein Gesicht zu sehen. »Und Jane mag dich auch nicht.«

Bloom konnte die Frontscheinwerfer des Zuges sehen. »Warum wollen Sie ihn gerade jetzt provozieren, Lana?«

Lana sah sie an und grinste.

Und dann begriff Bloom. Den Grund dafür, warum sie an diesen Ort gelockt worden waren. Den Grund dafür, dass Lana den ganzen Nachmittag bis in den Abend hinein auf sie gewartet hatte. Dies war eine Demonstration von Macht. Irgendwie hatten die Drahtzieher Blooms größten Schwachpunkt ausfindig gemacht, und diese ausgeklügelte Show sollte ihn bloßlegen. Sie hatten die Technik manipuliert, um sie hierher zu locken. Sie hatten Lana allein geschickt. Sie hatten es so aussehen lassen, als könnten Bloom und Jameson tatsächlich die Oberhand gewinnen. Doch das war reine Illusion.

Der Zug raste auf sie zu, schnell und laut, und jagte Windböen zu ihnen hinauf auf die Brücke.

»Sie wird uns nie sagen, wo Jane ist, Marcus«, sagte Bloom. »Tu es.«

Lana riss die Augen auf, als Jameson abrupt den Kopf hob und Bloom ansah. Der Zug war da. Bloom konnte den Lokführer in der hell erleuchteten Kabine sehen. Sie fixierte Jameson und sagte noch einmal: »Tu es.«

Lana schnappte nach dem Geländer, als Jameson ihre Füße vom Boden hob. Sie schrie nicht, doch das hatte Bloom auch nicht erwartet. Sie war eine Psychopathin – sie empfand Angst nicht so wie andere Menschen.

Das laute Rattern des Zuges vibrierte in ihren Ohren, doch dann vernahm Bloom ein weiteres Geräusch, einen zweiten Motor.

Das Geländemotorrad kam hinter dem geparkten Seat hervor herangerast und hielt direkt auf Bloom zu. Sie machte einen Satz nach hinten – wie es der Fahrer zweifellos erwartet hatte –, als das Vorderrad einen Millimeter vor der Brückenmauer zum Stehen kam. Das Hinterrad schlitterte in einem Bogen zur Seite, während der Expresszug unter ihnen entlangdonnerte.

Entweder hatte Jameson Lana losgelassen oder sie hatte sich selbst befreien können, denn als Bloom wieder klar sehen konnte, saß Lana auf dem Rücksitz des Motorrads. Sie klopfte dem Fahrer auf die Schulter, und die Maschine preschte röhrend los. Staub wehte unter den Reifen auf, die Enduro jagte an Bloom vorbei und legte eine 180-Grad-Wende hin, ehe sie davonraste.

»Ich fahre!«, brüllte Jameson, der bereits unterwegs zu ihrem Auto war.

Bloom widersprach nicht. Sie ließ sich auf den Beifahrersitz fallen und kämpfte noch mit ihrem Sicherheitsgurt, als das Auto bereits losraste und auf die Brücke zuhielt. In der Ferne konnte sie gerade noch die Rücklichter des Motorrads erkennen. Jameson beschleunigte, und Bloom hoffte, dass er die Straße besser in Erinnerung hatte als sie.

»Ein Motorrad holen wir niemals ein«, sagte er. »Aber versuchen wir wenigstens, es im Blick zu behalten.« Ein paar Hundert Meter lang verlief die Straße gerade. Dann verschwand das kleine rote Motorradrücklicht immer wieder aus ihrem Sichtfeld, als die Straße mehrere Kurven machte.

»Einen Moment lang hast du mich echt verunsichert.« Jameson nahm weder den Blick von der Straße noch den Fuß vom Gas.

»Du mich auch.« Bloom stützte sich mit ausgestrecktem Arm am Armaturenbrett ab.

»Woher hast du gewusst, wie du ihren Bluff aushebeln kannst?« Sie kamen an eine T-Kreuzung, und Jameson bog abrupt nach rechts ab. Auspuffgase wallten herein, während Jameson das Gaspedal malträtierte.

»Instinkt«, sagte sie.

Jameson zog die Brauen hoch. »Sind Sie Ihrem Bauchgefühl gefolgt, Dr. Bloom?«

Nur ein Mensch, dessen Leben schon immer voller Risiko gewesen war, konnte in einer solchen Situation noch einen Witz machen. »Hättest du es getan, wenn ich mich geirrt hätte?«

Zum ersten Mal nahm Jameson den Blick von der Straße und sah Bloom an. Das genügte.

»Entschuldige«, sagte sie hastig. »Das hätte ich nicht fragen sollen.«

Sie kamen an einen Bahnübergang. Bloom sah die Gleise entlang und hielt nach Zügen Ausschau.

»Scheiße«, fluchte Jameson leise.

»Sie sind auf dem Feld.« Bloom griff nach ihrem Handy, doch es gab keinen Empfang. Sie studierte den Horizont und suchte nach einer möglichen Route. Jameson bog links ab und beschleunigte auf der Straße, die parallel zum Feld verlief, doch schon bald begann sie, sich davon zu entfernen. Sie würden die beiden verlieren. Bloom reckte den Hals und sah sich um, in der Hoffnung, das Motorrad zu entdecken. Doch ringsum gab es nichts als leere Felder.

Jameson verringerte die Geschwindigkeit. »Es ist eine Sackgasse«, sagte er, als sie an der Einfahrt zu einer Fabrik anlangten. »Sie haben genau gewusst, wie sie es anstellen müssen.«

49

Es war nach Mitternacht, als Jameson und Bloom wieder an Blooms Haus ankamen.

Jameson ging sofort nach oben und duschte. Er ließ das Wasser heiß auf sich herunterprasseln, um den Frust wegzuwaschen. Was zum Teufel war das für ein Auftritt gewesen? Welchen Nutzen zog Lana daraus? Bloom sagte, die Urheber des Spiels hätten ihre Gefühle manipuliert und sich daran ergötzt, doch daran glaubte Jameson nicht. Es musste etwas anderes sein, ein pragmatischer Grund, irgendein elementarer Gewinn. Als er das heiße Wasser nicht mehr aushielt, stieg er aus der Dusche und nahm das große Badetuch von der Heizung. Es war weich und warm, als er es sich um die Hüften schlang. Dann griff er nach seinem Telefon und schrieb Sarah, dass es ihm gut ginge und er sich am nächsten Tag telefonisch melden würde.

Bloom saß unten vor einem leeren Kamin in einem Chesterfield-Sessel aus Leder. Jameson setzte sich in dessen Gegenstück auf der anderen Seite, und Bloom reichte ihm einen schweren Whiskybecher. Farbe und Geruch ließen ihn vermuten, dass es sich um einen guten schottischen Malt handelte. Ob Bloom den selbst besorgt hatte? Er konnte sich nicht vorstellen, dass sie Spirituosen kaufte. Einen guten Rotwein oder einen leichten Weißen vielleicht, aber Whisky? Er trank einen Schluck. Er schmeckte torfig und warm, und er brauchte ihn dringend. »Von wem stammt denn dieser edle Tropfen, von dir oder deinem Vater?«

»Offen gestanden von meiner Mutter.« Bloom sah auf. »Sie hat sich nach schwierigen Operationen gern einen steifen Whisky genehmigt.«

»Sie war Herzchirurgin, stimmt's?«

Bloom nickte und sah zu, wie die Flüssigkeit in Bewegung geriet, als sie ihr Glas schwenkte. »Wir fahren gleich morgen früh nach Ilkley.«

»Wahrscheinlich sind sie längst über alle Berge, oder?« Das war es. Natürlich. Das war der elementare Gewinn. Lana hatte Zeit gewonnen, um Jane woandershin zu bringen.

Bloom schwieg.

In Jamesons Jackentasche klingelte das Telefon. »Entschuldige mich kurz«, sagte er, während er in die Küche ging, um das Gespräch entgegenzunehmen.

Sarahs Stimme drang durch die Leitung, ein Spritzer Normalität an einem sonst völlig verrückten Abend.

»He du«, sagte sie.

»Ich dachte, du schläfst schon, sonst hätte ich dich angerufen«, sagte er.

»Hast du bei der Suche nach deiner jungen Freundin Erfolg gehabt?«

Jameson trank einen großen Schluck. Der Maltwhisky brannte tief in seiner Kehle.

»Marcus?«

»Sorry. Nein. Kein Erfolg.«

»Alles gut? Du klingst …«

Jameson schloss die Augen. Er hatte wirklich daran geglaubt, Jane heute zu finden Noch während der Begegnung mit Lana war er sicher gewesen, dass sie ihnen verraten würde, wo Jane war. Doch als klar wurde, dass sie nicht die leiseste Absicht hatte, das zu tun, war er tatsächlich in Versuchung gewesen, sie von der Brücke zu werfen. Schon lange war er seiner dunklen Seite nicht mehr so nahe gekommen. Es war kein gutes Gefühl. »Ich weiß nicht, ob wir sie jemals finden werden.«

Sarah schwieg einen Moment lang. »Warum? Was ist passiert?«

Er antwortete nicht.

»Pass auf«, sagte sie, »wenn du nicht darüber reden willst, verstehe ich das. Aber wenn du mich brauchst, bin ich da. Okay? Ruf mich einfach an.«

Er dankte ihr und versprach, sich zu melden. Als er zu Bloom zurückkehrte, war ihr Glas leer. »Harter Abend«, sagte er. Er hatte sie noch nie so angegriffen gesehen. Er hätte gern gewusst, warum sie sich die Schuld am Tod dieses Mädchens gab, doch ihm fehlten die richtigen Worte. Also saß er nur da und wartete, in der vagen Hoffnung, dass sie vielleicht von selbst darüber sprechen würde.

»Sie war ein so hübsches junges Ding«, sagte Bloom plötzlich. »Mit langen blonden Haaren und einem Engelsgesicht. Wenn man sie ansah, glaubte man, sie wäre das liebste Kind.«

»Aber?«

»Sagen wir einfach, ich musste in letzter Zeit viel an

sie denken. Unser Fall hat mir das alles wieder in Erinnerung gerufen. Sie war magnetisch und intelligent und wollte ganz genau wissen, inwiefern und weshalb sie sich von anderen unterschied. Ich wollte diejenige sein, die ihr Potenzial in geordnete Bahnen lenken und zu etwas Gutem formen konnte.«

»Sie war eine Psychopathin?« Ein weiteres Stück des Augusta-Bloom-Puzzles fand seinen Platz. Das erklärte ihre lebenslange Besessenheit.

»Ich war naiv. Sie war verletzlicher, als ich gedacht hatte. Ich hatte Psychopathen als eine andere Spezies betrachtet, eine Art gigantischer Mutation. Und dann habe ich das getan, was so viele von uns tun. Ich habe generalisiert. Ich bin davon ausgegangen, dass sie genauso ist wie diese harten, kalten Charaktere, aber letztlich war sie eben doch nur ein junges Mädchen, das wusste, dass es anders als die anderen war, aber einfach nur dazugehören wollte.«

Bloom tat ihm leid. Es gab keine schlimmere Schuld, als das Blut eines anderen Menschen an den Händen zu haben.

»Wie hieß sie denn?«

»Seraphine. Seraphine Walker.«

50

Bloom hörte Schritte auf dem Flur vor ihrem Zimmer. Sie hatte von Zügen und Brücken und zerschmetterten Leibern geträumt. Sie setzte sich auf und blinzelte zu der Uhr neben ihrem Bett. Den kleinen weißen Würfel hatte ihr Großvater ihr zum zehnten Geburtstag geschenkt. Fünf Uhr dreizehn. Die Schritte kamen näher, und sie blickte sich nach einer Waffe um. Eine selten gespielte Gitarre lehnte gegenüber in der Ecke, und in der Kommodenschublade lag nach wie vor ein Brieföffner. Sie erinnerte sich daran, welchen Schaden Seraphine Walker mit einem spitzen Bleistift angerichtet hatte. Sie war eine schnelle Denkerin mit außergewöhnlichen Kenntnissen der menschlichen Anatomie gewesen und hatte jene mitleidlose Skrupellosigkeit besessen, die Bloom eisige Schauer über den Körper jagte. Die Vorstellung, dass Hunderte von Seraphines herumliefen und Spielchen mit dem Leben anderer Menschen spielten, Spielchen wie das vom gestrigen Abend, flößte Bloom Angst und Wut zugleich ein.

Sie hielt einen Moment lang inne, während ein Gedanke in ihr aufstieg.

Es klopfte leise an der Tür. »Augusta?«

Sie hatte ganz vergessen, dass Marcus im Haus war.

»Komm rein«, rief sie. Im Flurlicht sah sie, dass er nichts als ein T-Shirt und Boxershorts trug.

»Hast du deine WhatsApps gelesen?«, fragte er.

Sie griff nach ihrem Smartphone. Wenn sie ins Bett ging, stellte sie es immer auf »Nicht stören«. Jameson tat ein paar Schritte in den Raum und blieb dann stehen. Bloom knipste die Nachttischlampe an, und er sah sich ungeniert im Zimmer um, wobei er den Einblick in Blooms Jugend offenkundig genoss. Sie erwartete schon eine sarkastische Bemerkung von ihm über das mädchenhafte Dekor, doch es kam keine. Was bedeutete, dass der Inhalt der WhatsApp nicht erfreulich war.

Sie klickte auf das Icon und sah lediglich eine aktuelle Nachricht in einer neu gegründeten Gruppe, die nur aus ihr, Jameson und einer unterdrückten Nummer bestand. Der Name der Gruppe war »Traust du dich zu spielen?«. Sie musterte Jameson kurz, ehe sie die Nachricht las.

Unterdrückt
Liebe Dr. Bloom, lieber Mr Jameson. Offenbar interessieren Sie sich für unsere Aktivitäten, und wir sind beeindruckt von Ihren hartnäckigen Recherchen.
Deshalb wollten wir Ihnen eine höfliche Einladung zukommen lassen.
Trauen Sie sich zu spielen?
5:00

»Was antworten wir?«, fragte Jameson.

»Ich nehme an, du möchtest mit Ja antworten?«

Jameson zuckte die Achseln. »Ich dachte mir, ›Dann mal los‹ würde sich gut machen.«

»Ja, logisch.« Bloom klickte auf das Textfeld und tippte eine Antwort.

Bloom
Ich dachte, wir spielen längst mit.
5:17

Jameson las sie. »Das könnte auch funktionieren.«
Bloom blickte aufs Display, bis die Antwort kam.

Unterdrückt
Wie kommen Sie denn darauf, Dr. Bloom?
05:18

Ich zeige Ihnen, was es wirklich heißt zu spielen.
05:18

Bloom und Jameson sahen sich an. Dann gab Jameson seinerseits eine Nachricht ein.

Jameson
Und wer ist »wir«?
05:19

Unterdrückt
Das, Mr Jameson, ist etwas, was ich bereits weiß und Sie erst herausfinden müssen … falls Sie dazu imstande sind …
05:20

»Dafür brauche ich einen Kaffee«, sagte Jameson und ging hinaus.

Was hatte diese Einladung ausgelöst? Es musste einen Grund dafür geben. Clive Llewellyn war nach Hause geschickt worden, angeblich, weil er die Aufgaben absolviert hatte. Er war erfolgreich, hatte sich unter Kontrolle und wusste sich perfekt in der realen Welt zu bewegen. Nicht einmal seine Tochter hegte irgendeinen Verdacht. Vielleicht suchte das Spiel nach psychopathischen Persönlichkeiten, die wussten, wie man sich tarnt? Aber dann was? Was wurde von ihnen verlangt?

Bloom dachte über die zentralen Anreize für Personen mit einem hohen Grad an psychopathischen Eigenschaften nach: Nervenkitzel, Selbstverherrlichung und das Manipulieren anderer zum eigenen Vorteil. Was bedeutete das in größerem Kontext? Wie ließe sich das in ein gemeinsames Ziel ummünzen? Sie griff nach ihrem Pullover und tippte noch eine Nachricht ein, ehe sie nach unten ging, um sich zu Jameson zu gesellen.

Bloom
Warum sollen wir spielen? Was würde uns das bringen? Wie können wir antreten, wenn wir die erforderlichen Grundeigenschaften gar nicht besitzen?
05:26

Jameson hatte sich mittlerweile angezogen und war nun in der Küche, wo er Kaffee in zwei große Tassen goss. Er hatte das Deckenlicht eingeschaltet, das den

Raum in helles Weiß tauchte. Bloom stellte es wieder aus und knipste stattdessen die Wandbeleuchtung an, die ein weiches gelbes Licht verbreitete.

»Ist Kaffee in Ordnung?«, fragte Jameson.

»Ja, bitte.« Sie setzte sich an den Tisch und nahm die Tasse. Jameson schob ihr die Milch hin, doch sie schüttelte den Kopf.

»Ich habe deine letzte Nachricht gelesen. War das eine gute Idee?«

Er nahm ihr gegenüber Platz. »Ich dachte, wir wollten mitspielen. Deshalb habe ich doch die ganzen Bücher gelesen, oder?«

»Das war, als wir dich als Strohmann einschleusen wollten. Sie laden uns garantiert nicht wirklich zum Spielen ein.«

»Was glaubst du dann, was sie vorhaben?« Er sah auf sein Telefon, lächelte und tippte eine Antwort ein.

»Was ist das?«

»Eine Nachricht von Sarah. Ich habe sie gestern Abend übersehen.«

Bloom nippte an ihrem Kaffee. »Du magst sie, nicht wahr?«

»Sie ist nicht übel.« Jamesons Lächeln verriet ihn. »Was ist?«, fragte er.

»Nichts, Marcus. Überhaupt nichts.« Sie wünschte, sie hätte das gleiche Talent wie Claire, ihn auf die Palme zu bringen. Das hier war eine erstklassige Gelegenheit.

Er schüttelte den Kopf. »Was haben sie dann vor?«

Bloom zuckte die Achseln.

»Jane!«, rief er plötzlich. »Das ist unsere Belohnung.

Wir müssen eine Vereinbarung treffen. Sie dazu bringen, Jane gehen zu lassen.«

»Leichter gesagt als getan.«

»Aber das ist doch unser Ziel. Mich kümmert im Grunde wenig, was mit Lana oder Stuart ... oder diesem Jungen aus Sheffield passiert.«

»Du meinst Grayson.«

»Lass sie spielen. Mir ist vollkommen egal, was sie treiben. Es ist nicht unser Problem, und weder können wir es alleine mit ihnen aufnehmen noch sie stoppen.« Er fuhr sich mit den Händen durchs Haar. »Aber wir können Jane retten.«

»Ich weiß.«

»Doch dazu müssen wir mitmachen.«

Bloom nickte. »Sie können uns nicht über ein Netzwerk oder eine Infrastruktur kontrollieren wie bei der Polizei. Wir sind unabhängig, und das macht es schwerer, uns unter Druck zu setzen. Deshalb werden sie uns persönlich attackieren ... uns und die Menschen, die uns etwas bedeuten.«

»Du meinst Jane ... oder Claire?« Jameson klang besorgt.

Bloom nickte bedächtig. »Und Sarah.«

»Aber davon wissen sie nichts.«

»Wie kannst du da sicher sein?« Jamesons Telefon piepte. Eine neue Nachricht. Er las sie laut vor.

Unterdrückt
Was Sie davon haben? Es enttäuscht mich, dass Sie darauf noch nicht von selbst gekommen sind,

Dr. Bloom. Halten Sie es wirklich für einen Zufall, dass eine Freundin der Familie von Mr Jameson eine unserer Spielerinnen ist? Lana Reid besitzt nicht das Format, das wir normalerweise fordern, aber ich habe an ihr festgehalten, weil sie etwas mitbringt, was ich haben will.
05:30

»Was zum Teufel soll das?«, fragte Jameson.

Bloom griff nach ihrem Telefon und tippte eine Antwort ein.

Bloom
Und zwar?
05:32

Sie hatte das grässliche Gefühl, die Antwort zu kennen. Als sie eine Sekunde später eintraf, wurde der Knoten in ihrem Magen eisenhart.

Unterdrückt
SIE.
05:33

51

Jameson saß im Zug von Harrogate nach Leeds, ihm gegenüber ein Teenager mit Piercings, die große Löcher in seine Ohrläppchen gegraben hatten. Wie das wohl aussah, wenn er seinen Ohrschmuck herausnahm? Wie sollte er mit ausgeleierten Ohrläppchen jemals einen vernünftigen Job bekommen? Jameson fühlte sich alt und müde. Die Generation dieses Jungen wäre anders; ihre Welt wäre voll von ausgeleierten Ohrläppchen.

In Leeds hielt er sich an den Stadtplan auf seinem Handy. Er ging an den wartenden Taxis vorbei auf »Laynes Espresso« auf der anderen Straßenseite zu. Das Lokal mit seiner terrakottafarbenen Fassade sollte den besten Kaffee von ganz Leeds servieren. Jameson trat ein und sah sich um. Sarah saß an einem Zweiertisch.

»Ich habe dir einen Latte macchiato bestellt«, sagte sie, als die Bedienung zwei große Kaffeegläser mit perfekten Rosetten in der geschäumten Milch brachte.

»Bist du beruflich oder privat hier?«, fragte Jameson.

»Weder noch.«

»Oh?«

»Es klang, als würde mein Liebster mich brauchen, also bin ich gekommen.«

Jameson ließ sich das Wort »Liebster« ein paar Sekunden lang durch den Kopf gehen und kam zu dem Schluss, dass es sich gut anhörte. »Ehrlich? Ich dachte, du würdest deine Familie besuchen. Lebt sie nicht hier in der Nähe?« Sarah schüttelte den Kopf, wobei ihr eine Haarsträhne ins Gesicht fiel. Sie schob sie nach hinten. »Sie wohnen ganz im Norden von Yorkshire. Es ist die größte Grafschaft, weißt du?«

»Davon habe ich gehört. Aber du hättest nicht meinetwegen herkommen müssen.« Er war ganz und gar nicht dieser Meinung, doch es schien ihm das Richtige zu sein.

»Keine Angst. Ich habe nachher noch einen Termin bei der Geschäftsführung des Leeds Hospital Trust.«

Jameson gab sich die größte Mühe, seine Enttäuschung zu verbergen. Sie war hier, trank Kaffee mit ihm und lehnte ihre Wade gegen sein Bein. Nachdem er am Vortag vierzehn nutzlose Stunden damit zugebracht hatte, in Ilkley an Türen zu klopfen, war es genau das, was er brauchte.

»Tja, dann vielen Dank, Mr Geschäftsführer.«

»*Mrs* Geschäftsführerin«, korrigierte Sarah hinter ihrer Kaffeetasse hervor.

Verdammt. »Wow. Da haben sie ja wirklich eine Topkraft an der Spitze. Sie können von Glück sagen.«

Sarah stellte die Tasse ab. »Gerade noch die Kurve gekriegt.«

Er grinste. »Vielen herzlichen Dank.«

»Du hast mir gefehlt.«

Damit hatte er nicht gerechnet, und er ahnte, dass es ihm nicht gelang, sein Erstaunen zu verbergen. Sarah senkte den Blick, und er wusste nicht, was er als Nächstes sagen sollte. In einer einfachen Welt hätte er gesagt: *Du hast mir auch gefehlt,* und in einer idealen Welt hätte er gesagt: *Ich bin ja so froh, dass du das gesagt hast, weil ich nämlich am liebsten jede Minute jedes Tages mit dir verbringen würde.* Aber seine Welt war weder einfach noch ideal, und so sagte er nur: »Das wird leider nicht besser werden.«

Sie veränderte ihre Sitzposition. Ihr Bein berührte seines nun nicht mehr. »Verstehe.«

Er nahm mit beiden Händen eine der ihren. »Nein, das verstehst du nicht. Es ist kompliziert. Dieser Fall ist verwickelt und übel, und ich will dich da nirgends in der Nähe haben.«

Sarah sah auf ihre Hände hinab.

»Die Ermittlungen, die Augusta und ich anstellen, sind im Interesse der Justiz beziehungsweise im Interesse von Opfern. Manchmal begegnet man dabei widerlichen Leuten. Und in diesem Fall, bei dem es um Jane geht, weiß ich nicht einmal, mit wem wir es zu tun haben. Allerdings bin ich mir sicher, dass diese Leute mit Augustas Leben spielen und auch mit meinem.«

»Warum?«

»Weil sie nicht wollen, dass wir uns in ihr Treiben einmischen. Aber wir dürfen nicht lockerlassen. Wir müssen Jane zurückholen, also könnte es brenzlig werden.«

Sarah drückte seine Hand. »Bist du in Gefahr?«

»Ich bin immer in Gefahr, Baby. Ich lebe am Abgrund.«

Sie versetzte ihm unter dem Tisch einen Tritt. »Das ist weder beeindruckend noch witzig.«

»Tut mir leid.«

»Außerdem war es total abgeschmackt.«

Er lachte. Es war ein gutes Gefühl, die Spannung zu durchbrechen.

»Inwiefern mischen sich diese Leute in euer Leben ein?«

Jameson dachte an Blooms Warnung, als er zum Bahnhof aufgebrochen war: *Pass auf, was du anderen erzählst.* Natürlich hatte sie recht. Sarah die ganze Geschichte zu erzählen, würde sie angreifbar machen. Doch er wollte so ehrlich wie möglich sein. »Offenbar wurden Jane und ihre Mutter deshalb ins Visier genommen, weil sie mich kennen und weil ich Dr. Bloom kenne.«

»Dr. Bloom?«

»Augusta. Sie ist Psychologin.«

»Dein Kompagnon?« Jameson nickte. »Warum haben sie es auf sie abgesehen?«

»Das wissen wir nicht, aber sie arbeitet schon länger mit solchen Leuten, also hat sie vielleicht jemanden verärgert.«

Sarah spielte mit ihrem Kaffeelöffel. »Was sind das für Leute?«

Jameson wählte seine Worte sorgfältig. »Na ja, sie ist forensische Psychologin, also hatte sie schon mit etlichen schwierigen Charakteren zu tun.«

»Böse Menschen?«

»Manche schon.«

»Und die, die es jetzt auf sie abgesehen haben – glaubst du, das sind böse Menschen?«

Jameson zuckte die Achseln.

»Sind sie gefährlich? Haben sie irgendetwas getan, um ihr zu schaden ... oder dir?«

Er holte Luft und überlegte, wie er das Thema wechseln konnte.

»Marcus! Sag es mir. Glaubst du, dass dir diese Leute etwas antun wollen?«

»Nicht in körperlichem Sinne, nein.« Er dachte an den Radfahrer, der ihn umgefahren hatte.

»Was soll das heißen, nicht in körperlichem Sinne?«

»Schau, Sarah, ich habe doch gesagt, dass ich dich da nicht hineinziehen will. Ich kann dir nicht mehr sagen.«

Sie nickte ernst. Das Gespräch wechselte dann zu ihren medizinischen Forschungen, irgendetwas im Zusammenhang mit genetischen Fingerabdrücken, aber keiner von beiden konnte sich so recht darauf konzentrieren.

»Ich habe noch etwa eine Stunde bis zu meinem Termin«, sagte Sarah, nachdem die Bedienung ihre Tassen abgeräumt hatte. »Mein Hotel ist gleich um die Ecke.«

Eineinviertel Stunden später schlenderte Jameson durch die Lobby des Malmaison Hotels zum Ausgang. Er fühlte sich gut und lächelte dem elegant gekleideten Geschäftsmann zu, der noch immer an seinem Laptop arbeitete. Er war ihm bereits aufgefallen, als sie angekommen waren – vor allem seine Breitling-Uhr. Jameson winkte der Dame am Empfang einen fröhlichen Gruß zu und verließ das Hotel in Richtung Bahnhof. Es waren drei Nachrichten von Bloom eingegangen.

Heute 11:15 Uhr
Das HCPC hat mich nach London beordert.
Meine Verhandlung wurde für morgen festgesetzt. Ein anderer Termin ist ausgefallen. Wie
praktisch! Ruf mich an, wenn du kannst. A

Heute 11:35 Uhr
DS Green hat angerufen. Angeblich wurde Jane
in Manchester gesehen. Er will wissen, ob du hinfahren und den Beamten dort helfen kannst.

Heute 12:00 Uhr
Das Spiel hat definitiv begonnen, Marcus.
Gerade hat sich Libby Goodman bei mir gemeldet. Stuart hat ihr heute Morgen eine Textnachricht geschickt. RUF MICH AN!

»Sorry«, sagte er. »Mein Telefon war auf ›Nicht stören‹ gestellt.«

»Erspar mir die Einzelheiten, bitte.« Sie klang verärgert. »Ich fahre mit dem Zug um vierzehn Uhr zurück nach London. Du musst mit Libby sprechen und dann nach Manchester fahren. Schaffst du das?«

Er kämpfte gegen den Drang an, sich erneut zu entschuldigen, doch das würde sie nur noch mehr verärgern. Er hatte verantwortungslos gehandelt; er wusste es und sie ebenso. Alles nur, um sich mit Sarah zu vergnügen.

»Natürlich. Wer ist der Zeuge, der Jane gesehen haben will?«

»Ein Wachmann am Piccadilly-Bahnhof. Er hat versucht, sie anzusprechen, aber offenbar ist sie davongelaufen. DS Green informiert dich über alles Weitere.«

»Warum sollte sie davonlaufen? In ihrer Nachricht an Claire hat sie doch geschrieben, dass wir sie suchen und holen sollen. Das klingt nicht nach Jane.«

»Vielleicht nicht. Vielleicht war es gar nicht Jane. Aber wenn sie es war und wenn sie wirklich allein nach Manchester gefahren ist, dann aus einem von zwei Gründen. Entweder konnte sie fliehen, dann wird sie versuchen, dich oder Claire zu kontaktieren, oder ...«

»... sie wurde unter bestimmten Bedingungen freigelassen.«

»Ja. Und wer weiß, was man ihr angedroht hat, wenn sie redet oder sich erwischen lässt.«

Jameson trat durch die Sperre und ging zu Bahnsteig 1C, wo der Zug nach Harrogate abfuhr. Er würde den Mietwagen abholen, nach Manchester fahren und von unterwegs Libby Goodman anrufen. Er stieg in den Zug und quetschte sich neben eine stämmige Frau mit fünf großen Einkaufstaschen. Sie verlagerte ihr ausladendes Hinterteil und hätte ihn dabei fast vom Sitz geschubst.

»Entschuldigung«, sagte Jameson, während er versuchte, wieder Halt zu finden. Warum entschuldigte er sich? Und da fiel es ihm ein. Das, was er übersehen hatte. Die Art von Detail, das es zu registrieren galt. *Verdammt.* Offenbar hatte er nachgelassen. Er stand auf und ging ans Ende des Waggons. Der Zug schlenkerte, sodass er beinahe stürzte. Im letzten Moment konnte er noch nach einer Haltestange greifen. Sarahs

Telefon ging sofort auf die Mailbox. Er sah auf die Uhr. Sie musste jetzt bei ihrer Besprechung mit der Geschäftsführerin sein. Er googelte das Krankenhaus von Leeds und fand eine Nummer, doch noch während er nach der richtigen Abteilung suchte, brach der Empfang ab.

»Scheiße!«, schimpfte er laut, sodass sich die Leute in Hörweite nach ihm umdrehten.

Kein Empfang.

Jameson schloss die Augen und holte dreimal tief Luft. Jetzt war nicht der richtige Moment, um in Panik zu geraten. Er war ein Idiot gewesen. Bloom hatte ihn gewarnt, und er hatte ihre Bedenken abgetan. Doch sie hatte recht gehabt: Sie wussten über Sarah Bescheid. Der Geschäftsmann mit dem Designeranzug und der Breitling-Uhr war Stuart Rose-Butler gewesen. Er erinnerte sich anhand des Fotos auf Libby Goodmans Kaminsims an ihn.

Ein Balken Empfang. Er wählte erneut das Krankenhaus an.

»Guten Tag. Büro der Geschäftsleitung.«

»Hier spricht Dr. Jameson von der BMA. Ich muss dringend meine Kollegin Dr. Sarah Mendax sprechen. Ich glaube, sie hat gerade eine Besprechung mit Ihrer Geschäftsführerin.«

Um an den Torhütern vorbeizukommen, benötigte man die passende Legitimation.

»Bedaure, Sir, Dr. Mendax ist nicht hier.«

Jameson fühlte die Panik aufwallen und unterdrückte sie. »Ist sie etwa nicht gekommen?«

»Die Besprechung findet nicht hier im Haus statt. Haben Sie es schon auf Dr. Mendax' Handy probiert?«

»Es ist ausgeschaltet. Könnten Sie mir bitte sagen, wo das Treffen stattfindet?«

Die Sekretärin verstummte einen Moment lang. »Das weiß ich nicht.«

»Sie wissen nicht, wo Ihre Chefin ein geschäftliches Treffen hat? Welche Art von Sekretärin sind Sie denn?« Die Worte waren aus seinem Mund gekommen, ehe er sie hatte aufhalten können.

»Bedauere, Sir. Ich kann Ihnen nicht weiterhelfen.« Ihr Tonfall war barsch und eisig.

»Es ist sehr dringend. Können Sie bitte Ihre Chefin anrufen und sie fragen, wo sie sind?«

»Darf ich mir noch mal Ihren Namen notieren?«

Er hatte die Kontrolle über die Situation verloren. Diese Frau wusste, wo ihre Chefin war, weigerte sich aber aus übersteigertem Pflichtgefühl, es zu verraten. »Es ist von äußerster Wichtigkeit, dass ich Dr. Mendax finde. Können Sie mir helfen oder nicht?«

Als Nächstes rief er DS Green in Bristol an. »Green, hier ist Jameson. Sie müssen mir einen Gefallen tun.« Er stieg aus dem Zug aus und landete auf dem Bahnsteig eines Ortes namens Horsforth.

Während Jameson auf sein Taxi wartete, rief ihn Green zurück. »Sie hatten recht«, sagte er. »Die Sekretärin wusste, wo das Treffen stattfindet. Sie hat sich vielmals entschuldigt. Sie sind zum Mittagessen in einem Restaurant namens Browns, und sie hat mir erklärt, dass es sich im ›The Light‹ befindet, einem Einkaufszentrum in der Stadtmitte. Ich habe dort angerufen, doch die Frau sagte, sie hätten Hochbetrieb und es sei unmöglich herauszufinden, wer da sei.«

»Ich fahre gleich mal hin. Und vielen Dank. Sie haben was bei mir gut.«

»Was zum Teufel ist denn da oben los? Warum die Panik?«

»Ich habe Stuart Rose-Butler heute Morgen in einem Hotel gesehen. Meine Freundin wohnt dort. Ich glaube, er hat auf sie gewartet.«

»Warum haben Sie ihn nicht angesprochen?«

»Er hat seinem Foto überhaupt nicht ähnlich gesehen. Er war frisch rasiert und gut gekleidet. Ich habe ihn in diesem Moment schlichtweg nicht erkannt.« Das Taxi kam; Jameson gab dem Fahrer ein Zeichen und stieg hinten ein.

»Aber jetzt sind Sie sicher, dass er es war?« In Greens Tonfall schwang das typische Misstrauen mit.

»Definitiv.«

»Nach dieser Geschichte mit Faye Graham hoffe ich in Ihrem Interesse, dass Sie sich irren.«

Ich auch, dachte Jameson, als er auflegte. *Ich auch.*

52

Bloom saß im Zug nach Leeds, als Jameson vom Taxi aus anrief. Es kostete sie eine ganze Menge Willenskraft, sich den Satz *Ich hab's dir doch gesagt* zu verkneifen. Als Sarah am Vortag angerufen und ihm gesagt hatte, dass sie in Leeds sei, hatte Bloom ihm geraten, nicht hinzugehen. Doch er hatte ihre Bedenken abgetan.

Auf die letzte WhatsApp-Nachricht hatte sie mit einer sehr konkreten Frage reagiert – *Warum ich?* –, jedoch keine Antwort erhalten. Während sie Ilkley absuchten, hatte Bloom ihr Handy im Auge behalten. War es jemand, den sie kannte? Oder ein Angehöriger von jemandem, zu dessen Verurteilung sie beigetragen hatte? Woher sollte sie das wissen, wenn all diese funktionalen Psychopathen wie Wölfe im Schafspelz ihr Unwesen im Verborgenen trieben?

Bloom sah Leeds näher kommen. Das Bridgewater-Hochhaus erhob sich wie ein Schiffssegel über die anderen Gebäude. Für jeden Schritt vorwärts fielen sie fünf zurück. Sie machte sich eine Liste der Dinge, die sie wussten. Irgendjemand, wahrscheinlich eine finanziell gut gestellte Gruppe oder Organisation, hatte eine Methode entwickelt, um Psychopathen ausfindig zu machen. Dann hatten sie diese eingeladen, bei einem Spiel mitzumachen, das vermutlich aus einer Reihe von Aufgaben zu einem unbekannten Zweck bestand. Die meisten der ungefähr hundert Spieler waren noch dabei, aber eine Handvoll – genauer gesagt drei – waren nach Hause zurückgekehrt und hatten ihr Leben wieder aufgenommen, als ob nichts geschehen wäre. Wie Bloom vorhergesehen hatte, hatte DS Green keine weiteren Erkenntnisse aus der Befragung der anderen zwei Zurückgekehrten gewonnen. Llewellyn musste die anderen gewarnt und ihnen damit mehr als genug Spielraum verschafft haben, um die Polizei an der Nase herumzuführen. Doch wo war der Rest? Manche wurden schon seit über einem Jahr vermisst. Spielten sie noch oder …? Wie lange würde das Spiel ihre Aufmerksamkeit fesseln? Ein paar Wochen, vielleicht Monate – aber ein Jahr? Bestimmt nicht. Bloom trat auf Bahnsteig 1b hinaus und marschierte mit ihrem Rollkoffer zu den Sperren. Sie hatte ihre Fahrt nach London abgesagt. Das Tribunal würde warten müssen. Sie würde später dort anrufen und einen familiären Notfall vorschützen. Das würden sie ihr nicht abnehmen, und es würde alles nur noch schlimmer machen, doch das war die geringste ihrer Sorgen.

Sie stellte ihren Koffer in ein Schließfach und machte sich auf den Weg zu Browns. Das Restaurant, angesiedelt in den Räumen einer früheren Bank, verfügte über eine dunkle Bar, raumhohe Fenster und Holzmobiliar wie aus einem Pariser Café. Manche Leute hielten Geschäftsessen ab, an anderen Tischen saßen Frauen, die miteinander tafelten, das alles vor einer Geräuschkulisse aus endlosem Geplauder und dem Klirren von Besteck. Es erinnerte Bloom an ihre Zeit als Bedienung. Jameson saß am anderen Ende der Bar und telefonierte.

Er schien nicht überrascht, sie zu sehen. Gerade hinterließ er eine Nachricht für Sarah, in der er sie bat, ihn so bald wie möglich zurückzurufen.

»Ich nehme an, sie sind nicht hier?«, sagte Bloom und schüttelte den Kopf, als der Barmann auf sie zukam.

»Ich bin zweimal durch das ganze Lokal marschiert und habe eine Weile vor der Damentoilette gewartet, für alle Fälle. Keine Spur von ihr.«

»Und die Sekretärin im Krankenhaus kann ihre Chefin nicht erreichen?«

Jameson schüttelte den Kopf. »Entweder sind ihre Telefone ausgeschaltet, oder sie haben keinen Empfang oder ...« Er sah sich erneut im Lokal um. In Blooms Jackentasche summte das Telefon, während zeitgleich das von Jameson auf dem Tresen zu vibrieren begann. Sie sahen einander an, ehe sie auf ihre Displays schauten: Es gab eine neue Nachricht in der »Traust du dich zu spielen?«-WhatsApp-Gruppe.

Unterdrückt
Dr. Bloom, wie gefällt Ihnen das Spiel bis jetzt?
Ich möchte sehen, was in Ihnen steckt, also hier
ist Ihre erste Aufgabe. Eine Wahl.
13:32

Regungslos standen sie mitten unter den lachenden und plaudernden Menschen und starrten alle beide auf ihre Telefone. Die nächste Nachricht ließ nur wenige Sekunden auf sich warten.

Unterdrückt
Soll ich Mr Jamesons Freundin gehen lassen?
Oder ...
13:33

»Ja«, sagte Jameson. »Verflucht! Ja ... was auch immer das ›oder‹ bedeuten soll, wir wollen Sarah zurückhaben.«

Bloom legte ihrem Kompagnon eine Hand auf den Arm. »Warte mal«, sagte sie ruhig. Ein paar Sekunden später traf die nächste Nachricht ein.

Unterdrückt
Oder möchten Sie, dass Graysons Vater seinen
Sohn zurückbekommt, Libbys Kind seinen Vater
und Mr Jameson die Freundin seiner Familie mitsamt ihrer Tochter Jane?
13:33

»Oh Gott.«

Sehr clever, dachte Bloom. Sie würde unweigerlich mit Jameson in Konflikt geraten, egal, welche Möglichkeit sie wählte. Es war ein Lose-Lose-Szenario, das ihr bisheriges Leben zerstören würde. »Was machen wir jetzt?«, fragte Jameson. »Ich meine, diese Psychopathen und ihre Angehörigen sind mir scheißegal. Vermutlich wären alle ohne sie besser dran. Aber Sarah und Jane gehören nicht zu ihnen.«

»Es ist ein moralisches Dilemma.«

»Findest du?«

»Nein, ich meine, es ist ein berühmtes Gedankenexperiment in der Ethik. Ein Leben für vier Leben. Es ist das Trolley- oder Weichenstellerproblem.«

Jameson starrte sie an.

»Eine Bahn rast unkontrolliert ein Gleis entlang, auf vier Personen zu, die gefesselt sind und sich nicht bewegen können. Die Bahn fährt direkt auf sie zu, aber du stehst neben einem Hebel, mit dem du die Bahn auf ein anderes Gleis leiten kannst. Allerdings steht auf dem zweiten Gleis auch jemand. Opferst du den einen, um die vier zu retten?«

»Tja ... wahrscheinlich.«

»Und was, wenn der eine dein Lebenspartner oder dein Kind wäre?«

»Dann würde ich den Hebel nicht umlegen.«

»Warum?«

»Darwinismus. Meine Gene beschützen und so weiter.«

»Okay, dann versuchen wir es mal so ... Du bist Arzt. Du hast vier Patienten, die ohne eine Organtransplantation in den nächsten Stunden sterben werden. Es ist ausgeschlossen, dass passende Organe eintreffen. Da kommt ein einsamer Reisender zu einer Routineuntersuchung in die Klinik, und du stellst fest, dass er der ideale Organspender für alle vier Patienten wäre. Opferst du den gesunden Mann, um die vier zu retten?«

»Natürlich nicht.«

»Genau das antworten die meisten. Es ist ein Grundprinzip menschlicher Moral.«

»Sag nichts. Der durchschnittliche Psychopath tötet den einen.«

»Natürlich tut er das. Für ihn ist es die logischste Lösung. Das Gleiche wie das Weichenstellerproblem. Vier Leben müssen wertvoller sein als eines.«

»Langsam habe ich die Nase voll von Zugscheiß«, sagte Jameson.

Wem sagst du das, dachte Bloom.

»Aber verstehst du denn nicht?«, sagte sie. »Die ganze Sache wurde von Anfang an perfekt eingefädelt, bis hin zu den Personen, die Jane ausfindig gemacht hat. Die Leute, deren Rückkehr sie anbieten, sind die Leute, nach denen wir gesucht haben.«

»Dann beobachten sie uns also und belauschen unsere Telefongespräche?«

»Oder …« Was, wenn das alles ein Spiel war? Ein Spiel, um ihr eins auszuwischen? Die Karten, Janes Hilferuf, South Milford. Bloom schrieb eine Antwort und zeigte sie Jameson, ehe sie auf »Senden« tippte. Er nickte. Sein Gesicht war aschfahl.

Bloom
Was passiert mit der Person oder den Personen, die ich nicht wähle?
13.35

Der Barmann kam herüber. »Darf ich Ihnen etwas bringen?«

»Wir warten nur auf ein paar Kollegen«, sagte Bloom

»Darf ich Ihnen etwas bringen, solange Sie warten? Wir haben Kaffee oder kalte Getränke.«

»Wir sagen Bescheid, wenn wir etwas trinken wollen«, sagte Jameson.

Der Barmann zuckte angesichts von Jamesons Ton zurück, verlor jedoch nicht sein Lächeln. Er war es gewohnt, mit herablassenden Bemerkungen von Leuten umzugehen, die sich für etwas Besseres hielten.

»Danke«, sagte Bloom. Der Barmann kehrte ans andere Ende des Tresens zurück, als ihr Telefon erneut zu vibrieren begann.

Unterdrückt
Wählen Sie, und Sie werden es erfahren.
13:36

»Du darfst nicht wählen«, sagte Jameson.

Bloom überlegte. Konnte sie nichts tun? Die anderen entscheiden lassen? Sie sah Jameson an, dass es ihm schwerfiel, seinen Zorn unter Kontrolle zu halten. »Was, wenn sie alle beide behalten?«, fragte sie.

»Sie können dich nicht zum Wählen zwingen. Du darfst nicht wählen. Du könntest nicht damit leben.«

Er hatte recht. Sie würde es mit sich selbst nicht mehr aushalten, wenn Jane oder Sarah etwas zustieße. Genau darin bestand die Herausforderung.

»Warte«, sagte sie. Sie scrollte durch die WhatsApp-Nachrichten zurück, las jede einzelne aufmerksam durch und tippte dann eine rasche Antwort ein.

Bloom
Wie viel Zeit habe ich, um mich zu entscheiden?
13:39

»Das ist er!« Jameson zeigte auf einen Mann, der draußen vorüberging, ehe er zur Tür sprintete und hinausstürmte, ohne sich noch einmal umzudrehen.

Blooms Telefon piepte, und sie las die Antwort.

Unterdrückt
Bis 15 Uhr.
13:40

53

Es war noch Mittagszeit, und der Gehweg vor dem Browns wimmelte von Passanten. Jameson drängte sich hastig hindurch und hielt mit gerecktem Hals Ausschau nach Stuart Rose-Butler. Er war einen halben Block vor ihm und schlenderte gemächlich dahin. Mit einem Satz war Jameson bei ihm und rammte ihn gegen die Wand. Rose-Butler reagierte kaum.

»Wo ist sie? Wo ist Sarah?« Er presste eine Hand um Rose-Butlers Hals. Die meisten Passanten beschleunigten ihren Schritt, um der dramatischen Szene auszuweichen, doch ein paar blieben stehen und sahen zu.

»Ich habe keine Ahnung, wovon Sie reden.« Rose-Butlers geschliffene Aussprache klang wie die eines Privatschulabsolventen.

»Verarschen Sie mich nicht, Stuart. Ich weiß, wer Sie sind. Ich habe Sie im Hotel gesehen.«

Ein selbstgefälliges Lächeln huschte über Rose-Butlers Miene. Er bewegte gegen den Druck von Jamesons Hand den Kopf hin und her. »Ich weiß nicht, für wen Sie mich halten, aber ich bin nicht Stuart«, log er. »Und ich habe keine Ahnung, wer Sarah ist.«

Jameson umfasste den Hals des Mannes fester. »Wollen Sie etwa leugnen, dass Sie heute Morgen in der Lobby des Malmaison Hotels waren? Ich habe Sie gesehen. Sie haben uns beobachtet.«

»Ich bekomme keine Luft.«

Jameson lockerte seinen Griff ein wenig, ehe er weitersprach. »Waren Sie heute Morgen im Malmaison? Haben Sie uns beobachtet?«

Rose-Butler hielt die Hände in die Höhe und antwortete gelassen: »Ja. Ich war heute Morgen im Malmaison. Ich hatte dort eine Verabredung. Aber ich habe Sie nicht beobachtet. Ich kenne Sie nicht einmal.«

»Lügner!«

»Lassen Sie den Mann los«, sagte eine männliche Stimme zu Jamesons Linker. Jameson hob den Blick und sah zwei kräftige Geschäftsleute wenige Meter neben sich stehen. Ein Stück die Straße hinab sprach eine Frau gerade mit einem Polizeibeamten und zeigte in seine Richtung. Der kleinere der beiden Geschäftsmänner trat vor und erhob erneut die Stimme. »Er weiß offenbar nicht, was Sie von ihm wollen.«

»Halten Sie sich raus«, raunzte Jameson ihn an und wahrte den Blickkontakt länger, als es die Höflichkeit erlaubte. Dann wandte er sich wieder Rose-Butler zu. »Natürlich seid ihr alle Meister der Verstellung und sonst noch was, aber ich weiß, wer und was Sie sind.«

Rose-Butler kicherte. »Hören Sie, Sir, ich bin nicht der, für den Sie mich halten.«

»Lachen Sie mich aus? Finden Sie das lustig?«

»Beruhigen Sie sich, Mann«, sagte der Geschäftsmann.

»Ich habe doch gesagt, Sie sollen sich raushalten«, fauchte Jameson, ohne ihn eines Blickes zu würdigen. Er umfasste Rose-Butlers Hals wieder fester. »Ich frage Sie noch einmal. Wo ist Sarah?«

»Lassen Sie den Herrn los, bitte«, sagte ein Polizist, als er in Jamesons Blickfeld kam. »Sir?«

»In Ordnung.« Jameson ließ Rose-Butlers Hals los. Festgenommen werden wollte er nicht.

Der Polizist hakte die Daumen in die Armlöcher seiner Schutzweste. »Würden Sie mir bitte verraten, was hier los ist?«

Rose-Butler war mit seiner Antwort schneller als Jameson. »Dieser Herr scheint irgendein Problem mit meiner Person zu haben.« Er hielt dem Polizeibeamten die Hand hin. »Stuart Lord, Kronanwalt.« Der Polizist regte sich nicht.

»Er ist kein Kronanwalt«, sagte Jameson. »Er ist ein mieser, kleiner Regalauffüller und Psychopath, der mit dem Leben anderer Leute spielt.«

»Bitte die Ruhe bewahren«, mahnte der Polizist.

»Sein Name ist Stuart Rose-Butler. Vor zwei Monaten ist er von einem Unfallort verschwunden und hat seine hochschwangere Freundin sitzen lassen, um an einem kranken Psychopathenspiel teilzunehmen. Er steht auf Ihrer Vermisstenliste.«

»Ich bin nicht der, für den mich dieser Herr hält. Ich habe versucht, es ihm zu erklären, aber dann ist er sehr aggressiv geworden.« Rose-Butler gelang es, gleichzeitig verärgert und besorgt auszusehen.

»Marcus?«

Jameson wandte sich um und sah Bloom auf sich zukommen.

»Und Ihr Name ist, Sir?«, fragte der Polizist Jameson und zückte Stift und Notizblock.

»Marcus?«, sagte Bloom noch einmal. »Es tut mir sehr leid«, sagte sie zu Rose-Butler und dem Polizisten. »Mein Kollege steht unter schwerem Stress.«

Jameson sah sie verblüfft an. »Was machst du denn?«

»Das ist nicht Stuart, Marcus.«

Jameson wandte sich um und musterte den anderen erneut. Er trug einen ordentlichen Kurzhaarschnitt, seine Kleidung war von guter, teurer Qualität, und die Breitling-Uhr im Wert von fünftausend Pfund lugte unter seinem Ärmel hervor, doch dies war eindeutig Stuart Rose-Butler. Jameson besaß eine geradezu unheimliche Fähigkeit, Gesichter zu erkennen; er konnte sich an Personen erinnern, die er Jahrzehnte nicht gesehen hatte. Bei seinen Tests für den Geheimdienst war er von den Prüfern als »Super Recognizer« eingestuft worden.

»Ihr Name, Sir?«, hakte der Polizist nach.

»Marcus Jameson.«

Bloom fasste Jameson am Arm. »Komm. Lass uns gehen. Wir haben Wichtigeres zu tun.«

»Wichtigeres, als die Wahrheit aus diesem Dreckskerl rauszukriegen?«

»Sir, ich muss Sie bitten, sich zu beruhigen.« Der Polizist platzierte seinen Körper zwischen Rose-Butler und Jameson.

»Kann ich mich jetzt wieder meiner Arbeit widmen, Officer? In der Kanzlei warten Mandanten auf mich.« Rose-Butler zog seine Anzugjacke zurecht.

»Gehen wir«, drängte Bloom. »Hier kommt nichts Vernünftiges mehr heraus.«

Jameson fing den Blick seiner Kollegin auf, und der

rote Zornesnebel machte logischem Denken Platz. Stuart war nicht zufällig an der Tür des Browns vorbeigegangen. Sie führten etwas im Schilde. Und Jameson spielte ihnen direkt in die Hände.

»In Ordnung«, sagte er. »Entschuldigen Sie, Officer.« Er hielt die Hände in die Höhe, um seine Einsichtigkeit zu demonstrieren, während der Polizist ihn noch einmal ermahnte, sich zu beherrschen. Dann ließ er sich von Bloom davonführen.

In der Lobby des Malmaison Hotels sank Jameson in einen plüschigen Sessel und versuchte seine Atmung zu beruhigen. Die Verletzung an seinem Hinterkopf begann heftig zu schmerzen.

»Sie haben Wasser bestellt, Sir?« Eine Tresenfrau in einem schicken schwarzen Shirt stellte ein Glas vor ihn hin.

»Cheers.« Er trank einen großen Schluck. Bloom war auf dem Rückweg ins Haus ihrer Mutter. Auf dem Dachboden lagerten Akten, in denen sie etwas nachschlagen wollte. Jameson wartete gespannt darauf, die Aufzeichnungen der Überwachungskameras des Hotels zu sehen. DS Green hatte zwar seine besten Überredungskünste eingesetzt, doch der Geschäftsführer hatte darauf bestanden, dass ein Beamter der lokalen Polizei mit dabei sein sollte. Ein paar Minuten später gesellte sich eine junge – und ziemlich attraktive – Polizistin im Empfangsbereich zu ihm und stellte sich als PC Hussain vor. Sie hatte den eindeutigen Auftrag vom Chef des Chefs ihres Chefs, Jameson den Zugang zu den Aufzeichnungen der hoteleigenen Überwachungskameras zu ermöglichen. Schon bald saßen sie beide im Büro des Geschäftsführers und sichteten die Aufzeichnungen vom gleichen Morgen im Beisein des Chefs der Security, eines Muskelmanns mit gegeltem Haar, der früher garantiert beim Militär gewesen war.

»Da ist Rose-Butler.« Jameson verfolgte, wie Stuart im Empfangsbereich Platz nahm und einen kleinen Laptop aus seiner Aktentasche zog. Der Sicherheitsmann spulte vor. »Okay. Stopp. Da kommen Sarah und ich rein.« Jameson sah sich selbst durch die Lobby marschieren, eine Hand in Sarahs Kreuz gelegt. Als sie auf den Lift warteten, sah sie lächelnd zu ihm auf, während er langsam die Finger ihren Rücken hinauf- und hinunterwandern ließ. Er dachte an ihr Lächeln und schloss die Augen. Warum hatte er nicht besser aufgepasst? Warum hatte er Rose-Butler nicht gesehen?

Er wusste natürlich, warum, doch das war keine Entschuldigung.

Der Securitychef spulte erneut vor. Rose-Butler rührte sich nicht vom Fleck, und es kam auch niemand zu ihm. Jameson sah sich selbst auf dem Hinausweg wieder durch die Hotelhalle gehen. Rose-Butler hatte aufgeblickt und ihm dreist ins Gesicht gesehen. Hatte er von Jameson erkannt werden wollen? Gar darauf spekuliert? »Was macht er denn jetzt?«, fragte Jameson und verfolgte, wie Rose-Butler aufstand und zu den Aufzügen ging. Der Sicherheitschef spulte erneut vor. Es gab keine Kameras in den Korridoren vor den Zimmern, sondern lediglich in den wichtigsten öffentlichen

Bereichen, also war das alles, was sie hatten. Die Aufzüge gingen auf und wieder zu, Fremde stiegen aus und ein, doch weder Rose-Butler noch Sarah tauchten auf.

»Sarahs Zimmer. Ich muss es sehen.« Jameson wandte sich an den Securitymann. »Sofort!«

54

Bloom stieg aus dem Zug und sah auf die Uhr: 14:34 Uhr. Ihr blieb nicht einmal eine halbe Stunde, um zum Haus zu gehen, auf den Dachboden zu steigen und die Akte herauszusuchen, die sie brauchte. Es würde knapp werden. Sehr knapp. Sie hatte ihren Koffer am Bahnhof von Leeds stehen lassen, wohl wissend, dass er sie behindern würde. Wenn sie nur Zeit gehabt hätte, ihr iPad zu holen, doch nun würde sie sich eben auf ihr gutes, altmodisches Gedächtnis verlassen müssen.

Im Haus angelangt, sah sie erneut nach der Zeit: 14:42 Uhr. Sie war schnell gewesen. Vom Rennen in den Pumps taten ihr die Füße weh, und es dauerte einen Moment, bis sich ihre Atmung beruhigt hatte. Sie kickte die Schuhe weg, ohne sich darum zu kümmern, ob sie das Parkett verschrammten, und lief barfuß die Treppe hinauf zur Dachbodenluke. Ihre Mutter hatte die Stange zum Öffnen der Luke immer in der Ecke des Elternschlafzimmers aufbewahrt. Bloom erinnerte sich genau, wo ihre alten Kisten standen. Es dürfte nicht länger als ein paar Minuten dauern. Sie musste nur ein einziges Dokument sichten.

Doch die Stange war nicht da.

»Verdammt!« In den letzten Monaten vor ihrem Umzug ins Heim war ihre Mutter von Demenz umnachtet gewesen. Die Krankheit hatte eine einstmals tüchtige und in ihren alltäglichen Verrichtungen routinierte Frau zu einem paranoiden Schatten ihrer selbst gemacht. Einer Frau, die ihren Schmuck in die Gefriertruhe steckte, weil sie fürchtete, ihre Tochter könne ihn stehlen. Bloom sah sich im Schlafzimmer um, ehe sie in ihrem Zimmer, im Gästezimmer, der Abstellkammer und dem Badezimmer nachsah. Sie blickte erneut auf die Uhr: 14:48 Uhr. Keine Zeit.

Sie zerrte den Wäschekorb aus dem Badezimmer und stellte ihn unter die Luke. Er war ungefähr halb so hoch wie sie und könnte eventuell ausreichen. Sie schob erst das eine Knie hinauf, dann das andere und bemühte sich, die Balance zu halten, ehe sie das Gewicht verlagerte und sich vergewisserte, dass der Korb sie hielt. Er geriet ins Wackeln, und sie brauchte einen Moment, um wieder Halt zu finden. Sie fasste nach oben, hakte einen Finger durch die Lasche und zog, so fest sie konnte. Die Luke öffnete sich nur einen Spaltbreit, sodass sie noch fester ziehen musste. Diesmal ließ sich die Luke komplett aufziehen, entwickelte dabei aber so viel Schwung, dass Bloom taumelte und schwer auf ihren linken Arm stürzte. Laut fluchend stieg sie wieder auf den Korb, griff mit beiden Händen nach oben und hievte sich mit aller Kraft in den Dachboden. Die Kisten standen genau dort, wo sie sie zurückgelassen hatte.

14:56 Uhr. Weniger als vier Minuten, um auf die Herausforderung zu reagieren. Sie klappte die erste der sechs Umzugskisten auf, stellte sie aber rasch beiseite. Die zweite und die dritte waren es auch nicht. In der vierten lag die blaue Mappe, die sie brauchte. Der Name auf der Vorderseite war in äußerst akkurater

Handschrift geschrieben. Es war die erste Akte, die sie je angelegt hatte, und dies hatte sie mit der Fürsorge einer frischgebackenen Mutter getan. *Seraphine Walker.*

Bloom blätterte hastig die Seiten durch, auf der Suche nach dem Bericht des Pathologen. Sie überflog das Blatt. Wie hatten sie Seraphines Leiche identifiziert? Bloom hatte angenommen, dass man ihre zahnärztlichen Unterlagen herangezogen hatte. Doch das war nicht geschehen. Seraphine hatte ihrer Mutter einen Brief hinterlassen, in dem sie schriftlich niedergelegt hatte, was sie vorhatte und wo. Die Tote hatte Seraphines Kleider getragen, eine mit ihrem Namen gravierte Uhr und eine Halskette, die sie sich an diesem Tag von ihrer Mutter geborgt hatte. Diese Beweise hatte man als ausreichend erachtet.

Bloom starrte in die finsteren Winkel des elterlichen Dachbodens. Es war Wahnsinn. Wie konnte eine Vierzehnjährige ein anderes Mädchen von ähnlicher Statur und Haarfarbe finden, sie dazu überreden, Kleider und Schmuck zu tauschen, mit ihr im Bus zu einem anderen Ort fahren, zweieinhalb Kilometer zu einem Feldweg marschieren und dann …? Doch genau das hatte Seraphine ausgemacht. Sie besaß die Gabe, andere zu manipulieren und sie in ihre Fänge zu locken.

Ich bin nicht wie die anderen. Aber ich will kein Monster sein.

Die Herausforderung für sie war mehr als nur das Weichenstellerproblem. Die Aufgabe war sehr spezifisch.

Man verlangte von ihr, zwischen dem Leben eines normalen Menschen, nämlich Sarah, und dem Leben dreier Psychopathen, Grayson, Stuart und Lana, zu wählen. Jane war ein Ablenkungsmanöver. Sie war die Dreingabe zu Lana.

In der Arbeit mit Seraphine hatte Bloom hervorgehoben, dass das junge Mädchen wählen konnte, wer sie sein wollte. Dass sie sich nicht von einem Etikett definieren lassen musste. Dass das Leben eines Psychopathen genauso wertvoll war wie das jedes anderen. Die Herausforderung beruhte genau auf diesem Prinzip.

Der Alarm auf ihrem Telefon begann zu klingeln. Es war 14:59 Uhr.

55

Jameson stand in der Tür zu Sarahs Zimmer. Erst vor ein paar Stunden war er zuletzt hier gewesen. Er erinnerte sich an violette Samtvorhänge, eine damastbezogene Chaiselongue am Fuß des Betts, einen ordentlich aufgeräumten hölzernen Schreibtisch, zwei Nachttische und das schicke Kingsize-Bett. Das Zimmer, das er jetzt vor sich sah, hatte keine Ähnlichkeit mit diesem Gedächtnisbild.

»Sah es so aus, als Sie den Raum verlassen haben?«, fragte PC Hussain hinter seinem Rücken.

Jameson sah sich um. Der Schreibtischstuhl lag umgekippt mitten auf dem Fußboden. Die Sachen auf dem Schreibtisch – Infomappe, Teebeutel und Kaffeetütchen, Telefon und Wasserkocher – waren über den Boden verstreut. Die Bettlaken hingen zerwühlt aus dem Bett.

»Nein«, sagte Jameson. »Nein. Es sah nicht so aus. Alles war ... an seinem Platz.« Er betrat das Zimmer. Die Bettdecken lagen über der Chaiselongue. Dort hatte Sarahs Tasche gestanden.

»Das könnte ein Tatort sein«, sagte PC Hussain, ehe sie über Funk Verstärkung anforderte.

Jamesons Kopf pochte, und sein Sichtfeld zog sich zusammen. Er wusste, dass ein Migräneanfall drohte. Er hob das Kinn und zwang sich, tief Luft zu holen. Er war in seinem Leben schon in vielen gefährlichen und verstörenden Situationen gewesen und hatte sich diesen mit der ruhigen Gelassenheit eines gut ausgebildeten Profis gestellt. Doch diesmal war es anders. Diesmal ging es um Sarah. Seine Sarah. Alles an ihrer jungen Beziehung hatte ihn staunen lassen. Endlich verstand er die Bindung, die er bei seiner Schwester und seinem Schwager sah. Jetzt begriff er es. Er sah mit absoluter Klarheit, dass er es nie ganz verschmerzen würde, sein Leben ohne Sarah zu leben. Er hätte auf Bloom hören sollen.

Sein Telefon klingelte. *Sarah?*

Claires Stimme gellte laut und fordernd in sein Ohr: »Marcus, wo bist du, und warum zum Teufel bist du nicht in Manchester?«

»Es ist wegen Sarah. Sie haben sich Sarah geschnappt.«

»Wer ist Sarah? Oh, verfluchte Scheiße, willst du mich verarschen? Du machst dir Sorgen wegen deiner neuen Tussi? Wir haben die Chance, Jane zurückzuholen. Ich sage dir klipp und klar, Marcus, ich verzeihe es dir nie, wenn ihr irgendetwas zustößt.«

»Sarah ist nicht meine neue Tussi.«

»Es ist mir egal, ob sie deine Seelenverwandte ist, Marcus. Jane ist ein Kind.«

»Und Dan würdest du einfach den Launen eines gestörten Psychos überlassen, ja?«

»Dan würde nie von mir erwarten, dass ich ihn seinem Kind vorziehe.«

»Jane ist nicht mein Kind.«

»Oh, ich fasse es nicht ... Was bist du nur für ein Mensch? Ich dachte, mein Bruder hätte Prinzipien; er hat mal gekämpft, um Menschen zu beschützen.«

»Claire ...«

»Nein. Vergiss es. Ich fahre selbst nach Manchester.« Claire legte auf. Jameson blickte auf sein Telefon. Bloom hatte noch eine Minute, um ihre Wahl zu treffen.

PC Hussain schob sich an ihm vorbei ins Zimmer. »Ich werde eine kurze Begutachtung des Tatorts vornehmen und im Badezimmer nachsehen. Würden Sie bitte beide auf den Flur hinausgehen?«

Das Badezimmer. Jameson musterte die geschlossene Tür zum Badezimmer und spürte, wie sich sein Herzschlag beschleunigte. In diesem schwarzweiß gefliesten Raum gab es eine Badewanne, eine Duschkabine, eine Toilette und ein Waschbecken, doch was würde PC Hussain noch finden? Er wusste aus bitterer Erfahrung, dass es Szenen gab, die man nie wieder ungesehen machen konnte.

Während er im Flur stand, summte sein Telefon. Er las die Nachricht. Bloom hatte ihre Wahl getroffen. Sie musste jede Einzelheit durchdacht haben – das wusste er –, also warum wurde ihm so übel?

Denn ganz egal, was PC Hussain hinter der Badezimmertür fand, es spielte keine Rolle. Sarahs Schicksal war besiegelt. Er blickte auf sein Telefon hinab und presste die Augen zusammen, um die Tränen zu unterdrücken.

Bloom
Ich wähle Stuart, Grayson, Lana und Jane.
15:00

56

Bloom ließ ihr Telefon neben sich auf den Fußboden gleiten und hoffte, dass sich dieser riskante Schritt auszahlen würde.

Sie zog einen altbekannten weißen Umschlag aus der Mappe und entnahm ihm das darin liegende Blatt. Das Papier fühlte sich dick an, und als Bloom es in die nackte Glühbirne der Dachbodenbeleuchtung hielt, schimmerte es. Sie las den Text zum ersten Mal seit fünfzehn Jahren.

Ich bin nicht wie die anderen. Aber ich will kein Monster sein.
Sie haben gesagt, ich soll wählen. Und ich habe gewählt.

Was hast du gewählt, Seraphine? Wenn Seraphine tatsächlich ihren eigenen Selbstmord vorgetäuscht hatte, war dies nicht in einem Anfall jugendlichen Grolls geschehen. Es wäre ein logisch durchdachter, rationaler Entschluss gewesen, sorgfältig geplant zu einem bestimmten Zweck.

Bloom griff erneut in die blaue Fächermappe und zog ein schwarzes Notizbuch im Format A5 heraus. Es war einen Tag nach dem Besuch von Seraphines Mutter mit der Post gekommen. Es hatte nichts dabei gelegen, keine Erklärung, doch Bloom war stets davon ausgegangen, dass es von Bedeutung war. Seraphine handelte kaum je ohne Motiv. Und so hatte sie es stundenlang studiert und nach der Botschaft gesucht, versucht zu begreifen, wo sie sich geirrt hatte und was sie gesagt hatte, um eine so drastische Tat auszulösen.

Nun schlug Bloom es wieder auf und blätterte es durch, bis sie beim letzten Eintrag angelangt war. Er war länger als die anderen. Die meisten Einträge waren kurze Absätze, in denen Ärger über die Handlungen anderer ausgedrückt oder selbstgefällige Racheaktionen geschildert wurden. Doch dieser letzte war mehr wie ein Brief, und obwohl er genau wie die anderen mit »Liebes Tagebuch« begann, war sich Bloom sicher, dass Seraphine ihn für sie geschrieben hatte.

Liebes Tagebuch,

ich habe es mit Absicht getan.
Ich habe dafür gesorgt, dass der dröge Darren in die Turnhalle kommt. In meinem Biologiebuch habe ich nach der Hauptschlagader gesucht. Und ich habe herausgefunden, welcher Bleistift der härteste ist – H6 – und habe ihn mir von Mr Richards an seinem schicken Spitzer anspitzen lassen.
Willst du wissen, warum?
Es ist nicht so, wie du denkst. Es ging mir nicht um den Nervenkitzel. Und es hat mir auch keinen Spaß gemacht. Ein schlechtes Gewissen hatte ich allerdings auch nicht. Aber das hast du dir wahrscheinlich schon gedacht. Ich habe es getan, weil ich wusste, dass dieser Perversling Claudia vergewaltigt

hat. Am Tag des Sommerfestes habe ich gehört, wie er sich damit großgetan und ihr damit gedroht hat, dass er ihrer Mutter etwas antun würde, wenn sie es irgendjemandem sagt. Sie standen hinter dem Kricketpavillon. Ich hatte mich dorthin verzogen, um ein bisschen Ruhe und Frieden vor den ganzen Idioten zu haben. Es ist anstrengend, die ganze Zeit mit den Normalos abzuhängen. Claudia und der Dröge haben mich nicht gesehen, und sie hat keiner von uns je etwas erzählt. Aber ich fand, dass ihm jemand eine Lektion erteilen muss.

Er war auch ein typischer Idiot. Er kam überhaupt nicht auf die Idee, dass ich ihn aus einem bestimmten Grund anmache. Ich habe meinen kürzesten Rock angezogen und mein engstes Top und bin langsam an seiner Hausmeisterloge vorbeistolziert, bis er mich angeschaut hat, und dann habe ich ihn angelächelt. Er hat mir Komplimente gemacht und mich aufgefordert reinzukommen. Aber ich bin einfach weitergegangen, ohne ein Wort zu sagen. Also hat er förmlich nach mir gelechzt, als ich an diesem Morgen wieder bei ihm vorbeigegangen bin und gesagt habe: »In der Turnhalle nach der Einschreibung.« Ich wusste, dass er kommen würde. Und Claudia sollte mein Alibi sein. Ich habe das für sie getan, und sie hätte sagen sollen, dass er mich ebenso wie sie angegriffen hat. Aber ich hatte vergessen, was für ein bedürftiges Miststück sie ist. Sie hat mich bei der erstbesten Gelegenheit aus der Gruppe verdrängt. Meine Beliebtheit war ihr ver-

hasst. Das war mein einziger Irrtum – dass ich sie falsch eingeschätzt habe. Wenn ich ein paar Sekunden länger gewartet und mich von ihm ein bisschen betatschen lassen hätte, wäre es ihr nie in den Sinn gekommen, mich zu verdächtigen, aber man lernt aus seinen Fehlern.

Jetzt schauen mich alle in der Schule mit anderen Augen an. Meine Mutter, das Plappermaul, konnte nicht für sich behalten, dass sie mich zu einer Psychologin geschickt hat. Nun weiß die ganze Schule davon. Und obwohl die Polizei die Anklage zurückgenommen hat, gelte ich noch immer als die Verrückte an der Schule. Eltern ziehen ihre Kinder von mir weg, und die Lehrer sehen mich mit einer Mischung aus Angst und Abscheu an.

Dr. Bloom hat mir geraten, mich nicht selbst als Psychopathin zu bezeichnen, weil ich einfach nur Seraphine bin und ein Recht darauf habe, selbst zu wählen, wie ich lebe und was ich tue. Aber alle anderen etikettieren mich: meine Eltern, meine Lehrer, meine sogenannten Freundinnen. Und dafür möchte ich ihnen eins auswischen. Ich möchte sie alle verletzen. Ich will, dass sie genau wissen, wer ich bin, und ihnen zeigen, dass es Leute gibt, mit denen man sich besser nicht anlegen sollte.

Aber vor allem möchte ich mich nicht so alleine fühlen.

Bloom las den letzten Satz noch einmal. Lag darin das wahre Motiv? Noch weitere vom gleichen Schlag zu finden? Konnte das der Grund für dieses Spiel sein? Weder ein Verbrechen noch eine bedrohliche Verschwörung, sondern einfach das menschliche Grundbedürfnis – das für Psychopathen ebenso galt wie für alle anderen –, nicht einsam zu sein?

57

Jameson saß vor Sarahs Hotelzimmer auf dem Fußboden, den Rücken an die Wand gelehnt und die Augen geschlossen. Die Migräne bombardierte sein Gehirn mit Schmerzpfeilen, und dem konnte er nur begegnen, indem er sich nicht regte. Eigentlich hätte er in einem Zug nach Manchester sitzen müssen. Eigentlich hätte er nach Jane suchen müssen. Wenn sie sie freiließen, müsste er eigentlich da sein, um sie abzuholen. Wer wusste schon, was für traumatische Erfahrungen sie im Lauf der vergangenen Woche gemacht hatte? Sie würde sich nach einem vertrauten Gesicht sehnen, und er könnte doppelt so schnell dort sein wie Claire. Doch er konnte sich nicht bewegen. Er fühlte sich körperlich und emotional völlig außer Gefecht gesetzt.

Er brauchte ein paar Sekunden, um das Vibrieren seines Telefons in der Tasche von dem pulsierenden Schmerz in seinem Kopf zu unterscheiden.

»Jameson«, antwortete er, wobei er seinen Kopf nicht bewegte und die Augen fest geschlossen hielt.

»Ich bin's.« Bloom klang beklommen.

»Ich verlasse mich darauf, dass du weißt, was du tust, Augusta.«

Sie schwieg eine Sekunde lang. »Ich auch«, murmelte sie dann.

»Es ist noch keine Reaktion gekommen«, sagte er.

»Nein.«

»Was hat das zu bedeuten?«

»Ich weiß es nicht.«

»Toll.« Er presste die Lider fester zusammen, aber irgendwie drang doch Tageslicht hindurch.

»Ich glaube, Seraphine steckt hinter dem Ganzen.«

Jameson schlug die Augen auf. »Was?«

»Ich musste zwischen einer normalen Person und den Psychopathen wählen. Ich glaube, Seraphine will wissen, ob ich immer noch glaube, dass das Leben eines Psychopathen genauso viel wert ist wie das eines anderen Menschen.«

»Das ist doch Unsinn. Jane ist keine Psychopathin, und sie ist trotzdem in der Gruppe, und Seraphine Walker ist tot.«

»Nein. Jane gehört zu Lana, sie ist Teil des Pakets.«

»Teil des Pakets? Willst du mich auf den Arm nehmen? Und Seraphine Walker? Du verspielst Sarahs Leben für die Idee einer wieder auferstandenen vierzehnjährigen Psychopathin?« Jameson holte tief Luft. Seine Migräne wurde schlimmer.

»Ich glaube nicht, dass sie tot ist. Das ist der Punkt.«

»Das habe ich schon verstanden.« Jameson schloss erneut die Augen. »Scheiße, Augusta, das ist ganz schön weit hergeholt. Ich dachte, du hättest gesagt, es sei eine organisierte Gruppe.«

»Ich weiß.«

»Dann hast du das also einfach vergessen, weil es nicht zu deiner jüngsten Theorie passt? Tut mir leid. Ich kann nicht weiter darüber reden.« Er legte auf.

58

Jane ging die Straße entlang, den Zettel mit der Adresse fest in der Hand. Sie kam zu einer großzügigen Doppelhaushälfte mit einem aus Backsteinen gemauerten Vorbau über der Haustür und einem schicken Auto in der Einfahrt. Was hatte ihre Mutter hier verloren?

Sie hatte ihre Mum seit Samstagnachmittag nicht mehr gesehen, als diese sie gezwungen hatte, hinten in ein Auto zu steigen, an dessen Steuer eine Frau namens Denise saß. Denise hatte Jane zwei Nächte lang in einer imposanten umgebauten Scheune untergebracht, wo sie ihr ein eigenes Zimmer mit einem richtigen Bett und einem Fernseher zur Verfügung gestellt hatte.

Doch vor ein paar Stunden hatte Denise Jane nach Leeds zum Bahnhof gefahren und ihr diesen Zettel in die Hand gedrückt. »Geh dorthin, und zwar nur dorthin«, hatte sie gesagt. »Sprich mit niemandem. Ruf niemanden an. Wir beobachten dich nämlich, und wenn du nicht gehorchst, siehst du deine Mutter niemals wieder.«

Jane hatte den Zettel genommen und sich eine Fahrkarte nach Manchester gekauft. Am Piccadilly-Bahnhof hatte sie sich zu lange damit aufgehalten, einen Stadtplan zu studieren, sodass ein Wachmann sie angesprochen hatte. Sie hatte keine Ahnung, wen Denise mit »wir« gemeint hatte, aber sie machte Jane Angst. Irgendetwas an der Art, wie sie einen ansah, so kalt und distanziert.

Jane sah nach der Nummer des nächsten Hauses. Einundvierzig. Im vorderen Fenster stand eine große Vase mit weißen Lilien. Jane klopfte an und zerknüllte beim Warten den Zettel. Eine rothaarige Frau in einem knielangen Jeanskleid und Converse-Sneakers öffnete die Tür.

»Kann ich dir helfen?«, fragte sie.

»Ich bin Jane. Man hat mir gesagt, ich soll hierherkommen und mich hier mit meiner Mum treffen.«

»Ach herrje.« Jane konnte ihren Gesichtsausdruck nicht interpretieren. »Komm rein. Komm rein.«

Jane trat in die Diele.

»Thomas?«, rief die Frau. »Kannst du mal bitte kommen?«

»Ist meine Mum hier?«, fragte Jane, als ein großer Mann aus einem Zimmer im hinteren Teil des Hauses kam. »Sie heißt Lana.«

Der Mann blieb wie angewurzelt stehen, und sein höfliches Lächeln erstarrte zur Maske.

»Jane?«, flüsterte er. Er sah nicht aus wie die Männer, mit denen sich ihre Mum normalerweise herumtrieb. Er hatte freundliche Augen. Ein Telefon begann zu klingeln, und er fasste in die Hosentasche, um sein Handy herauszuholen.

»Lake«, sagte er, ohne sein höfliches Lächeln zu verlieren.

»Schatz, ist das der richtige Moment, um …« Die Frau hielt Daumen und kleinen Finger abgespreizt, die symbolische Geste fürs Telefonieren.

»Ja, sie ist hier«, sagte der Mann.

»Ist das meine Mum? Kann ich sie sprechen?« Jane ging auf ihn zu.

Er schüttelte den Kopf. »Verstehe ... Okay ... Und warum?« Er lauschte kurz.

Er fing Janes Blick auf, und sie war sicher, Tränen in seinen Augen zu sehen.

»Ist meiner Mum etwas passiert?«, fragte sie. »Ich will sie sprechen. Lassen Sie mich mit ihr sprechen.« Jane machte einen Satz auf ihn zu, riss ihm das Telefon aus der Hand und hielt es sich ans Ohr. »Mum? Ich bin hier. Ich bin direkt hierher gegangen, genau wie du gesagt hast. Ich bin nirgendwo sonst gewesen und habe auch mit niemandem gesprochen. Ich habe genau das gemacht, was du wolltest. Hallo? Hallo?« Am anderen Ende war niemand mehr. »War das meine Mum?«

Lake schüttelte den Kopf. »Eine Freundin von ihr.«

»Kommt sie her?«

Lake schüttelte erneut den Kopf und sah dann die Frau an.

Sie legte Jane einen Arm um die Schultern. »Komm mal mit in die Küche. Wir machen dir was Warmes zu trinken.«

Jane schüttelte sie ab. »Nein. Erst sagen Sie mir, wo sie ist.«

Jane hatte am Samstagmorgen die Beherrschung verloren, woraufhin Lana sie geschlagen hatte. Danach war die Stimmung gekippt. Jane wusste, dass ihre Mutter aus heiterem Himmel wütend werden und sich ebenso schnell wieder beruhigen konnte, doch als sie an diesem Abend in Janes Zimmer im Dachgeschoss kam, war irgendetwas anders. Jane erwartete schon, dass ihre

Mutter erneut ausrasten würde, wenn sie merkte, dass sie ihr Handy liegen lassen hatte, doch sie steckte es nur wortlos ein. Und dann, am Sonntag, hatte ihre Mum ihr dieselbe Geschichte dreimal erzählt. Etwas über eine Brücke und ein Motorrad. Es war völlig unlogisch. Und dann hatte sie endlos darüber schwadroniert, wie sehr sie Marcus hasste. Jane fürchtete, dass ihre Mutter eine Art Nervenzusammenbruch hatte.

»Jane, weißt du, wer ich bin?«, fragte der Mann. »Ich heiße Thomas Lake. Ich war mit Lana ... deiner Mum ... verheiratet. Vor sechzehn Jahren.«

Jane zog es den Boden unter den Füßen weg. Das war unmöglich. Ihre Mutter war nie verheiratet gewesen. Und vor sechzehn Jahren hatte ihre Mum doch mit Janes Vater, diesem drogensüchtigen Typen, in London gelebt. Jane musterte Thomas Lake. Er wirkte sportlich und gesund wie die Väter einiger ihrer Freundinnen: Männer mit Jobs im Finanzsektor, die an den Wochenenden mit ihren Familien Rad fahren und zelten gingen.

»Meine Mum war nie verheiratet«, sagte sie, doch die Worte klangen nicht überzeugend, nicht einmal in ihren eigenen Ohren. Die berufliche Laufbahn ihrer Mutter war eine Lüge gewesen, also wie konnte sie überhaupt noch bei irgendetwas sicher sein?

»Komm mit in die Küche. Ich erkläre dir alles, ich verspreche es. Ich muss nur noch schnell einen kurzen Anruf erledigen.« Lake streckte einen Arm aus, um Jane in den hinteren Teil des Hauses zu dirigieren. »Und, Jane, du bist hier in Sicherheit. Suzanne und ich kümmern uns um dich.«

59

Bloom saß noch immer auf dem Dachboden ihrer Mutter, die Unterlagen über Seraphine um sich herum ausgebreitet. Jameson hatte genau wie erwartet reagiert. Doch wenn sie recht hatte und tatsächlich Seraphine hinter alldem steckte, dann war sie sicher, dass die Situation noch zu retten war. Dies war eine Prüfung für Bloom gewesen, keine Strafe für Jameson.

Ihr Telefon klingelte und wollte gar nicht mehr aufhören. Die Nummer kannte sie nicht.

»Bloom«, sagte sie.

»Hier ist Thomas Lake«, erwiderte der Anrufer und senkte sofort die Stimme. »Ich bin Lanas Exmann.«

Bloom schloss die Augen. Er wollte wissen, was es Neues über Jane gab, doch sie konnte ihm nichts sagen. Noch nicht. »Hallo, Mr Lake«, antwortete sie. »Ich weiß leider nichts Neues über Jane.«

»Sie ist bei mir«, sagte er im selben Flüsterton.

»Sie ist was?« Das war unbegreiflich. Jane war bereits freigelassen worden? »Bei Ihnen? Wo?«

»Bei mir zuhause. Sie ist vor fünf Minuten gekommen.«

»Und es geht ihr gut?«

»Ich glaube schon. Sie ist ziemlich durcheinander ... Ich glaube, sie weiß nicht, wer ich bin. Sie dachte, Lana wäre hier.«

»Wie hat sie zu Ihnen gefunden?«

»Sie wurde geschickt. Von derselben Person, die mich angerufen hat.«

»Wer hat Sie denn angerufen?« Die Ereignisse überstürzten sich. Es war unmöglich, mit diesem Spiel Schritt zu halten.

»Eine Frau. Einen Namen hat sie nicht genannt. Sie hat gesagt, dass sich Lana nicht mehr um Jane kümmern könne und es nun an mir sei einzuspringen. Und dann hat sie noch gesagt, dass ich Sie anrufen soll.«

»Sie hat gesagt, Sie sollen mich anrufen? Was *genau* hat diese Frau gesagt?«

»Sie hat gesagt, dass ich, bevor ich irgendetwas anderes tue, Sie anrufen und Ihnen sagen soll, dass Sie richtig gehandelt haben, dass Jane jetzt in Sicherheit ist.«

In Bloom stieg leise Hoffnung auf. Vielleicht hatte sie doch recht gehabt. »Kann ich Jane sprechen, bitte? Nur kurz. Sie kennt mich.«

»Würden Sie mit ihr sprechen? Das wäre gut. Ich weiß nämlich nicht, was ich sagen soll. Ich will nicht, dass sie ausrastet. Wenn sie all diese Dinge glaubt, die Lana über mich erzählt hat …«

»Ich erkläre es ihr.«

»Und eines noch. Die Frau, die mich angerufen hat – sie hat etwas Merkwürdiges über einen gewissen Carl Rogers und positive Zuwendung gesagt.«

»Bedingungsfreie positive Zuwendung?«

»Genau. Was ist das?«

»Carl Rogers war Psychologe. Er hat eine Therapieform für seine Patienten entwickelt, die auf dem Grundsatz basiert, dass wir lediglich bedingungslose

Unterstützung von einer einzigen Person brauchen, um uns von seelischer Misshandlung zu erholen.«

»Warum hat sie das wohl erwähnt?«

Bloom dachte nach. »Ich glaube, sie will damit sagen, dass Jane eine andere Art von Elternfigur braucht, jemanden, der sie bedingungslos liebt und respektiert.«

»Weil Lana das nicht tut?«

»Möglich. Ich weiß nicht genug über die Beziehung der beiden, um mich dazu zu äußern.«

»Okay.«

»Glauben Sie, Sie schaffen das?«

In der Leitung wurde es einen Moment lang still. »Ihr ein Vater zu sein, meinen Sie?«

»Ja.«

»Das war schon immer mein sehnlichster Wunsch.«

Bloom bat erneut darum, Jane zu sprechen, und war erleichtert, als sie deren Stimme klar und selbstsicher in der Leitung vernahm.

»Alles okay?«, fragte sie.

»Ich weiß nicht«, antwortete Jane. »Wer sind diese Leute? Warum ruft er Sie an? Wo ist meine Mum?«

»Jane, du musst mir jetzt genau zuhören. Marcus und ich haben Thomas vor ein paar Tagen getroffen und herausgefunden, dass dein Vater überhaupt nicht so ist, wie deine Mutter ihn beschrieben hat. Er hat weder Drogen genommen noch sein Kind geschlagen. Als du zur Welt gekommen bist, war er ein frischgebackener Zahnarzt, der dich und deine Mutter sehr geliebt hat. Er hat den größten Teil deines Lebens damit verbracht herauszufinden, wohin deine Mutter dich gebracht hat.«

»Der Mann ist mein Vater?«

»Ja, und er ist ein anständiger Mann mit einer liebevollen Frau, und du hast zwei Halbbrüder, die du jetzt kennenlernen kannst. Ich weiß, dass das ein Schock für dich ist, aber du bist dort in Sicherheit.«

»Das hat er auch gesagt.«

»Ich rufe jetzt Marcus an. Bestimmt will er auch wissen, dass du in Sicherheit bist. Wir haben uns alle solche Sorgen um dich gemacht. Er oder Claire kommen bald und holen dich ab. Aber bis dahin sprich mit Thomas. Lern ihn kennen.«

»Und meine Mum?«

»Das weiß ich noch nicht, Jane. Wann hast du sie zuletzt gesehen?«

»Sie hat mich vor zwei Tagen bei einer Frau namens Denise gelassen.«

»Wie sah Denise aus?«

»Ein bisschen mollig mit kurzen dunklen Haaren. Ich glaube, sie war leicht dunkelhäutig.«

Also nicht Seraphine. Sie war hellblond gewesen. »Sonst noch jemand?«

»Einmal war ein Mann im Haus. Meine Mum hat ihn mit auf den Dachboden gebracht. Ich weiß nicht, warum. Er hat nicht mit mir geredet. Er hat sich bloß im Zimmer umgesehen, dann hat er meiner Mum zugenickt und ist wieder gegangen.«

»Hast du seinen Namen gehört?«

»Nein. Aber er war dünn und irgendwie gruselig. Denise hat gesagt, wenn ich hierherkomme, sehe ich meine Mum wieder. Es geht ihr doch gut, oder?«

Bloom wunderte sich nicht über Janes Besorgtheit um Lana. Sie wusste genau wie jeder andere, dass die Mutter immer die Mutter ist, ganz egal, wie unzulänglich sie auch sein mag. Jane hatte nie einen anderen Elternteil als Lana kennengelernt – Lana mochte untauglich und verantwortungslos gewesen sein, aber sie war die einzige Konstante in Janes Leben gewesen.

»Sie ist freiwillig bei diesen Leuten, also hoffe ich doch, dass es ihr gut geht.«

60

Unterdrückt
Mr Jameson. Ihre Kollegin, Dr. Bloom, hat gut gespielt. Aber wie werden Sie sich wohl schlagen?
15:30

Eine Stunde war verstrichen, und Jameson saß noch immer im Hotelflur, den Rücken an die Wand gelehnt. Erneut summte das Telefon in seiner Hand.

Unterdrückt
Als Mann der Tat werden Sie vermutlich eine körperliche Herausforderung einer geistigen vorziehen. In zehn Minuten wird die reizende Sarah die Aussicht vom Dach des mehrstöckigen Q-Park-Parkhauses etwas intensiver als üblich betrachten können. Ob Sie wohl rechtzeitig dort sein können?
15:31
Ach, und für jeden Polizisten, den Sie um Hilfe bitten, ziehe ich fünf Minuten ab.

Jameson stand mit einer schwungvollen Bewegung auf. Die Migräne war nur noch eine blasse Erinnerung. Sein sehnlichster Wunsch war, dass dies vorüber wäre, dabei fing es gerade erst an. Er ging an Sarahs Zimmer vorbei, weg von den Polizisten. Er musste sie finden. Als er bei Bloom anrief, war besetzt. Er fluchte leise und googelte Q-Park Leeds. Es gab fünf Parkhäuser dieses Namens. Natürlich. Im Lift nach unten checkte er, wie groß sie jeweils waren. Etwas sagte ihm, dass er das höchste finden musste. Zwei hatten nur Platz für 250 Autos, also konzentrierte er sich auf die anderen drei. Wellington Street und The Light hatten jeweils 400 Stellplätze und Sovereign Square sogar 500. Er stellte den Timer an seinem Telefon auf acht Minuten und trat an die Rezeption.

Die Frau am Tresen sprach gerade mit einer jungen Mitarbeiterin, die nervös und unerfahren wirkte und sich intensiv auf den Bildschirm vor ihr konzentrierte. Die ältere Empfangsdame fing lächelnd seinen Blick auf, sprach jedoch weiter mit der Anfängerin. Dafür hatte Jameson keine Zeit.

»Entschuldigen Sie die Unterbrechung«, sagte er, »aber ich habe eine dringende Frage. Können Sie mir sagen, welches dieser Parkhäuser das höchste ist: Wellington Street, The Light oder Sovereign Square?«

»Also, The Light ist eine Tiefgarage«, antwortete sie. »Wellington Street kenne ich nicht, aber Sovereign Square ist ein Hochhaus.«

»Ich habe mal gesehen, wie jemand von dem Parkhaus neben den Markthallen gesprungen ist. Er war so was von tot«, sagte die Anfängerin.

»Welches Parkhaus war das? Eines von Q-Park?«, fragte Jameson.

Beide Frauen sahen ihn neugierig an.

»Will jemand springen?«, fragte die junge.

»Das Parkhaus an den Markthallen ist keines von Q-Park, soweit ich weiß«, sagte die ältere. »Sovereign Square liegt am nächsten. Es ist gleich um die Ecke.«

»Wie lange braucht man zu Fuß?«

»Maximal zwei Minuten. Sie können es von der Tür aus sehen.«

»Und was ist mit St John's?«

»Das ist weiter weg. Zehn Minuten ... vielleicht mehr?«

Würden sie einen Ort wählen, den er innerhalb des vorgegebenen Zeitlimits gar nicht erreichen könnte? Gut möglich. *Nimm dir ein Taxi, Mann,* dachte er.

»Aber Sovereign Square ist höher?«

Jamesons Telefon klingelte. Bloom.

»Was auch immer es ist, ich will es nicht hören. Hast du die WhatsApp gesehen? Sie drohen damit, Sarah in etwas über fünf Minuten von einem Parkhaus zu werfen.«

Die zwei Frauen hinter dem Empfangstresen sahen sich an, die eine schockiert, die andere fasziniert.

»Ich habe gerade mit Jane telefoniert. Warte mal.«

»Jane? Geht es ihr gut?«

Er bekam keine Antwort. Bloom checkte ihre Nachrichten. »Verstehe«, sagte sie, als sie sich wieder meldete. »Was hast du vor?«

»Geht es Jane gut?«

»Sie ist bei Thomas Lake. Es geht ihr gut.«

Wie zum Teufel ...? Jameson verdrängte den Gedanken. Er hatte keine Zeit, sich jetzt darüber den Kopf zu zerbrechen. Die Psychopathen hatten Wort gehalten: Jane war zurückgekehrt.

Doch diese Neuigkeit machte Sarahs Lage nur schlimmer. »Warte mal kurz«, sagte er zu Bloom. Er musste sich konzentrieren. Menschen wählten einen Ort nur selten willkürlich aus. Beim Geheimdienst hatte er Seminare mit Anfängern abgehalten, in denen er ihnen beibrachte, wie man in einer fremden Stadt einen Treffpunkt mit einem Informanten bestimmte. Die Stadt und den Ort durften sie selbst aussuchen. Die einzige Regel war, dass es irgendwo sein musste, wo sie sich nicht gut auskannten. Seine Aufgabe war es zu erraten, welchen Ort innerhalb eines Radius von einer Meile in ihrer gewählten Stadt sie genommen hatten. Alle zogen sich zurück, um ihre Orte auszusuchen, und kehrten dann mit selbstzufriedenen Mienen zurück, die sagten: *Da kommen Sie nie drauf.* Doch er fand es fast immer heraus, weil die Leute ihren unterbewussten Prägungen nicht entkamen. Wenn sie gern mit öffentlichen Verkehrsmitteln fuhren, wählten sie etwas in fußläufiger Nähe zum Bahnhof. Fuhren sie lieber Auto, wählten sie etwas in der Nähe eines Parkhauses – vor allem, wenn sie ein schickes Auto besaßen. War der betreffende Anwärter Fußballfan, wählte er einen Ort im Umkreis von einer Meile um das Stadion. Je mehr Marcus über sie wusste, desto leichter war es zu erraten. Es ist erstaunlich schwer, etwas völlig willkürlich auszuwählen. Er setzte darauf, dass das auch für Psychopathen galt.

Erneut sann er über die Möglichkeiten nach. St John,

der Apostel Johannes, war einer der Jünger Jesu. War religiöser Symbolismus bei einem Psychopathen wahrscheinlich? Der Name *Sovereign* symbolisierte Königshäuser und Unabhängigkeit, und Wellington, falls man an den Duke of Wellington dachte, war ein Kriegsherr. Alles davon konnte passen. Er dachte erneut an die Nachricht. *In zehn Minuten wird die reizende Sarah die Aussicht vom Dach des mehrstöckigen Q-Park-Parkhauses etwas intensiver als üblich betrachten können.* Was konnte man von dort oben sehen?

»Wenn man oben auf diesen Parkhäusern steht, was sieht man da?«, fragte er die Empfangsdamen.

Die ältere senkte den Blick, während sie überlegte. »Vom St John's aus sieht man den nördlichen Teil der Stadt, in Richtung Universität. Die Wellington Street führt zur Umgehungsstraße, also sieht man wahrscheinlich die ganzen Firmengebäude am Fluss. Aber wie gesagt, ich weiß nicht genau, wo das Parkhaus steht. Und von Sovereign Square aus müsste man dieses Hotel und den Bahnhof sehen.«

»Die Bahngleise?«, sagte Bloom in Jamesons Ohr.

»Den Bahnhof oder die Gleise?«, fragte er, hatte sich jedoch bereits in Bewegung gesetzt. Sovereign Square war das größte und damit wohl auch das höchste Parkhaus, hatte einen Namen, der ein Herausragen aus der Masse benannte, und bot eine Aussicht auf die Bahngleise. Das reichte. Sein Instinkt verriet ihm, dass dies der richtige Ort war.

»Beides«, rief die Empfangsdame ihm noch nach, als er bereits auf die Tür zuraste.

»Ich gehe zum Sovereign Square, Augusta. Es ist das größte Parkhaus, also wahrscheinlich auch das höchste. Warum machen sie das? Wenn deine Seraphine dahintersteckt, warum nimmt sie dann Leute ins Visier, an denen mir etwas liegt?«

Bloom seufzte. »Wahrscheinlich, weil du der Mensch bist, an dem mir am meisten liegt.«

»Was?«, gab er zurück. Doch er sah bereits das Q-Park-Schild an der Straßenecke und begann zu rennen.

»Du bist nicht nur mein Geschäftspartner, sondern auch mein engster Freund. Meine Mutter sitzt in einem Heim, mein Vater ist tot, und ich habe keine anderen Verwandten. Wenn jemand den Menschen verletzen will, der mir am nächsten steht ... na ja, dann bist das du.«

»Na toll. Ich lasse mich mit einer Nulpe ohne soziale Kontakte ein, und jetzt bezahle ich dafür.«

Bloom schwieg.

»Pass auf, ich sag dir was, sie attackieren weder dich noch mich, ohne massiven Gegenwind zu kriegen. Ich ruf dich wieder an.« Inzwischen war er am Fußgängereingang des Parkhauses angelangt. Er brauchte ein Ticket. Verfluchter Mist. Er lief zur Einfahrt. Ein Auto wartete gerade darauf hineinzufahren, und zwei standen an der Ausfahrt an. Als der Wagen ins Parkhaus eingefahren war, spurtete er zum Ticketautomaten und drückte den Knopf. Das Gerät reagierte enervierend langsam. Als das Ticket endlich herauskam, lief er zurück zum Fußgängereingang, schob das Ticket in den

Schlitz und rannte dann die Treppen hinauf, indem er zwei Stufen auf einmal nahm.

Auf dem offenen Parkdeck auf der obersten Ebene standen direkt vor ihm zehn geparkte Autos, ein weiteres Dutzend in den Parkbuchten in der Mitte und weiter entfernt noch ein paar. Dahinter öffnete sich der Blick zur Stadt und auf das Bahnhofsdach. Doch davor, am äußersten Rand, standen zwei Personen mit dem Rücken zu ihm, eine hinter der anderen, genau so, wie er Lana über die Eisenbahnbrücke gehalten hatte.

Sollte er auf sie zustürmen? Oder sich leise anschleichen? Bisher hatte sich keiner von beiden nach ihm umgedreht. Während er seine Möglichkeiten erwog, begann sein Telefon ihm durch Klingeln mitzuteilen, dass seine acht Minuten vorüber waren. Er stellte es aus, doch es war zu spät. Der Mann, der Sarah festhielt, drehte sich um und fixierte ihn mit seinem Blick.

Stuart Rose-Butler. Er lächelte.

Jameson stürzte auf sie zu. Es war die einzige Möglichkeit.

Rose-Butler griff nach einer Stange unter einem schmalen Vordach, das außen um das Parkhaus herum verlief, und zog sich auf die Brüstung hinauf. Dann zerrte er Sarah neben sich auf die Brüstung. Sie kehrte Jameson nach wie vor den Rücken zu. Er hatte erwartet, dass sie schreien oder um ihr Leben betteln würde, doch sie gab keinen Laut von sich. Ihre Tapferkeit beeindruckte ihn. »Rose-Butler«, rief er. »Ich habe es rechtzeitig geschafft. Lassen Sie sie gehen.« Er war zu weit weg. Selbst wenn er nach Sarah griff, würde er sie bei diesem Tempo über die Brüstung stürzen. Rose-Butler war im Vorteil.

»Die Herausforderung bestand darin, rechtzeitig hierher zu gelangen, Mr Jameson. Aber nicht rechtzeitig, um mich aufzuhalten – sondern um zuzusehen.« Rose-Butler starrte ihn unverwandt an. Der Mistkerl genoss das Ganze auch noch.

»Sie haben jetzt einen Sohn«, schrie Jameson. Er war noch fünf Autoreihen entfernt. »Wenn Sie ihr etwas antun, tue ich ihm etwas an. Das schwöre ich Ihnen.«

Aufwallende Wut zog über Rose-Butlers Gesicht, verschwand aber so schnell wieder, wie sie gekommen war. Nach wie vor hielt er Sarah fest am Arm. Er zwinkerte Jameson zu und drehte Sarah zu ihm um.

»Sarah!«, rief Jameson.

Sie sah ihn aus großen Augen an. »Marcus?«, flüsterte sie.

Und dann stürzten sie rückwärts nach unten, fielen wie zwei Marionetten über die Mauerbrüstung. Verzweifelt griff Sarah ins Leere, während ihre Beine gleichzeitig hilflos in der Luft strampelten.

Jameson war zu spät gekommen.

61

Psychopathen begehen niemals Selbstmord.

Als Bloom vor all den Jahren auf der Treppe gesessen hatte, Seraphines Brief in den Händen, war dies der beherrschende Gedanke in ihrem Kopf gewesen. Es war eine schlichte Tatsache, die aus sämtlichen Forschungsarbeiten hervorging. Psychopathen waren außerstande, Angst oder Depression, Schuldgefühle oder Scham zu empfinden. Und sie besaßen ein stark überhöhtes Selbstwertgefühl. Sie waren immun gegen die meisten Selbstmordmotive.

Nur wenn es einem kalkulierten Vorteil diente – wie etwa einer Haftstrafe zu entgehen –, würde ein Psychopath Selbstmord in Betracht ziehen.

Und so hatte sie geglaubt, sich geirrt zu haben. Dass Seraphine doch keine Psychopathin war. Vielleicht hatte sie ein leichtes Asperger-Syndrom. Das könnte ihre mangelnde emotionale Empfänglichkeit erklären.

Blooms Schuldgefühle waren im Lauf der letzten fünfzehn Jahre schlimmer geworden. Sie glaubte, eine Psychopathin in Seraphine erkannt zu haben, weil es das war, was sie hatte sehen wollen. Und dass das Mädchen den ultimativen Preis dafür bezahlt habe.

Doch das war nicht richtig. Sie hatte recht behalten. Seraphine Walker *war* eine Psychopathin.

Sie sah auf die Akte herab, die nun ausgebreitet auf dem Küchentisch ihrer Mutter lag: die Notizen aus den

Sitzungen, Seraphines Tagebuch, der Bericht des Pathologen sowie eine Handvoll Zeitungsausschnitte über den verletzten Hausmeister und Seraphines Selbstmord. Sie fühlte sich seltsam erleichtert.

Wenn Seraphine die Strippenzieherin war und das Spiel ein Mittel, um ähnlich gesinnte Menschen zusammenzubringen, dann würden sie Sarah nichts antun. Es zielte darauf ab, die Mitspieler auf die Probe zu stellen, und genau das geschah. Bloom war vor eine moralische Herausforderung gestellt worden, beruhend auf ihren persönlichen Erfahrungen und ihrem Wissen, und Jameson vor eine taktische Aufgabe, beruhend auf seinen speziellen Talenten und seinem Hintergrund.

Bloom studierte erneut die Zeitungsausschnitte über den Selbstmord. Seraphines hübsche blaue Augen blickten aus den Fotos heraus. Es gab eine Aussage seitens ihrer Eltern, wonach sie ihnen nie irgendwelche Schwierigkeiten bereitet habe und die perfekte Tochter gewesen sei. Seraphines freundliche Worte über ihre Familie waren ihr nie ehrlich erschienen, ebenso bezweifelte Bloom den Wahrheitsgehalt der Aussage ihrer Eltern. Es gab weder Anekdoten noch Beweise, um die Phrasen zu untermauern. Vielleicht war irgendetwas vor sich gegangen, dem sich Seraphine hatte entziehen wollen. Bloom wusste, dass Seraphines Mutter Penny gluckenhaft und nachsichtig war. Und Blooms eigene Mutter hatte Pennys Ehemann Kevin als Fiesling beschrieben – dabei gab sie nur selten derart drastische Charakterurteile ab. Jedes Kind hätte damit zu kämpfen, wenn ein Elternteil es mit emotionalem Pathos erdrückte und der andere es attackierte. Doch eine Psychopathin würde dieses Maß an irrationalem Verhalten nicht lange ertragen. Seraphines Innenleben fehlte es mit Sicherheit an emotionaler Tiefe. Es konnte nur oberflächlich gewesen sein. Sie wäre gar nicht dazu imstande gewesen, ihre Eltern zu verstehen, weil deren Verhalten in keiner Weise auf kalkulierte Vorteilsnahme ausgerichtet war.

Bloom musterte erneut das Foto von Seraphine. Was hatte sie nur übersehen?

62

Sarahs Schrei war unerträglich. Jameson blieb einen Meter vor der Brüstung wie angewurzelt stehen. Dann starrte er nach vorn und wartete auf den Aufprall. Er wusste, was kommen würde, denn er kannte das Geräusch, mit dem ein menschlicher Körper auf der Erde aufschlägt. Es war stets wesentlich lauter als erwartet.

Doch der Aufprall kam nicht.

Sein Telefon summte. Er konnte nicht über die Brüstung sehen. Er wollte es nicht. Er nahm das Telefon aus der Tasche.

Unterdrückt
Ganz still, mein pochendes Herz, Mr Jameson.
Sie haben sich wirklich für Ihre Liebste ins Zeug gelegt. Sie dürfen jetzt hinunterschauen.
15:41

Jameson wappnete sich und spähte über die Mauer. Ein Kletterseil hing locker direkt über dem Boden. Rose-Butler stand daneben und sah zu ihm hinauf. Sein Klettergurt lag neben ihm auf dem Gehweg. Er salutierte knapp und spazierte dann gelassen davon, eine Hand in der Tasche seiner Designeranzughose. Sarah war nirgends zu sehen.

Jameson lehnte sich weiter vor. Ein zweites, an der

Stange zu seiner Rechten befestigtes Seil erstreckte sich bis auf halbe Höhe des Gebäudes. An seinem Ende hing Sarah. Die Erleichterung berauschte ihn. Sie klammerte sich an dem Seil über ihrem Kopf fest.

»Ich komme runter. Halt die Stellung.« Er lief zurück zur Treppe. *Halt die Stellung,* hatte er gesagt. Natürlich würde sie die Stellung halten. Später würde sie sich wegen seines Spruchs über ihn mokieren. Nicht, dass ihm das irgendetwas ausmachen würde.

Er zog die Tür zum Treppenhaus im sechsten Stock auf. Dort sah er das Seil hin und her schwingen, aber nicht Sarah. Er stieg noch eine Etage tiefer und erspähte Sarahs um das Seil geklammerte Hände oberhalb der Mauerbrüstung. Sofort rannte er hinüber und packte ihre beiden Hände.

»Bist du meinetwegen so abgestürzt, Sarah Soundso?« Er war euphorisch, so wahnsinnig glücklich darüber, dass sie noch lebte, dass er hysterisch wurde.

Sie blickte auf. Ihre Wangen waren gerötet, das Make-up von Tränenspuren durchzogen.

»Zu früh für Scherze?« Er testete die Belastung des Seils. Sarah hing in einem ungünstigen Winkel und wäre zu schwer, um sie alleine heraufzuziehen. »Ich kriege dich von diesem Ding los, aber du musst mir helfen. Okay?«

Sarah nickte.

»Gib mir eine deiner Hände. Schaffst du das?«

Langsam löste sie die Rechte vom Seil und ergriff seine ausgestreckte Hand.

»Kommst du mit den Füßen an die Wand?«

Sie blickte auf ihre unter ihr baumelnden Beine hinab und dann wieder nach oben. Dann schüttelte sie den Kopf.

»Ich hab dich, okay? Und mit dem Klettergurt kannst du nicht weiter runterfallen. Diese Irren wollten dir Angst machen, aber sie wollten dich nicht verletzen. Glaub mir. Taste mit den Füßen nach der Wand und marschiere sie dann hinauf bis zu mir. Ich ziehe dich rein.«

»Marcus ...« Ihr Blick war panisch. Ihre Miene sagte: *Das schaffe ich nicht.*

»Hör gut zu, Sarah. Hol ein paarmal tief Luft.« Nichts half besser gegen Panik als ein tüchtiger Schuss Sauerstoff. »Du hast in der Vergangenheit schon einige Wände erklommen, da bin ich mir sicher. Die hier ist auch nicht anders. Schau dir die Wand an. Es sind maximal drei, vier Schritte bis zu mir herauf. Ich zähle mit dir.«

Sarah hob das rechte Bein und stellte den Fuß flach gegen die Wand.

»Lehn dich nach hinten gegen das Seil. Keine Angst. Ich hab dich.« Er drückte ihre Hand.

Ihr rechter Fuß rutschte von der Wand ab, und sie fiel nach hinten. Jameson winkelte den Arm fest an und hielt sie so fest.

»Siehst du, ich hab dich. Gleich hast du's geschafft. Noch mal«, wies er sie an.

Diesmal stemmte Sarah den rechten Fuß fest gegen die Wand und machte hastig drei Schritte auf Jameson zu, ihr Körper im idealen Winkel zum Seil. Sowie ihr linker Fuß oben war, zog Jameson sie herein. Sie fiel auf ihn, und er hob sie auf sicheren Boden. Sie klammerte sich an ihn, die Arme fest um seinen Hals geschlungen.

»Lass dir mal das Ding abnehmen«, sagte er, als sie ihn schließlich losließ. Er löste den Hüftgurt und die Schnallen an den beiden Beingurten. Der gesamte Klettergurt fiel zu Boden, und Sarah trat heraus. Er legte ihr beide Hände auf die Schultern und redete leise und ruhig auf sie ein. »Du stehst wahrscheinlich unter Schock. Hol einfach tief Luft. Du bist jetzt in Sicherheit, Sarah. Es ist vorüber. Hol immer wieder tief Luft.« Sie tat wie geheißen. »Alles okay?«

»Was sind das für Leute?«

»Es sind Psychopathen.«

Er erwartete eigentlich, dass Sarah entsetzt das Gesicht verzog, doch sie starrte ihn nur verständnislos an. »Psychopathen?«, wiederholte sie.

»Nicht die durchgedrehten Serienmörder, von denen man in den Medien hört ...«

»Nur die Sorte, die Leute von hohen Gebäuden wirft?«

»Mhm«, machte er. »Genau die.«

»Er hat gesagt, wenn ich dich anschaue oder auch nur ein Wort sage, würde er das Seil ausklinken und mich wirklich abstürzen lassen.«

Das erklärte ihre stumme Tapferkeit.

»Das waren alles Psychospielchen.«

»Aber ich habe dich angesehen und etwas gesagt.«

»Als du gefallen bist, hast du da gedacht, dass er dich vom Seil gekappt hat? Das tut mir leid.«

»Es war nicht deine Schuld«, erwiderte sie.

»Nein, aber wenn ich früher gekommen oder mich von vornherein von dir ferngehalten hätte, wie Augusta gesagt hat ...«

Sarah wich zurück. »Sie hat dir geraten, dich von mir fernzuhalten?«

»Bis das hier beendet ist. Sie hat gesagt, die Drahtzieher würden die Menschen ins Visier nehmen, an denen mir etwas liegt.«

Sie musterte ihn. »Du hast ihr gesagt, dass dir etwas an mir liegt?«

»Das war nicht nötig. Sie kann ziemlich gut in anderen lesen.«

Sarah fixierte ihn, bis er die zunehmende Spannung zwischen ihnen spürte wie elektrische Funken an den Fingerspitzen.

»Was zum Teufel treiben Sie hier? Sind Sie verrückt?«, dröhnte eine laute Männerstimme hinter ihnen.

Jameson und Sarah wandten sich um und sahen einen wütenden Parkhauswächter auf sich zustapfen. Er war stämmig, Mitte bis Ende fünfzig und hatte einen imposanten Schnauzbart à la Magnum. »Sie dürfen hier keine dummen Spielchen mit Ihren Seilen veranstalten. Ich habe die Polizei gerufen.«

»Gut«, sagte Jameson. »Wir waren das nämlich nicht.«

Der Mann musterte das auf dem Boden liegende Seil und den Klettergurt und hob die Augenbrauen.

»Ehrlich«, sagte Sarah. »Wir waren das nicht. Wir waren die Opfer.«

»Mal sehen, was die Polizei dazu meint.« Er würde

sie nicht aus den Augen lassen, bis die Polizei eingetroffen war.

»Wir sprechen gern mit der Polizei.« Jameson zückte sein Telefon. »Ich muss nur ein paar Anrufe erledigen, solange wir warten.« Er warf dem Parkhauswächter seinen Legen-Sie-sich-bloß-nicht-mit-mir-an-Blick zu, und er schien zu wirken.

»Ich habe Sarah, sie ist unversehrt«, sagte Jameson, als Bloom sich meldete.

»Waren sie im Parkhaus Sovereign Square?«

»Ja. Der Scheiß-Rose-Butler hatte sie in seiner Gewalt. Wir warten jetzt auf die Polizei. Wenn ich vorhin nicht weggegangen wäre ...«

»Dann hätten sie jemand anders eingesetzt«, sagte Bloom.

Sie hatte recht. Das hier hatte intensiver Planung und Vorbereitung bedurft. Man kann sich nicht aus einer Laune heraus von einem Gebäude abseilen. Man braucht eine Ausrüstung und genaue Berechnungen.

»Und Jane geht es gut?«, fragte er.

»Ich habe mit ihr gesprochen und ihr gesagt, dass du oder Claire sich bald bei ihr melden würden. Soll ich Claire verständigen?«

»Ich mach's schon. Und schick mir Lakes Nummer. Ich will mit Jane reden. Wie klang sie?«

»Sie ist eine beeindruckende junge Frau«, sagte Bloom. »Sie hat es gut verkraftet.«

»Und du? Bist du von deiner Selbstmordtheorie wieder abgekommen?«

Sarah musterte ihn mit wachen Augen. Der Schock

begann sich langsam zu lösen, und sie hatte bestimmt jede Menge Fragen.

»Ich versuche noch immer herauszufinden, wie raffiniert diese Geschichte gestrickt ist.«

»Tja, dann sag mir Bescheid, wenn du zu einem Schluss gekommen bist«, sagte Jameson. »Mir steht dieser ganze Mist nämlich bis oben.«

Als er das Gespräch beendet hatte, kam Sarah ein bisschen näher. Vielleicht wollte sie nicht, dass der Parkhauswächter sie belauschte, vielleicht suchte sie auch einfach nur seine Nähe. »Sag mir, was los ist. Jetzt. Und zwar vollständig. Sonst ... könnte ich diesem netten Mann und der Polizei erzählen, dass hinter alldem du steckst.« Sie machte eine Handbewegung in Richtung Seil und Klettergurt auf dem Boden.

»Du brauchst mir nicht zu drohen. Ich gebe dir eine vollständige Erklärung, aber nicht hier.« Er nickte zu dem Parkhauswächter hin. »Wir können nie wissen, wer lauscht.« Sie nickte.

»Ich weiß nicht, was ich getan hätte, wenn dir etwas zugestoßen wäre.« Er berührte sachte ihre Wange.

Sarahs Mundwinkel zuckte. »Du hättest es bestimmt verkraftet.«

»Ich glaube nicht.«

Sie wandte den Blick von ihm ab und sah über das Parkdeck. »Stimmt. Dann hättest du dir ein anderes Opfer zum Stalken suchen müssen.«

Er lachte. »Du musst mir abnehmen, dass ich dich rein zufällig im Fork gesehen habe und mir der Kaffee geschmeckt hat und ich deshalb öfter hingegangen bin.«

»Bist du deshalb an den meisten Tagen noch länger dort herumgehangen, nachdem du deinen Kaffee längst getrunken hattest?«

»O Gott.« Er sah zu Boden. Was für eine Blamage! Es war ihm wirklich peinlich, ja sogar extrem peinlich. Noch nie in seinem ganzen Leben hatte er so etwas getan. Und er hatte eine klare Meinung über Leute, die so etwas machten.

Sarah legte ihm die Arme um den Hals. »Ist schon gut. Ich habe mich geschmeichelt gefühlt.«

Er warf einen kurzen Blick auf sie. Dabei stieg ihm der Duft ihres Parfums in die Nase. Es roch frisch und süß zugleich.

»Aber wenn ich gewusst hätte, wie aufreibend es mit dir sein kann...«, fuhr sie fort.

Jameson schnitt ihr das Wort mit einem Kuss ab.

Sarah wich zurück. »Musst du nicht noch ein paar Anrufe erledigen?«

Er musste.

Claire brach in Tränen aus, sowie sie hörte, dass es Jane gut ging. Ein paar Minuten lang hörte er weiter nichts als ihr gepresstes Schluchzen. Schließlich konnte sie wieder sprechen. »Ist sie bei dir?«

»Sie ist bei ihrem Vater. Thomas Lake. Er wohnt in Manchester. Wie weit weg bist du?«

»Ich bin gerade erst in den Zug gestiegen und brauche noch zwei Stunden. Warum ist sie bei ihm?«

»Dort haben sie sie hingeschickt.«

»Und es geht ihr gut? Hast du mit ihr gesprochen?«

»Augusta hat mit ihr gesprochen. Ich rufe sie gleich mal an, sage ihr, dass du unterwegs bist, und schicke dir die Adresse.«

Claire zögerte. »Bist du näher dort?«

»Ich kann hier nicht weg. Ich warte auf die Polizei.«

»Und Sarah?« Sie klang ehrlich interessiert, was immerhin schon einen Tick besser war als ihr Wutanfall von zuvor.

Jameson drückte Sarahs Hand. »Sie steht neben mir. Wir haben sie auch zurückbekommen.«

»Dann ist es also vorbei? Was ist mit Lana?«

»Ich bin mir ziemlich sicher, dass ihr nichts fehlt, aber es ist erst vorbei, wenn wir die kranken Schweine finden, die dahinterstecken.«

»Da hast du verdammt recht«, sagte Claire.

Sarah nickte zum Treppenhaus hin, aus dem gerade zwei Polizisten aufgetaucht waren. Der Parkhauswächter ging auf sie zu und deutete auf Seil und Klettergurt.

»Die Polizei ist da. Ich muss Schluss machen.«

»Was sagen wir ihnen?«, fragte Sarah, als die drei Männer auf sie zukamen.

»Die Wahrheit.«

63

Was hatte in der Nachricht gestanden? Bloom scrollte die Mitteilungen zurück.

Lana Reid besitzt nicht das Format, das wir normalerweise fordern.

Lana schien das kaputteste und verantwortungsloseste Mitglied der Gruppe zu sein: die Drogen, der Alkohol, die zahllosen Sexualkontakte. Ihr genaues psychopathologisches Profil dürfte eine stärkere Neigung zu Langeweile und Impulsivität aufweisen als zu Furchtlosigkeit. Bloom blickte hinaus auf den einst akkurat gepflegten, jetzt aber zugewachsenen Garten ihrer Mutter.

Eine Frage quälte sie schon von Anfang an, doch sie wusste noch immer keine Antwort darauf. Warum rekrutierte jemand Psychopathen?

Vielleicht war dies aber auch die falsche Frage. Was, wenn sie die Sache die ganze Zeit verkehrt herum betrachtet hatte?

Sie rief Jameson an, doch als er sich nicht meldete, legte sie auf, ohne eine Nachricht zu hinterlassen. Wahrscheinlich war er auf der Polizeiwache. Rasch griff sie nach Mantel und Handtasche, vergewisserte sich, dass die Hintertür abgeschlossen war, und machte sich auf den Weg zum Bahnhof. Sie würde nach Leeds fahren und Jameson und Sarah von Angesicht zu Angesicht ihre Theorie erläutern. Auf der Grünfläche vor dem Haus tummelten sich Familien mit Kindern und genossen den warmen Frühlingsabend. Bloom musste daran denken, wie sie an jenem schrecklichen Abend Penny dort hatte entlanggehen sehen, zurück in ihr leeres Heim. Was für ein Pech Penny gehabt hatte! Sich so lange um ein Kind zu bemühen und dann Seraphine zu bekommen. Seit Jahren hatte sie nichts mehr von ihr gehört. Ihre Mutter hatte nach dem Selbstmord versucht, den Kontakt aufrechtzuerhalten, doch Penny fand es zu quälend, weiter mit der Familie zu verkehren, der sie anlastete, ihre Tochter in den Selbstmord getrieben zu haben. Ahnte Penny, dass ihre Tochter möglicherweise noch am Leben war? Dass Seraphine, seit sie vierzehn war, in der Welt herumlief, andere um den Finger wickelte und sie dahingehend manipulierte, ihr ein neues Leben zu ermöglichen?

Blooms Telefon klingelte. Sie rechnete mit Jameson, doch es war DS Green.

»Etwas sehr Bemerkenswertes ist passiert«, sagte Green in seinem gewohnt trockenen Tonfall. »Grayson Taylor wurde festgenommen, und zwar ausgerechnet in Peterborough. DC Logan hat ein besonderes Talent dafür, Meldungen über Festnahmen aufzuschnappen.«

Hatten diejenigen, die das Spiel kontrollierten, ihn gehen lassen? Unwahrscheinlich. Sie hatten ihr Versprechen, Lana und Stuart freizulassen, noch nicht umgesetzt. »Weswegen wurde er festgenommen?«

»Identitätsdiebstahl und Betrug. Er hat die persönlichen Daten einer jungen Frau, bei der er gewohnt hat, dazu benutzt, um Geld zu erschwindeln. Offenbar ist sie eine reiche Erbin, und ihr Daddy hat Verdacht geschöpft.«

»Ist er auf der Polizeiwache?«

»In Peterborough, ja.«

»Sie müssen ihn dortbehalten.«

»Tja, man wird ihn vernehmen, und wenn er schuldig ist, wird Anklage gegen ihn erhoben. Dann kommt er bis zum Gerichtstermin auf Kaution frei.«

»Wenn Grayson festgenommen wurde, heißt das, dass er die Prüfung nicht bestanden hat. Sie müssen ihn in Haft halten, bis sein Vater kommt. Weiß Geoff Taylor Bescheid?«

»Keine Ahnung. Logan hat mich verständigt, und jetzt verständige ich Sie.«

»Rufen Sie ihn an und sagen Sie ihm, er soll sich sofort auf den Weg zum Polizeirevier in Peterborough machen. Dann soll er mit dem diensthabenden Beamten sprechen und ihm klarmachen, dass sie Grayson unbedingt festhalten müssen, bis sein Vater kommt.«

»Dazu bin ich leider nicht befugt. Die würden mir ganz schön was erzählen.«

»Wie gesagt, wenn Grayson festgenommen wurde, hat er die Prüfung nicht bestanden. Diese Leute tauchen nie wieder auf. Wenn Grayson die Polizeiwache allein verlässt, garantiere ich Ihnen, dass er ein für alle Mal verschwindet.«

»Spielt das eine Rolle?«

»Ach, kommen Sie, Green. Er ist ein junger Mann und hat das Leben noch vor sich, und er hat einen Vater, der ihn abgöttisch liebt. Sein Leben könnte sich immer noch zum Guten wenden.«

»Glauben Sie diesen Schwachsinn wirklich? Er ist ein absoluter Psycho. Besser, er ist weg vom Fenster, wenn's nach mir geht.«

Polizeibeamte hatten es mit dem schlimmsten Teil der Gesellschaft zu tun. Das veränderte ihre Wahrnehmung. »Es spielt keine Rolle, ob Sie meine Ansichten teilen oder nicht. Wir vermuten, dass ihm etwas zustößt, wenn nicht eingegriffen wird, also müssen wir etwas tun.«

»Wie kommen Sie darauf, dass ihm etwas zustößt?«, fragte Green.

»Glauben Sie wirklich, alle hundertneun Spieler sind nach wie vor dabei? Ausgeschlossen. Kein Spiel, egal, wie intelligent es auch ist, kann die Aufmerksamkeit eines Psychopathen länger als ein Jahr fesseln. Sie haben einfach nicht die Geduld dafür.«

»Dann beseitigt also jemand diese Leute? Das ist ja eine steile These. Wo sind Ihre Beweise?«

Das war eine berechtigte Frage. Doch die Zahlen stimmten einfach nicht. »Wenn ich mit Assistant Chief Constable Barker sprechen und ihn bitten soll, die entsprechenden Anrufe zu tätigen, kann ich das gerne tun.«

»Nein, lassen Sie's. Mal sehen, was ich tun kann. Ich werde ihnen sagen, dass ich Grayson wegen einer Sache hier in Bristol vernehmen muss, und selbst rüberfahren.«

Die Erwähnung Steve Barkers zeigte die gewünschte Wirkung. »Danke, Phil.«

Sie legte auf, suchte sich einen Sitzplatz im Zug und checkte ihre Nachrichten. Eine stammte von Jameson – sie befanden sich in einem Pub namens The Lock –, und dann klingelte ihr Telefon erneut.

»Dr. Bloom? Hier ist Libby Goodman.«

»Libby.«

»Ich hatte eigentlich erwartet, dass jemand vorbeikommt, aber ...«

»Tut mir leid. Aufgrund der Umstände ging es heute nicht.« Bloom hörte im Hintergrund ein Baby schreien.

»Ich wollte mit Ihnen über die Textnachricht sprechen, die ich heute Morgen von Stuart bekommen habe.«

Bloom rutschte auf ihrem Sitz weiter nach oben und drückte das Handy fester ans Ohr. »Was stand denn drin?«

»Er hat lediglich gefragt, wie das Baby heißt.«

»Können Sie mir die Nachricht bitte vorlesen, Libby?«

»›Wie hast du mein Kind genannt?‹ Weiter nichts.«

Mein Kind. Das machte Bloom nervös. Psychopathen waren egozentrisch und besitzergreifend. »Und was haben Sie geantwortet?«

Ein älterer Herr nahm ihr gegenüber Platz. Er trug eine cremefarbene Hose, ein hellblaues Hemd und hatte einen korallenroten Pullover um die Schultern geschlungen. Die Uniform der betuchten Rentner.

»Ich habe nur geschrieben, wenn er das wissen will, dann soll er mich anrufen. Doch das hat er nicht getan. Ich habe dann selbst ein paarmal versucht, ihn telefonisch zu erreichen, aber es klingelte nur endlos ins Leere. Keine Mailbox. Ich wusste nicht, ob ich ihm noch eine Nachricht schicken soll.«

Libby, mittlerweile eine erschöpfte junge Mutter, würde es wahrscheinlich nicht guttun, am Telefon die Wahrheit über Stuart zu erfahren. Bloom hielt es für besser, ihr das unter vier Augen zu erzählen. »Was halten Sie davon, wenn ich morgen bei Ihnen vorbeikomme und wir dann über alles reden?«

Libby stimmte zu und sagte, dass es am späten Vormittag am günstigsten sei, zwischen den Schlaf- und Fütterphasen des Babys. Bloom legte auf, fing den Blick des älteren Herrn auf und lächelte ihm zu. Er wandte den Blick ab. Hatte er gelauscht? Die Angst verdichtete sich in ihrem Magen zu einem festen Knoten. Sie musterte den Alten, und erneut sah er weg. Sie war paranoid. Er war einsam, ein Mann in einem gewissen Alter, der im Zug einen Blick auf eine jüngere Frau riskierte.

Oder er war einer von ihnen und damit beauftragt worden, sie im Auge zu behalten.

Bloom lehnte sich auffällig zur Seite und reckte den Hals, um zu den Türen auf beiden Seiten des Wagens zu spähen. Hinter ihr war ein Schild, das zur Toilette wies. Sie stand auf und durchquerte den Wagen davor. Dort ging sie an der Toilette vorüber und setzte sich auf einen Platz mit Blick in die Richtung, aus der sie gekommen war. Sie scrollte durch ihr Telefon und behielt die Tür im Auge. Der ältere Herr tauchte nicht auf. Natürlich nicht. In Leeds blieb Bloom sitzen, während alle anderen ausstiegen. Auf dem Bahnsteig kämpfte sich eine

Frau in einem roten Regenmantel damit ab, ein brüllendes, strampelndes Kind in seinem Wagen festzuschnallen. Bloom stand auf, um hinauszugehen und ihre Hilfe anzubieten, doch noch an der Tür erkannte sie, dass die Frau bereits Unterstützung gefunden hatte. Es war der ältere Herr. Er lächelte die junge Mutter freundlich an, beugte sich dem Kind entgegen und machte ein paar Faxen, sodass es stillhielt und seine Mutter es anschnallen konnte. Ihr gerötetes Gesicht glänzte vor Anstrengung. Sie bedankte sich darauf mit Erleichterung und Zufriedenheit im Gesicht bei dem Mann, der etwas entgegnete und ihr aufmunternd den Arm drückte. Dann richtete er den Blick direkt auf Bloom, was sie mit neutraler Miene parierte, während sie gleichzeitig versuchte, in seiner zu lesen. Er lächelte, aber seine Augen waren ausdruckslos.

Und dann zwinkerte er.

Blooms Herzschlag beschleunigte, ein viel zu schnelles Hämmern. Sie stieg aus, doch ehe sie sich versah, war der Mann verschwunden. Nirgends eine Spur von ihm. Jameson war keine fünf Minuten entfernt, vielleicht weniger, wenn sie schnell ging. Als sie am vorderen Ende des Zuges anlangte, schloss der Lokführer gerade die Tür hinter sich. Er war jung, bleich und hatte zu viel Gel in den Haaren. Er lächelte Bloom zu und richtete dann den Blick auf einen Punkt hinter ihr. In der Spiegelung des Zugfensters erkannte sie, wem das Lächeln gegolten hatte: Der alte Mann musste wieder in den Zug eingestiegen sein und gewartet haben, bis sie an ihm vorbeigegangen war. Sie konzentrierte sich darauf, nicht zu ihm hinzusehen und stattdessen den Kopf hochzuhalten und die Schultern zu straffen. Endlich erreichte sie die Rolltreppe und kämpfte gegen den Drang zu rennen an. Vielleicht war er gar nicht direkt hinter ihr; doch sie war jetzt oben angelangt und setzte sich in Bewegung. Sie raste am Pasty-Shop-Stand vorüber und hinter dem Starbucks entlang. Die Sperre des Hinterausgangs befand sich nun direkt vor ihr. Sie tastete in der linken Manteltasche nach ihrer Fahrkarte, doch da war sie nicht, auch auf der rechten Seite nicht. Sie zog die Geldbörse aus ihrer Handtasche und wurde auch da nicht fündig. Die Sperre kam immer näher. Sie sah den Fahrkartenkontrolleur, der an einem Pfosten lehnte, und wühlte nun durch die Kassenzettel in ihrem Portemonnaie – ergebnislos. Die Panik hinterließ ein brennendes Gefühl in ihrer Kehle.

»Sie wissen, dass Sie sich ein elektronisches Ticket auf Ihr Handy laden können?«, sagte der Kontrolleur nun, doch sie hörte ihn kaum.

Sie steckte ihre Fahrkarte *immer* in die linke Jackentasche. Erneut griff sie hinein, und da war sie. Ein befriedigend dicker Papierstreifen, der sich ans Taschenfutter geschmiegt hatte. Sie atmete hörbar auf und riskierte nun doch einen Blick nach hinten. Der ältere Herr hielt seine Karte in der Hand und näherte sich der Sperre. Bloom rannte nun fast die Rolltreppe hinab und erhaschte dabei einen kurzen Blick auf den Mann hinter sich, der einige Worte mit dem Fahrkartenkontrolleur wechselte. Der Inspektor nahm eine aufrechte Haltung ein, wahrscheinlich ohne sich dessen bewusst zu sein. Die meisten Menschen regulierten ihre Haltung in der Gegenwart anderer, die sie als erfolgreicher oder mächtiger erachteten. Und funktionale Psychopathen besaßen die gespenstische Eigenschaft, zugleich charmant und bezwingend zu sein, eine Kombination, die fruchtbaren Boden für Manipulationen bot.

Unten angelangt wandte sich Bloom zum Ausgang Granary Wharf und erkannte den Eingang zum Hilton direkt vor sich, wo Jameson und Sarah auf sie warteten. Sie drosselte ihre Laufgeschwindigkeit. Der ältere Herr hatte nicht wie ein Sprinter gewirkt. Als sie das Bahnhofsgebäude verließ und die Fußgängerzone betrat, schob sich ein bekanntes Gesicht in ihr Blickfeld und schnitt ihr den Weg ab. Abrupt blieb sie stehen. Hinter sich hörte sie Schritte. »Dr. Bloom«, sagte Stuart Rose-Butler, während er nach ihrem linken Oberarm griff, »vielleicht wären Sie so freundlich, uns zu begleiten.« Der ältere Herr fasste sie am rechten Oberarm, und sie wusste, sie hatte keine andere Wahl, als ihren Anweisungen zu folgen.

64

Jameson trank sein Bier aus und sah auf die Uhr. Augusta hätte eigentlich längst hier sein müssen. Immer wieder blickte er durch das große Fenster nach draußen. Nur ein paar Leute auf dem Heimweg von der Arbeit. Es dämmerte bereits.

»Sie kommt schon noch«, sagte Sarah und schloss die schlanken Finger um den Stiel ihres Weinglases.

Er hatte ihr die ganze Geschichte erzählt – von der Einladung, die Lana erhalten hatte, bis hin zu den Prüfungen, denen er und Bloom unterzogen worden waren.

»Wie unhöflich von mir, mich nicht dafür zu bedanken, dass du mich gerettet hast«, sagte Sarah.

»Es ist selbstverständlich, dass ich dich rette«, sagte er.

»Du kennst mich doch erst seit zwei Wochen.«

»Seit sechzehn Tagen, aber wer zählt da schon mit?«

Sarah nippte an ihrem Drink, doch er konnte ihr Lächeln hinter dem Glas erkennen. »Glaubst du wirklich, das ist lange genug, um sich zu verlieben?«

Jameson grinste. Er wusste, dass es lange genug war, doch noch war er weit davon entfernt, es zuzugeben. »Von sich verlieben würde ich nicht direkt sprechen.«

»Man nennt es Limerenz, weißt du? Die Unfähigkeit, sich zu konzentrieren, der erhöhte Herzschlag, die akute Sehnsucht nach der anderen Person.«

»Limerenz?«, wiederholte er.

Sarah hielt seinem Blick stand. »Es ist keine Liebe, aber die Leute halten es dafür. Damit will ich nicht sagen, dass es das ist, was du gerade tust ...« Sie griff nach seiner Hand.

»Freut mich, das zu hören.« Reichlich verlegen geworden, stand er auf. »Zeit für einen weiteren Drink.«

»Warte.« Sarah hielt seine Hand fest. »Ich wollte damit auf etwas hinaus. Ich habe gelesen, dass Psychopathen keine Limerenz empfinden können, weil sie nicht genug Oxytocin produzieren.«

»Ist das nicht das Babyhormon?«

Sarah nickte. »Es wird oft als Bindungshormon bezeichnet. Wir fühlen es, wenn wir uns mit anderen Menschen verbinden oder sogar mit Tieren. Es wird freigesetzt, wenn Mütter ihre Babys füttern, wenn wir Sex haben und sogar, wenn wir einen Hund streicheln.«

Neugierig geworden, setzte sich Jameson wieder hin. »Dann binden sich Psychopathen also nicht, weil sie dieses Hochgefühl nicht empfinden können?«

»Das ist nur eine Hypothese, aber es könnte der Grund dafür sein, warum psychopathische Personen sich aus einer Beziehung verabschieden können, ohne mit der Wimper zu zucken.«

»Sie sind wirklich anders gepolt.«

»Scheint so. Allerdings ist die Frage, ob das aufgrund genetischer Faktoren oder durch Konditionierung durch die Umwelt geschieht ... wahrscheinlich könnte Augusta das genauer erklären.«

»Wahrscheinlich werde ich mich ein bisschen wie ein Zaungast fühlen, sobald sie eintrifft, wenn ihr zwei dann über Psychopathen fachsimpelt.« Er sah erneut auf die Uhr. Augustas Zug war vor fünfzehn Minuten angekommen. »Ich rufe sie mal an. Vielleicht ist sie im falschen Lokal gelandet.« In diesem Moment näherte sich ein breitschultriger Mann ihrem Tisch. Sein schwarzer Anzug, die gewienerten Schuhe, sein gesamtes Auftreten schrien nach Polizist. »Mr Jameson, Dr. Mendax – DCI Beardsley.« Er zeigte ihnen kurz seinen Dienstausweis und steckte ihn dann gleich wieder ein. »Soweit ich weiß, haben Sie gerade im Parkhaus Sovereign Square bei meinen Kollegen eine Aussage gemacht und dabei einen Mann namens Rose-Butler erwähnt. Ich bin im Zusammenhang mit einem Fall, an dem ich gerade arbeite, auf der Suche nach Mr Rose-Butler. Hätten Sie einen Moment Zeit für mich?«

In Jameson blitzte etwas auf, doch er konnte es nicht greifen. Er und Sarah hatten Stuart ja tatsächlich bei den Polizisten im Parkhaus angezeigt.

»Setzen Sie sich doch«, sagte Sarah zuvorkommend.

»Könnten wir das auf dem Polizeirevier besprechen?« Der Beamte sah zwischen Sarah und Jameson hin und her. »Es sind nur fünf Minuten zu Fuß.«

»Wir warten auf jemanden.« In Jameson regte sich ein vager Verdacht.

»Du kannst ihr doch eine Nachricht schicken, dass sie dorthin kommen soll, oder?«, meinte Sarah.

»Sie müsste eigentlich längst hier sein.« Jameson stand auf, spähte aus dem Fenster und musterte das Bahnhofsgebäude. Vier Geschäftsleute marschierten vorüber und betraten das brasilianische Restaurant an der Ecke. Am Rand des Hafenbeckens waren drei junge Leute in engen Jeans und Sneakers gerade dabei, ihre ans Geländer angeketteten Fahrräder aufzuschließen. Doch keine Spur von Augusta.

Er zückte sein Handy und rief sie an. Der Anruf ging sofort auf die Mailbox.

»Ich bin's. Hast du den Vier-Uhr-fünfzehn erwischt? Wir sind noch im The Lock.« Er sah Sarah an. Sie war bereits aufgestanden und plauderte mit dem Polizisten. »Aber wir gehen jetzt rüber zum Polizeirevier, um ein paar Fragen über Stuart zu beantworten.« Sarah tat selbstverständlich ihr Möglichstes, damit die Täter gefasst wurden, das konnte er ihr nicht übelnehmen.

»Was ist das denn für ein Fall, an dem Sie gerade arbeiten?«, fragte Jameson, während er Sarah und DCI Beardsley die Tür aufhielt.

Beardsley, dachte er, als der andere an ihm vorbeiging. Warum kam ihm das bekannt vor?

»Das erkläre ich Ihnen, wenn wir auf dem Revier sind, Mate.«

Mate. Und er hatte einen Liverpooler Akzent.

Das war es. DCI Beardsley war der Polizist aus Liverpool, der ebenfalls eine Geburtstagskarte bekommen hatte. Er gehörte zu ihnen.

»Sarah?« Jameson streckte die Hand nach ihr aus. Sie wandte sich um, verwirrt von seinem Tonfall. »Komm wieder rein.« Im Pub gab es wenigstens Zeugen.

Beardsley reagierte schnell auf Jamesons Aufforderung. Er zog eine Elektroschockpistole aus der Jacke und richtete sie auf Sarah.

»Sie sind ein Mann von Welt, Jameson. Sie wissen, was das hier ist und was es mit Ihrer Freundin machen wird, wenn ich den Abzug drücke. Das würden Sie doch nicht wollen, oder?« Beardsleys Lächeln reichte nicht bis zu den Augen. »Aber wenn es Ihnen nichts ausmacht, wird es mir garantiert Vergnügen bereiten zu sehen, wie sich ihr hübscher Körper am Boden windet. Sie entscheiden.«

Jameson konnte den Mann nicht entwaffnen. Doch es wäre Wahnsinn, mit diesem Irren irgendwohin zu gehen.

»Und falls Sie irgendwelche Heldentaten planen, denken Sie daran, dass das Ding hier tödlich wirkt, wenn die entzückende Lady eine Herzschwäche hat.« Jameson versuchte, in Sarahs Augen zu lesen und ihre Erlaubnis zu bekommen. Sie durften diesem Mann nicht nachgeben. Sich zu wehren war die einzige Option. Doch Sarahs Blick verriet nichts.

Und dann sagte Beardsley etwas, was alles veränderte.

»Beeilen wir uns lieber. Dr. Bloom erwartet uns.«

65

Bloom saß auf einem einfachen Holzstuhl. Ihre Handgelenke waren mit einem Strick gefesselt, der straff zu ihren ebenfalls gefesselten Fußgelenken führte. Ihre Füße standen dicht nebeneinander, die Hände lagen flach auf ihrem Schoß. Ihr gegenüber standen zwei ähnliche Stühle, über deren Lehnen Stricke hingen. Diese Dreiergruppe war umgeben von sechs Stühlen, deren breite Sitze mit violettem Samt gepolstert waren. Sie waren leer. Bloom war allein.

Stuart und sein Komplize hatten sie in einen verlassenen Raum in den dunklen Bogengewölben unter dem Bahnhof gebracht. Sie hatten kein Wort gesprochen und all ihre Fragen ignoriert. Sie hatten ihr das Handy abgenommen, sie gefesselt und waren gegangen. In einige der zur Granary Wharf hinausgehenden Bögen waren seit neuestem schicke Bars und Restaurants untergebracht, doch dieser Raum ging zur Rückseite hinaus, wo es nur Parkplätze gab. Wände und Decke bestanden aus unverputztem Backstein, und in dem betonierten Fußboden klafften bereits Risse, sodass man das Kopfsteinpflaster darunter sah. Es war kalt und roch muffig. Links von Bloom befanden sich sechs große Fenster, deren Scheiben Sprünge hatten und von der jahrelangen Vernachlässigung schwarz geworden waren. Die Öffnung zur Rechten, wo Autos ein- und ausfuhren, war mit einer schwarz lackierten Doppeltür aus Holz verschlossen, die mit Riegeln gesichert war. Bloom hatte um Hilfe gerufen, in der Hoffnung, von einem Passanten gehört zu werden, doch es hatte niemand reagiert. Doch nun wurde die Tür geöffnet, und Bloom begegnete Jamesons Blick. Die Wut auf seinem Gesicht ging in Besorgnis über, als er den Strick entdeckte, mit dem sie an den Stuhl gefesselt war. Hinter ihm erschien eine Frau mit langen blonden Haaren – vermutlich seine neue Freundin Sarah. Ein Mann im grauen Anzug begleitete sie, und dahinter folgten Stuart, der ältere Herr und eine kleine, mollige Frau mit dunkler Hautfarbe. Denise.

»Setzen«, sagte der Mann im grauen Anzug zu Jameson und zeigte auf den Stuhl rechts von Bloom.

Bloom glaubte schon, er werde sich weigern, doch er tat wie geheißen. Sarah wurde zum letzten der Holzstühle dirigiert, wo Stuart begann, sie an Händen und Füßen zu fesseln wie Bloom. Sarah vermied es, Stuart anzusehen, und hielt den Blick auf Jameson gerichtet. Sie wirkte nicht verängstigt. Bestimmt war Jameson von ihrer Tapferkeit beeindruckt.

»Alles okay?« Jameson warf Bloom einen kurzen Blick zu.

»Ja. Und bei dir?«, fragte sie.

Er gab ihr keine Antwort, sondern hatte seine Aufmerksamkeit bereits Sarah zugewandt. »Keine Angst«, sagte er zu ihr. »Du bist nur hier, weil sie dich benutzen, um mir zuzusetzen. Es wird alles gut. Ich garantiere es.«

Jameson sprach mit enormer Selbstsicherheit.

Bloom empfand erdrückende Traurigkeit.

Der Mann im grauen Anzug fesselte Jameson und gesellte sich zu den anderen auf den Polsterstühlen.

»Umringt von einem Psychopathenzirkel. Was sind wir für Glückspilze«, sagte Jameson. Er ließ seinen Blick über die beiden leeren Stühle hinter Sarah und Bloom schweifen. »Irgendjemand ist nicht pünktlich.«

Ihre Bewacher schwiegen. »Sarah, nicht wahr?«, fragte Bloom.

»Sie müssen Augusta sein. Nicht die besten Umstände, um sich kennenzulernen, aber … hallo. Marcus hat tolle Dinge von Ihnen erzählt.«

Bloom lächelte. »Wir sind eine Art gegenseitige Wertschätzungsgesellschaft, nicht wahr, Marcus?« Das war kindisch, doch sie konnte es sich nicht verkneifen. Vielleicht kam es daher, dass sie an einen Stuhl gefesselt war. Oder vielleicht war es auch die schmerzhafte Erkenntnis, dass eine andere Person Jamesons ungeteilte Aufmerksamkeit bekam.

Bloom sah sich um. Ihr war schon immer klar gewesen, warum es Psychopathen gab. Sie waren das unkomplizierteste Modell der Evolution. Wir werden allein geboren, wir sterben allein, und den Weg dazwischen müssen wir allein gehen. Also warum nicht komplett auf das Einzelwesen setzen?

Sie sah Jameson dabei zu, wie er Sarah ansah.

Liebe. Das war es. Und es war mehr als offensichtlich, dass Marcus Jameson, ihr engster Verbündeter und liebster Freund, verliebt war. Und das brach ihr das Herz.

Bloom wandte sich erneut an Sarah. »Mendax ist ein ungewöhnlicher Nachname. Ist das Lateinisch?«

Sarah lächelte beeindruckt. »Ja, das ist es tatsächlich. Wissen Sie, dass Sie die erste Person sind, die das fragt?«

»Warum sind wir hier, und auf wen warten wir?« Jameson reckte den Hals. »Okay, Sie können sie gehen lassen.« Jameson nickte zu Sarah hin. »Sie hat mit alldem nichts zu tun.«

Das leicht amüsierte Zucken auf Sarahs Lippen entging Bloom nicht.

»Sie warten auf niemanden mehr, Marcus«, sagte sie. »Die beiden freien Stühle sind für zwei von uns.«

Jameson sah sie an. Sein Gehirn verfolgte die Punkte und stellte die Verbindungen her. »Eine letzte Herausforderung?«

»Weniger eine Herausforderung als eine Einladung, glaube ich. Bitte korrigieren Sie mich, falls ich mich irre.« Sie musterte jedes Augenpaar im Raum.

»Weniger Herausforderung zum Mitspielen als Einladung zum Mitmachen?« Jamesons sarkastischer Spruch wich einem tiefen Stirnrunzeln, als er Blooms Miene sah. »Echt jetzt? Du glaubst, sie wollen uns rekrutieren?«

Bloom schüttelte langsam den Kopf. »Nicht *uns*.«

»Dich? Aber da sind zwei freie Plätze. Für wen ist der andere?« Er sah sich noch einmal im Raum um. »Hey! Psychopathenzirkel! Wie wollt ihr Platz Nummer zwei füllen? Ich spiele bei euren Spielchen nicht mehr mit.« Erneut sah er Bloom an. »Warum sagen sie nichts? Ich dachte, du hättest gesagt, diese Leute sind Angeber. Warum sitzen sie herum wie verschüchterte Ölgötzen?«

»Weil sie, obwohl sie Psychopathen sind, nach wie

vor Menschen sind. Sie sind Primaten. Und sie warten darauf, dass ihr Alphatier spricht. Stimmt das nicht, Seraphine?«

Jameson drehte sich auf seinem Stuhl herum, sodass die Stricke gegen seine Haut spannten, und musterte die mollige Frau mit dem bräunlichen Teint zu seiner Linken. »Das ist deine Teenager-Selbstmörderin? Du hattest also recht?«

»Seraphine war schon immer gut darin zu verbergen, was sie ist«, sagte Bloom. »Aber nein. Seraphine war blond, blass und blauäugig. Eine solche Verwandlung konnte nicht einmal sie bewerkstelligen.« Tränen brannten in ihren Augen, als Jameson zu ihr herumfuhr. »Es tut mir leid«, sagte sie.

»Was? Ich verstehe nicht ...«

»Mendax«, sagte Bloom. »Das heißt auf Lateinisch Lügnerin. Ein kleiner Scherz von ihr vermutlich.«

»Sie werden feststellen, dass es ›edle Lügnerin‹ heißt«, erklärte Sarah. Jameson fuhr zu ihr herum. Sie rieb die Handgelenke aneinander; der Strick, mit dem sie gefesselt gewesen waren, lag schlaff zu ihren Füßen. »Ich dachte, Sie würden sich freuen zu erfahren, dass ich noch lebe. Und dass ich einen klaren Lebenszweck gefunden habe.«

»Das habe ich nicht gemeint.«

»Haben Sie wirklich gedacht, ich würde all meine Talente und meine jahrelange Ausbildung zur Ärztin dafür vergeuden, als brillante, aber anonyme Chirurgin in irgendeinem Operationssaal zu verschwinden?« Sarah musterte Jameson. »Meine Gattung hat einen gewissen Hang zu hochriskanten und anspruchsvollen Berufen.«

»Dann wurden Sie also Psychiaterin und haben Psychopathen gesammelt. Warum?« Sowie Bloom begriffen hatte, dass sie eine zentrale Komponente übersehen hatten – nämlich die Antwort auf die Frage, *warum* sich jemand die Mühe machte, Psychopathen zu rekrutieren –, war sie der Lösung nahe gewesen. Als sie sich im Zug in der Nähe der Toiletten versteckt hatte, hatte sie endlich den Mut aufgebracht, »Experten für funktionale Psychopathie« zu googeln, und ganz oben auf der Liste die renommierte Psychiaterin Dr. Sarah Mendax gefunden.

Sarah rümpfte ihr Stupsnäschen. »Ach, Augusta. Das können Sie doch besser.«

Jameson brach sein Schweigen. »Entschuldige mal. Was? Du ...« Er sah Bloom an. »Sie kann nicht Seraphine sein. Das wüsste ich.«

»Seraphine Walker ist eine äußerst hochfunktionale Psychopathin«, erklärte Bloom.

»Okay. Aber Sarah ist warmherzig und ... gut. Sie ist Ärztin. Sie rettet Menschenleben.« Jameson starrte Sarah an.

»Marcus«, sagte Bloom. »Schau mich an. Schau mich jetzt an. Seraphine ... ist immer, wer sie gerade sein muss ... Wer auch immer sie für *dich* sein muss, um von dir zu kriegen, was sie will.«

Die erwachsene Seraphine stand auf und streckte sich. Ihre langen, athletischen Gliedmaßen und ihr attraktives Aussehen waren zweifellos eine weitere wirkungsvolle Waffe in ihrem Manipulationsarsenal. »Inzwischen bevorzuge ich den Namen Sarah.« Sie nickte zu Jameson hin. »Zuerst habe ich nicht kapiert, warum Sie mit diesem Mann zusammenarbeiten«, sagte sie und ging hinüber, damit sie auf ihn herabblicken konnte. »Versteh mich nicht falsch«, sagte sie. »Du bist ein Knüller in der Kiste.« Sie wandte sich an Bloom. »Aber ich bin nicht darauf gekommen, was er Ihnen bringt. Doch jetzt begreife ich es.« Sie legte Jameson eine Hand auf die Schulter. »Er bringt die Emotionen mit. Das, woran es Ihnen fast genauso mangelt wie mir; den Humor, das Vertrauen ... die Liebe.«

Jameson schüttelte sie ab. »Nimm die Finger weg von mir.«

»Sehen Sie? Er ist total reaktiv und leidenschaftlich. Es ist wunderbar.« Seraphine trat in Jamesons Blickfeld. »Du bist wirklich wunderbar, Marcus. Ich wünschte wirklich, Augusta könnte dich behalten.«

Bloom spürte, wie die Raumtemperatur um mehrere Grad sank.

»Moment mal«, sagte Jameson. »Was war das dann für ein Theater im Parkhaus? So zu tun, als würdest du vom Dach geworfen?«

»Ach du liebe Zeit. Du musst alles erst noch verarbeiten, was, Süßer?« Seraphine hockte sich auf die Kante ihres Stuhls. »Augusta hat zu lange gebraucht, um dahinterzukommen, wer deine neue Freundin ist, und offen gestanden ... wurde mir allmählich langweilig.«

»Dir wurde ... *langweilig*?« Jameson sah aus, als müsste er sich übergeben. »Nein. Das ist unlogisch. Die

Sache hat längerer Planung bedurft. Ihr musstet erst alles austüfteln, Maß nehmen, die Ausrüstung besorgen ...« Seraphine lehnte sich zurück und sah Bloom mit hochgezogenen Brauen an. »Hirn *und* Muskeln. Warum haben Sie ihn sich nicht selbst geschnappt, Augusta? Haben Sie Angst, dass er nicht auf Ihre altjüngferliche Aufmachung abfährt? Sie könnten eigentlich ganz hübsch sein, wissen Sie? Wenn Sie sich Mühe geben würden.« Seraphine lachte kurz auf und wandte sich ab. »Ich glaube, da könnte ich einen wunden Punkt berührt haben.« Seraphine zwinkerte Jameson zu. »In Wirklichkeit wollte ich wissen, wie stark deine Gefühle sind, Marcus. Man könnte sagen, ich bin ziemlich fasziniert von diesem Liebesding. Ich finde es ...«

»Fasziniert?«, fauchte Jameson angewidert.

»Was ist das richtige Wort? Spannend? Ich finde Liebe spannend.« Sie sprach Bloom an. »Wie gesagt, wir beide ähneln uns mehr, als wir uns unterscheiden. Und genau wie alle anderen wollen wir die Dinge, die wir nicht bekommen können.«

Bloom fing Seraphines Blick auf. »Was übrigens mich einschließt. Die Antwort lautet nämlich nein. Das wissen Sie, oder?«

»Was willst du denn überhaupt von Augusta?«, fragte Jameson. »Was könnte sie dir geben, das du dir nicht selbst nehmen kannst?« Wut troff aus jedem seiner Worte.

Seraphine hob den Blick zu den zerbrochenen Fenstern über Jamesons Kopf. »Augusta wusste schon nach zwei Sitzungen genau, was ich bin. Kein anderer Psychiater oder Psychologe hat das je geschafft, und ich habe einige auf die Probe gestellt. Und damit meine ich nicht, dass sie länger gebraucht hätten. Sie sind überhaupt nicht auf die Idee gekommen. Weil ich richtig gut darin bin, es zu vertuschen.« Sie sah zu Bloom hinüber. »Sie ist die Einzige, die je darauf gekommen ist, und ich hatte fünfzehn Jahre lang Zeit, um darüber nachzudenken, woran das liegen könnte.«

»Weil sie in ihrem Beruf verflucht gut ist«, sagte Jameson.

»Möglich. Oder vielleicht …« Seraphine kniff die Augen zusammen. »Nachdem sie mir klargemacht hatte, was ich bin und dass sich das nicht auswachsen würde, wusste ich, dass ich es nur durch einen Neustart geheim halten kann. Im Lauf der Jahre habe ich es geschafft, jeden Experten für Psychopathen zu treffen, den ich finden konnte. Ich habe sogar zusammen mit der weltweit führenden Koryphäe eine wissenschaftliche Arbeit darüber geschrieben, und der Mann hatte keine Ahnung, dass er mit einer zusammengearbeitet hat. Ich bin zu zwei Schlussfolgerungen gekommen: Dass ich besonders begabt bin und dass Dr. Augusta Bloom über eine besondere Erkenntnisfähigkeit verfügen muss.«

»Was für eine besondere Erkenntnisfähigkeit?«, fragte Jameson.

Seraphine verschränkte die Arme. »Na, Augusta, welche Art von Erkenntnisfähigkeit könnte ich wohl meinen? Wollen Sie ihn aufklären, oder soll ich das tun?«

»Ich weiß nicht, wovon in aller Welt Sie da reden«,

sagte Bloom. »Und außerdem, wenn sich das alles um mich dreht, was hat dann Marcus hier zu suchen?«

»Sie wissen, warum Marcus hier ist.«

»Weiß ich das?«

»Natürlich wissen Sie das, Augusta. Seit Ihre arme Mutter den Bezug zur Wirklichkeit verloren hat, haben Sie niemanden mehr und sehen keinen Sinn in Ihrem Leben … abgesehen von ihm.« Seraphine sah Jameson an. »Seltsamerweise macht mich das irgendwie traurig, aber er ist weiter nichts als ein Druckmittel.«

Ohne Vorwarnung erhob sich der Mann in dem grauen Anzug und schoss Jameson mit einer Elektroschockpistole in den Rücken. Jamesons Oberkörper spannte sich gegen die Stuhllehne und die Stricke, mit denen er gefesselt war, als versuchte er, sich flach zu machen. Er gab keinen Laut von sich, als der Elektroschock ihn traf, doch sein Gesichtsausdruck signalisierte extremen Schmerz. Im nächsten Moment kippte sein Stuhl zur Seite und fiel krachend um. Mit gefesselten Händen und Füßen konnte Jameson den Sturz nicht abfangen, sodass sein Schädel mit einem dumpfen Schlag auf dem Boden auftraf. Sein Körper blieb verkrampft, während der Strom durch seinen Körper jagte, ehe Grauer Anzug endlich den Abzug losließ und Jameson reglos liegenblieb.

»Marcus!« Bloom kämpfte gegen die Stricke an. »Wenn Sie glauben, dass Sie mich durch brutale Attacken gegen ihn zwingen können, Ihnen zu Willen zu sein, dann täuschen Sie sich gewaltig, junge Frau.«

Seraphine kicherte, nahm ihren Stuhl und trug ihn zu

Bloom hinüber. »Den Tonfall, den Sie benutzen, wenn Sie das Kommando übernehmen, habe ich schon immer geliebt. Ich habe ihn kopiert, wissen Sie, ihn mir gewissermaßen angeeignet.« Sie griff in ihre Jackentasche und nahm einen schmalen gelben Gegenstand heraus, den sie sich in den Schoß legte. »H6«, sagte sie leise.

Bloom starrte den Bleistift an. Er war scharf angespitzt, und an seinem anderen Ende saß eine kleine Kappe aus roter Farbe, die erahnen ließ, was bevorstand.

»Woher wussten Sie es?«, fragte Seraphine. »Seit wann wussten Sie es?«

»Seit wann wusste ich was?«

»Dass Sarah in Wirklichkeit Seraphine ist. Wann sind Sie draufgekommen?«

»Nach dem Vorfall auf der Brücke begann ich zu vermuten, dass Sie noch leben und vielleicht sogar damit zu tun haben. Für den Fall war mir klar, dass Sie möglichst nah an unsere Ermittlungen herankommen wollen würden. Ich habe über sämtliche Frauen nachgedacht, die ich im Lauf des letzten Monats kennengelernt und mit denen ich gesprochen habe, und dabei ging mir auf, dass es nur eine gab, der ich nie begegnet war.«

»Marcus' Geliebte.«

Bloom nickte. »Also habe ich nach Expertinnen für funktionale Psychopathologie gesucht. Sowie ich Ihren Nachnamen gesehen hatte, wusste ich es.«

Seraphine sah erfreut aus und ließ den Bleistift in ihrer Hand rotieren. »Wenn Sie sich mit mir zusammentun, sorge ich dafür, dass der hier nicht in die Nähe

Ihres wunderbaren Marcus kommt. Aber wenn Sie sich weigern, müssen Sie wissen, dass ich geübt habe ... Die vielen Toten ... Die vielen Klinik-Leichenhallen ...«

Jameson lag reglos auf dem Boden. Wie lang würde es dauern, bis er wieder zu sich kam? War er unversehrt? Wie schwer hatte er sich den Kopf angeschlagen?

»Wofür in aller Welt sollten Sie mich brauchen?«, fragte Bloom. »Selbst wenn ich besondere Erkenntnisse besäße – was offen gestanden nicht der Fall ist –, könnten diese nicht mit dem Raffinement Ihres Spiels mithalten.«

»Ehrlich? Sie wissen es immer noch nicht?«

»Ich habe nicht die leiseste Ahnung.«

»Ich brauche Sie für gar nichts, Augusta. Ich brauche niemanden für irgendetwas.«

Bloom runzelte die Stirn. Wenn Seraphine sie nicht brauchte, was zum Teufel wollte sie dann? »Was dann?«

»Was dann?« Seraphines Augen funkelten ausgelassen.

Bloom lachte. Natürlich. Es lag ja auf der Hand. »Sie *brauchen* mich nicht in Ihrem Gefolge. Sie *wollen* mich einfach.«

Seraphine lehnte sich ein Stück nach vorn und blickte sie eindringlich an. »Sie verbergen so gut, wer Sie wirklich sind. Sogar so gut, dass andere Sie dazu einsetzen, Leute wie mich zu behandeln. Wissen Sie, wie erstaunlich das ist? Aber was ich schon immer am meisten bewundert habe, ist, wie Sie uns Jüngere unter Ihre Fittiche genommen und uns in die richtige Richtung gelenkt haben. Das tue ich jetzt auch. Ich führe

Ihre Arbeit fort. Und Sie sollten unbedingt mit von der Partie sein.«

»Ich bin nicht wie Sie.«

»Wirklich?« Seraphine gestikulierte hinüber zu Jameson, der nach wie vor regungslos auf dem Boden lag. »Sehen Sie ihn an. Was empfinden Sie dabei?«

Bloom wusste nicht viel über Elektroschockpistolen. Aber bestimmt hätte Jameson mittlerweile wieder die Kontrolle über seine Muskeln erlangen müssen. Warum war er so still?

»Was empfinden Sie, Augusta? Ich weiß, Sie wollen nicht, dass ich ihm wehtue. Sie mögen seine Gesellschaft, schätzen sein Urteil, et cetera, et cetera. Aber fühlen Sie sich schuldig daran, dass er jetzt hier ist?«

»Ich habe keinen Grund für Schuldgefühle. Sie haben ihm das angetan, nicht ich.«

»Ah ja. Aber er ist nur Ihretwegen hier. Und er liegt nur Ihretwegen auf dem Boden. All den Schmerz und die Angst hat er nur Ihretwegen durchgemacht ... Und damit meine ich nicht nur den Elektroschock. Sie haben ja gesehen, wie er auf mich reagiert hat. Wie viel ihm an mir lag. Und das ist alles Ihretwegen.«

Bloom starrte Seraphine an, und Seraphine starrte zurück.

»Was empfinden Sie?«, fragte Seraphine in drängendem, fast schon aufgeregtem Tonfall. »Was empfinden Sie?«

»Ich bin nicht wie Sie.«

»Sind Sie sicher?«

»Natürlich bin ich sicher. Sie sind eine Psychopathin,

die keinerlei Skrupel kennt. Sie können nicht verstehen, wie andere tiefe Gefühle für ihre Angehörigen und Freunde entwickeln können. Denken Sie nur daran, was Sie Ihren Eltern angetan haben. Sie glauben, weil Sie logisch und unvoreingenommen denken, sind Sie überlegen, aber das macht Sie nicht zu einem besseren Menschen.«

»Und wissen Sie, was ich dazu sage, Augusta?« Bloom spannte die Hände gegen die Stricke. »Man muss selbst eine sein, um eine andere zu erkennen.«

»Sie haben fünfzehn Jahre gebraucht, um zu dieser Schlussfolgerung zu gelangen? Dass ich die Wahrheit erkannt habe, weil ich genauso bin wie Sie? Sie sind doch intelligenter als das, Seraphine.«

»Ich wette, wenn ich Ihr Gehirn untersuchen würde, würde ich sämtliche bekannten Muster sehen: die unterentwickelte Amygdala, die reduzierte Gehirnmasse in der orbitofrontalen Großhirnrinde, was zusammen eingeschränkte soziale und emotionale Reaktionen nach sich zieht. Ich würde vielleicht sogar einen Mangel an Oxytocin erkennen.« Seraphine sah gezielt Jameson an. »Ist das Verdrängung? Oder haben Sie so lange vertuscht, was Sie sind, dass Sie jetzt an Ihre eigene Propaganda glauben? Sie sind so distanziert und kühl, so klinisch und schneidend. Haben Sie sich nie gefragt? Oder sind getestet worden?«

»Wissen Sie, was Projektion ist, Seraphine?«

Seraphine lächelte. »Sie wollten, dass ich Sie teste, genau wie die anderen hier getestet wurden.« Sie musterte den Rest der Gesellschaft. »Aber ich habe ihnen gesagt: Sie wird die Herausforderung nicht annehmen. Sie ist zu kontrolliert. Auf dem – wie nennt Professor Dutton das noch mal? – Mischpult der Psychopathie sind Ihre impulsiven, risikofreudigen Züge niedrig eingestellt. Deshalb können Sie sich so gut verstecken. Ich bin genauso und hätte die Herausforderung niemals angenommen. Genau wie Sie bin ich zu hoch entwickelt, zu perfektioniert. Deshalb war dies der einzige Weg, um Sie mit hineinzuziehen und Ihnen zu zeigen, woran Sie teilhaben können. Sie haben damit angefangen, weil Sie wussten, dass wir herausragend sind. Wir sind die Herrenrasse. Wir kontrollieren alles, von Politik bis Wirtschaft. Wir ziehen die Fäden. Wir beginnen und beenden die Kriege. Wir sind längst an der Macht. Kommen Sie zu uns und nehmen Sie sich die Freiheit zu sein, wer Sie wirklich sind.« Bloom sah, wie Stuart sein Handy zückte, die Nachricht auf dem Display las und lächelte. Es war das selbstzufriedene Lächeln eines Mannes, der bekommen hatte, was er wollte, und der wusste, dass dies immer so sein würde.

Seraphine sprach weiter: »Wahrscheinlich fragen Sie sich, warum wir uns alle hier versammelt haben. Ich muss gestehen, dass ich wollte, dass die anderen Sie kennenlernen. Sie haben von mir so viel über Sie gehört, und die meisten haben viel Zeit damit verbracht, Sie zu beobachten. Aber ich wollte, dass sie sehen, warum Sie dazugehören.« Sie wandte sich an Denise. »Denise ist als Erste zu mir gekommen. Als ich ihr Potenzial erkannt habe, ist mir klar geworden, was Sie in mir gesehen haben.«

Bloom sah sich erneut im Raum um. »Das sind aber noch nicht alle, nehme ich an.«

»Natürlich nicht. Wir sind eine große, starke Gruppe, aber diese Details kommen später ... und nur, wenn Sie sich zu uns gesellen.« Seraphine ließ den Bleistift zwischen Daumen und Zeigefinger rotieren. »Wenn Sie weiter die Wahrheit leugnen, sehe ich mich gezwungen, Sondermaßnahmen zu ergreifen. Ich werde einen anderen Weg finden, es Ihnen zu beweisen. Erst als ich das Blut in einer glitzernden Lache über den Boden fließen sah, habe ich begriffen, wie sehr ich mich von anderen unterscheide. Ich war nicht entsetzt wie alle anderen. Ich war fasziniert. Wollen Sie es sehen?«

Bloom starrte auf den auf dem Boden liegenden Jameson. Sie wusste, was sie tun musste, doch sie wollte nicht. Er würde bald aufwachen und alles hören, und dann hätte sie keine Chance mehr, es zu erklären. Wenn dieses Erlebnis nicht bereits jegliches Vertrauen zwischen ihnen zerstört hatte, dann würde das, was nun folgen würde, dies unweigerlich bewirken.

Seraphine erhob sich. »Sie werden es sehen, ich schwöre es. Wenn ich es erst getan habe, werden Sie es sehen.«

»Es ist nicht nötig«, sagte Bloom und sah Seraphine in die Augen.

Die andere musterte Bloom, ehe sich ein Lächeln über ihre Lippen legte. »Sie geben also zu, was Sie sind?«

Bloom sah Seraphine lange an und antwortete dann mit einem winzigen Nicken.

66

Lana schlug die Augen auf. Sie war nach wie vor an Händen und Füßen gefesselt, doch nun saß sie nicht mehr auf einem Stuhl, sondern lag auf dem Boden. Was war passiert? Sie hatte alles getan, was sie verlangt hatten. Sie hatte ihre Aufgaben erfüllt und sich Marcus Jameson und seiner unscheinbaren Partnerin entgegengestellt. Sie hatte ihnen sogar Jane überlassen. Saß auch ihre Tochter gefesselt irgendwo im Finstern fest?

Wütend stemmte sie sich gegen die Stricke. Das Seil grub sich tief in die Haut ihrer Handgelenke. Obwohl sie nichts sah, wusste sie, dass sie sich in einem engen Raum befand. Mit den Füßen tastete sie die Wände um sich herum ab. Ein Autokofferraum vielleicht? Sie brüllte, bis ihr der Hals wehtat. Niemand reagierte. Niemand kam.

Noch vor wenigen Stunden hatte alles ganz anders ausgesehen. Man hatte ihr am Telefon ein schönes Leben in Aussicht gestellt. Daraufhin war sie zu den dunklen Bögen unter dem Bahnhof von Leeds gegangen, um die Macherin des Spiels zu treffen: eine Frau namens Sarah.

Sie war mit dem Zug aus Ilkley gekommen. Eigentlich hätte sie Lust auf einen Drink gehabt, doch das kam nicht infrage. Wie hatten die erfahren, was sie getan hatte? Kaum eine Stunde nachdem sie Jane von der Schule abgeholt hatte, war dieser Anruf mit unterdrückter Nummer gekommen. Die Frau am anderen

Ende hatte sie wissen lassen, wie dumm sie, Lana, gehandelt habe. Dabei verfüge sie doch über so viel Potenzial. Aber sie müsse ihre Aufgaben im Rahmen der Regeln erledigen. Nur so bereite man ihr den Weg zu dem Leben, das sie sich wünschte. Sie gäben ihr nun eine letzte Chance, sich zu beweisen. Sie müsse Jane zu einer Adresse in Ilkley bringen und dort auf dem Dachboden einschließen, dann dürfe sie weitermachen. Lana hinterfragte das Ganze nicht eine Sekunde. Es war ihr schlichtweg egal. Sie schlief schon seit drei Tagen auf der Straße. Hier gab es einen Ort, an dem sie bleiben konnte, und sie musste nichts weiter tun, als Jane aus dem Blickfeld zu nehmen. Ein paar Tage später war ein dünner Mann ins Haus gekommen, um sie zu kontrollieren. Lana war mit ihm auf den Dachboden gegangen, und er hatte gesagt, sie habe sich bewährt. Auf dem Rücksitz seines Motorrads hatte er sie nach South Milford mitgenommen, um dort Jameson zu konfrontieren. Das hatte ihr Spaß gemacht. Es war ein gutes Gefühl gewesen, Marcus zu zeigen, dass sie stark und mächtig war. Er hatte immer auf sie herabgesehen.

Auf dem Weg zu den dunklen Bögen hatte sie sich vorgestellt, wie ihr neues Leben aussehen würde. Sie hatte Potenzial. Das hatten sie jedenfalls gesagt. Es war die Form von Anerkennung und Lob, nach der sie ihr Leben lang gelechzt hatte. Sie hatte schon immer gewusst, dass sie besser war als die meisten, doch ihre Umwelt hatte das nie erkannt. Das hatte sie wütend gemacht. Nur Alkohol und Drogen dämpften ihren Frust. Die Bewunderung, nach der sie sich sehnte, bekam sie nur dann und wann, wenn sie einen Mann verführte und ihn seiner Frau oder Freundin ausspannte, doch das hielt nie lange genug vor. Entweder wanden die Männer sich schließlich in Schuldgefühlen, oder sie nahmen Lana als selbstverständlich hin.

Wie angewiesen hatte sie an die breite Holztür geklopft und gewartet. Als geöffnet wurde, sah sie vier Personen in einem kahlen Kellergewölbe auf teuren Stühlen sitzen.

»Bitte setz dich, Lana.« Sie erkannte die Stimme von den Anrufen her.

»Sarah?«, hatte Lana gefragt, während sie auf den schlichten Holzstuhl zuging und sich setzte. Dann hatte sie die Stricke auf dem Boden gesehen. *Wofür waren die gedacht?*

»Wir sind beeindruckt von dir, Lana.« Die Frau, die das Wort ergriffen hatte, war attraktiv; sie hatte blondes Haar und auffallende blaue Augen. »Du hast die Situation mit Mr Jameson auf der Brücke hervorragend gemeistert, und dafür danke ich dir. Es war ein Augenblick, der eine gewisse ... Bedeutung für mich persönlich hatte.«

»Was genau hat dich beeindruckt?«, fragte Lana, gierig nach Lob.

Sarah hatte gelächelt. »Weißt du, wer wir sind?«

Lana hatte die Gesichter eines nach dem anderen gemustert. »Das ist Denise, sie hat Jane abgeholt. Und das ist der Motorradfahrer.«

»Nein, ich meine, ob du weißt, wer wir als Gruppe sind? Was wir repräsentieren?«

Lana hatte den Kopf geschüttelt.

»Du weißt doch sicher, dass du eine Psychopathin bist?«

Lana war wütend geworden. Es war nicht das erste Mal, dass ihr jemand diese Beleidigung an den Kopf warf, aber hier hatte sie nicht damit gerechnet. »Meinst du?«, sagte sie mit kaum verhohlenem Groll.

»Nein, wir glauben es nicht, Lana. Wir wissen es. Du bist eine Psychopathin. Deshalb haben wir dich ausgewählt, und wir haben dich getestet. Das Spiel ist ein Werkzeug, um deine Entscheidungen und Fähigkeiten zu analysieren, um festzustellen, ob du wirklich eine von uns bist. Und ich hoffe, du bist stolz darauf, Lana Reid. Ich kann dir nämlich bestätigen, dass du eine bist.«

Lana hatte versucht, diese Information zu verarbeiten. War dies wirklich etwas, worauf man stolz sein konnte? Machte sie das nicht zu einem Freak oder einem Monster? »Seid ihr alle Psychopathen?«

»Allerdings. Wenn auch von einer speziellen Sorte.«

»Wie meinst du das?«

»Na ja, im Spektrum der Psychopathie haben wir die hemmungslosen Serienkiller, jene Typen, die ihre Triebe nicht kontrollieren können. Und ja, das sind fast immer Männer. Dann haben wir unsere gewöhnlichen kriminellen Psychopathen, deren impulsives und egozentrisches Wesen sie dazu veranlasst, die Regeln der Gesellschaft zu missachten. Und dann gibt es Menschen wie dich, Lana, die funktionalen Psychopathen. Ich persönlich betrachte euch gerne als die verborgenen Psychopathen. Ihr lebt und gedeiht innerhalb der Gesellschaft, habt Jobs und Beziehungen und gründet Familien, weil ihr das nachahmt, was erwartet wird. Ich weiß, dass die Normalen oft unglaublich frustrierend und dumm sein können, aber man lernt, mit ihnen umzugehen. Ihr findet einen Fluchtweg mithilfe von Alkohol und Drogen oder verschwindet von Zeit zu Zeit, damit ihr eure eigenen Bedürfnisse befriedigen könnt. Klingt das vertraut?«

Lana hatte genickt.

»Und dann gibt es schließlich noch uns.« Sarah gestikulierte im Kreis herum. »Wir sind diejenigen, vor denen die Normalos wirklich Angst haben sollten, weil wir nicht nur mitten in ihrer Gesellschaft leben, sondern weil wir sie manipulieren. Und das tun wir so gut, dass sie es nicht einmal merken.«

Lana hatte an die Chefs gedacht, für die sie gearbeitet hatte, und daran, wie mühelos sie sie manipuliert hatte. »Du hast gesagt, ich sei etwas Besonderes und hätte Potenzial?«

»Habe ich und hast du.«

»Inwiefern? Wofür?«

»Dr. Bloom hat mir einmal gesagt, dass es so etwas wie ›normal‹ nicht gibt. Jeder Mensch ist einzigartig. Aber für mich besteht ein riesiger Unterschied zwischen jenen, die von ihren emotionalen Bindungen beherrscht werden, und jenen, die im Reich von Logik und Ratio agieren. Psychopathen spielen, um zu gewinnen, und es gibt kein größeres Spiel als das Leben. Deshalb habe ich eine letzte Aufgabe für dich. Du musst wählen.«

Sarah hatte zwei metallene Behälter vom Boden aufgehoben. Sie waren etwa so groß wie Brillenetuis und bis auf die in die Deckel eingravierten Ziffern identisch. Sarah hatte sie Lana hingehalten. »Du hast eine Tochter, und du hast Freunde. Wenn du Schachtel null wählst, schicken wir dich mit unseren besten Wünschen nach Hause, wo du dich weiterhin vor aller Welt verstecken kannst. Da wir allerdings erkannt haben, dass du eine echte Psychopathin bist, werden wir dir, wenn du Schachtel Nummer eins wählst, das Leben ermöglichen, das du wirklich verdient hast. Die einzige Bedingung ist, dass du nie wieder nach Hause zurückkehren kannst.«

»Du meinst, dass ich euch beitrete?« Hatte Lana richtig gehört? Glaubten sie, dass sie das Potenzial besaß, eine von ihnen zu werden, mächtig genug, um hinter den Kulissen die Gesellschaft zu manipulieren?

»Triff deine Wahl, Lana. Dann wirst du alles erfahren.«

Und sie hatte gewählt.

67

Jameson lag auf dem Boden, die rechte Wange gegen den kalten Beton gepresst. Während seiner Zeit beim Geheimdienst hatte er schon einmal Bekanntschaft mit einer Elektroschockpistole gemacht. Damals hatten zwei Kollegen seine Arme gehalten, um den unvermeidlichen Sturz aufzuhalten, bei dem die eigentlichen Verletzungen entstehen. Er war nervös gewesen, hatte sich aber sicher gefühlt. Experten waren vor Ort gewesen, und es würde nicht länger dauern als zehn Sekunden. Zehn Sekunden, die sich, wie er erfahren musste, wie eine Ewigkeit anfühlten.

Beardsley musste allerdings mindestens dreißig Sekunden lang gefeuert haben. Erst jetzt spürte Jameson die Hitze der Verletzungen an Wangenknochen und Ellbogen. Er hoffte, dass keiner von beiden gebrochen war.

Doch seine körperlichen Schmerzen verblassten neben der inneren Wunde, die Sarah ihm zugefügt hatte. Die Wut, die er empfand, war erst der Beginn. Die Depression würde folgen. Falls er lebend hier rauskam.

Über ihm bewegte sich etwas. Stühle scharrten über den Boden, Schuhe klackten auf den Beton. Er spannte die Muskeln in Füßen, Knöcheln und Beinen an, und als alles in Ordnung schien, wiederholte er den Prozess an Armen und Oberkörper. Sein rechter Ellbogen jagte ihm einen brennenden Schmerz durch den Bizeps und in die Schulter. Er biss sich auf die Zunge und zählte bis fünf. Die Hitze ließ nach. Sein Ellbogen war vermutlich gebrochen. Er hob den Kopf ein wenig und verringerte so den Druck auf sein Gesicht. Sein Wangenknochen schmerzte, doch der Ellbogen war wesentlich schlimmer.

Etwas Glitzerndes lag in einer Rille zwischen den Pflastersteinen direkt vor seinem Gesicht. Es war ein kleiner silberner Anhänger in Form eines L. Von einer Halskette. Und zwar nicht von irgendeiner. Er war sicher, er hatte das L an Lanas Hals hängen gesehen. Konnte das sein? Es musste Hunderte ähnlicher silberner Halsketten geben, getragen von Hunderten von Frauen, von denen jede den Anhänger verloren haben könnte. Dennoch war er sich sicher, dass Lana hier gewesen sein musste.

»Aufwachen, Milchgesicht!« Er sah Seraphines Füße in den High Heels vor sich. Vor wenigen Stunden hatten sich diese Füße seinen Schenkel hinaufgetastet. Und es hatte ihm gefallen. Jetzt empfand er Ekel. Seraphine blieb stehen, und ihr Gesicht näherte sich seinem. »Hey, Baby. Alles gut?« Die Besorgnis in ihrem Blick wirkte verwirrend echt.

»Hau ab«, sagte er, als er sich wieder gefangen hatte.

Seraphine legte den Kopf schief, als betrachtete sie ein Hündchen. »Schau mal, da ist der Psychopathenzirkel, wie du uns so liebevoll getauft hast. Und wir haben gerade Verstärkung bekommen. Also würde ich an deiner Stelle aufpassen, was ich sage.«

Beardsley und Rose-Butler hoben ihn hoch und stellten seinen Stuhl auf. Jamesons Ellbogen schrie förmlich unter Beardsleys Griff, doch er biss die Zähne zusammen und steckte es weg. Sowie er aufrecht stand, registrierte er, dass man Augusta losgebunden hatte und sie nun auf einem der Polsterstühle saß, neben dem älteren Mann in der cremefarbenen Hose. Sie würdigte ihn keines Blickes. »Augusta?«, sagte er, doch sie wandte sich nicht um. *Was war das? Scham? Verlegenheit?* »Augusta?« Er sprach unaufgeregt und leise, als wären sie die einzigen Menschen im Raum. »Was tust du?« Langsam drehte sie das Gesicht zu ihm, und zum ersten Mal, seit sie in diesem Verlies eingetroffen war, durchzuckte ihn ein Anflug von Angst. »Augusta?«, sagte er noch einmal. Ihre Augen waren tot.

»Ist das nicht witzig? Festzustellen, dass dich sogar *zwei* Frauen die ganze Zeit an der Nase herumgeführt haben?« Seraphine strotzte vor Häme und Selbstzufriedenheit. »Also, wo waren wir?«, fragte sie Bloom.

»Das ist kein Spiel, oder?«, sagte Bloom. »Es ist eine Auslese. Eine Musterung.«

Seraphine war hocherfreut. »Genau! Dass Sie das kapiert haben, beweist schon, was für ein Gewinn Sie sein werden. Wenn wir die Welt davon überzeugen wollen, dass hochfunktionale Psychopathen jedes Recht haben, hier zu sein – ja, weit mehr als das, weil wir in jeder relevanten Hinsicht überlegen sind –, können wir uns von denen, die sich von uns abwenden, nicht dazwischenfunken lassen.«

»Du kannst nicht so mit dem Leben anderer Menschen spielen«, sagte Jameson.

Bloom und Seraphine sahen ihn beide an.

»Also, eigentlich spielen sie selbst mit ihrem Leben. Nicht ich«, entgegnete Seraphine.

»Ein Mann ist umgekommen. Kinder haben ihren Vater verloren«, sagte Jameson.

»Nur eine Familie.«

Jameson schüttelte den Kopf. »Nein, nicht nur eine Familie. Was ist mit den Familien der Spieler, die nie zurückkehren werden? Was ist mit Lana und Jane?«

»Jane geht es gut, das weißt du doch.«

Jameson blickte auf den silbernen Anhänger auf dem Boden. »Und was ist mit Lana? Sie hat deinen hohen Ansprüchen nicht genügt, stimmt's? Du hast sie benutzt, um an uns ranzukommen. Was wird nun aus ihr?«

»Tu bloß nicht so, als läge dir etwas an Lana. Du hast mir selbst erzählt, dass sie eine verantwortungslose Mutter ist.«

»Das gibt dir nicht das Recht, sie ihrem Kind wegzunehmen.« Er hätte nie gedacht, dass er sich für Lana einsetzen würde.

Seraphine lächelte den anderen aus der Gruppe zu. »Habt ihr gewusst, dass fast alle Geheimgesellschaften auf der Welt, von den Illuminaten bis zu den Freimaurern, von Leuten wie uns beherrscht werden? Man könnte sagen, wir dirigieren hinter den Kulissen.«

»Und wozu der ganze Zirkus?«, fragte Jameson. »Warum hast du uns Lana und Jane suchen lassen? Wenn deine Sache so großartig ist, warum bist du dann nicht direkt zu Augusta gegangen?«

»Weil sie deren Umfang erst spüren und ihre Eleganz erst erfahren musste. Ich wollte, dass sie weiß, wie mächtig das Ganze ist.«

»Du meinst, wie mächtig *du* bist«, sagte Jameson, verblüfft darüber, wie drastisch sich seine Gefühle für diese Frau im Verlauf eines einzigen Gesprächs verändert hatten. »Und warum bringst du die Leute hierher? ... Denn das tust du doch, oder?«

Jameson verfolgte, wie Seraphine die Stirn runzelte und dann wieder entspannte. »Wie kommst du darauf?«

Er erwog das Für und Wider, Lanas Anhänger zu erwähnen.

Bloom nahm ihm die Antwort ab. »Vermutlich meint er die Einrichtung. Er achtet auf solche Dinge.« Sie klopfte mit beiden Händen auf das Gestell ihres Stuhls. »Die Stühle sind aus massiver Eiche. Sie wurden nicht nur für ein einziges Treffen hierhergebracht.«

»Manche Treffen erfordern absolute Ungestörtheit.«

»Ich bin auch schon bei der Art von Treffen gewesen, die absolute Ungestörtheit erfordern«, sagte Jameson. »Was macht ihr hier drin mit den Leuten?«

»Ach, jetzt sind wir also Leute? Keine Psychos oder Monster?«

Er ignorierte sie. »Bringt ihr eure Mitspieler hierher? Spieler wie Lana? War Lana hier?«

»Es hat alles eine Menge Spaß gemacht, Marcus, mein Liebling, aber jetzt habe ich, was ich brauche« – Seraphine zeigte auf Bloom –, »und ich brauche dich nicht mehr.«

»Was haben Sie mit ihm vor?«, fragte Bloom. »Sie werden ihn doch nicht einfach gehen lassen.«

Jameson versuchte, Blooms Blick aufzufangen, doch sie wich ihm aus. Würde sie allen Ernstes hier sitzen bleiben und diese Verrückte tun lassen, was immer sie wollte?

»Keine Angst. Es tut nicht weh«, sagte Seraphine.

Bloom nickte, als würde das alles entschuldigen. »Ich bin beeindruckt von Eleganz und Umfang Ihres Spiels«, sagte sie. »Aber das haben Sie doch sicher nicht alles ganz allein auf die Beine gestellt?«

»Ich bin nicht allein«, sagte Seraphine und sah sich um.

»Schon allein die Technik muss ein Vermögen gekostet haben.«

»Man könnte sagen, dass ich finanziell unabhängig bin. Sie wissen doch, wie leicht es für uns ist, anderen Geld abzuluchsen, oder, Augusta?« Von dem Lächeln, das Bloom ihrem neuen Schützling zuwarf, wurde Jameson schlecht.

»Faszinierend«, sagte Bloom. »Und Sie machen sie anhand ihrer Online-Aktivitäten ausfindig?«

»Es könnte gar nicht einfacher sein, so intensiv, wie die sozialen Medien heutzutage genutzt werden. Alle sind dermaßen scharf drauf, sich zu entblößen und gesehen zu werden. Eigentlich ist es tragisch. Doch das ist erst der Anfang. Danach müssen wir sie testen, um zu sehen, ob sie geeignet sind.«

»Wie testet ihr sie? Wie findest du heraus, wer geeignet ist?«, fragte Jameson. Er fand, dass ihm ein paar Antworten zustanden, selbst wenn die Chancen gering waren, lebend hier herauszukommen.

Seraphine wandte sich ihm zu. »Zuerst testen wir ihren Charakter. Sind sie wirklich impulsiv? Sind sie bereit, ihr bisheriges Leben aufzugeben, selbst wenn sie Vater werden?« Seraphine sah zu Stuart hinüber. »Dann werden wir ein bisschen massiver. Sind sie bereit, etwas Gefährliches zu machen, um die Konkurrenz zu übertrumpfen? Sind sie bereit zu stehlen, zu schnell zu fahren, sich tätowieren zu lassen oder eine neue Persönlichkeit anzunehmen?«

»Und wenn ja?«, wollte Jameson wissen.

»Sie wissen, was als Nächstes kommt, nicht wahr, Augusta?« Seraphines Stimme klang zuckersüß.

Blooms Antwort kam wie aus der Pistole geschossen. »Sobald geklärt ist, dass die Betreffenden impulsiv und risikofreudig sowie bereit sind, die Regeln zu brechen, folgen im nächsten Schritt die sozialen Verhaltensweisen. Man muss sie also dazu bringen, andere zu manipulieren, zu benutzen oder ihnen sogar zu schaden.«

»Genau.« Seraphine wandte sich an Jameson. »Wir testen, ob du gut darin bist, mit anderen zu spielen.« Sie legte den Kopf schief, und ein herablassendes Lächeln umspielte ihre Lippen. »Du weißt schon. So, wie ich es mit dir gemacht habe.«

»Du miese ...« Er hielt inne. Es wäre dumm, die Beherrschung zu verlieren. »Hat Faye deshalb ihren Mann umgebracht?«, fragte er stattdessen.

»Das war unglücklich. Die letzte Aufgabe besteht darin, jemanden aus seinem Bekanntenkreis auszuwählen und ihn zu zerstören. Die meisten funktionalen Psychopathen verstehen das so, dass sie dessen Beziehung oder Karriere zerstören sollen, aber Faye hat es ein bisschen wörtlicher genommen.« Seraphine zuckte die Achseln. »Bei unserem Schlag taucht immer mal der eine oder andere mit gewalttätigen Neigungen auf.«

»Du schickst diese Irren los, damit sie das Leben unschuldiger Menschen zerstören? Was soll das für einen Sinn haben?«

»Es ist einfach«, sagte Bloom. »Wenn das Testverfahren gut genug ist, zeigt das Ergebnis, ob die Spieler ihres Prädikats würdig sind.« Bloom sah beeindruckt aus; sie bewunderte Seraphine tatsächlich.

Seraphine reagierte mit gesteigerter Selbstsicherheit auf Blooms Anerkennung. »Wenn er clever gemacht ist, kann man mit dem Test nicht nur hochfunktionale Psychopathen wie Bloom und mich identifizieren, sondern ihn auch dazu einsetzen, schwächere Elemente auszumerzen.«

»Herrgott, du bist wirklich eiskalt«, sagte Jameson. »Du verwandelst das Land in einen Spielplatz für Psychopathen.«

»Das hast du richtig schön formuliert, Marcus. Aber sehen wir der Wahrheit ins Auge, die Gesellschaft ist längst unser Spielplatz.«

Er ignorierte ihre penetrante Selbstzufriedenheit. »Und wenn sie bei deinen Aufgaben glänzen und sich als hochfunktional erweisen, was dann?«

Seraphine drehte sich wieder zu Bloom.

»Dann kehren sie in die Gesellschaft zurück«, sagte Bloom. »Aber Seite an Seite mit euch. Ich habe übrigens Clive Llewellyn getroffen«, sagte sie zu Seraphine. »Ich nehme an, er ist einer von uns? Und die anderen? Die werden aus dem Verkehr gezogen.«

»Clive ist ein absoluter Schatz. Er war sehr von Ihnen beeindruckt und meinte, Sie wären elegant authentisch. Offen gestanden glaube ich, er schwärmt ein bisschen für Sie«, sagte Seraphine.

»Niemand sonst geht nach Hause«, wandte Jameson ein.

»Oh, wir geben ihnen die Gelegenheit, nach Hause zu gehen«, sagte Seraphine. »Aber sie entscheiden sich regelmäßig für die andere Option. Wenn man erst einmal den Geschmack der Freiheit kennengelernt hat, will man unweigerlich mehr davon. Und genau das geben wir ihnen ... allerdings nicht hier.«

»Sie schicken sie weg? Das ist ... eine elegante Lösung«, sagte Bloom.

»Und was wird dann aus ihnen?«, fragte Jameson.

»Ich habe keine Ahnung«, sagte Seraphine. »Weder wollen noch müssen wir wissen, was aus ihnen wird.«

»Aber es sind Menschen wie du«, sagte Jameson.

Auf Seraphines Miene zeichnete sich Ekel ab. »Absolut nicht.« Sie fasste unter ihren Stuhl, und Jameson hörte, wie ein Klebeband abgerissen wurde.

Er sah Bloom an, und sie erwiderte seinen Blick. Ihre Augen waren ausdruckslos. Er war hier allein. Und die anderen waren zu sechst. Er wollte nicht sterben. Nicht hier. Nicht so. Es war kränkend und erbärmlich. Er schloss die Augen und nahm sich vor, der Katastrophe souverän zu begegnen. Als er die Augen wieder öffnete, hatte Seraphine eine kleine Blechdose im Format eines

Federmäppchens auf dem Schoß. Daraus entnahm sie eine Spritze und eine mit einer klaren Flüssigkeit gefüllte Ampulle.

»Es ist vermutlich sinnlos, wenn ich verspreche, den Mund zu halten«, sagte er.

Seraphine schürzte die Lippen und füllte den Inhalt der Ampulle in die Spritze. Dann hielt sie sie ans Licht und schnippte zweimal mit dem Finger dagegen.

Er überlegte, ob er anbieten sollte, sich ihnen anzuschließen. Er hatte Fähigkeiten. Er hatte etwas Wertvolles zu bieten. Doch er brachte es nicht über sich. »Sag mir wenigstens, was da drin ist.«

»Es ist das logischste Vorgehen, Marcus«, sagte Bloom, ehe sie sich wieder an Seraphine wandte. »Ich schätze, die Sache funktioniert nur, wenn niemand weiß, was vor sich geht. Die allgemeine Öffentlichkeit darf nicht erfahren, wer wir wirklich sind und was wir tun. Deshalb können wir keinen Zeugen mit diesem Wissen ziehen lassen.«

»In der Tat«, sagte Seraphine. Sie schob ihren Stuhl näher an Jameson heran und begann mit einer Hand seinen Ärmel hochzurollen. »Erst recht keinen mit so vielen Regierungskontakten.«

Es war sinnlos zu versuchen, seinen Arm wegzuziehen. Die Stricke saßen zu fest. »Warum die Einladungskarten? Das birgt doch das Risiko, dass alles auffliegt.«

Seraphine runzelte die Stirn. »Es war ein Risiko, ja, aber nur ein vorübergehendes.«

»Die Karten waren für mich«, sagte Bloom. »Eine Aufforderung, das Rätsel zu lösen.«

Seraphine schob seinen Hemdsärmel höher. Sein verletzter Ellbogen protestierte. Sie drehte seinen Unterarm, um an die Venen zu gelangen. Durch seine zusammengebissenen Zähne entwich ein Stöhnen.

Seraphine hielt inne und suchte seinen Blick. »Ich kann den anderen Arm nehmen, wenn dir das lieber ist.« Ihr Ton war fürsorglich, der einer Ärztin, die sich eines Patienten annimmt. Er schwieg. Er würde nicht mit ihr darüber diskutieren, welchen Arm sie benutzen sollte, um ihn zu töten.

Im nächsten Moment zuckte sie die Achseln und drehte seinen Unterarm unsanft um. Eine Welle von Schmerz überflutete ihn. Er fluchte laut.

»Sie haben gesagt, keine Schmerzen.« Blooms Worte kamen aus weiter Ferne, ein Kommentar über ein technisches Detail, nicht über seine Qual. Doch als sie ihn ansah, war er überzeugt davon, etwas zu erkennen. Es war so schnell wieder verschwunden, wie es gekommen war, doch er war sicher, dass er es sich nicht eingebildet hatte. Er hatte fünf Jahre lang mit dieser Frau zusammengearbeitet. Sie mochte Seraphine getäuscht haben, aber nicht ihn. Er kannte sie besser als jeder andere. Er wusste um ihre Fähigkeit, in Menschen zu lesen, Situationen zu beurteilen und kluge Entscheidungen zu treffen. Und er wusste, sie würde darauf bauen, dass er sich daran erinnerte. Genau das hatte er gesehen. Eine Botschaft, die allein für ihn gedacht war. Kurz, aber klar. Eine Nachricht, die besagte: *Vertrau mir.*

»Er wollte es so haben. Er genießt es doch, der große Held zu sein, nicht wahr, Marcus?« Seraphine klopfte ihm auf den Arm, damit die Venen hervortraten. »Ich habe dir den starken, schweigsamen Typen nie abgenommen. Du warst immer sehr gesprächig mir gegenüber ... vor allem im Bett.« Sie musterte ihn kurz, ehe sie sich wieder auf die Vene konzentrierte und die Spritze nahe an seinen Arm heranführte. »Das wird mir wirklich fehlen«, seufzte sie.

Jameson spürte, wie die Nadel auf seine Haut auftraf. Was, wenn er sich irrte? Was, wenn er sich Augustas Blick nur eingebildet hatte? Das Gehirn konnte ein großer Zauberer sein, wenn man etwas unbedingt sehen wollte.

»Wie hat Libby Ihren Sohn getauft, Stuart?« Blooms Frage fiel dermaßen aus dem Kontext, dass sich alle Blicke auf sie richteten, auch der Seraphines. Bloom fixierte derweil mit leicht gehobenen Brauen weiter Stuart und wartete auf seine Antwort.

Stuart schüttelte sachte den Kopf. Er sah erst Bloom, dann Seraphine an und schließlich wieder Bloom.

Seraphine richtete sich auf, die Spritze jetzt von Jamesons Arm abgewandt. Jameson betrachtete sie in ihrer Hand. Der feste Strick, der seine Handgelenke an die Fußknöchel fesselte, schränkte seine Bewegungsfreiheit ein, aber wenn er den linken Fuß und die linke Hand gemeinsam bewegte, konnte er die Spritze vielleicht erreichen.

»Ging es darum nicht in Ihrer Textnachricht?«, hakte Bloom nach.

»Woher wissen Sie das?« Stuarts buschige schwarze Brauen zogen sich zusammen.

Jameson hoffte, dass Bloom wusste, was sie tat. Mit

dieser Gruppe war nicht zu spaßen. Früher hatte er manche Leute verdächtigt, Psychopathen zu sein – zum Beispiel jene Agenten, die, nachdem sie jemanden getötet hatten, völlig ungerührt davonspazierten. Doch er war sich nie sicher gewesen. Vielleicht konnten sie auch nur gut Dinge voneinander getrennt halten. Doch die Personen in diesem Raum waren sowohl nach ihrem eigenen als auch nach dem Urteil anderer definitiv Psychopathen. Die echten.

»Sie weisen doch bestimmt Ihre Spieler an, ihre Telefone wegzuwerfen und sich Prepaidhandys zu besorgen, damit sie inkognito bleiben«, sagte Bloom. »Werden die Vorschriften da lockerer, wenn Sie sie erst mal in der Tasche haben?«

»Was reden Sie denn da?«, sagte Stuart.

Seraphine rutschte auf ihrem Stuhl etwas nach hinten, und die Nadel entfernte sich ein Stück. Jameson musste bald danach greifen, ehe sie sich erneut bewegte.

»Heute Morgen gegen Viertel nach zehn haben Sie Libby Goodman von Ihrem neuen Telefon aus eine Textnachricht geschickt und sie gefragt, welchen Namen sie Ihrem Kind gegeben hat«, sagte Bloom zu Stuart.

»Und?«

Jameson presste die Beine von den Schenkeln bis zu den Knöcheln zusammen. Er musste Füße und Hände gemeinsam bewegen.

Seraphine ergriff das Wort. »Dann hast du also deiner Ex deine neue Nummer verraten, und deine Ex hat sie Augusta gegeben, die wohl was damit gemacht hat, frage ich mich?«

Bloom sah Seraphine an und lächelte.

Jameson reagierte auf sein Stichwort. Die Zeit war abgelaufen. Was auch immer Augusta getan hatte, es würde Seraphine nicht gefallen. Er schwenkte seinen gesamten Körper gegen sie und ließ Hände und Füße genau nach Plan rotieren, um seine rechte Hand über die linke zu heben, dorthin, wo Seraphine die Spritze hielt. Er griff danach und spürte, wie sich das glatte Plastik befriedigend in seine Hand schmiegte. Als Seraphine protestierte und versuchte, sie wieder an sich zu reißen, stach er ihr die Nadel tief in den Unterarm und presste ihr den gesamten Inhalt der Ampulle ins Fleisch. »Besser du als ich«, sagte er. Erst an diesem Morgen war er mit der Hoffnung aufgewacht, den Rest seines Lebens mit dieser Frau zu verbringen.

»Das hängt alles von deinem Blickwinkel ab.« Seraphine zog ihren Arm weg und riss die Spritze heraus, die schlaff daran hing.

Eine Sekunde später flog Beardsleys Faust auf ihn zu. Ihm blieb keine Zeit, um seinen Kopf wegzubewegen, und so fiel er zum zweiten Mal schwer auf den Beton. »Lasst ihn«, sagte Seraphine. »Wir haben nicht genug Zeit. Wie lange haben wir, Augusta?« Ihre Stimme war so ruhig wie immer, und Jameson begriff, wie wenig er sie durchschaut hatte. Er hatte sie für so beherrscht und tapfer gehalten, dabei war sie einfach nur gleichgültig.

»Ich kann es nicht genau sagen, aber ich schätze, es handelt sich um Minuten.«

»Stuart, binde Marcus los. Ihr anderen geht«, befahl Seraphine.

Vom Fußboden aus verfolgte Jameson, wie Beardsley, Denise und der ältere Mann, der kein Wort gesprochen hatte, den Raum verließen.

Stuart kniete sich hin und löste geschickt die Fesseln von Jamesons Knöcheln und Handgelenken. »Was läuft da?«, fragte er, als er aufstand und den Strick von Jameson wegzog.

»Sie haben uns heute die Handys weggenommen, damit sie nicht geortet werden können«, sagte Bloom zu Stuart.

Stuart nickte. Er hatte begriffen. »Aber Sie hatten meine Handynummer.« Mit seinen über eins achtzig stand er über Bloom gebeugt da, während er sprach. Jameson erhob sich, so schnell er konnte. Er schätzte Blooms Chancen schlecht ein, falls dieser Mann auf sie losging.

Bloom saß nach wie vor auf ihrem samtbezogenen Stuhl und sah Seraphine an. »Sicher wissen Sie auch, wie intelligent die modernen Überwachungssysteme sind. Erst letztes Jahr haben mehrere Polizeibehörden die Technik eingekauft, mit der sie über das eingebaute Mikrofon die Telefongespräche anderer Leute mithören können. Eigentlich ist es für den Einsatz im Antiterrorkampf gedacht, aber die Leute beschäftigen sich eben gern mit einem neuen Spielzeug.«

Stuart sah Seraphine an. »Dann haben sie also jedes Wort gehört, das du gesagt hast?«

»Deshalb sitze ich ja noch hier«, erwiderte sie.

»Und du hast mich bei meinem vollständigen Namen genannt – also haben sie mich auch identifiziert?«

»Und deshalb bist auch du hier, Stuart. Es erschien mir unlogisch, die anderen der Gefahr auszusetzen, entdeckt zu werden.«

»Ich fürchte, es kommt noch schlimmer«, sagte Bloom. »Wissen Sie, wir haben im Zuge unserer Ermittlungen einen begabten jungen Polizisten mit beeindruckenden Kenntnissen der sozialen Medien kennengelernt. Bis die Polizei eintrifft, wird sich Ihre wahre Identität genau wie das Spiel in allen Einzelheiten schon im ganzen Land herumgesprochen haben, wenn nicht auf der ganzen Welt.«

Jameson zwinkerte Bloom zu, ehe er sich an Seraphine wandte. »Nicht schön, oder? Wenn einen jemand aufs Kreuz legt.«

Seraphine hielt sich an ihrem Sitz fest, als sei ihr schwindelig, und blinzelte ein paarmal. »Du glaubst natürlich, du weißt es besser als ich, Marcus, aber überleg doch mal.« Sie atmete abgehackt, und es fiel ihr schwer, den Blickkontakt zu halten. »Augusta hat genau das getan, was ich auch getan hätte. Sie hat bei dem Spiel mitgespielt. Dummerweise war sie mir diesmal ein oder zwei Züge voraus.«

»Und weil sie dich geschlagen hat, muss sie wie du sein?«

»Um das zu tun, was sie getan hat, musste sie wissen, wer ich bin, bevor sie diesen Raum betreten hat. Aber sie hat dich nicht gewarnt, oder? Sie hat dir keine Chance gegeben zu entkommen … obwohl sie das hätte tun können. Sie hätte dir eine Textnachricht schicken oder dich anrufen können … doch sie hat sich dagegen entschieden. Weil sie dich hier gebraucht hat, damit diese kleine Szene funktioniert, damit ich glaube, ich hätte die Oberhand. Damit ...« Sie hustete und rang keuchend nach Luft.

»Damit du redest«, beendete er ihren Satz und sah Bloom an. Seraphine lag nicht vollkommen falsch. Bloom hätte ihn warnen, ihn mit einbeziehen können. Dass sie sich dagegen entschieden hatte, hätte ihn beinahe das Leben gekostet.

»Wenn das nicht total psychopathisch ist ...« Seraphine sah Bloom an. Ihre Stimme wurde mit jedem Wort schwächer. »Ich hätte Ihr Leben so viel besser machen können.«

»Mein Leben ist bestens, vielen Dank.«

Seraphine nickte. »Geh, Stuart.«

Der Mann wandte sich zum Gehen, doch Jameson stellte sich ihm in den Weg. »Oh, das glaube ich nicht, Psycho.« Er wusste nicht, ob er Rose-Butler mit einem gebrochenen Ellbogen überwältigen konnte, doch er würde es zumindest mit Freuden versuchen.

68

Seraphine hielt sich schwankend mit beiden Händen an ihrem Stuhl fest. Die Droge in der Spritze war für eine intravenöse Verabreichung bestimmt gewesen, nun aber in ihrem Muskel gelandet. Bloom wusste, dass dies den Eintritt der Wirkung verzögerte.

Stuart versuchte Jameson auszuweichen, doch Jameson stellte sich ihm in den Weg und versetzte ihm einen heftigen Schlag in die Magengrube. Stuart brach in die Knie.

Bloom dachte über das Telefonat mit Assistant Chief Constable Steve Barker nach, das sie vom Zug aus geführt hatte. Es war ein riskanter Vorschlag gewesen, dass sie Stuarts Telefon als Abhörgerät benutzen sollten. Sie konnte nicht sicher wissen, ob Stuart überhaupt anwesend wäre, doch es war die einzige Karte, die sie spielen konnte. Schließlich war gut möglich, dass man ihr das Handy wegnahm, sowie sie enthüllte, wer Sarah wirklich war. Und so hatte Barker grünes Licht dafür gegeben, Stuarts Telefon anzuzapfen. Sobald sie feststellten, dass Bloom, Stuart und Seraphine zusammen waren, würden sie Libby anweisen, eine einzige Textnachricht zu versenden, mit dem Inhalt: »Dein Sohn heißt Harry.« Dann wüsste Bloom, dass von da an alles aufgezeichnet wurde.

Hätte Stuart seine Textnachrichten nicht gelesen, wäre die Situation womöglich anders verlaufen. Steve

Barker hatte Zweifel an Blooms Plan angemeldet, doch sie mussten Seraphine dazu bringen, alles offenzulegen. Sicher hatte sie zu den von den anderen Spielern verübten Verbrechen Abstand gehalten. Sie mussten ihr unbedingt das Geständnis entlocken, dass sie die Drahtzieherin war. Nicht, dass das jetzt noch irgendeine Rolle spielte.

»Was war in der Spritze?«, fragte Bloom.

Seraphine schwankte, antwortete jedoch nicht.

»Sie müssen es mir sagen, Seraphine. Die Ärzte müssen es wissen.«

Eine Männerstimme von draußen verkündete die Ankunft eines Einsatzkommandos.

»Niemand ist bewaffnet!«, brüllte Jameson.

»Und wir brauchen einen Krankenwagen!«, rief Bloom.

Die Tür flog auf, und zwei Polizisten stürmten mit erhobenen Waffen herein. Rasch verschafften sie sich einen Überblick. Als sie Stuart auf allen vieren neben Jameson knien und Seraphine bewusstlos auf dem Stuhl gegenüber Bloom sitzen sahen, riefen sie über Funk einen Krankenwagen.

Bloom eilte zu Seraphine hinüber und ging vor ihr in die Hocke. Sie wollte sie lebend haben. Sie wollte mehr über die Gruppe erfahren, die Seraphine gegründet hatte. Und sie musste wissen, was als Nächstes kam.

»Was war in der Spritze, Seraphine?«

Seraphine öffnete langsam die Augen und schloss sie wieder. Kurz bevor sie völlig das Bewusstsein verlor, sagte sie: »Das spielt keine Rolle.«

Seite an Seite verfolgten Bloom und Jameson, wie die Sanitäter Seraphine verarzteten und sie hinten im Krankenwagen an die Monitore anschlossen.

»Warum hast du mich nicht gewarnt?«, fragte Jameson, als der Krankenwagen davonfuhr.

»Du hättest mir nicht geglaubt. Wenn ich dir eine Textnachricht geschickt oder dich angerufen hätte, um dir zu sagen, dass Sarah in Wirklichkeit Seraphine ist, hättest du mich für verrückt erklärt – oder, noch schlimmer, du hättest es Sarah erzählt. Das konnte ich nicht riskieren.«

»Ich hätte draufgehen können.«

»So weit hätte ich es nicht kommen lassen.«

»Aber es war verdammt knapp.«

»Marcus?« Sie legte ihm eine Hand auf die Schulter, wobei sie darauf achtete, seinen verletzten Arm nicht zu berühren. »Ich hatte keine Wahl. Es tut mir leid. Eigentlich war es ja auch deine Idee. Das Romanoff-Spiel. Sie im Glauben zu wiegen, sie hätten die Oberhand, damit man sie aushorchen kann.«

Jameson sah sie an. »Vielleicht hat sie doch recht. Ich glaube wirklich, mit dir stimmt irgendetwas nicht.« Er ging davon, die Straße entlang, dann um die Ecke und verschwand aus ihrem Blickfeld.

69

Bei strahlendem Sonnenschein überquerte Bloom den Russell Square. Sie hatte Libby Goodman besucht und war dann schnurstracks nach London zurückgefahren, um so schnell wie möglich in die Normalität der Arbeitswelt zurückzukehren. Doch da war nichts mehr normal. Nicht ohne Jameson, der seine Rückkehr verweigerte. Sie verstand seine Wut, doch nun waren es schon drei Wochen. Heute Morgen hatte er ihren Anruf endlich entgegengenommen, jedoch nur um zu sagen: »Ruf mich nicht mehr an, Augusta.« Er hatte aufgelegt, ehe sie zu Wort gekommen war.

Claire hatte ihr geraten, ihm mehr Zeit zu lassen. Sie war sicher, dass er irgendwann einlenken würde. Schließlich hatte sie ihren Bruder nie zufriedener erlebt als in den letzten fünf Jahren. »Er hat immer eine solche Düsternis mit sich herumgeschleppt«, hatte sie gesagt. »Erst als er angefangen hat, mit Ihnen zusammenzuarbeiten, haben wir den alten Marcus zurückgekriegt.«

Bloom fragte, ob diese Düsternis zurückgekehrt sei. »Nicht so wie zuvor«, hatte Claire geantwortet. »Er fühlt sich verletzt und gedemütigt, aber er muss einfach nur seine Wunden lecken und einsehen, dass er mit einem blauen Auge davongekommen ist.«

Bloom war so darauf fixiert gewesen, Seraphine zur Rede zu stellen und ihr ein Geständnis über ihre Machenschaften abzuringen, dass sie es versäumt hatte, Rücksicht auf Marcus zu nehmen. Sie hatte ihm erklärt, dass sie keine andere Wahl gehabt habe, als ihn im Unklaren zu lassen, und davon war sie in diesem Moment auch überzeugt gewesen, doch jetzt, bei genauerem Nachdenken, begriff sie, dass sie die Sache anders hätte angehen können. Sie hätte ihn anrufen und ihn zwingen können, ihr zuzuhören.

Nun musste sie der Möglichkeit ins Auge sehen, dass er vielleicht niemals wiederkam. Vor Marcus hatte sie gerne allein gearbeitet. Doch zu diesem Leben wollte sie nicht zurückkehren. Sie vermisste seine Gesellschaft und seinen Humor. An diesem Morgen hatte sie ihn angerufen, um ihm zu sagen, dass das Verfahren bezüglich Zweifeln an ihrer fachlichen Eignung endlich eingestellt worden war. Man hatte Dave Jones Bilder von Dr. Sarah Mendax gezeigt, und er hatte seine Beschwerde zurückgezogen. Es war Sarah gewesen, die ihn aufgesucht und ihm eine unangemessene Beziehung zwischen Bloom und Amy suggeriert hatte, und sie war auch die Urheberin der manipulierten Fotos.

Wie jeden Morgen nahm Bloom den Weg durch die Parkanlage und kam dabei an dem Café vorbei, vor dem zehn oder zwölf Tische im Freien standen.

»Was für ein schöner Tag.«

Das konnte nicht sein. Seraphine Walker saß an dem Tisch direkt neben der Hecke, die Beine übereinandergeschlagen und die Hände im Schoß.

»Was machen Sie denn hier?«, fragte Bloom.

Die Flüssigkeit in der Spritze war eine narkotische Dosis Ketamin gewesen. Gerade genug, um jemanden auszuschalten und seine Erinnerung zu löschen, aber nicht annähernd genug, um jemanden zu töten. Seraphine war wenige Stunden nach ihrem Eintreffen im Krankenhaus wieder zu sich gekommen.

»Sie haben mich auf Kaution freigelassen.«

»Ich weiß. Das war vor drei Wochen. Und was machen Sie jetzt hier?«

»Ich fand, wir sollten mal miteinander reden.« Mit einem ihrer in High Heels steckenden Füße schob Seraphine den freien Stuhl an ihrem Tisch auf Bloom zu.

Bloom regte sich nicht. »Über?«

»Darüber, wie Sie mein Leben ruiniert haben ... abermals.«

»Sie machen Witze.«

Seraphine schob den Stuhl ein bisschen weiter vor. »Setzen Sie sich, Augusta. Sie werden doch fünf Minuten für mich erübrigen können.«

Widerwillig ging Bloom auf Seraphines Tisch zu und setzte sich. Was wollte sie hier?

»Eigentlich müsste ich Sie ja hassen.« Seraphine nippte an ihrem Espresso. »Sie haben meine Karriere ruiniert und meine Freiheit bedroht. Nicht, dass viel Aussicht darauf bestünde, dass man mich wegsperrt. Das Einzige, was sie haben, ist diese Aufzeichnung, und ich bleibe bei meiner Geschichte. Ich wollte Ihnen nur ein bisschen Stress bereiten.«

Kaum hatten die Mitspieler das Gewölbe unter den dunklen Bögen verlassen, waren sämtliche Spuren des Spiels verschwunden. Die Psychopathen hatten gründliche Arbeit geleistet und all ihre Spuren verwischt.

»Dagegen hat mich Ihr kleiner Freund mit seinen Kunststücken in den sozialen Medien wirklich beeindruckt.« DC Logan hatte ein paar Bruchstücke der Aufzeichnung hochgeladen und verbreitet. »Er hat genau die richtigen Auszüge gewählt, um unsere Aktivitäten zu untergraben.«

»Wie zum Beispiel die Stelle, an der Sie sagen, Sie würden die Welt davon überzeugen, dass Psychopathen überlegen seien und Sie diejenigen ausmerzen müssten, die dazwischenfunken.«

Seraphine lächelte. »Ja, das scheint sowohl Leute Ihres als auch meines Schlags abgeschreckt zu haben.«

»Genau. Sie haben sich alles selbst zuzuschreiben. Warum tauchen Sie nicht wieder unter? Das haben Sie ja schon mal gemacht.«

»Ich werde vielleicht nicht weiter in meinem gewählten Beruf arbeiten können, und es besteht die – wenn auch vage – Möglichkeit, dass ich einige Zeit auf Kosten Ihrer Majestät verbringen muss. Aber dank Ihnen bin ich jetzt die berühmteste Psychopathin der Welt ... und dazu musste ich nicht einmal jemanden umbringen.«

»Ach, nicht?«

»Es ist etwas noch nie Dagewesenes, begreifen Sie das nicht? Ich verändere jetzt schon die Wahrnehmung der Leute. Ab sofort brauchen Psychopathen keine Serienmörder mehr zu sein, um mächtig oder berühmt zu werden.«

»Was ist mit dem armen Mädchen, das Sie benutzt haben, um Ihren eigenen Selbstmord vorzutäuschen?«

Seraphine zuckte die Achseln. »Das war nur eine

dieser drogensüchtigen Obdachlosen, die ich in Leeds aufgegabelt habe. Damals lebten viele junge Mädchen auf der Straße. Es war nicht schwer, eine von ihnen zu überreden, meinen Wünschen nachzukommen, als ich ihr den ultimativen Hit versprach.«

Bloom blieb die doppelte Bedeutung nicht verborgen, und eine neue Welle der Abscheu gegenüber dieser Frau wallte in ihr auf. »Was wollen Sie, Seraphine?«

»Wie geht's Marcus?«

Bloom sagte nichts. Unter keinen Umständen würde sie mit Seraphine über Marcus sprechen. Und außerdem wusste sie es ja eigentlich gar nicht.

»Er weiß, dass ich ihm nicht ernsthaft etwas angetan hätte, oder? Ich mag Marcus. Er war anders als meine sonstigen Männer. Vielleicht könnten wir ja …«

»Nein. Auf keinen Fall. Nein. Vergessen Sie's. Er hasst Sie abgrundtief«

Seraphine nippte erneut an ihrem Espresso. »Wenn alles nach Plan gelaufen wäre und Sie ihm das Ketamin gespritzt hätten, was dann?«, fragte Bloom. »Hätten Sie ihn als gescheiterten Mitspieler des Spiels gebrandmarkt und in die Wüste geschickt? Sicher hätten Sie ihn nicht einfach gehen lassen, also versuchen Sie gar nicht erst zu behaupten, Sie hätten ihn korrekt behandelt.« Sie dachte an Lana und Grayson. Geoff Taylor hatte es trotz aller Bemühungen vonseiten DS Greens nicht rechtzeitig zum Polizeirevier in Peterborough geschafft, um seinen Sohn abzuholen. Der diensthabende Beamte hatte Grayson auf Kaution entlassen. Daraufhin war Grayson aus dem Polizeirevier spaziert und seither nicht mehr gesehen worden. Was Lana anging, so hatte Jane bestätigt, dass sie selbst Lana die Halskette geschenkt hatte, die Jameson gefunden hatte. Doch auch Lana war nicht wieder aufgetaucht.

»Ach, Augusta. So viel Groll. Woher kommt das denn?«

»Was. Wollen. Sie. Seraphine?«

»Sie können uns nicht aufhalten, wissen Sie?«

Bloom lehnte sich zurück. Natürlich hatte Seraphine recht. Die Psychopathen würden aus ihren Fehlern lernen, sich neu formieren und einen Neustart einleiten. »Seraphine, Sie haben versagt. Sie hatten so viel Macht und haben alles verloren, nur weil Sie mir gegenüber auftrumpfen wollten. War es das wert? Ich bin nämlich überhaupt nicht beeindruckt, sondern vielmehr entsetzt darüber, dass Sie Leute Ihres eigenen Schlags so herzlos in die Falle gelockt und manipuliert haben. Und jetzt wissen Sie nicht einmal, was aus ihnen wird. Sie wollten mir demonstrieren, was Sie gelernt haben, wie großartig und brillant Sie inzwischen sind, aber Sie sind noch immer das naive kleine Mädchen, das die Folgen seiner Handlungen nicht begreift. Ihnen fehlt jegliche Empathie, Seraphine, und das macht Sie dumm.«

Seraphine stand auf. Der Ärger in ihren Augen verschwand so schnell, wie er gekommen war. »Ich dachte eigentlich, Sie wären der einzige Mensch, der mich versteht.«

»Das bin ich, Seraphine. Aber Sie hören einfach nicht auf mich, und ich glaube, Sie haben noch nie auf mich gehört.«

Seraphine ließ den Blick über den Park schweifen, über die normalen Menschen, die hier ihre alltäglichen Verrichtungen erledigten: ihre Hunde ausführen, zur Arbeit gehen, auf ihre Smartphones schauen. »Es gibt ein paar Menschen auf der Welt, mit denen man sich wirklich nicht anlegen sollte.« Sie fixierte Bloom. »Und ich bin einer davon.«

Schweigend musterten sie sich für ein paar Momente. Dann setzte Seraphine ein reizendes Lächeln auf. »Es war wirklich wunderbar, Sie nach all den Jahren wiederzusehen, Augusta. Lassen Sie uns in Verbindung bleiben.»

Und dann war sie verschwunden.

Danksagung

Der Weg zur Veröffentlichung war ein langer Prozess aus Irrungen und Wirrungen, auf dem meine lieben Verwandten und Freunde zahlreiche unterschiedliche Versionen lesen und beurteilen mussten. Für die konstruktive Kritik und die Ermutigung bin ich sehr dankbar. Sie alle haben mich vieles gelehrt und mich stets bei Laune gehalten. Dank an Liz, Jo und Richard, Barbara und Malcolm Rigby, Catherine Meardon, David Rigby, Elizabeth Kirkpatrick, Dominic Gateley, Kathryn Scott, Nicola Eastwood und natürlich meine Eltern Norman und Jillian. Ohne euch wäre ich nie so weit gekommen.

Dank gebührt auch der Kriminalpsychologin Emma Stevenson, die mir half, den Geist eines Psychopathen besser zu verstehen. Ich bin ihr sehr dankbar für ihr Expertenwissen. Eventuelle Fehler gehen allein auf mich zurück.

Große Dankbarkeit schulde ich der Penguin Random House Writers Academy, nicht nur für die Bekanntschaft mit der wunderbaren Lektorin Lizzy Goudsmit, sondern auch für die Inspiration und die Erkenntnisse, die ich aus ihrem Kurs über den Aufbau eines Romans mitnehmen konnte. Insbesondere danke ich meiner Tutorin Barbara Henderson, deren engagierte Beratung von unschätzbarem Wert war.

Ich danke dem gesamten Team bei Transworld dafür, dass sie mich in ihre Welt aufgenommen und meine

Geschichte in die bestmögliche Form gebracht haben. Ich werde Lizzy ewig dafür dankbar sein, dass sie das Potenzial in meiner Idee erkannt und sich mit Leidenschaft für sie eingesetzt hat. Du bist ein Superstar. Dank geht auch an Kate Samano, die bis zur Perfektion an meinen Worten geschliffen hat, und an Joshua Crosley dafür, dass er diese wunderbaren Übersetzungsrechte ausgehandelt hat.

Und zu guter Letzt ein großes Dankeschön an meine wundervolle Ella – du machst deiner Mummy jeden Tag aufs Neue Freude.